पेंगुइन स्वदे

मालगुडी के अफ़साने

आर. के. नारायण का पूरा नाम रासीपुरम कृष्णास्वामी नारायणस्वामी था। उनका जन्म 10 अक्टूबर, 1906 ई. को मद्रास (वर्तमान चेन्नई), भारत में हुआ था। आर. के. नारायण अपनी पीढ़ी के अंग्रेजी में लिखने वाले उत्कृष्ट भारतीय लेखकों में से एक थे। उनके पहले उपन्यास *स्वामी एण्ड फ्रेंड्स* (1935) में स्कूली लड़कों के एक दल के रोमांचक कारनामों का विभिन्न प्रकरणों में वर्णन है। इस पुस्तक और नारायण की इसके बाद की सभी कृतियों की पृष्ठभूमि दक्षिण भारत का काल्पनिक शहर मालगुडी है। नारायण आमतौर पर मानवीय सम्बन्धों की विशेषताओं तथा भारतीय दैनिक जीवन की विडंबनाओं का चित्रण करते हैं, जिसमें आधुनिक शहरी जीवन, पुरानी परम्पराओं के साथ टकराता रहता है। उनकी शैली शालीन है, जिससे सुसंस्कृत हास्य, लालित्य और सहजता का मिश्रण है।

मालगुडी के अफ़साने

आर. के. नारायण

पेंगुइन स्वदेश
पेंगुइन रैंडम हाउस इम्प्रिंट

पेंगुइन स्वदेश

यूएसए। कनाडा। यूके। आयरलैंड। ऑस्ट्रेलिया। सिंगापुर
न्यू ज़ीलैंड। भारत। दक्षिण अफ्रीका। चीन

पेंगुइन स्वदेश, पेंगुइन रैंडम हाउस ग्रुप ऑफ़ कम्पनीज़ का हिस्सा है,
जिसका पता global.penguinrandomhouse.com पर मिलेगा

पेंगुइन रैंडम हाउस इंडिया प्रा. लि.,
चौथी मंजिल, कैपिटल टावर-1, एम जी रोड,
गुड़गांव 122 002, हरियाणा, भारत

पेंगुइन
रैंडम हाउस
इंडिया

प्रथम हिन्दी संस्करण हिन्द पॉकेट बुक्स द्वारा 1972 में प्रकाशित
यह हिन्दी संस्करण हिन्द पॉकेट बुक्स में पेंगुइन रैंडम हाउस द्वारा 2021 में प्रकाशित

10 9 8 7 6 5 4 3 2

ISBN 9789353490188

मुद्रकः रिप्लिका प्रेस प्रा.लि., इंडिया

www.penguin.co.in

FSC
www.fsc.org
MIX
Paper | Supporting responsible forestry
FSC™ C016779

अनुक्रम

मेरी कहानियाँ

कहानियाँ लिखना लेखक के लिए आसान होता है, क्योंकि इसमें ज़्यादा मेहनत नहीं करनी पड़ती। उपन्यास अच्छा हो या बुरा, छापने लायक हो या न हो, इसमें बहुत काम करना पड़ता है। बहुत ज़्यादा शब्द लिखने पड़ते हैं, साठ हज़ार से एक लाख तक, जो पहली नज़र में बहुत मुश्किल काम लगता है, क्योंकि इतने शब्द लिखने में बहुत लम्बे समय तक इन पर ध्यान जमाये रखना पड़ता है। आजकल के हिसाब से मैं छोटे उपन्यास ही लिखता हूँ, फिर भी एक ही विषय पर महीनों तक काम करते रहना मुझे परेशान करने लगता है। इन दिनों रात-दिन दिमाग में शब्द और वाक्य घूमते रहते हैं, अंतिम जो शब्द लिखे थे, वे और इसके बाद क्या शब्द लिखे जायेंगे, वे सब कानों में लगातार गूँजते रहते हैं, इनके अलावा दूसरी सब आवाज़ें और खुशबुएँ-बदबुएँ दिमाग़ में घुस ही नहीं पातीं, बाहर से ही वापस चली जाती हैं। जब उपन्यास का पहला ख़ाका तैयार हो जाता है, तो मन कुछ हलका होता है, लेकिन यह आराम ज़्यादा देर तक नहीं रहता। पहले के बाद दूसरा ख़ाका बनाना पड़ेगा, शायद तीसरा और चौथा भी बनाना पड़े, जब तक इसमें पूर्णता न प्राप्त की जा सके–असंभव-सा काम है। फिर कहीं वह दिन आता है जब पांडुलिपि का पैकेट बनाकर उसे प्रकाशक या लिटरेरी एजेंट को रवाना किया जा सकता है।

हर उपन्यास पूरा करने के बाद मैं निश्चय करता हूँ कि इसके बाद दूसरा नहीं लिखूँगा–तब मैं एक या दो कहानियाँ लिख डालता हूँ। यही काम मुझे अच्छा लगता है। उपन्यास लिखने में जहाँ बहुत-से चरित्रों और घटनाओं को काफी विस्तार से सोच-विचार कर लिखना पड़ता है, वहाँ कहानी लिखने के लिए एक ही चरित्र या घटना काफी होती है, एक मुख्य विचार या क्रिया पर ध्यान केन्द्रित करने से ही अच्छी कहानी बन जाती है।

भारत में कहानी-लेखक के लिए विषयों की कमी नहीं होती। हमारी संस्कृति इतनी विस्तृत है कि उसमें विषयों की भरमार है : हर आदमी दूसरे आदमी से न सिर्फ आर्थिक स्थिति में, बल्कि दृष्टिकोण, आदतों और यहाँ तक कि रोज़मर्रा के जीवन-दर्शन में भी एक-दूसरे से अलग है। ऐसे समाज में जीना और रहना है, जो मशीन की तरह एक जैसी ज़िन्दगी नहीं जीता, जिसमें एकरसता नहीं है, बहुत मनोरंजक और उत्तेजक होता है। ऐसी स्थिति में कहानी-लेखक के खिड़की से बाहर गर्दन निकालकर झाँकते ही उसे ऐसा कोई चरित्र मिल जायेगा जिस पर वह अच्छी कहानी लिख डालेगा।

कहानी छोटी ही होनी चाहिए, इस पर दुनिया में सभी एकमत हैं, लेकिन उसकी परिभाषा अलग-अलग ढंगों से की जाती है–अखबार के रिपोर्टर की तरह सामान्य विवरण से लेकर साहित्यिक लेखक के गंभीर चित्रण-विश्लेषण तक, जिसमें घटना, चरित्र, भाषा, अभिव्यक्ति, लेखक की अपनी विशेष शैली इत्यादि अनेक बातों पर पूरा ध्यान दिया जाता है। अपनी बात करूँ तो मुझे व्यक्ति की परिस्थितियों पर उसके अपने ही चरित्र के संकट में कहानी की सामग्री प्राप्त हो जाती है। इस संकलन में दी गई लगभग तीस कहानियों में ज़्यादातर व्यक्ति के ऐसे किसी संकट को लिया गया है जिसे या तो वह जीत लेता है या उसी के साथ रहने को मजबूर होता है। कुछ कहानियाँ ऐसी हैं जिनमें व्यक्ति के जीवन या उसकी परिस्थितियों में कोई ऐसा विशेष क्षण दिखाई देता है जिसको पकड़ने से ही कहानी बन जाती है।

मैंने इस संकलन का नाम मालगुडी कस्बे पर दिया है, क्योंकि इससे इसे एक भौगोलिक व्यक्तित्व मिल जाता है। लोग अक्सर पूछते हैं : 'लेकिन यह मालगुडी है कहाँ?' जवाब में मैं यही कहता हूँ कि यह काल्पनिक नाम है और दुनिया के किसी भी नक्शे में इसे ढूंढ़ा नहीं जा सकता (यद्यपि शिकागो विश्वविद्यालय ने एक साहित्यिक एटलस प्रकाशित किया है जिसमें भारत का नक्शा बनाकर उसमें मालगुडी को भी दिखा दिया गया है)। अगर मैं कहूँ कि मालगुडी दक्षिण भारत में एक कस्बा है तो यह भी अधूरी सच्चाई होगी, क्योंकि मालगुडी के लक्षण दुनिया में हर जगह मिल जायेंगे।

मैं न्यूयार्क में भी मालगुडी के लक्षण ढूंढ़ लेता हूँ : नगर के पश्चिमी भाग में तेईसवीं सड़क जहां 1959 के बाद मैं अक्सर कई-कई महीनों तक रहा, जहाँ बस्ती के निशान और लोगों की ज़िन्दगी में कभी कोई फेरबदल नहीं हुआ–सिनेगॉग की सीढ़ियों पर लुढ़कते शराबी, वह दुकान जिस पर हमेशा बड़े-बड़े शब्दों में लिखा

रहता है : यहां की हर चीज़ हफ्ते भर में बिक जाती है–हमेशा के लिए पचास फीसदी पर सेल; यहाँ की नाई की दुकान, डेन्टिस्ट, वकील, मछली पकड़ने वाले हुकों वगैरह का विशेष स्टोर और स्वादिष्ट खाने-पीने के रेस्तराँ (जहाँ मैं पहली बार गया तो मालिक ने स्वागत करते हुए कहा, 'आप बहुत दिन बाद आये। आजकल आप दूध, चावल वगैरह कहाँ से खरीदते हैं?' उसने यह भी नहीं सोचा कि मैं न तेईसवीं सड़क का बाशिन्दा हूँ, न अमेरिका का निवासी हूँ।)–यहाँ सब कुछ हमेशा की तरह वैसा ही बना रहता है, इसके स्थायित्व और आपसी मेलभाव में कभी कोई फर्क नहीं पड़ता। और वो चेलसी होटल जहाँ जब मैं कई साल बाद पहुँचा तो मैनेजर ने लपककर मेरा स्वागत किया और खुशी से भरकर गले से ही नहीं लगा लिया, अपने समूचे स्टाफ़ को बुलाकर (तब तक जो ज़िन्दा रह गये थे) मुझसे मिलवाया, इनमें पहियेवाली कुर्सी पर चलने-फिरने वाला वह पुराना निवासी भी था जिसकी उम्र अब 116 साल थी, और जब मैं पिछली दफा इस होटल में रहा, तब यह 90 से कुछ ज़्यादा ही रहा होगा।

इस तरह मालगुडी एक कल्पना का कस्बा ही है लेकिन यह मेरे उद्देश्यों के लिए बहुत उपयोगी सिद्ध हुआ है। और मुझ पर चाहे जितना दबाव डाला जाए, इसमें मैं ज़्यादा सुधार नहीं कर सकता। पिछले दिनों जब लंदन के एक उत्साही टेलीविज़न-निर्माता ने मुझसे कहा कि मैं उसे मालगुडी ले जाकर दिखाऊँ और उसके चरित्रों से मिलाऊँ जिससे मुझ पर घंटे-भर का एक अच्छा-सा फीचर तैयार किया जा सके, तो क्षणभर के लिए तो मैं सहम ही गया, और जवाब में इतना भर ही कह सका, 'माफ करना, आजकल मैं नया उपन्यास लिखने में ज़रा ज़्यादा ही बिज़ी हूँ...'

'यह उपन्यास भी मालगुडी पर ही होगा?' उसने पूछा।

'हाँ, और क्या,' मैं बोला।

'इसका विषय क्या है?'

'इसका विषय है मनुष्य की आत्मा पर शेर का प्रभाव...'

'वाह, यह तो बहुत रोचक होना चाहिए। मैं तब तक इन्तज़ार करूंगा। तब जो डाक्युमेंटरी बनेगी, उसमें शेर बहुत मज़ा पैदा कर देगा।'

सितम्बर 1981

–आर. के. नारायण

ज्योतिषी का एक दिन

ठीक दोपहर के समय वह अपना थैला खोलता और ज्योतिष की दुकान लगाता : दर्जन भर कौड़ियाँ, कपड़े का चौकोर टुकड़ा जिस पर कई रहस्यमय रेखाएं खिंची थीं, एक नोटबुक और ताड़पत्रों की एक किताब। उसके माथे पर बहुत-सी भभूत और थोड़ा-सा सिंदूर लगा होता, और आँखों से एक तिरछी चमक यह देखने के लिए निकलने लगती कि ग्राहक उसकी तरफ आ रहे हैं या नहीं, लेकिन सीधे-सादे लोग इसे दैवी-शक्ति मानकर भरोसे का अनुभव करते। उसकी आँखों की शक्ति, चेहरे पर सबसे ऊपर लगी होने के कारण भी बढ़ जाती–ऊपर माथे पर प्रभावी तिलक और नीचे गालों तक फैली बड़ी काली मूँछों के बीच दमकती दो आँखें : किसी अल्प बुद्धि के लिए भी इस तरह सजी आँखें बड़ी कारगर सिद्ध होतीं। प्रभाव जमाने के लिए वह सिर पर गेरुआ रंग की पगड़ी भी पहनता–यह रंग उसे हमेशा सफलता प्रदान करता था। लोग उसकी तरफ इस तरह आकृष्ट होते, जैसे फूलों पर मक्खियाँ गिरती हैं। टाउन हॉल के पार्क से लगे रास्ते पर वह इमली के एक विशाल वृक्ष की दूर-दूर तक फैली टहनियों की छाया में विराजमान होता। यह ऐसी जगह थी जहाँ सवेरे से देर रात तक लोगों की भीड़ गुज़रती रहती। सँकरी लम्बी सड़क पर दोनों तरफ तरह-तरह की छोटी-छोटी दुकानें लगी होतीं : घरेलू दवाएं बेचने वाले, चुराए हुए लकड़ी-लोहे के सामान की दुकानें, जादूगर और सस्ते कपड़े की एक दुकान, जिसके लोग ज़ोर-ज़ोर से चिल्लाकर हर वक्त लोगों को बुलाते रहते। इसी के बगल में इसी तरह शोर करने वाला एक मूँगफली विक्रेता, जो हर दिन अपनी चीज़ को एक नया नाम देता, किसी दिन बंबई की आइसक्रीम, किसी दिन दिल्ली के बादाम, किसी दिन राजा की सौगात, और लोग हर वक्त उससे खरीदारी कर रहे होते।

भीड़ के बहुत सारे लोग ज्योतिषी को भी घेरे रहते। वह बगल में लगी मूँगफलियों के बड़े-से ढेर के ऊपर धुआँ देती जलने वाली आग से निकलती हलकी रोशनी से ही अपना काम चलाता। यहाँ म्युनिस्पैलिटी ने कोई रोशनी नहीं मुहैया कराई थी। दुकानों पर लगी छोटी-छोटी रोशनियों से ही सबको काम चलाना पड़ता था। एक-दो के पास गैस के हंडे भी थे, जिनमें से हर वक्त 'सूँ' की आवाज़ निकलती रहती, कुछ दुकानों पर खंभों से रोशनी की नंगी लपटें निकलती रहती, कुछ साइकिलों के छोटे-छोटे लैम्पों से काम चलाते, और ज्योतिषी की तरह कुछ अपनी रोशनी के बिना ही दूसरों के भरोसे गुज़ारा कर लेते। तरह-तरह की इन बहुत-सी रोशनियों से एक अलग ही मंज़र बनता, जिनके बीच से चलते-निकलते लोगों की छायाएं अपना रहस्यमय समाँ बाँध देतीं।

ज्योतिषी को यह माहौल इसलिए बहुत सही लगता क्योंकि जब उसने ज़िन्दगी शुरू की थी तब वह ज्योतिषी तो बनना ही नहीं चाहता था; दूसरों की ज़िन्दगी में क्या होने वाला है, यह जानना तो दूर, वह यह भी नहीं जानता था कि उसकी अपनी ज़िन्दगी में अगले मिनट क्या होने वाला है! तब उसे न तो सितारों की कोई जानकारी थी, न उन बेचारे लोगों की, जो उसके ग्राहक बनते। बातें करने में वह ज़रूर कुशल था, जो लोगों को खूब पसंद आतीं।' इसलिए अनुमान और अभ्यास से इस काम में उसने अच्छी महारत हासिल कर ली। यही नहीं, दूसरे सभी धंधों की तरह यह धंधा भी उतना ही ईमान का धंधा था, और दिन भर की मेहनत के बाद वह जो भी कमाई शाम को घर ले जाता, वह ईमान की ही सही कमाई थी।

उसने जब गाँव छोड़ा, तब यह नहीं सोचा था कि क्या करेगा। गाँव में ही रहता तो वही सब काम करता जो पुरखे करते आये थे, यानी खेती का काम, शादी और बच्चे, और पुराने घर में हमेशा की तरह गुज़र-बसर। लेकिन यह नहीं होना था। उसे बिना किसी को बताये घर छोड़ना पड़ा था और आस-पास नहीं, करीब दो सौ मील दूर इस कस्बे में आकर सहारा लेना पड़ा था। किसी गाँव वाले के लिए यह बहुत ज़्यादा दूरी थी, दोनों स्थानों के बीच एक समुद्र की तरह।

मनुष्य की समस्याओं और कठिनाइयों की उसे गहरी जानकारी थी : शादी-ब्याह, पैसा और आपसी संबंधों की समस्याएँ। लम्बे समय तक यह काम करके वह इसमें निपुण हो गया था। पाँच मिनट में ही समझ जाता कि असली परेशानी क्या है। एक सवाल का वह आठ आना चार्ज करता और तब तक

मुँह नहीं खोलता था जब तक दूसरा कम-से-कम दस मिनट तक अपनी बात नहीं कह लेता। इससे उसे दस जवाब और सुझाव सूझ जाते। तब वह ग्राहक की हथेली देखकर कहता, तुम्हें अपने कामों का पूरा नतीजा नहीं मिल पा रहा है..., और दस में से नौ लोग उसकी बात से एकदम सहमत हो जाते। या वह सवाल करता, 'तुम्हारे परिवार में कोई औरत है, या कोई दूर का रिश्तेदार है, जो तुम्हारी खिलाफत कर रहा है?' या वह उसके चरित्र का विश्लेषण करते हुए कहता, 'तुम्हारी ज़्यादातर परेशानियाँ तुम्हारे अपने स्वभाव के कारण हैं। इसकी वजह यह है कि तुम्हारी-राशि में शनि बैठा हुआ है। तुम हिम्मत वाले आदमी हो और कभी-कभी तुम्हारा व्यवहार कठोर भी हो जाता है।' यह आखिरी बात सबको एकदम सही लगती क्योंकि बेहद कमज़ोर आदमी भी अपने को हिम्मती सुनकर खुश ही होगा।

मूँगफली वाले ने अपनी आग बुझाई और घर जाने के लिए उठ खड़ा हुआ। ज्योतिषी के लिए यह मानो सूचना थी कि वह भी अपनी दुकान बंद करे क्योंकि एक छोटी-सी हरी रोशनी को छोड़कर, जो कहीं दूर से आकर उसके सामने पड़ रही थी, उसके इर्द-गिर्द एकदम अँधेरा ही छा जाता। उसने अपनी कौड़ियाँ बटोरीं, कपड़ा और किताब समेटीं, और दूर से आती हरी रोशनी भी तभी बुझ गई–लेकिन उसने देखा कि सामने एक आदमी खड़ा है। यह सोचकर कि यह आदमी उसका ग्राहक हो सकता है, या बनाया जा सकता है, वह बोला, 'बहुत परेशान दिखाई दे रहे हो। अच्छा हो, थोड़ी देर यहाँ बैठकर आराम करो और मुझसे बातचीत करो।'

आदमी जवाब में कुछ भुनभुनाया। ज्योतिषी ने बात दोहराई, तो उसने अपनी हथेली उसकी नाक के आगे कर दी और बोला, 'बड़े ज्योतिषी बनते हो तुम...।'

ज्योतिषी ने चुनौती-सी महसूस करते हुए हथेली पकड़ ली और कहना शुरू किया, 'तुम्हारा स्वभाव ऐसा है...'

'यह सब मत बको। कोई सही बात बताओ।'

ज्योतिषी को कुछ ताव-सा आया, बोला, 'एक सवाल के मैं सिर्फ आठ आने लेता हूँ... और इतने में ही मैं तुम्हें कई बातें बता दूँगा।'

ग्राहक ने झटके से अपना हाथ खींच लिया, जेब से एक अठन्नी निकाली और उसे ज्योतिषी के सामने फेंककर कहने लगा, 'मुझे ज़रूरी सवाल पूछना है।

अगर मुझे लगा कि तुम धोखेबाज़ी कर रहे तो तो ब्याज समेत अपनी अठन्नी वापस ले लूँगा।'

'ठीक है, लेकिन अगर मेरे जवाब तुम्हें ठीक लगें तो तुम मुझे पाँच रुपये दोगे?'

'नहीं दूँगा।'

'तब भी तुम मुझे अठन्नी ही दोगे?'

'चलो, दूँगा, लेकिन गलत होने पर तुम्हें मुझे दुगना देना पड़ेगा।'

थोड़ी देर भाव-ताव के बाद बात मान ली गई। ज्योतिषी ने ऊपर वाले से प्रार्थना की और ग्राहक ने बीड़ी जलाई। दियासलाई की रोशनी में ज्योतिषी को उसका चेहरा दिख गया। एक क्षण के लिए वह चुप हो गया–गाड़ियाँ सड़क पर हार्न बजाती चली जा रही थीं, इक्के-ताँगे खट-खट करते आगे बढ़ रहे थे, पार्क में फैल रहे अँधेरे में लोगों का शोर मच रहा था। ग्राहक आराम से ज़मीन पर जमकर बैठ गया और बीड़ी से धुआँ निकालने लगा।

ज्योतिषी ने उसकी ओर देखा और अठन्नी वापस फेंककर कहने लगा, 'रहने दो। मैं तुम जैसे लोगों से दूर रहता हूँ। अब मुझे देर भी हो रही है...।'

वह अपना सामान बाँधने लगा। ग्राहक ने उसका हाथ कसकर पकड़ लिया और बोला, 'अब मैं तुम्हें नहीं छोड़ूँगा। मैं तो रास्ते से गुज़र रहा था, तुमने ही पकड़ लिया।'

ज्योतिषी उसकी पकड़ में काँपने लगा, जैसे बेहोश ही हो जायेगा। 'आज छोड़ दो मुझे, कल मैं तुमसे बात करूँगा।'

ग्राहक ने हथेली उसकी नाक के आगे की और बोला, 'चुनौती तो चुनौती है। अभी बताओ।'

हारकर ज्योतिषी ने कहना शुरू किया, 'कोई औरत है...'

'यह सब बकवास नहीं चलेगी। बताओ, मैं अपनी खोज में सफल होऊँगा या नहीं? ठीक बताओ, नहीं तो मैं तुम्हारे सब पैसे छीन लूँगा...।'

ज्योतिषी ने मन-ही-मन ऊपर वाले को पुकारा और कहने लगा, 'ठीक है। सब बताऊँगा। लेकिन अगर मैंने सब बातें सही-सही बताईं तो तुम मुझे पूरे पाँच रुपये दोगे? हाँ, तो ठीक है, नहीं तो मैं जा रहा हूँ, तुम्हें जो करना हो, कर लो।'

'चलो, दूँगा। अब बको।'

ज्योतिषी ने कहा, 'तुम्हें मरा समझकर छोड़ दिया गया था। बोलो, ठीक है?'

'अरे हाँ, ठीक है। और बताओ।'

'तुम्हारे भीतर चाकू घुसेड़ दिया गया था?'

'अरे वाह! यह भी सही है।' ग्राहक बहुत प्रभावित हुआ और कमीज़ उतारकर चाकू का घाव दिखाने लगा।

'इसके बाद तुम्हें खेत के बगल में बने एक कुएँ में फेंक दिया गया था। मारने वाले ने सोचा कि तुम मर चुके हो।'

'अगर एक राहगीर कुएं में झाँककर नहीं देखता, तो मैं सचमुच मर जाता।' ग्राहक जैसे उसका मुरीद हो गया, बोला, 'अब यह भी बताओ कि वह आदमी मुझे कब मिलेगा?' यह कहते हुए उसने ज्योतिषी के पैर पकड़ लिये।

'वह तो तुम्हें अब परलोक में ही मिलेगा। चार महीने पहले एक दूर के गाँव में उसकी मौत हो चुकी है। अब तुम उसे कभी नहीं देख सकोगे।' यह सुनकर ग्राहक रोने को हो आया।

ज्योतिषी ने फिर कहा, 'गुरु नायक...'

'तुम तो मेरा नाम भी जानते हो...!' ग्राहक दंग रह गया था।

'मैं तो सब कुछ जानता हूँ, क्या नहीं जानता मैं! गुरु नायक, मैं जो कहता हूँ, उसे ध्यान से सुनो। तुम्हारा घर यहाँ से दो दिन की दूरी पर है, उत्तर की तरफ। पहली गाड़ी पकड़कर वापस लौट जाओ। अगर तुम घर नहीं जाओगे तो मैं तुम्हारी ज़िन्दगी में एक और भयंकर खतरा देख रहा हूँ।' यह कहकर उसने ज़रा-सी राख उठाई और ग्राहक को देते हुए कहा, 'इसे माथे पर मल लो और घर लौट जाओ। दक्षिण दिशा तुम्हारे लिए खतरनाक है, इधर कभी मत आना। ऐसा करोगे तो सौ साल की उमर पाओगे, नहीं तो...।'

ग्राहक कुछ सोचते हुए बोला, 'अब मैं घर से बाहर क्यों निकलूँगा। मैं तो उसी को ढूँढ़ने और बदला लेने कभी-कभी निकलता था लेकिन अब तो कुछ होने वाला नहीं...वह मेरे हाथों से बच निकला...अब मैं यही चाहता हूँ कि उसकी मौत भी भयंकर हुई हो।'

'हाँ, तुम्हारा सोचना ठीक है,' ज्योतिषी ने धीरे से कहा। 'वह लारी से कुचलकर मरा।' यह सुनकर ग्राहक को संतोष हुआ।

ज्योतिषी ने जब अपना बस्ता सँभाला, सब लोग जा चुके थे। सब रोशनियाँ बुझ चुकी थीं और चारों ओर अँधेरा छा गया, सब शान्त हो गया था। ग्राहक भी ज्योतिषी को, जो भी पैसे उसके पास थे, थमाकर वापस जा चुका था।

ज्योतिषी घर पहुँचा तो आधी रात हो चुकी थी। पत्नी दरवाज़े पर खड़ी उसका इन्तज़ार कर रही थी। पूछने लगी, 'इतनी देर क्यों हो गई?' उसने सब सिक्के उसे थमा दिये और कहा, 'इन्हें गिन लो। एक ही आदमी दे गया है।'

'तीन...चार...साढ़े चार रुपये...,' गिनते हुए पत्नी बोलती रही। 'बस' वह बहुत खुश थी। 'कल मैं गुड़ और नारियल खरीदूँगी। बेटा कई दिन से मिठाई की ज़िद कर रहा है। मैं उसके लिए कुछ बढ़िया चीज़ बनाऊँगी।'

'सुअर मुझे ठग ले गया। उसने तो पाँच रुपये देने को कहा था, ज्योतिषी कह रहा था। पत्नी ने परेशान होकर पूछा, 'क्या बात है, कुछ लफड़ा हो गया क्या?'

'अरे, कुछ। नहीं छोड़ो।'

खाना खाने के बाद बिस्तर पर लेटकर वह कहने लगा, 'आज मेरे सिर से बहुत बड़ा बोझ उतर गया। इतने दिनों तक मैं डरता था कि एक आदमी का खून मेरे हाथों में लगा है। इसीलिए मैं घर छोड़कर भागा था और तुमसे शादी करके यहाँ रहने लगा था। वह आदमी ज़िन्दा है।'

चौंककर पत्नी ने कहा, 'तुमने किसी का खून किया था?'

'हाँ, गाँव की बात है। तब मैं जवान था और बेवकूफ भी हमने शराब पी, जुआ खेला और एक दिन खूब लड़े। अब यह सब सोचने की क्या ज़रूरत है? अब सो जायें।' यह कहकर उसने अपने पैर फैलाये और सोने की कोशिश करने लगा।

एक रुकी हुई चिट्ठी

डाकिया थानप्पा विनायक मुदाली स्ट्रीट और उसकी चार गलियों में चिट्ठियाँ बाँटने का काम करता था, लेकिन इतने काम में ही उसे छह घंटे लगते और इसके बाद मार्केट रोड स्थित मुख्य डाकखाने में वह हिसाब देने वापस लौट जाता था। वह जिस किसी को डाक वगैरह बाँटता, उन सबके साथ घुल-मिलकर बातचीत करता था। कबीर स्ट्रीट के 13 नंबर मकान में जो आदमी रहता था, वह अक्सर आधे रास्ते तक आकर पूछता कि क्या मेरी कोई चिट्ठी है। थानप्पा उसे तब से देखता आ रहा था जब यह युवक था, और घर के बाहर सड़क के किनारे बनी पटरी पर अब भी, जब उसके बाल सफेद हो चले थे, वह वर्ग पहेली भरकर भेजने से मिलने वाले पुरस्कार की प्रतीक्षा में आज भी उसका इन्तज़ार करता रहता था। 'अभी इनाम नहीं आया,' डाकिया रोज़ यही कहता, 'लेकिन निराश मत होना, कभी न कभी ज़रूर आयेगा।'

किसी दूसरे से वह कहता, 'इस बार तुम्हारा पैसा आने में देर हो रही लगती है।' 'हैदराबाद से तुम्हारे बेटे की चिट्ठी, मैडम जी फिर आई है। अब उसके कितने बच्चे हैं?' 'मुझे नहीं पता था कि तुमने मद्रास में इस जॉब के लिए अर्ज़ी भेजी है। बता देते तो अच्छा होता। खैर, मैं जब तुम्हारा नियुक्ति-पत्र लाऊँगा तब तुमसे नारियल की खीर ज़रूर खाऊँगा।' इस तरह बातें करता वह धीरे-धीरे आगे बढ़ता, कहीं-कहीं आधा घंटा भी ठहरता। खासतौर पर जब किसी का मनीआर्डर आता तो उसके पास जमकर बैठ जाता और यह रुपया किस-किस काम में खर्च किया जायेगा, यह सब जाने बिना न उठता। मौसम ज़्यादा गरम होता तो किसी के भी यहाँ छाछ का गिलास पीने रुक जाता और आराम से खा-पीकर ही उठता। मुहल्ले के सब लोग उसे चाहते थे क्योंकि वह सब की आशाओं, आकांक्षाओं और क्रियाकलापों का भागीदार बन चुका था।

इन सब संबंधों में वह सब से ज़्यादा घनिष्ट 10, विनायक मुदाली स्ट्रीट के रामानुजम के साथ हो गया था। ये रेवेन्यू डिवीज़न आफिस में क्लर्क थे और एक पीढ़ी से थानप्पा इस पते पर चिट्ठियाँ पहुँचाता रहा था। बहुत साल पहले रामानुजम से उसका परिचय हुआ था। उसकी पत्नी गाँव गई हुई थी और रामानुजम के लिए उसका पत्र आया था। थानप्पा ने मुहर लगाते वक्त यह कार्ड देखा और बाँटने के लिए रवाना होते समय सबसे पहले इसी पते पर पहुँचा, जबकि इससे पहले करीब डेढ़ सौ खत उसे बाँटने थे। वह सीधा रामानुजम के घर पहुँचा और दरवाज़ा खट-खटाकर ज़ोर से आवाज़ लगाई, 'पोस्टमैन।' रामानुजम ने दरवाजा खोला तो बोला, 'चिट्ठी मैं बाद में दूँगा, पहले मिठाई खिलाइये। आप पिता बन गये हैं, सालों की प्रार्थना-पूजा के बाद लड़की हुई है लेकिन लड़की होना कोई बुरी बात नहीं है, भगवान की विशेष भेंट होती हैं। लड़कियाँ।... कामाक्षी, कितना सुंदर नाम रखा है।'

वर्षों बाद लम्बी, शर्मीली इस लड़की कामाक्षी से वह कह रहा था, 'बेटी, अपनी फोटो तैयार रखना।...शर्माओ मत। तुम्हारे बाबा की चिट्ठी आई है, तुम्हारा फोटो माँगा है। इसकी ज़रूरत इसीलिए पड़ी होगी, क्योंकि...।'

फिर रामानुजम को चिट्ठी पकड़ाते हुए उसने कहा, 'अब पिताजी अक्सर चिट्ठी लिखते हैं, 'ठीक है न..., और तब तक वह वहीं रुका रहा जब तक चिट्ठी का पूरा मज़मून नहीं जान लिया। चिट्ठी पढ़कर रामानुजम कुछ परेशान नज़र आये। डाकिया पूछने लगा, 'खबर तो अच्छी है न?' फिर बरामदे में लगे खंभे का सहारा लेकर खड़ा हो गया, थैला नीचे रख दिया। रामानुजम कहने लगे, 'मेरे ससुरजी सोचते हैं कि बेटी के लिए दूल्हे की तलाश में मैं पीछे पड़ रहा हूँ। उन्होंने खुद एक-दो जगह कोशिश की, लेकिन सफल नहीं हुए। वे सोचते हैं कि मैं इस पर ध्यान ही नहीं दे रहा...।'

'बुज़ुर्ग लोग ज़रा ज़्यादा ही चिन्ता करते हैं' डाकिये ने कहा। इस पर रामानुजम ने बताया, 'बात यह है कि उन्होंने लड़की की शादी के लिए दस हज़ार रुपया रख छोड़ा है और चाहते हैं कि जल्द-से-जल्द पति ढूँढ़ लिया जाये। लेकिन पैसा ही तो सब कुछ नहीं होता...।'

डाकिये ने हाँ-में-हाँ मिलायी, कहा, 'आप ठीक कहते हैं। जब तक वक्त नहीं आता, कुछ नहीं किया जा सकता।'

महीनों तक डाकिया चिट्ठियाँ पहुँचाता रहा और खबर का इन्तज़ार करता रहा। 'वही पुरानी खबर है थानप्पा...कुंडलियाँ नहीं मिल पा रही हैं...उनकी माँग बहुत ज़्यादा है... उन्हें लड़की पसंद नहीं आ रही...।' 'पसंद नहीं... अरे, लड़की तो राजकुमारी लगती है। मुझे तो ये लोग अंधे लगते हैं...' थानप्पा गुस्से से कहता।

शादी के दिन खत्म हो जायेंगे, तीन ही मुहूर्त बचे हैं, आखिरी मुहूर्त 20 मई का है। लड़की बहुत जल्द सत्रह बरस की हो जायेगी। बाबा की चिट्ठियाँ तीखी होती जा रही थीं। रामानुजम ने सब कोशिशें कर ली थीं और सभी में निराशा हाथ लगी थी। वह असहाय लग रहे थे। बोले, 'थानप्पा, लगता है मेरे लिए कहीं भी कोई दामाद नहीं है...।'

'ऐसी अशुभ बात मत कीजिए,' डाकिये ने धीरज बँधाते हुए कहा, 'ईश्वर अब कुछ ज़रूर करेगा...।' फिर कुछ देर सोचने के बाद कहने लगा, 'एक लड़का है। दिल्ली में, दो हजार रुपये कमाता है। टेप्पिल स्ट्रीट के माकुंदा की उस पर नज़र थी। माकुंदा और आपकी जाति भी शायद एक ही है...।'

'हाँ।'

'वे कई महीने से बात चला रहे हैं। सौ के करीब चिट्ठियाँ आई-गई होंगी...। लेकिन मुझे निश्चित पता है कि बात टूट चुकी है... कुछ पैसे पर मामला अटक गया है। उन्होंने पोस्टकार्ड पर अपनी आखिरी माँग रख दी है जिससे ये लोग बहुत गुस्सा हैं। ये पोस्टकार्ड ही अपमान के हथियार बन गये हैं। अब तो बहुत-सी ज़रूरी बातें भी पिक्चर पोस्टकार्डों पर लिख कर भेज दी जाती हैं। दो साल पहले जब राजप्पा अमेरिका गया था, तब वह अपने बेटों को हर हफ्ते पिक्चर पोस्टकार्डों पर ही चिट्ठियाँ भेजता रहता था...।' इसके बाद वह कहने लगा, 'मैं माकुंदा से लड़के की कुंडली माँग लाऊँगा। देखते हैं...।'

और दूसरे दिन वह कुंडली लेकर आ भी गया। बोला, 'लड़के के माँ-बाप भी दिल्ली में ही हैं। आप उन्हें तुरंत लिख दीजिये। अब वक्त बेकार करना ठीक नहीं है।'

रामानुजम के परिवार में आशा की किरण चमक उठी।

'मुझे अभी सौ चिट्ठियाँ बाँटनी हैं लेकिन इस पर दिल्ली की मुहर देखकर मैं पहले यहीं चला आया। खोलिये और बताइये, क्या लिखा है...।' वह उत्सुकता से काँप रहा था। 'कितनी जल्दी जवाब दिया है।... तो उन्हें फोटो पसंद आ गया।... किसे नहीं आयेगा?'

एक दिन वह कहने लगा, 'रोज़ एक खत आ रहा है। सोचता हूँ, कामाक्षी की शादी होने तक छुट्टी ले लूँ...।'

'तुम तो यूँ कह रहे हो, मानो शादी कल ही होनी है। अभी पता नहीं, कितनी मुश्किलें आयेंगी। फोटो पसंद आना ही तो सब कुछ नहीं होता।'

परिवार के लोग एक गंभीर समस्या से उलझ रहे थे : रामानुजम लड़की को लेकर क्या मद्रास जाये, जहाँ लड़के के माँ-बाप दो-एक दिन के लिए आ जायेंगे। इस बात पर ज़बरदस्त मतभेद था। रामानुजम, उसकी माँ और पत्नी, किसी के इस पर निश्चित विचार नहीं थे, लेकिन सभी एक-दूसरे का ज़बरदस्त विरोध कर रहे थे।

'अगर हम लड़की को इस तरह दिखाते फिरेंगे तो शहर के सब लोग हम पर हँसेंगे...,' पत्नी ज़ोर देकर कह रही थी।

'कैसे अज़ीब ख़्याल हैं! अगर हम इन पुराने ख़्यालों पर डटे रहेंगे तो ज़िन्दगी भर दामाद की सूरत देखने को नहीं मिलेगी। ज़रूरत पड़े तो हमें लड़की दिल्ली ले जाकर भी दिखा देनी चाहिए...।' पति ने चिल्लाकर कहा।

'ठीक है, जो तुम्हारी मर्ज़ी हो, करो। फिर मुझसे राय लेने की ज़रूरत ही क्या है। 'पत्नी ने चिढ़कर जवाब ठोंका।'

गुस्से की गर्मागर्मी में कोई फैसला होता नज़र नहीं आ रहा था। शाम को डाकिया सब काम निबटाकर यहाँ आ जाता और सोच-विचार में शामिल होता। वह बोला, 'छोटा मुँह बड़ी बात। मैं आपके लिए तीसरा आदमी हूँ। लेकिन मेरा कहना यही है कि फौरन गाड़ी पकड़कर मद्रास चले जाइये। जो बात साल-भर की चिट्ठी-पत्री से नहीं बनती, वह सामने बैठकर घंटे भर में तय हो जाती है।'

उसकी बात मान ली जाती है। फिर कुछ दिन बाद–'आपके लिए मैडम जी, मद्रास से यह चिट्ठी आई है। आपके पति की लगती है। क्या खबर भेजी है। उन्होंने?'–पत्र हाथ में पकड़ाते हुए थानप्पा ने कहा, फिर बोला, 'मेरे पास कुछ रजिस्ट्री-चिट्ठियाँ हैं, जो देनी हैं। मैं उन्हें बाँटकर आता हूँ।'

लौटकर उसने पूछा, 'दोनों मिल लिये क्या?'

'हाँ, कामाक्षी के पिता ने लिखा है कि वे कामाक्षी को देख चुके हैं और उनकी बातचीत से लगता है कि कामाक्षी उन्हें पसंद आ गई है...।'

'बढ़िया खबर है यह। मैं अभी जाकर विनायक मंदिर में नारियल चढ़ाता हूँ।'

'लेकिन,' रामानुजम की पत्नी, जो आधी खुश और आधी परेशान लग रही थी, कहने लगी, 'एक कठिनाई और है। हम चाहते थे कि शादी अगले महीने करें, जो ज़्यादा शुभ है... इतनी जल्दी सब इन्तज़ाम करना बहुत मुश्किल होगा। लेकिन उनका कहना है कि शादी करनी है तो 20 मई से पहले हो जानी चाहिए... नहीं तो तीन साल तक शादी नहीं हो सकेगी। लड़का किसी ट्रेनिंग के लिए बाहर चला जायेगा...।'

कुछ दिन बाद डाकिये ने इनश्योरेंस का लिफाफा रामानुजम को थमाते हुए कहा, 'बाबा अपनी बात के पक्के निकले। उन्होंने पूरी रकम भेज दी है। अब आपको पैसे की कमी नहीं होगी। इन्तज़ाम में लग जाइये। मुझे खुशी है, उन्होंने भी रिश्ता पसन्द कर लिया है। क्योंकि पैसे से ज़्यादा उनके आशीर्वाद की ज़रूरत है। मेरा ख़्याल है, उन्होंने अपना आशीर्वाद भी इस खत में भेजा है...।'

'हाँ, हाँ; भेजा है। मेरे ससुर भी इस रिश्ते से बहुत खुश हैं', 'रामानुजम ने जवाब दिया।

मालगुडी कस्बे में दस हज़ार रुपये की शादी काफी बड़ी बात थी। रामानुजम परेशान थे कि इतने कम समय में सब इन्तज़ाम कैसे किया जा सकेगा, क्योंकि मदद करने वाला कोई भी नहीं था। थानप्पा ने काम के बाद बचा हुआ सारा समय उनकी सहायता करने में लगा दिया। समय बचाने के लिए दूसरे घरों में बातचीत करना भी उसने एकदम खत्म कर दिया। अब वह खत देते समय किसी का इन्तज़ार नहीं करता, बस, खिड़की या दरवाज़े से भीतर चिट्ठी फेंककर और एक आवाज़ 'चिट्ठी' लगाकर आगे बढ़ जाता। अगर कोई उसे रोककर पूछता, 'क्या बात है, इतनी जल्दी में क्यों हो?' तो वह यह कहकर आगे बढ़ लेता, 'मुझे 20 मई तक बात न करने की सुविधा चाहिए। इसके बाद आप जितनी चाहेंगे, बात करूँगा, आपके घर में ही डेरा डाल लूँगा।'

रामानुजम भी भारी तनाव में थे। जैसे-जैसे शादी का दिन पास आता जा रहा था, चिन्ता से उनकी कँपकपी बढ़ती जाती थीं। 'सब काम ठीक-ठाक निपट जाना चाहिए। कोई मुश्किल न खड़ी हो जाये,' वे बार-बार कहते थे।

'चिंता मत कीजिये आप, ईश्वर की कृपा से सब काम खुशी-खुशी पूरा हो जायेगा। ये जितना पैसा चाहते थे, आपने दे ही दिया है, भेंट-उपहार भी पकड़ा दिये हैं। ये अच्छे लोग हैं।'

'बात यह नहीं है। यह आखिरी मुहूर्त है। अगर कुछ संकट खड़ा हो गया तो लड़का तीन साल के लिए बाहर चला जायेगा, फिर हममें से कोई भी तीन साल तक तो इन्तज़ार नहीं करेगा।'

शादी के दिन मुहूर्त के चार घंटे बाद की बात है। शादी हो चुकी थी और घर में शान्ति छा गई थी। दिल्ली से आया दूल्हा पंडाल में कुर्सी पर आराम से बैठा था। चंदन और फूलों की खुशबू वातावरण में फैली थी, हवन के घी और सामग्री का धुआँ आसमान में तैर रहा था। लोग दूल्हे के इर्द-गिर्द बैठे बातें कर रहे थे।

तभी थैले में चिट्ठियाँ भरे थानप्पा फाटक पर आ खड़ा हुआ। कई लड़के उसे देखते ही दौड़कर उसके पास पहुँच गये और बोले, 'किस-किस की चिट्ठियाँ लाये हो?' उसने कहा, 'जिसकी चिट्ठियाँ हैं, उनको मैं अभी देता हूँ।' वह दूल्हे के पास पहुँचा और बहुत से पन्नों का एक थैला बड़ी इज़्ज़त से उसे दिया। 'इसमें अनेक लोगों की शुभकामनाएँ और आशीर्वाद हैं आपके लिए। इन सबके साथ मेरी अपनी शुभ कामनाएँ भी हैं...,' यह कहते हुए डाकिया बहुत खुश, साथ ही गंभीर नज़र आ रहा था।

दुल्हे ने मुस्करा कर धन्यवाद दिया तो डाकिया फिर कहने लगा, 'हम सबको इस बात का गर्व है कि आप जैसा शानदार दामाद इस घर को मिला है। मैं बेटी कामाक्षी को तब से जानता हूँ जब वह एक दिन की थी, और तभी से मैं जानता हूँ कि उसे बहुत अच्छा पति प्राप्त होगा।' इसके बाद उसने हाथ जोड़कर नमस्कार किया और दूसरों की चिट्ठिाँ उन्हें देने और भोजन-भंडार में कुछ खाने-पीने घर के भीतर चला गया।

दस दिन बाद उसने फिर दरवाज़ा खटखटाया और कामाक्षी को बुलाकर उस का पहला पत्र उसे सौंपा। 'अरे, इसमें से तो खुशबू आ रही है। मुझे यह खुशबू तभी आने लगी थी जब तीन स्टेशन पहले यह डाक के डिब्बे में यहाँ आ रहा था। मैंने ऐसे सैकड़ों खत पहुँचाये हैं। अब मेरी बात सुनो। तुम्हें अपना दसवाँ खत लिखने के बाद वह तुम्हें आदेश देगा कि सामान बाँधो और उसके पास पहुँच जाओ–तब तुम्हारे दो पंख उग आयेंगे और उसी दिन तुम उड़कर उसके पास पहुँच जाओगी, इस सड़क और थानप्पा सभी को भूलकर–है न यही बात?'

कामाक्षी शर्म से लाल होती, उसके हाथ से पत्र लेकर पढ़ने के लिए घर के भीतर घुस गई। डाकिया बोला, 'मेरा ख़्याल है कि खत में क्या लिखा है, यह जानने के लिए इन्तज़ार करने की ज़रूरत नहीं है।'

फिर एक छुट्टी के दिन, जब उसे विश्वास था कि रामानुजम घर पर ही मिलेंगे, वह जा पहुँचा और उन्हें एक कार्ड पकड़ा दिया। कार्ड देखते ही रामानुजम बोले, 'बुरी खबर लगती है, थानप्पा। मेरे चाचा, पिता के भाई, सलेम में बहुत बीमार हैं और वे चाहते हैं कि मैं तुरंत वहाँ पहुँच जाऊँ।'

'यह सुनकर मुझे बड़ा अफसोस हो रहा है,' थानप्पा बोला, 'आपके लिए यह एक तार भी है...।'

तार पढ़कर रामानुजम बोले, 'अरे, वे तो गुज़र भी गये...' और यह कहकर वे बाहर पत्थर पर ही बैठ गये, मानो जान ही निकल गई हो।

थानप्पा भी बहुत दुखी लग रहा था। कुछ देर बाद रामानुजम सँभले, खड़े हुए और घर में भीतर जाने लगे। थानप्पा ने कहा, 'एक मिनट रुकिये, मेरी बात सुनिये। मुझे एक माफी माँगनी है। इस कार्ड की तारीख देखिये।'

'उन्नीस मई, यानी करीब पंद्रह दिन पहले का है यह।'

'जी हाँ, और तार भी उसके दूसरे दिन ही आ गया था। यानी शादी के ही दिन...। मुझे बड़ा दुख हुआ।... लेकिन जो होना था, हो गया था। मैंने अपने से यही कहा और दोनों को अपने ही पास रख लिया... कहीं इनसे शादी ही न रुक जाये।'

रामानुजम ने डाकिये को घूर कर देखा और बोले, 'यह खबर तब मिलती तो मैं शादी को ज़रूर रोक देता...।'

डाकिया सिर झुकाये खड़ा था, कुछ देर बाद धीरे से बोला, 'आप चाहें तो मेरी शिकायत कर सकते हैं। मेरी नौकरी चली जायेगी। यह गंभीर अपराध है।' यह कहकर वह सीढ़ियों से उतरा और खत बाँटने सड़क की ओर चला।

रामानुजम कुछ देर उसे देखते रहे, फिर चिल्लाकर बोले, 'रुकना!'

थानप्पा ने घूमकर देखा, रामानुजम कह रहे थे, 'यह मत सोचना कि मैं तुम्हारी शिकायत करूँगा। मुझे इसी बात का अफसोस है कि तुमने ऐसा किया...।'

'मैं आपकी भावनाएँ समझती हूँ...,' यह कहता हुआ डाकिया अगले मोड़ से गली के भीतर चला गया।

डॉक्टर के शब्द

डॉ. रमन के पास मरीज़ बीमारी के आखिरी दिनों में ही आते थे। वे अक्सर चिल्लाते, 'तुम एक दिन पहले क्यों नहीं आ सकते थे?' इसका कारण भी साफ था : डॉक्टर की बड़ी फीस और इससे भी ज़्यादा महत्त्वपूर्ण बात यह कि कोई यह नहीं मानना चाहता कि आखिरी समय आ गया है और डॉ. रमन के पास जाना चाहिए। आखिरी समय और डॉक्टर रमन जैसे एक-दूसरे से मिल-जुल गये थे, इस कारण वे उनसे डरने भी लगे थे। इस तरह जब यह महापुरुष मरीज़ के सामने प्रकट होते, तब इस पार या उस पार, निर्णय तुरंत करना होता था। अब कोई हीलाहवाली या चालबाज़ी काम नहीं आती थी। बहुत समय से डॉक्टरी करने के कारण उनमें एक तुर्श स्पष्टवादिता भी आ गई थी, इस कारण उनकी राय की क़द्र भी की जाती थी। अब वे राय देने वाले डॉक्टर मात्र न रहकर फैसला सुनाने वाले जज बन गये थे। उनके शब्दों पर मरीज़ की ज़िन्दगी निर्भर रहने लगी थी। लेकिन डॉक्टर साहब इस सबसे परेशान नहीं होते थे। वे नहीं मानते थे कि मीठे शब्द बोलकर ज़िन्दगी बचाई जा सकती है। वे नहीं सोचते थे कि झूठ बोलकर दिलासा देना उनका कर्तव्य है जबकि प्रकृति कुछ ही घंटों में फैसला सुना देगी। लेकिन जब भी उन्हें उम्मीद की कोई ज़रा-सी भी किरण नज़र आती, तो वे कमर कसकर मैदान में उतर पड़ते और चाहे जितने घंटे या दिन भी लग जायें, वे सब कुछ भूलकर मरीज़ को यमराज के पंजे से छुड़ा लाने के प्रयत्न में लग जाते।

आज, एक मरीज़ के सिरहाने खड़े उन्हें खुद को दिलासा देने वाले ऐसे लोगों की ज़रूरत महसूस हो रही थी, जो झूठ बोलकर भी उन्हें ढाढस बँधा सकें। रूमाल निकालकर उन्होंने माथे से पसीना पोंछा और मरीज़ के पास चुपचाप कुर्सी पर बैठ गये। बिस्तर पर उनका जिगरी दोस्त गोपाल निढाल पड़ा था।

उनकी दोस्ती चालीस साल पुरानी थी, जो किंडरगार्टन स्कूल से शुरू हुई थी। अब, परिवार और काम-धंधे की बातों को लेकर उनका मिलना-जुलना काफी कम हो गया था, पर प्यार में कमी नहीं आई थी। इतवार के दिन शाम को अक्सर गोपाल उनके पास पहुँच गया और अस्पताल के एक कोने में चुपचाप बैठा प्रतीक्षा करता रहता कि डॉक्टर कब-कब खाली होते हैं। फिर दोनों साथ खाना खाते, फिल्म भी देखते और देश-दुनिया की जमकर बातें करते। यह उनकी स्थायी मित्रता थी और इसमें वक्त और हालात का कोई असर नहीं पड़ा था।

अपनी व्यस्तता के कारण डॉ. रमन ने इस बात पर ध्यान नहीं दिया था कि गोपाल पिछले तीन महीने से उनसे मिलने नहीं आया है। एक दिन सुबह जब उन्होंने मरीज़ों से भरे अस्पताल की एक बेंच पर उसके बेटे को इन्तज़ार करते देखा, तब उन्हें यह याद आया। फिर भी वे घंटे भर तक उससे बात करने का वक्त नहीं निकाल सके। इसके बाद जब वे आपरेशन-रूम जाने के लिए उठे तो उसके पास जाकर बोले, 'क्यों आये हो, बेटे?' लड़का झेंपता हुआ धीरे से बोला, 'माँ ने भेजा है।

'बात क्या है?'

'पापा बीमार हैं।'

आज आपरेशन करने का दिन था और तीन बजे तक वे फुरसत नहीं पा सके। इसके बाद वे तुरंत लॉली एक्सटेंशन में स्थित मित्र के घर के लिए चल पड़े।

गोपाल बिस्तर पर पड़ा सो रहा था। डॉक्टर साहब उसके सिरहाने जा खड़े हुए और पत्नी से पूछा, 'यह कब से बीमार है?'

'डेढ़ महीना हो गया, डॉक्टर साहब!'

'किसका इलाज चल रहा है?'

'एक पड़ोसी डॉक्टर का हर तीसरे दिन आते हैं और दवा देते हैं।'

'नाम क्या है उसका?' यह नाम उन्होंने कभी नहीं सुना था। बोले, 'इसे मैं नहीं जानता। लेकिन मुझे तो कुछ बताना था। तुमने खुद क्यों खबर नहीं की?'

'हमने सोचा आप व्यस्त होंगे और व्यर्थ में आपको परेशान करना होगा।' पत्नी ने बड़ी दयनीयता से कहा। वह काफी परेशान नज़र आ रही थी। डॉक्टर समझ गया, अब गँवाने लायक वक्त नहीं बचा है। उन्होंने कोट उतारा और बक्सा खोला, इंजेक्शन ट्यूब निकाली, सुई खौलते पानी में रख दी। पत्नी उन्हें यह सब करते देखकर और भी परेशान होने लगी और सवाल पूछने लगी।

'आप सवाल मत करो, डॉक्टर ने ज़ोर से कहा। उसने बच्चों पर नज़र डाली, जो खौलते हुए पानी में सुई को उछलते देख रहे थे। वे बोले, 'बड़े लड़के को यहीं रहने दो, बाकी लड़के किसी और कमरे में भेज दो।'

मरीज़ को नींद में इन्जेक्शन लगाकर वे कुर्सी पर बैठ गए और घंटे भर उसे सोने दिया। मरीज़ सोया पड़ा था। डॉक्टर के चेहरे पर पसीना निकल आया और फिर बोले, 'तुम लोगों ने खाना खाया?'

'नहीं', हालांकि भूख से वे बेहाल हो उठे थे। उन्होंने दोपहर का खाना भी नहीं खाया था। थोड़ी देर बाद वे उठे और बोले, 'मैं बहुत जल्द लौट आऊँगा। इन्हें बिलकुल मत छेड़ना।' थैला उठाया और बाहर खड़ी कार में जा बैठे।

पंद्रह मिनट में वे वापस आ गये, साथ में एक नर्स और सहायक भी थे। पत्नी से बोले, 'मैं एक आपरेशन करूँगा।'

'क्यों? क्या हुआ है?' पत्नी ने घबराकर पूछा।

'बाद में बताऊँगा। अभी तुम लड़के को यहाँ छोड़ दो और पड़ोसी के घर चली जाओ, और जब तक मैं बुलाऊँ नहीं, वापस मत आना।'

पत्नी बेहोश होकर ज़मीन पर गिरने को हुई, लेकिन नर्स ने उसे सँभाल लिया और बाहर जाने में मदद की।

रात को करीब आठ बजे मरीज़ ने आँखें खोलीं और बिस्तर पर धीरे से हिला। सहायक बहुत खुश हुआ और कहने लगा, 'अब ये ज़रूर ठीक हो जायेंगे।' डॉक्टर ने भावहीन आँखों से उसे देखा और धीरे से कहा, 'इसे ठीक करने के लिए मैं कुछ भी करने को तैयार हूँ लेकिन इसके दिल का क्या होगा...।'

'नाड़ी में तो सुधार हुआ है।'

'ठीक है, लेकिन इस पर भरोसा नहीं किया जा सकता। ऐसे मामलों में शुरू में हलका सुधार दिखाई देता है लेकिन वह टिकता नहीं है... वह झूठा साबित होता है।' फिर थोड़ी देर सोचते रहकर बोले, 'अगर नाड़ी सवेरे आठ बजे तक चलती रहती है, तो यह अगले चालीस बरस तक चलती रहेगी। लेकिन मुझे शक है कि रात को दो बजे के बाद भी यह इसी तरह चलती रहेगी।'

इसके बाद उन्होंने सहायक को वापस भेज दिया और मरीज़ के पास बैठ गये। 11 बजे के करीब मरीज़ ने फिर आँखें खोलीं और डॉक्टर की ओर देखकर मुस्कराया। उसमें हलका सुधार हुआ था और उसने कुछ खाना भी खाया। घर भर में चैन और खुशी की लहर दौड़ गई। सब डॉक्टर के पास आ खड़े हुए और कृतज्ञता

प्रकट करने लगे। लेकिन वे चुप बैठे मरीज़ की ओर देखते रहे, लगता था कि वे किसी की बात सुन नहीं रहे हैं। पत्नी पूछने लगी, 'अब ये खतरे से बाहर हैं?'

बिना सिर घुमाये, उन्होंने कहा, 'इन्हें हर चालीस मिनट बाद ग्लूकोज़ और ब्रांडी देती रहो। दो चम्मच काफी होगी।'

पत्नी रसोईघर में चली गई। वह बेचैन हो रही थी। वह चाहती थी कि जो भी सच्चाई हो, अच्छी या बुरी, उसे पता चल जाये। डॉक्टर साहब कुछ स्पष्ट क्यों नहीं बता रहे? दुविधा उसके लिए असह्य होती जा रही थी। शायद वे मरीज़ के ही सामने कुछ न कहना चाहते हों। इसलिए रसोई के दरवाज़े से उसने उन्हें इशारे से बुलाया। वे चले गये तो उसने पूछा, 'अब ये कैसे हैं? बच तो जायेंगे?'

डॉक्टर ने होंठ काटे और ज़मीन की ओर देखते हुए धीरे से कहा, 'अपने पर काबू रखो। इस वक्त कोई सवाल मत करो।'

भय से पत्नी की आँखें फैल गईं। उसने उनके हाथ कसकर पकड़ लिये और कहने लगी, 'मुझे सच बता दीजिए।'

'इस वक्त मैं तुमसे बात नहीं करूँगा।' यह कहकर वे कुर्सी पर जाकर फिर बैठ गये।

पत्नी ने चीखकर रोना शुरू कर दिया। आवाज़ सुनकर मरीज़ ने चौंककर आँखें खोलीं और देखने लगा कि क्या बात है। डॉक्टर साहब फिर उठे, रसोई की ओर गये, दरवाज़ा बाहर से बंद कर कुंडी चढ़ा दी, जिससे आवाज़ बाहर निकलने से रुक गई।

वे फिर कुर्सी पर आकर बैठे तो मरीज़ ने धीरे से पूछा, 'क्या आवाज़ थी? कोई रो रहा था क्या?'

डॉक्टर ने कहा, 'तुम अपने पर ज़ोर मत डालो। बात मत करो। सोने की कोशिश करो।

मरीज़ ने फिर पूछा, 'क्या मैं जा रहा हूँ? मुझसे मत छिपाओ।'

डॉक्टर ने अस्पष्ट-सी कुछ ध्वनि की और कुर्सी पर बैठे रहे। उनके जीवन में ऐसी स्थिति कभी नहीं आई थी। लीपापोती उनके स्वभाव में नहीं थी। इसी कारण लोग उनके शब्दों को बहुत महत्व देते थे। उन्होंने मरीज़ की तरफ एक नज़र डाली। उसने इशारे से उन्हें पास बुलाया और धीरे से कहने लगा, 'मैं जानना चाहता हूँ कि और कितना जियूँगा, मुझे वसीयत पर दस्तखत करना है। वह तैयार रखी है। पत्नी से

कहो, उसे उठा लाये। तुम गवाह के दस्तखत कर देना।'

डॉक्टर बोला, 'इस वक्त अपने पर दबाव मत डालो, शान्त रहने की कोशिश करो।' लेकिन यह कहते हुए वे स्वयं को मूर्ख महसूस कर रहे थे। सोचने लगे–'कितना अच्छा हो, मैं इस सबसे बचकर किसी ऐसी जगह चला जाऊँ, जहाँ मुझसे कोई सवाल न पूछा जा सके!'

मरीज़ ने अपने कमज़ोर हाथों से डॉक्टर की कलाई फिर से पकड़ ली और ज़ोर देकर कहने लगा, 'राम, यह मेरा सौभाग्य है कि इस वक्त तुम यहाँ मेरे पास हो। मैं तुम्हारे शब्दों पर विश्वास कर सकता हूँ। मैं जायदाद का मामला सुलझाकर जाना चाहता हूँ। नहीं तो मेरे बाद पत्नी और बच्चों को बड़ी परेशानियों का सामना करना पड़ेगा। तुम्हें सुब्बिया और उसके लोगों की जानकारी है। वक्त रहते मुझे दस्तखत कर लेने दो। बताओ...।'

'ठीक है, लेकिन ज़रा ठहरो...।' डॉक्टर ने उत्तर दिया, फिर वे उठे और बाहर अपनी गाड़ी में जाकर बैठ गये। सोचने लगे। घड़ी देखी, आधी रात हो चुकी थी। वसीयत पर दस्तखत होने हैं तो दो घंटे में हो जाना चाहिए, नहीं तो...। वे संपत्ति के बारे में ज़िम्मेदार नहीं होना चाहते थे। घर की समस्याओं का उन्हें अच्छी तरह ज्ञान था, और सुब्बिया तथा उसके लोगों की भी उन्हें सही जानकारी थी।

लेकिन इस वक्त वे क्या कर सकते थे? अगर वे वसीयत पर दस्तखत करने की सुविधा उसे दे देते हैं तो यह उसकी मौत का परवाना भी हो सकता है, क्योंकि इसके कारण जीवित रहने की उसकी कोशिश एकदम खत्म हो जायेगी।

वे गाड़ी से निकले और घर की ओर चल पड़े। फिर कुर्सी पर जाकर बैठ गये। मरीज़ बराबर उनको देखे जा रहा था। डॉक्टर ने खुद से कहा, 'अगर मेरे शब्द इसे बचा सकते हैं तो इसे मरना नहीं चाहिए। वसीयत की फिर क्यों ज़रूरत है?'

वे बोले, 'सुनो, गोपाल!' यह पहली दफा वे अपने मरीज़ के सामने नाटक करने जा रहे थे, झूठ बोलकर जीवन जीने की उसकी इच्छा जगाने। मरीज़ के ऊपर झुककर वे ज़रा ज़्यादा ज़ोर देकर बोले, 'तुम वसीयत की फिक्र मत करो। तुम जियोगे। तुम्हारा दिल बहुत मज़बूत है।'

यह सुनते ही मरीज़ के चेहरे पर चमक आ गई। संतोष की साँस भर कर उसने कहा, 'तुम कह रहे हो यह? तुम्हारे मुँह से निकली बात ज़रूर सच होगी...।'

डॉक्टर ने कहा, 'हाँ, मैं कह रहा हूँ। तुम हर क्षण ठीक हो रहे हो। अब

सो जाओ। गहरी नींद में सो जाओ। मन से सब परेशानियाँ निकाल दो। मैं सवेरे तुमसे मिलूँगा।'

मरीज़ ने कृतज्ञ-भाव से डॉक्टर की ओर देखा और फिर आँखें बन्द कर लीं। डॉक्टर ने अपना बैग उठाया और धीरे से दरवाज़ा बन्द करके बाहर निकल गया।

घर जाते हुए रास्ते में वह अस्पताल में रुके, सहायक को बुलाया और बोले, 'तुम लॉली एक्सटेंशन वाले मरीज़ के पास चले जाओ—दवा की एक ट्यूब साथ ले जाना। अब किसी भी क्षण वह जा सकता है। कष्ट ज़्यादा हो तो यह ट्यूब दे देना। जल्दी करो, जाओ।'

दूसरे दिन दस बजे वह फिर वहाँ पहुँच गये। कार से निकलते ही मरीज़ के कमरे की ओर तेज़ी से गये। मरीज़ जाग रहा था और ठीक दिख रहा था। सहायक ने बताया कि नब्ज़ सही चल रही है। उसने स्टेथेस्कोप मरीज के दिल पर रखा, कुछ देर सुना और पत्नी से बोला, 'देवी, अब खुश हो जाओ। तुम्हारा पति नब्बे साल तक ज़िन्दा रहेगा।'

अस्पताल लौटते हुए सहायक ने डॉक्टर से पूछा, 'सर, क्या वे जीवित रहेंगे?'

'अब मैं शर्त लगाकर कह सकता हूँ कि गोपाल नब्बे साल तक ज़िन्दा रहेगा। लेकिन मेरे लिए हमेशा यह पहेली बनी रहेगी कि वह यह हमला कैसे झेल गया!'

गेटकीपर का इनाम

जब एक दर्जन आदमी खुलेआम या इशारे से किसी आदमी को पागल कहना शुरू कर दें तो वह खुद भी अपने पर शक करने लगता है। भूतपूर्व गेटकीपर गोविंद सिंह के साथ भी यही हुआ। और इसके लिए लोगों को दोष देना भी गलत है। ऐसे आदमी के लिए आप भी क्या कहेंगे जो अपने हाथ में एक रजिस्टर्ड लिफाफा लिये आपके पास आये और पूछे, 'मुझे बताइये कि इसके भीतर क्या है?' इस बात का जवाब यही होगा कि 'खोलो और देख लो।' लेकिन इस बात से वह इतना डर जाता जिसका जवाब नहीं। 'नहीं, नहीं, मैं यह नहीं कर सकता,' यह कहकर वह अपने किसी दूसरे परिचित के पास जा खड़ा होता और यही सवाल उससे भी करने लगता। सब उसे यही जवाब देते तो वह कहने लगता कि आप सब पागल हैं। फिर किसी ने उससे कहा कि अगर तुम इसे खोलना भी नहीं चाहते और जानना भी चाहते हो कि इसके भीतर क्या है तो एक्स-रे करवाने के लिए इसे किसी अस्पताल ले जाओ। यह सलाह उसे एक पूर्व कंपाउंडर ने दी, जो दूसरी सड़क पर रहता था।

'यह क्या होता है?' गोविंद सिंह ने पूछा। जब उसे एक्स-रे क्या होता है, यह समझाया गया तो वह पूछने लगा, 'ऐसा अस्पताल कहाँ मिलेगा जिसमें एक्स-रे होता हो?'

लेकिन इस विषय में आगे बढ़ने से पहले हमें यह जानना पड़ेगा कि यह समस्या पैदा क्यों हुई। 1914-18 के पहले विश्वयुद्ध के बाद, जिसमें वह लड़ा था, उसे इंग्लेडिया दफ्तर में गेटकीपर की नौकरी के लिए सिफारिशी चिट्ठी दी गई। उसे यह काम बहुत अच्छा लगा। उसे एक खाकी ड्रेस पहनने को दी गई, जिसके कंधे पर एक चमकदार पट्टी थी, और हाथ में रखने के लिए एक छोटी-सी छड़ी दी गयी। छड़ी

हाथ में पकड़ कर वह गेट पर रखे एक स्टूल पर बैठ गया। मैनेजर की गाड़ी जब फाटक से घुसती, तब सीधे खड़े होकर वह उसे मिलिटरी सेल्यूट मारता। दफ्तर में सौ के करीब कर्मचारी थे और जब वे भीतर आते या बाहर जाते, तो वह उन पर नज़र रखता। समय समाप्त होने पर जब जनरल मैनेजर सीढ़ियों से खट-खट करता नीचे उतरता, तो वह सीधा तनकर खड़ा हो जाता और उसके जाने के बाद सभी सौ कर्मचारी एक-एक करके बाहर निकलना शुरू हो जाते। फिर वह दरवाज़ा बन्द करता, स्टूल उठाकर भीतर रखता और उसी पर अपनी छड़ी भी तिरछी करके टिका देता। फिर बाहर निकलकर वह मुख्य फाटक का ताला लगाकर उसे भी सील कर देता।

इस तरह उसने नौकरी के पच्चीस साल गुज़ार दिये थे और फिर पेंशन दी जाने की प्रार्थना की थी। वह अभी रिटायर होने की बात न सोचता, लेकिन अब उसकी नज़र कमज़ोर हो चली थी और कान भी ऊँचा सुनने लगे थे और मैनेजर जब सीढ़ियों से नीचे उतरते, तो उसे सुनाई नहीं पड़ता था कि वे आ रहे हैं। दस कदम दूरी पर आ रहे व्यक्ति को वह पहचान नहीं पाता था कि कौन आ रहा है। उसे कंपनी अध्यक्ष के सामने पेश किया गया, जिसने क़ागज़ों से सिर उठाकर कहा, 'तुम्हारे काम से कंपनी बहुत संतुष्ट है, इसलिए उसने तुम्हें आजीवन रु. 12 महीने की पेंशन देने का फैसला किया है...। गोविंद सिंह ने एड़ियाँ जमाकर सिर उठाकर सेल्यूट किया, फिर पीछे घूमकर प्रसन्न मन कमरे से बाहर निकल आया। यह दूसरी बार अध्यक्ष ने उससे बात की थी, पहली बार तब, जब उसे इस कंपनी में नौकरी दी गई थी। तब वह जैसे ही अपनी ड्यूटी पर आकर खड़ा हुआ था, अध्यक्ष ने भी दफ्तर में पैर रखा। नया आदमी देखकर उसने पूछा था, 'कौन हो तुम?' और उसने सेल्यूट मारकर फुर्ती से जवाब दिया था, 'सर, मैं नया गेटमैन हूँ।' उसके बाद पच्चीस साल बाद यह दूसरी बार बात हुई थी।

दोनों दफा यद्यपि अध्यक्ष ने बहुत कम शब्द बोले थे, उन्हें सुनकर उसमें मानो बिजली दौड़ गई थी। सिंह की नज़रों में वह देवता के समान था और देवता भी ज़िन्दगी में कभी-कभी ही प्रकट होकर दो-चार शब्द ही बोलते हैं। कई दफा जब वह चुप बैठा सोचता रहता तो उसके दिमाग़ में अध्यक्ष की गरिमा और व्यक्तित्व की तस्वीर बनती रहती।

पेंशन मिलने के बाद भी उसकी ज़िंदगी उसी तरह सुख से बीतती रही। पेंशन के रुपये और उसकी बीवी दो घरों में झाड़ू-पोंछा करके जो कुछ कमाती थी, दोनों को मिलाकर उसका खर्चा बहुत अच्छी तरह चल जाता था। खाना

खाकर वह घर से निकल जाता और मित्रों से मिलता-जुलता, फिर एक सिगरेट की दुकान पर, जिसे उसका एक संबंधी चलाता था, जाकर जम जाता। महीने की पहली तारीख को ही उसके इस कार्यक्रम में फेर पड़ता, जब वह वर्दी पहनकर अपने दफ्तर जाकर एकाउंटेंट से पेंशन का पैसा लेने जाता। जब कभी पैसा लेने वह शाम को जाता तो सड़क के किनारे खड़े होकर अध्यक्ष के बाहर आने का इन्तज़ार करता, और गाड़ी में बैठते समय उसे सेल्यूट मारकर घर वापस आता।

अब उसका समय बिलकुल खाली था, चारों तरफ फैला फालतू समय। अपने बारे में उसने एक नया आविष्कार किया, वह मिट्टी और लकड़ी का बुरादा मिलाकर खिलौने बनाने लगा। उसे अचानक ही एक दिन इस बात का ज्ञान हुआ जब एक बच्चा अपना टूटा खिलौना लेकर आया और उसे ठीक करने को कहने लगा। उसने खिलौना ठीक ही नहीं कर दिया उसे पहले से अच्छा एक अलग खिलौना बनाकर भी दे दिया। इस बात से उसे खुद भी बड़ी खुशी हुई और इसके बाद वह इसी काम में लग गया। उसके घर के पिछवाड़े काफी अच्छी मुलायम मिट्टी थी और संबंधी की सिगरेट की दुकान के बगल में आरा लगा था; जहाँ उसे लकड़ी का बुरादा मिल जाता था। रंग वह दुकान से खरीद लेता था, दो-चार आने में बहुत से रंग मिल जाते थे।

अब उसका समय बड़ी तेज़ी से बीतने लगा। घर के सामने की जगह में उसका काम शुरू हो गया और देखते-ही-देखते रंग-बिरंगे तरह-तरह के खिलौनों की नुमायश ही खड़ी हो गई। यह एक पूरी दुनिया थी, पशु, पक्षी, आदमी, मकान, पूरे-पूरे गाँव और बाज़ार। फाटक पर खड़ा वह जो भी देखता रहता था—भिखारिन, मदारी, अफसर, खोमचेवाला, सब्ज़ी बेचनेवाली, सब कुछ उसने बनाकर पटरी पर सजा दिये। मिट्टी और बुरादे से ये सब बनाकर वह इन्हें लकड़ी के पतले टुकड़ों में जड़कर सामने सजा देता। फिर इन्हें उसने सिगरेट की दुकान पर रखना शुरू कर दिया जहाँ इनकी बिक्री भी होने लगी। पैसा भी आने लगा, लेकिन पैसे से ज़्यादा खुशी उसे इन्हें बनाकर मिलती थी।

दूसरी दफा जब वह पेंशन लेने गया तब अपने साथ अपना सबसे अच्छा खिलौना, सड़क का दृश्य, लेकर गया। उसे एकाउंटेंट को देकर बोला, 'इसे साहब को दे देना।' इसके बाद फिर जब वह पेंशन लेने गया तो एक और खिलौना, खेलते हुए बच्चे, साथ ले गया और उसे भी एकाउंटेंट को दे आया। पूछा, 'साहब को मेरा खिलौना कैसा लगा?'

'अच्छा लगा।'

'यह खिलौना भी उन्हें देना...।' इसके बाद हमेशा वह अपने साथ एक खिलौना साहब को देने के लिए ले जाता और एकाउंटेंट से पूछता, 'साहब को खिलौना कैसा लगा?'

हर बार उसे यही जवाब मिला, 'बहुत अच्छा लगा उन्हें। उन्होंने कहा बहुत अच्छा बनाया है।'

इसके बाद उसने एक बहुत बड़ा खिलौना बनाया। इसमें उसने दफ्तर का फाटक बनाया, गेट पर वह वर्दी पहने खड़ा है, साहब गाड़ी से उतर रहे हैं, यह सारा नज़ारा बड़ी कुशलता से अंकित कर दिया। यह सबको बहुत शानदार लगा और उसे खुद अपने पुराने दिनों की याद आ गई। इसे भी साहब को देने के लिए वह एकाउंटेंट को दे आया। इसे देखने सारे दफ्तर के लोग जमा हो गये और 'वाह-वाह!' कहने लगे। एक बोला, 'तुम खुद भी इसमें बड़ी शान से खड़े हो।'

इतनी तारीफ सुनकर उसे कुछ डर भी लगा और वह बोला, 'साहब इसे देखकर खफ़ा तो नहीं होंगे?'

'नहीं, नहीं, खफ़ा क्यों होने लगे?' एकाउंटेंट ने कहा और पेंशन के पैसे उसे पकड़ा दिये।

एक हफ्ते बाद जब वह घर के बाहर पत्थर पर बैठा मिट्टी मल रहा था, डाकिया आया और कहने लगा, 'तुम्हारी रजिस्ट्री आई है।'

उसे ताज्जुब हुआ, बोला, 'मेरे लिए रजिस्ट्री?' उसे तो साधारण चिट्ठी लेते हुए भी डर लगता था, अब तक सारी ज़िंदगी में उसके लिए तीन ही चिट्ठियाँ आई थीं और जब तक वह इन्हें पढ़वाकर सुन नहीं लेता था कि क्या लिखा है, तब तक वह काँपता ही रहता था और अब अचानक यह रजिस्टर्ड चिट्ठी आ पहुँची थी। उसके लिए पहली रजिस्टर्ड चिट्ठी! 'रजिस्ट्री से तो वकील ही चिट्ठियाँ भेजते हैं, है न?' वह परेशानी से कहने लगा।

'हाँ, होता तो यही है,' पोस्टमैन ने जवाब दिया।

'तुम इसे वापस ले जाओ, मुझे नहीं चाहिए,' वह पोस्टमैन से कहने लगा।

'तो मैं इस पर लिख दूँ, "वापस की"?' उसने पूछा।

'नहीं, नहीं, इसे ले जाओ, कह देना कि मैं मिला नहीं,' गोविंद सिंह ने उत्तर में कहा।

'यह नहीं हो सकता,' पोस्टमैन ने गंभीर होकर कहा।

अब सिंह को दस्तखत करने और चिट्ठी ले लेने के अलावा कोई उपाय नहीं सूझा। चिट्ठी लेकर वह ज़मीन पर बैठ गया और उसी को घूरने लगा। पत्नी बाहर गई थी, जब लौटी तो इस तरह चुप बैठा देखकर पूछने लगी, 'क्या बात है? यह तुम्हारे हाथ में क्या है?'

घुटी-सी आवाज़ में उसने कहा, 'यह रजिस्ट्री आई है।' और चिट्ठी उसकी ओर फेंक दी।

'क्या है इसमें?'

'मुझे क्या पता! हमारी बरबादी की खबर हो सकती है इसमें...' यह कहकर वह फूट पड़ा। पत्नी उसे एक मिनट देखती रही, फिर कुछ ज़रूरी काम निपटाने घर में चली गई। कुछ देर बाद वापस आई, तब भी उसका यही हाल देखकर कहने लगी, 'खोलकर क्यों नहीं देख लेते इसे? किसी से ले जाकर पढ़वा लो।'

इस पर तो डर के मारे उसने हाथ खड़े कर दिये। 'तुम नहीं जानती, क्या कह रही हो। इसे खोला नहीं जा सकता। इसमें शायद लिखा हो कि मेरी पेंशन रोक दी गई है, और पता नहीं साहब ने क्या कुछ कहा हो...।'

'तो दफ्तर जाकर उन्हीं से क्यों नहीं पूछ लेते?'

'मैं दफ्तर जाऊँ! मैं तो वहाँ अब अपनी शक्ल भी नहीं दिखाऊँगा...।' वह धीरे-धीरे बोलता रहा, 'सारी ज़िंदगी मेरे खिलाफ एक भी बात नहीं कही गई है...अब...' वह काँपने लगा। 'मैं जानता था दफ्तर का मॉडल बनाकर मैं परेशानी मोल ले रहा हूँ।... पहले भी जब मैं कुछ बनाकर ले जाता था तो सारा दफ्तर इकट्ठा होकर तारीफ करने लगता था। यह सब भी साहब के कानों में ज़रूर पहुँचा होगा...।'

यही सब कहता, चिट्ठी हाथ में लिये, वह घूमता रहा। खाने में उसकी रुचि खत्म हो गई थी, फटे-पुराने कपड़े पहने, बाल बढ़ाये वह पागलों की तरह सड़कों पर घूमता, जो साफ-सुथरी सैनिक की उसकी ज़िन्दगी को देखते हुए लोगों को बहुत अजीब लगता था। उसकी पत्नी की मानसिक शांति भी समाप्त हो गई थी और वह भी पति के लिए बहुत चिंतित रहने लगी थी। उसे जो भी मिलता, उससे वह यही सवाल करता, 'इस पत्र में क्या है, मुझे बताओ, लेकिन वह इसके लिए तैयार नहीं होता था कि पत्र खोलकर देखे कि उसमें क्या लिखा है।

अंत में यही हुआ कि सिंह ने एक्स-रे वाले अस्पताल का पता लगाया। जो रेसकोर्स रोड पर था। जब वह फाटक पर पहुँचा तो देखा कि वहाँ गाड़ियों

की लाइन लगी थी और बाहर एक गोरखा सिपाही खड़ा था। सौफों पर बैठे बहुत से लोग पत्रिकाएं और पुस्तकें पढ़ रहे थे। उन्होंने सिंह की तरफ एक हलकी-सी नज़र डाली और फिर पढ़ने में लग गये। वह दरवाज़े पर असमंजस की स्थिति में खड़ा रहा, यह देखकर एक सहायक उसके पास आया और पूछने लगा, 'तुम्हें क्या चाहिए?' सिंह ने उसे सेल्यूट किया और चिट्ठी सामने बढ़ाकर पूछने लगा, 'मैं जानना चाहता हूँ कि इसमें क्या है।' सहायक ने कहा कि खोलकर देख लो। लेकिन सिंह ने कहा, 'लोगों ने कहा है कि आप इसे खोले बिना बता सकते हैं कि इसमें क्या लिखा है।'

'आप कहाँ से आ रहे हैं?'

सिंह ने उसे अपनी ज़िन्दगी का पूरा ब्योरा दिया और और अंत में कहा, 'मैंने ज़िन्दगी भर बिना शिकायत के नौकरी की है। अब मुझे लगता है, इसमें मेरे लिए कोई परेशानी छिपी है...।' यह कहते हुए उसकी आँखों में आँसू आ गये।

सहायक ने अचरज से उसे देखा, जो और भी बहुतों ने यह सुनकर किया था, फिर मुस्करा कर कहा, 'घर जा कर आराम करो। तुम्हारी तबियत ठीक नहीं लगती।... जाओ, घर जाओ।'

'आप मुझे यह नहीं बता सकते कि इसमें क्या लिखा है?' बहुत दयनीय होकर उसने फिर कहा। सहायक ने पत्र हाथ में लेकर उसे देखा और पूछा, 'मैं इसे खोल सकता हूँ?'

'नहीं, नहीं, नहीं', सिंह ने झपट कर पत्र उसके हाथों से ले लिया। उसकी आँखों में दहशत दिखाई देने लगी थी। और लोगों ने भी सिर उठाकर उसे देखा और मनोरंजन के भाव से मुस्कराये। सहायक ने नरमी से उसका कंधा थामा और बाहर ले गया।

घर लौटते हुए वह इसी पर सोचता रहा। 'ये सब मुझे ऐसे क्यों देखते हैं, क्या मैं सचमुच पागल हूँ?' दिमाग़ में यह शब्द आते ही वह एकाएक सड़क के बीच में ही रुककर खड़ा हो गया और चिल्लाकर कहने लगा, 'तो यह बात है? यही बात है–मैं पागल हूँ, पागल!' उसने ख़ुश होकर सिर हिलाया, जैसे पूरी सच्चाई उसकी समझ में आ गई है। अब वह जान गया है कि लोग उसे अजीब नज़रों से क्यों देखते थे। 'वाह, अरे वाह!' यह कहकर वह हँसने लगा।

इससे उसे काफी चैन मिला। 'मैं पागल हो गया था और मुझे इसका पता ही नहीं था...।' वह पिछले दिनों के बारे में सोचने लगा। एक-एक दिन

की सभी घटनाएं, जब से, उसने खिलौने बनाना शुरू किया था, उसकी आँखों के सामने से गुज़रने लगीं। "पच्चीस साल की इज़्ज़तदार नौकरी करने के बाद कौन भला आदमी खिलौने बनाना शुरू करेगा?" अब जैसे उसके शरीर के जोड़ खुलने लगे और वह आराम से चलने लगा। उसे लगा कि वह उड़ भी सकता है। उसने दोनों हाथ ऊपर उठाये और सड़क पर दौड़ना शुरू किया। लोग उसे देखने के लिए रुक गये, तो वह चिल्लाकर कहने लगा, 'मुझ पर मत हँसो, मैं तो पागल हूँ। कौन जानता है तुम भी अगर मेरी तरह खिलौने बनाने लगोगे तो पागल हो जाओगे।' यह कहकर वह भीड़ के बीच चिल्लाता हुआ दौड़ने लगा।

तभी उसने देखा, स्कूल से बहुत से बच्चे निकलकर चले आ रहे हैं। उसने सोचा, शोर का अभिनय करके इनका मनोरंजन करूँ। वह ज़मीन पर हाथ पैरों के बल चलकर गुर्राता हुआ बच्चों की तरफ जाने लगा।

जब वह घर पहुँचा, उसकी हालत बुरी हो रही थी। पत्नी मसाला पीस रही थी, उसे देखकर बोली, 'यह क्या तमाशा है?' उसके बालों में धूल भरी थी और सारा शरीर कीचड़ से सना था। वह ठट्टे मारकर हँस रहा था, इसलिए बोल भी नहीं पा रहा था, 'पता है, क्या हुआ?'

'क्या हुआ?'

'मैं पागल हूँ, पागल, अब मुझे पता चल गया।' उसने कोने में रखी टोकरी उठाई और उसमें से मिट्टी लेकर एक टोप बनाया, फिर उसे सिर पर लगा लिया। नीचे ज़मीन पर नए बनाए खिलौने रखे थे। पिछली दफा दफ्तर जाने के बाद से उसने गाँव का एक मॉडल बनाना शुरू किया था। इसमें एक सड़क भी थी, लाल टाइलों से बने मकान थे, नारियल के पेड़ों पर हरे फल लटक रहे थे, औरतें रंग-बिरंगी साड़ियाँ पहने सिर पर पानी से भरे बर्तन लिये जा रही थीं। यह प्रेरणा उसके अपने बचपन के दिनों की यादों से, जो उसने गाँव में बिताये थे, मिली थी। आज तक बनाये सब मॉडलों में इतना बड़ा और शानदार यह पहला प्रयत्न था। इस पर काम करते हुए वह अपार सुख का अनुभव करता रहा था। 'इसे मैं अपने ही पास रखूँगा, यह मेरे बचपन की यादगार है' 'इसे मैं किसी नुमायश में रखूँगा, इसके लिए मुझे मैडल मिलेगा।' वह खज़ाने की तरह इसकी रक्षा करता था–जब यह गीला था, वह अपनी पत्नी को इसके दस गज़ दूर तक चलने भी नहीं देता था। कहता था, 'इससे दूर रहना। इस गाँव तक तुम्हारे पैरों की धूल नहीं पहुँचनी चाहिए।'

अब पागल की तरह उसने इसे देखा। फिर पैर उठाकर उसे कुचलना शुरू कर दिया। बहुत जल्द सारा मॉडल रंगीन टुकड़ों के ढेर में बदल गया। मिट्टी अभी तक कुछ गीली थी। उसने देखा, सड़क पर एक गधा घूम रहा है। उसने सारा मलबा उठाया और गधे के सामने डाल दिया—'अच्छा लगे तो इसे खा जाओ। यह बहुत अच्छा गाँव है।'

इसके बाद वह फिर बाहर निकल गया। पागलों की तरह सड़कों पर टहलने लगा। फिर रुक गया, आराम से एक-एक कदम उठाकर धीरे-धीरे चला, गहरी साँस खींची। सिर पर टोप लगा था, जिसके भीतर से सफेद बाल निकले पड़ रहे थे, बाँहें पीठ के पीछे, उँगलियों में वही चिट्ठी दबाये, सिर आसमान की तरफ उठाये, वह मार्केट रोड पर इस तरह आगे बढ़ने लगा, मानो दुनिया का मालिक हो–उसके पागलपन ने उसे असीम स्वतंत्रता, शक्ति और उत्साह प्रदान कर दिया था। लोग उसे देखकर हँस रहे थे, मज़ाक कर रहे थे परंतु उस पर किसी बात का कोई प्रभाव नहीं पड़ रहा था।

चलते-चलते उसकी नज़र सामने खड़े खंभे पर लगे एक बल्ब पर पड़ी। उसे देखकर कह बोला, 'अरे, पपीते जितना बड़ा बल्ब।' वह बहुत दिन से पत्थर मारकर इसे तोड़ने का विचार किया करता था, पर हिम्मत नहीं पड़ती थी। अब पागलपन की झोंक ने उसमें वह साहस और उत्साह पैदा कर दिया कि यह काम कर डाले। उसने ज़मीन से पत्थर उठाया और निशाना साधकर बल्ब की दिशा में फेंक दिया। बल्ब फूट गया और उसकी आवाज़ उसे संगीत की तरह लगी। एक सिपाही दौड़कर आया और उसका कंधा पकड़कर बोला, 'यह क्यों किया?' उसने गुस्से में भरकर जवाब दिया, 'मुझे पपीते का शीशा तोड़ना अच्छा लगता है।' सिपाही बोला, 'मेरे साथ पुलिस स्टेशन चलो।'

'अरे हाँ, मैं जब मेसोपोटामिया में था, उन्होंने मुझे एक दफा आधे राशन पर रख दिया था,' यह कहता हुआ वह पुलिस स्टेशन की ओर चल पड़ा। बीच में रुका, सिर एक तरफ मोड़ा और बोला, 'यह सड़क सीधी नहीं है...।' कई गाड़ियाँ और साइकिलें उसकी तरफ आ रही थीं। इन सबमें उसे कमियाँ दिखाई दे रही थीं। उन्हें वह ये बातें बताना चाह रहा था। वह सड़क के बीचोंबीच रुक गया, हाथ फैलाये और चिल्लाकर बोला, 'रुको, रुक जाओ।' गाड़ियाँ रुक गईं, साइकिलों पर सवार लोग नीचे उतर आये और

उसने भाषण देना शुरू किया—'मैं जब मेसोपोटामिया में था–दोस्तो, मैं तुम्हें वह बातें बताऊँगा जो तुम्हें पता नहीं हैं।'

सिपाही ने उसे किनारे की तरफ खींचा और गाड़ियों को आगे बढ़ने का इशारा किया। एक साइकिल वाला उसे ध्यान से देखकर उसकी तरफ आया और बोला, 'अरे, यह तो सिंह है, वही अपना सिंह! अरे, तुम यह कैसे कपड़े पहने हो? तुम्हें क्या हुआ है भई?'

पागलपन की रौ से धुँधली हुई नज़र से भी वह इस व्यक्ति को पहचान गया, ये तो दफ्तर के एकाउंटेंट थे।

उसने आदत के मुताबिक सीधे खड़े होकर एकाउंटेंट को सेल्यूट किया और बोला, 'माफ़ कीजियेगा सर, मैं आपको नहीं रोकना चाहता, आप जा सकते हैं...।' यह कहकर उसने सड़क पर आगे इशारा किया–और एकाउंटेंट को उसके हाथ में वही पत्र दिखाई दे गया। उसने लिफाफा पहचान लिया। हालांकि यह तुड-मुड़ गया था और मिट्टी से भी सन गया था।

'सिंह, तुम्हें यह खत मिल गया?'

'मिल गया, सर, लेकिन आप चलिये। इस बारे में कोई बात नहीं करनी है।'

'क्या बात है?' यह कहते हुए उसने लिफाफा छीन लिया और बोला, 'तुमने इसे खोला क्यों नहीं है?'

यह कहकर उसने लिफाफा खोल लिया और पत्र निकालकर ज़ोर से पढ़ने लगा, 'जनरल मैनेजर को आपके भेजे मॉडल बहुत कथात्मक लगे हैं और इनके लिए वे आपको सौ रुपये के इनाम की घोषणा करते हैं। वे आशा करते हैं कि इससे आपको यह काम करने का प्रोत्साहन मिलेगा और इस कला में आप और ज़्यादा प्रगति करते रहेंगे।'

पत्र अंग्रेज़ी में था इसलिए उसका पूरा अनुवाद करके भी उसे सुनाया गया और पत्र के साथ सौ रुपये का जो चेक नत्थी था, वह निकालकर उसे पकड़ा दिया गया।

यह तमाशा देखने बड़ी भीड़ इकट्ठी हो गई थी। सिंह ने पत्र अपनी आँखों से लगाया, सिर पर हाथ मारा और ज़ोर से बोला, 'सर, आप बतायें, मैं पागल हूँ या नहीं?'

'तुम बिलकुल ठीक लग रहे हो। तुम पागल बिलकुल नहीं हो', एकाउंटेंट ने कहा।

सिंह यह सुनकर उसके पैरों पर गिर पड़ा और आँखों में आँसू भरकर बोला, 'सर, आप देवता हैं जो मुझे पागल नहीं कह रहे। यह सुनकर मैं बहुत खुश हूँ।'

अगली दफा जब वह फिर अपनी पेंशन लेने दफ्तर पहुँचा, लोग उसके चारों ओर घिर आये और पूछने लगे, 'अब क्या बना रहे हो, कलाकार?'

'कुछ नहीं, सर, अब मैं कुछ नहीं बनाता। यह भले आदमी का काम नहीं है।' यह कहकर उसने पैसे लिये और तेज़ कदमों से बाहर निकल आया।

अंधा कुत्ता

यह कुत्ता न देखने में बहुत अच्छा था और ऊँची नस्ल का भी नहीं था। आम कुत्तों की तरह, जो हर जगह दिखाई देते हैं, सफेद और भूरा, सड़क पर ही जन्मा, पूँछ बचपन में ही ईश्वर जाने किसने कुचल दी थी, इधर-उधर पड़ी चीज़ें खाकर ज़िन्दा रहने वाला, यह कुत्ता था। आँखों में धब्बे दिखाई देते थे, चाल-ढाल भी बहुत आकर्षक नहीं थी और भूँकता यह बहुत ज़्यादा था। दो साल की उम्र होने से पहले ही उसके बदन पर सैकड़ों मुठभेड़ों के निशान पड़ चुके थे। गर्म दुपहरियों में जब आराम की ज़रूरत महसूस होती, तो बाज़ार के पूर्वी दरवाज़े की पुलिया के नीचे लेट जाता था। शाम होने पर फिर रोज़ की तरह चक्कर काटने निकलता, आस-पास की सड़कों और गलियों में घूमता फिरता, दूसरे कुत्तों से लड़ता-झगड़ता, जहाँ जो मिलता खा लेता और रात होने पर बाज़ार के फाटक पर फिर वापस लौट आता।

तीन साल से ज़िन्दगी ऐसी ही गुज़र रही थी। तभी दोनों आँखों से अंधा एक भिखारी फाटक पर आ पहुँचा। एक बुढ़िया उसे रोज़ सवेरे यहाँ लाती, फाटक के सामने बिठा जाती, जहाँ वह भीख माँगता रहता। दोपहर को उसे कुछ खाना दे जाती, और रात को उसे फिर घर वापस ले जाती।

कुत्ता उसके पास ही सो रहा था। खाने की खुशबू से उसमें हलचल पैदा हुई। वह उठा, अपने ठिकाने से बाहर निकला और अंधे भिखारी के साथ पूँछ हिलाते हुए खड़ा हो गया, इस आशा में कि बचे हुए खाने में से कुछ उसे भी मिल जायेगा। अंधे ने अपनी बाँहें इधर-उधर घुमाईं और पूछा, 'कौन है यहाँ?' जिसे सुनकर कुत्ता आगे बढ़ा और बाँह को चाट लिया। अंधे ने पूँछ से कानों तक उसके शरीर पर हाथ फेरा और कहा, 'तुम बहुत अच्छे लग रहे हो। मेरे साथ आओ।' उसने कुछ खाना कुत्ते को दिया, जो उसने कृतज्ञ होकर खा लिया।

यह एक तरह से उनकी लंबी दोस्ती की शुरुआत थी। दोनों रोज़ यहीं मिलते, कुत्ता भूँकना कम करके उसके पास बैठा रहता और सवेरे से शाम तक पैसा माँगते और लेते देखता रहता। कई दिन तक यह देखकर कि राहगीर उसे पैसा देते हैं, यह धंधा उसकी समझ में आ गया, और अगर कोई पैसा दिये बिना आगे बढ़ने लगता तो वह भूँकता हुआ उसके पीछे दूर तक जाता और फिर भी वह पैसा न देता तो उसके कपड़े दाँत में दबाकर उसे ज़बरदस्ती भिखारी के पास ले आता और पैसा डलवाकर ही दम लेता।

भिखारी के पास जो लोग आते थे, उनमें एक गाँव का शैतान लड़का भी था। वह अंधे को तरह-तरह से परेशान करता। यही नहीं, डिब्बे में पड़े पैसों को भी उठाकर भाग जाता। अंधा उसे गालियाँ देता, डंडा घुमाता, शोर मचाता, पर वह बाज़ नहीं आता था। यह लड़का हर बृहस्पतिवार को यहाँ आता, उसके सिर पर एक टोकरे में सब्ज़ियाँ और केले भरे होते। हर हफ्ते इस दिन भिखारी को यह मुसीबत झेलनी पड़ती थी। इसी फाटक के आस-पास रंगबिरंगी लेकिन नकली खुशबुओं का एक विक्रेता एक छोटी-सी गाड़ी पर अपना सामान सजाये खड़ा होता। पास ही सस्ती छोटी-छोटी किताबों की बोरियों पर फैली एक दुकान और लोहे के फ्रेम पर सभी रंगों के रिबन लटकाकर बेचने वाला–ये लोग भी यहाँ अपना धंधा चलाते थे। बृहस्पति का दिन आता तो वह लड़का भी प्रकट होता, तो ये लोग अंधे की तरफ देखकर आवाज़ लगाते—'आ गया है तुम्हें सताने वाला...।'

'हे भगवान! आज बृहस्पत है?' वह चिल्लाया। उसने अपनी बाँहें घुमाईं और पुकारा, 'अरे ओ कुत्ते, मेरे बेटे, यहाँ आओ, कहाँ हो तुम?' उसकी आवाज़ें— सुनकर कुत्ता वहाँ आ गया। उसने कुत्ते का सिर सहलाया और धीरे से बोला, 'यह शैतान आ गया है। इसे...।'

बात पूरी नहीं हुई थी कि लड़का भी आ पहुँचा। उसकी आँखों में बदमाशी की चमक थी।

'अरे अंधे! बहाने करता है कि तेरे आँखें नहीं हैं। अगर सचमुच अंधा है तो मैं क्या कर रहा हूँ, तुझे पता नहीं चलेगा...।' यह कहकर उसने डिब्बे की तरफ हाथ बढ़ाया।

कुत्ता समझ चुका था कि उसे क्या करना है। उसने लपककर लड़के की कलाई में दाँत गड़ा दिये। लड़का ज़ोर से चीखा और बड़ी कोशिश के बाद हाथ

छुड़ा पाया। फिर वह तेज़ी से भागा। कुत्ता भी उसके पीछे दौड़ा और उसे बाज़ार से बाहर निकालकर ही वापस लौटा।

एक दुकानदार बोला, 'देखा, कुत्ते का प्यार इस अंधे के लिए!'

एक दिन शाम को बुढ़िया उसे वापस ले जाने के लिए नहीं आई। अंधा फाटक पर इन्तज़ार करता और सोचता रहा कि रात कहाँ काटेगा?

कुछ देर बाद एक आदमी उसके पास आया और बोला, 'स्वामी, अब बुढ़िया का इन्तज़ार मत करना। अब वह नहीं आयेगी। आज दोपहर वह गुज़र गई...।'

अंधे का यह अकेला घर था, आज यह भी बंद हो गया। उसकी फिक्र करने वाली यह एक बुढ़िया ही थी, वह भी नहीं रही। रिबन बेचने वाला यह देखकर आगे आया। उसने अपने रिबनों में से सफेद रंग का एक मोटा रिबन निकाला और अंधे को दिया। बोला, 'इससे कुत्ते को बाँध लो और उसके साथ आना-जाना शुरू करो।'

कुत्ते की ज़िन्दगी ने अब एक नया मोड़ ले लिया। उसने अब बुढ़िया की जगह ग्रहण कर ली। इससे उसकी अपनी आज़ादी बिलकुल खत्म हो गई। अब उसकी ज़िन्दगी इस सफेद पट्टी के दायरे में सिमट कर रह गई। जब वह दूसरे कुत्तों को देखकर भूँकना और उछलना-कूदना शुरू करता तो पट्टी भी इधर-उधर होती और अंधा चिल्लाकर कहता, 'बदमाश, मुझे गिरा देगा क्या? चुप हो जा...।'

कुछ दिन में कुत्ते ने अपनी हरकतों पर काबू रखना सीख लिया। अब उसने दूसरे कुत्तों पर ध्यान देना बंद कर दिया, भले ही वे उसके बिलकुल सामने आकर भूँकते रहें। उसकी आवाज़ का दायरा और साथी-दोस्तों से संपर्क एकदम खत्म हो गये।

उसका जितना नुकसान हुआ, अंधे को उतना ही फायदा हुआ। वह ज़िन्दगी में जितना कभी नहीं घूमा था, घूमने लगा। अब वह दिनभर इधर-उधर जाकर भीख माँगता, कुत्ता उसे घुमाता रहता। एक हाथ में डंडा लिये और दूसरे में कुत्ते की पट्टी थामे-बाज़ार के बरामदे के एक कोने में उसने अब अपना घर बना लिया था–यहाँ से निकलकर वह जहाँ भी लोगों की आवाज़ें सुनाई देतीं, उधर ही निकल पड़ता और दुकानों, स्कूलों, अस्पतालों, होटलों, सभी जगह जा-जाकर भीख माँगता। जहाँ वह रुकना चाहता, कुत्ते की पट्टी को ज़ोर से झटका देता, कुत्ता रुक जाता, और जब वह आगे बढ़ना चाहता, बैल हाँकने वाले की तरह आवाज़ लगाकर उसे आगे बढ़ाता। कुत्ता गड्ढों में उसके पैर जाने

से उसे रोकता, सामने ईंट-पत्थर दिखाई देते तो पैर पटककर सावधान करता और ऊँचाइयों पर एक-एक इंच आगे जाकर धीरे-धीरे उसे ऊपर चढ़ाता। यह दृश्य देखने के लिए लोग उत्सुक रहते और पैसे भी डालते थे। बच्चे इकट्ठा हो जाते और खाने की चीज़ें उसे देते।

कुत्ता वास्तव में ऐसा जानवर होता है जो बहुत सँभल-सँभल कर और सही ढंग से अपने काम करता है, और ज़रूरत पड़ने पर आराम भी करता है। इस कुत्ते को लोग 'टाइगर' कहने लगे थे। पर अब इस कुत्ते का आराम जाता रहा था। उसे अब तभी आराम मिलता था जब अंधा कहीं बैठे या सो जाये। रात को अंधा अपनी अंगुली में कुत्ते की पट्टी पकड़कर सोता था। कहता था–'मैं तुम्हें छोड़ ही नहीं सकता।' अब उसके मन में ज़्यादा कमाई करने की भावना भी पैदा हो गई थी और आराम करने या बैठने को वह वक्त की बरबादी मानने लगा था। कुत्ते को भी इसलिए हर समय उसके साथ रहना पड़ता था। कभी-कभी उसके पैर आगे बढ़ने से इनकार कर देते, लेकिन उसके ज़रा रुकते ही मालिक डंडा मारकर उसे चलते रहने के लिए विवश कर देता था। कुत्ता चीखता-चिल्लाता तो मालिक एक और डंडा लगाकर कहता, 'शैतान, चीखना बंद कर। मैं तुझे खाना नहीं देता? एक और रोटी चाहिए....?' कुत्ता धीरे-धीरे सड़कों पर उसके साथ घूमता रहता, थका होने पर भी कुछ नहीं कर पाता था। अंधा भिखारी ज़ालिम मालिक की तरह उसे जैसे चाहता, रखता और काम लेता था। रात को बाज़ार बंद हो जाने के बाद देर तक लोगों को दूर से थके-माँदे कुत्ते की रोती हुई आवाज़ें सुनाई देती रहतीं। उसकी शक्लसूरत बदल गई थी, बदन में हड्डियाँ निकल आईं थीं और साफ-सुथरी खाल चकत्तों से भर गई थी।

रिबन बेचने वाले, किताबों के विक्रेता और खुशबुओं का ठेला लगाने वाले तीनों दुकानदारों ने इस पर गौर किया और एक दिन, जब धंधा कुछ मंदा था, वे मिल-बैठकर इस पर बात करने लगे–'बेचारे कुत्ते पर अब मुझे तरस आने लगा है। क्या हम लोग इस बारे में कुछ कर नहीं सकते?'

रिबनवाले ने कहा, 'यह अंधा बदमाश अब सूद पर कर्ज़ भी देने लगा है–फल वाले ने मुझे यह बात बताई। अब वह ज़रूरत से ज़्यादा कमाई करने लगा है। पैसे के लिए वह कुछ भी कर सकता है।'

खुशबूवाले को रिबन के फ्रेम से लटकती कैंची दिखाई दी। उसने कहा, 'उपाय। मुझे मिल गया...।' उसने कैंची निकाल ली और उसे लेकर आगे बढ़ा।

उसने देखा, अंधा भिखारी पूर्वी फाटक के सामने से आ रहा है। कुत्ता उसके आगे चल रहा है। रास्ते में हड्डी का एक टुकड़ा पड़ा है और कुत्ता उसे लेना चाहता है। अंधा पट्टी पकड़े हाथ से उसे ज़ोर देकर खींचता है जिससे कुत्ते को चोट लगती है और वह चीखने लगता है। इस खींचतान में उसे खून निकलने लगता है। अंधा गालियाँ भी बक रहा है।

कुत्ते की यह हालत देखकर रिबनवाला आगे बढ़ा और कैंची से उसकी पट्टी काट दी। कुत्ता तेज़ी से उछला और लपककर हड्डी पकड़ ली। अंधा अपनी जगह खड़ा रह गया, कटी हुई पट्टी हाथ में लिये। वह चिल्लाया, 'टाइगर, टाइगर, कहाँ हो तुम?'

खुशबूवाला चुपचाप उसके पास से निकला और बुदबुदाया, 'शैतान! राक्षस! अब वह तुम्हारे हाथ नहीं आयेगा। अब वह आज़ाद हो गया है।'

स्वतंत्र होकर कुत्ता तेज़ी से भागा और कुछ दूर जाकर सड़क पर ही आगे-पीछे नाचने-कूदने लगा। जहाँ भी उसे कुछ खाने को मिलता, झपटकर उठाता और खुश होकर खाता। दूसरे कुत्तों के साथ भी उसने हमेशा की तरह लड़ना-झगड़ना और भौंकना शुरू कर दिया। कसाई और बेकरी की दुकान और चायवाले का ठेला फिर उसके अड्डे बन गये। अब वह पहले की तरह बहुत खुश था।

रिबन वाला और उसके दोनों साथी मार्केट के सामने खड़े होकर मज़ा ले-लेकर यह तमाशा देखने लगे। अंधा भिखारी एक ही जगह खड़ा होकर रह गया था। वह समझ नहीं पा रहा था कि कैसे, क्या हुआ और अब किस तरह आगे बढ़े! आसमान में छड़ी और हाथ चलाता वह चिल्ला रहा था, 'मेरा कुत्ता कहाँ गया? अरे, मेरा कुत्ता कहाँ चला गया? कोई उसे पकड़कर मुझ तक पहुँचा दो।... अब वह मेरे पास आया तो मैं ज़रूर उसकी गर्दन मरोड़ दूँगा।'

रास्ता ढूँढ़ता वह आगे बढ़ने लगा, सड़क पार करने में कई गाड़ियों का सामना करना पड़ा। बीसियों जगह टकराया, और बेहोशी की दशा में एक जगह आकर बैठ गया। उसकी दशा देखकर तीनों साथी कहते रहे, 'इसके लिए यही सही होगा। अच्छा हो, ज़ालिम का यहीं खात्मा हो जाये...।'

थोड़ी देर बाद वह फिर उठा और किसी राहगीर की मदद से धीरे-धीरे बाज़ार के बरामदे के कोने में पड़े अपने गूदड़ बिस्तर पर थका-हारा आकर लेट गया।

दस दिन, पंद्रह दिन, बीस दिन तक अंधा कहीं दिखाई नहीं दिया। कुत्ता भी इस बीच किसी को नज़र नहीं आया। तीनों दुकानदार आपस में बात करते,

'कुत्ता तो अब सारी दुनिया में घूम-फिर रहा और मौज-मस्ती कर रहा होगा। अब वह आज़ाद पंछी है... और वह बुड्ढा, शायद वह हमेशा के लिए खत्म हो गया होगा...।'

यह बात खत्म भी नहीं हुई थी कि अंधे भिखारी की लकड़ी की आवाज़ टपटप, फिर सुनाई पड़ी। उन्होंने देखा, हमेशा की तरह वह पटरी पर चला आ रहा है, उसके आगे कुत्ता चल रहा है।

'अरे देखो, वे तो फिर उसी तरह चले आ रहे हैं...।' तीनों ने एक साथ कहा। रिबनवाला दौड़कर उनके पास गया और पूछने लगा, 'कहाँ रहे इतने दिन तुम लोग?'

अंधा कहने लगा, 'पता है, क्या हुआ? कुत्ता तो भाग गया था। मैं एकाध दिन कोने में पड़ा-पड़ा मर ही जाता, भूखा-प्यासा, कोई आमदनी नहीं। एक दिन और बीतता तो मैं चल बसता। लेकिन यह वापस आ गया...।'

कब आया? कैसे आया?'

'कल रात आया। रात को मैं बिस्तर पर पड़ा सो रहा था। यह आया और मेरा मुँह चाटने लगा। मैंने सोचा, अब इसे मार ही डालूँ। ऐसा घूँसा मारा, जिसे यह याद रखेगा...' अंधा बताने लगा। लेकिन फिर मैंने इसे माफ कर दिया। सोचा, कुत्ता ही तो है। सड़कों पर घूमता गंदगी खाता जब यह थक गया, तब लौट आया। अच्छा खाना तो मेरे ही पास मिलेगा... अब यह कहीं नहीं जायेगा। और यह देखो, अब मैं इसे इससे बाँधता हूँ...।' सबने देखा, अब लोहे की चेन उसके हाथ में थी।

कुत्ते की आँखें अब फिर उदास लगने लगी थीं, पहले की तरह मरा-सा दिखाई देने लगा था। अंधे ने बैल हाँकने वाले की तरह कहा, 'चल, आगे बढ़।' उसने जंजीर खींची, एक छड़ी लगाई और कुत्ता धीरे-धीरे सहमे कदमों से आगे बढ़ने लगा।

'अब मौत ही इसे आराम देगी,' रिबनवाले ने गहरी साँस लेकर कहा।' ऐसे प्राणी के लिए हम क्या कर सकते हैं जो इतने खुले मन से अपने शत्रु के पास फिर लौट आता है!'

सद्भाव

मद्रास-बंगलौर एक्सप्रेस कुछ ही मिनटों में रवाना हो रही थी। ट्रालियों और कंधों, पर लदे बिस्तर और बक्से ज़बरदस्त भीड़भाड़ के बीच खड़खड़ाते चले जा रहे थे। फल और पान-बीड़ी वाले शोर मचाते चीज़ें बेच रहे थे। देर से आने वाले मुसाफिर धक्का-मुक्की करते पसीने में लथपथ डिब्बों में चढ़ने की कोशिश कर रहे थे। इंज़न एक हलके सुर में बायलर की 'गूँ' ध्वनि करता पटरी से गुज़रा। पहली घंटी बजी, गार्ड ने घड़ी पर नज़र डाली। राजम अय्यर तेज़ी से प्लेटफार्म पर आये, एक हाथ में छोटा-सा बिस्तर और दूसरे में टूटा-सा पीला सन्दूक लिये डिब्बों की ओर लपके। तीसरे दर्ज़े का पहला डिब्बा जैसे ही आँख के सामने आया, ज़रा-सा उसके भीतर झांका और चढ़ने की कोशिश करने लगे। भीतर ठसाठस लोग भरे थे, इसलिए खिड़की से ही सामान ज़बरदस्ती घुसेड़ा और उसी से खुद भी भीतर पहुँच गये।

गाड़ी चली और पंद्रह मिनट बाद धूप से घिरे मकानों और खेतों की तेज़ी से पीछे जाती झाँकियाँ खिड़की से दिखाई पड़ने लगीं। दूसरा स्टेशन मंदकम आया, जहाँ बहुत से लोग उतर गये। 'आठ सवारियों, चार ब्रिटिश सैनिकों और छह भारतीय सैनिकों के लिए निश्चित इस डिब्बे में अब सिर्फ नौ आदमी रह गये। राजम अय्यर को सीट मिल गई और वे एक दुबले-पतले, ग़रीब से दिखते एक मुसाफ़िर के सामने आ बैठे। उसने अपना कोट उतारा, उसे गोलाई में लपेटा और सिर के नीचे रख कर लेट गया। घुटने सिकोड़कर मुँह तक लाया और गेंद की तरह गुड़ी-मुड़ी होकर सोने की कोशिश करने लगा। राजम अय्यर ने उस पर प्यार और करुणा से भरी एक नज़र डाली। फिर उसने अपना चश्मा जेब से निकाला और एक छोटी-सी किताब उसके सामने लाकर पढ़ने लगा–इसमें मोटे

तमिल अक्षरों में 'संधि' के नियम और प्रक्रियाएं पढ़नी शुरू कीं–जिसका पाठ इस प्रदेश के ब्राह्मण दिन में तीन दफ़ा अवश्य करते हैं।

वह पाठ करने में मशगूल था कि बगल से किसी मुसाफिर की, जो कटपड़ी स्टेशन से भीतर चढ़ा था, घुरघुराने की आवाज़ें उसे परेशान करने लगीं। यह आदमी बैठने की जगह तलाश रहा था और गरीब-से सोते हुए मुसाफिर को उठाने के लिए, तीसरे दर्ज़े का नियम लागू करने की–कि इसमें आदमी बैठने लायक जगह ही घेर सकता है–कोशिश कर रहा था। इस कमज़ोर मुसाफिर से ज़्यादा-से-ज़्यादा हासिल करने के लिए पहले उसने उसे धमकाया, फिर गाली देना शुरू किया और अब हाथ उठाने की तैयारी दिखाई।

राजम अय्यर ने चश्मा सरकाकर ध्यान से देखा। उसकी नज़रें खतरनाक लग रही थीं। उसने किताब में ध्यान लगाने की कोशिश की, लेकिन सफल नहीं हुआ। नया मुसाफिर गुंडों वाली हरकतों पर उतरता लग रहा था।

राजम अय्यर ने मुँह खोला और ज़ोर से पूछा, 'यह सब क्या है?'

'क्या है, का क्या मतलब?' उसने घुड़ककर राजम अय्यर की तरफ देखा।

'ज़रा धीरे बात करो,' राजम अय्यर ने सख्त आवाज़ में कहा।

वह आदमी चुप हो गया।

'भले आदमी,' राजम अय्यर ने समझाने के भाव से कहा, 'तुम्हारा यह ढंग सही नहीं है।'

आदमी चुप सुनता रहा। इससे राजम अय्यर को बढ़ावा मिला और उन्होंने नैतिकता की अपनी सीख को कुछ और पक्का करने की कोशिश की, 'नम्रता अच्छी बात है, कोशिश तो करो। यह तुम्हारा कर्तव्य भी है।'

'आप अपने काम से मतलब रखिये,' नए मुसाफिर ने उत्तर दिया।

'अच्छा!' ऊपर-नीचे सिर हिलाते हुए राजम अय्यर ने कहा।

मुसाफिर कुछ देर खड़ा सोचता रहा, फिर इस भाव से कि उसे एक सत्य का ज्ञान हो गया है, कहने लगा, 'आप मुझे ब्राह्मण लगते हैं। सुनिये, आप के दिन बीत चुके हैं। आप हम पर अब उस तरह अधिकार नहीं जमा सकते, जैसे पहले जमाते रहे हैं।'

राजम अय्यर ज़रा-से हँसे, फिर बोले, 'इसका तुम्हारे उस घटिया व्यवहार से क्या संबंध है, जो तुम इस आदमी से कर रहे हो?'

मुसाफिर बनावटी नम्रता से कहने लगा, 'तो, ब्राह्मण देवता, मैं तुम्हारे पैरों की धूल अपने माथे से लगाऊँ?' फिर वह गाने के सुर में कहने लगा, 'ब्राह्मण देवता! ब्राह्मण देवता!... आपके दिन अब खत्म हो चुके हैं, देवता जी! अब आप हम पर हुक्म चलाना बंद कर दीजिए, देवता महाराज!'

'कौन किस पर हुक्म चला रहा है?' राजम अय्यर ने दार्शनिक-भाव से कहा।

इसके जवाब में मुसाफिर ने कुछ और ही बात कही : 'मटन के दाम अब बहुत ज़्यादा बढ़ गये हैं। बिलकुल दुगने हो गये हैं।'

'अच्छा!' राजम अय्यर बोला।

'हाँ, और क्यों हुआ है ऐसा?' मुसाफिर ने बात आगे बढ़ाई, क्योंकि अब ब्राह्मणों ने माँस खाना शुरू कर दिया है और छिपकर खरीदने के लिए वे जो चाहे देने को तैयार रहते हैं। फिर दूसरे मुसाफिरों की ओर मुड़कर बोला, 'और हम गैरब्राह्मणों को भी यही कीमत देनी पड़ती है, हम छुपकर नहीं खरीदते, तब भी।'

राजम अय्यर को यह कहावत याद आई कि कीचड़ में पत्थर फेंकने से गंदगी उसी पर आ गिरती है, और वे चुप रहकर आराम से बैठने के मूड में हुए।

लेकिन मुसाफिर बोलता रहा, 'पहले मीट की कीमत पाँच आने पौंड हुआ करती थी। मुझे खूब अच्छी तरह याद है। अब भाव बारह आने पौंड हो गया है। क्यों? क्योंकि ब्राह्मण लोग छुपकर खरीदने के लिए कोई भी दाम देने को तैयार हैं। मैंने अपनी आँखों से देखा है कि ब्राह्मण, पक्के ब्राह्मण, कंधे पर पवित्र जनेऊ डाले, तौलिया में लपेट कर मछली बगल में लिये चुपचाप चले जा रहे हैं। उनसे पूछिये कि इसमें क्या है, तो कहेंगे, केले हैं। मेरा ख्याल है कि केले में भी जान होती है। एक दफा मैंने एक आदमी की बगल में चुटकी ली तो बड़ी-सी मछली नीचे टपक पड़ी।' फिर राजम अय्यर की तरफ देखकर वह पूछने लगा, 'ब्राह्मण देवता! आज सवेरे क्या भोजन किया था?'

'किसने? मैंने?' राजम अय्यर ने पूछा, 'लेकिन तुम यह क्यों जानना चाहते हो?'

अब मुसाफिर दूसरों की तरफ देख कर कहने लगा, 'क्या मैं किसी से यह नहीं पूछ सकता कि आज सवेरे क्या खाया है?'

'ज़रूर पूछ सकता है। तो सुनो, मैंने खाया है चावल, घी, दही, बैंगन का सूप और सेम की सब्ज़ी।'

'यही खाया है, और कुछ भी नहीं?' मुसाफिर ने बड़े भोलेपन से कहा।

'हाँ, और कितनी दफा तुम मुझसे यह बात पूछोगे?'

'बुरा मत मानिये, बुरा मत मानिये,' मुसाफिर बोला।

'तुम्हारा ख्याल है कि मैं झूठ बोल रहा हूँ?' अब राजम अय्यर ने कुछ तल्खी से कहा।

'जी हाँ!' मुसाफिर ने जवाब दिया, 'आपकी सूची में कई चीज़ें छूट गई हैं। आज सवेरे मैंने आपको बगल में केला-जलकेला-दबाकर ले जाते हुए नहीं देखा? हो सकता है आप जैसी शक्ल का कोई और आदमी हो? मैंने ही पहचानने में गलती की हो। मेरी बीवी मछली का सूप बहुत ही बढ़िया बनाती है। आप जो दाल खाते हैं, उसमें और इस सूप में कोई अंतर नहीं होगा। अपनी बीवी को, या जिस आदमी को मैंने देखा, उसकी बीवी को, मेरी बीवी के पास भेज देना–वह भी इससे बढ़िया सूप बनाना सीख लेगी। मेरे घर में बना सूप सैकड़ों ब्राह्मण बड़े मज़े से पी चुके हैं। में अगर गलत कहता होऊँ तो मुझे कोढ़ हो जाये।'

'तुम...,' राजम अय्यर ने दाँत पीसते हुए कहा, 'तुम सचमुच सड़े हुए कोढ़ी हो।'

'तुमने किसे कोढ़ी कहा?'

'मैंने तुम्हें सड़ा-गला कोढ़ी कहा।'

'सड़ा-गला!' फिर अपने सीने पर हाथ मारकर बोला, 'मैं सड़ा-गला!'

'तुम जानवर हो, आदमी नहीं हो,' राजम अय्यर गुस्से से कहते रहे, 'तुम्हें पुलिस के हवाले कर देना चाहिए।'

'अच्छा!' मुसाफिर ने उत्तर दिया, 'जैसे मैं नहीं जानता कि पुलिस क्या होती है।'

'ज़रूर जानते हो तुम! क्योंकि अब तक तुम बहुत बार उसके चंगुल में फँस चुके होगे। और इन गंदी हरकतों से और भी फँसते रहोगे, सड़क के कुत्ते की तरह अगर तुम सड़क पर ही मर न गये तो यही होगा... तुम्हारा जैसा गंदा मुँह है, उससे। तुम्हारा भविष्य यही होने वाला है', राजम अय्यर भभक कर कहते जा रहे थे।

'तुमने क्या कहा?' मुसाफिर उन्हें देखकर चिल्लाया, 'तुमने क्या कहा, शैतान, राक्षस!'

'चुप रहो!' राजम अय्यर गरजे।

'तुम चुप रहो!'

'पता है, तुम किससे बात कर रहे हो?'

'मुझे क्या पता यह सुअर की औलाद कौन है?'

'मैं तुम्हें जूतों से मारूँगा,' राजम अय्यर ने धमकाया।

'मैं भी तुम्हारा भुरता बना दूँगा अपने जूतों से।'

'मैं तुम्हें लातों से मारूँगा।'

'अच्छा!' मुसाफिर चीखा।

'आओ, देखते हैं।'

दोनों एक साथ उठ खड़े हुए।

अब दोनों एक-दूसरे के सामने डिब्बे के फर्श पर खड़े थे। राजम अय्यर को अचानक अपनी कमी का अनुभव हुआ। मुसाफिर पूरे नौ इंच उनसे कद में ऊँचा था। उसके सामने वे बहुत गट्टे और मोटे थे, ढीली धोती और हरा कोट पहने, जबकि सामने वाला ऊपर से नीचे तक खाकी सूट पहने था, भले ही वह काफी चीकट था। आँख के कोने से उन्होंने देखा कि दूसरे मुसाफिर चुपचाप तमाशा देख रहे हैं, उनमें से कोई भी बीच-बचाव के लिए तैयार नहीं है, वे देखना चाहते हैं कि इस मामले का फैसला क्या होता है।

मुसाफिर बोला, 'अब मुँह बंद किये क्यों खड़े हो, जैसे उसमें मिट्टी भर गई है।'

'चुप रहो,' राजम अय्यर ने कुछ इस ढंग से उसे डपटा, जैसे उसकी लंबाई और शरीर से वे बिलकुल प्रभावित नहीं हैं।

'जनाब ने अभी कहा कि मुझे लातों से पीटेंगे', मुसाफिर इस तरह बोला, मानो इसके लिए वह अपने को पेश कर रहा हो।

'ज़रूर पीटूँगा,' राजम अय्यर ने कहा।

'कोशिश कीजिए।'

'यह नहीं, मैं इससे भी ज़्यादा कुछ करूँगा,' राजम ने उत्तर दिया।

'ठीक है,' यह कहकर मुसाफिर ने अपना सीना आगे बढ़ा दिया और बाँहों की आस्तीने ऊपर चढ़ा लीं।

राजम अय्यर ने भी अपना कोट उतारा और आस्तीने ऊपर चढ़ाई। उन्होंने अपने हाथ मले और अचानक जैसे हुक्म दिया, 'चुप खड़े हो जाओ।'

मुसाफिर चौंक कर उन्हें देखने लगा। उसकी समझ में नहीं आया कि क्या करे! राजम अय्यर ने उसे सोचने का मौका भी नहीं दिया। उन्होंने जोर से अपनी

दाहिनी बाँह घुमाई और थप्पड़ मारने के लिए हाथ बढ़ाया, लेकिन गाल पर लगने से पहले ही रोक लिया।

'कोई बात नहीं... मैं सोचता हूँ, तुम्हें एक मौका और दिया जाना चाहिए।'

'कैसा मौका?' मुसाफिर ने पूछा।

'मौका दिये बिना यह करना तुम्हारे साथ अन्याय होगा।'

'क्या करना?'

'तुम वहीं खड़े रहो तो एक सेकिंड में यह हो जायेगा।'

'एक सेकिंड में? क्या करोगे तुम?'

'मैं कुछ खास नहीं करूँगा', राजम अय्यर जैसे मज़ा लेकर कहने लगे, 'कुछ भी खास नहीं करूँगा। मैं तुम्हारे दाहिने गाल पर चपत लगाऊँगा, उसी के साथ बायाँ कान खीचूँगा, और तुम्हारा मुँह, जो अभी तुम्हारी नाक के नीचे है, वहाँ से अलग होकर तुम्हारे बायें कान के नीचे आ जायेगा, और फिर वहीं बना रहेगा।... लेकिन तुम्हें दर्द बिलकुल नहीं होगा।'

'क्या कह रहे हो तुम?'

'और इस काम में इतना भी समय नहीं लगेगा, जितना "श्री राम" कहने में लगता है।'

'मैं इस पर विश्वास नहीं करता,' मुसाफिर बोला।

'ठीक है। मत करो विश्वास,' राजम अय्यर ने लापरवाही से कहा, 'मैं यह तब तक नहीं करता, जब तक मैं विवश न हो जाऊँ।'

'तुम सोचते हो, मैं बच्चा हूँ?

'मैं तो चाहता हूँ कि तुम मुझ पर विश्वास न करो। तुमने कभी जुजुत्सु का नाम सुना है? नहीं सुना'।

'जुजुत्सु में यह एक बड़ी सीधी चाल है जिसे दक्षिण भारत में सिर्फ छह आदमी जानते हैं।'

'तुमने तो कहा था कि लातों से मारोगे!' मुसाफिर ने पूछा।

'यह उससे ज़्यादा खतरनाक नहीं हैं?' यह कहकर राजम अय्यर ने उसके मुँह और बायें कान के बीच अपनी उँगली घुमाई और कहा, 'मैं मानता हूँ कि तुम्हारा चेहरा ठीक-ठाक और अच्छा गोल है लेकिन सोचो कि जब तुम कानों से लगा मुँह लेकर सड़कों पर चलोगे तो कैसे लगोगे...'

यह कहकर उन्होंने इस तस्वीर को आगे बढ़ाया, 'मेरा ख्याल है, जालारपेट स्टेशन पर जब गाड़ी रुकेगी तो तुम्हारा चेहरा देखने के लिए खासी भीड़ जमा हो जायेगी... ।'

मुसाफिर ने अपनी ठोड़ी पर हाथ फेरा और कुछ सोचने लगा। राजम अय्यर कहते रहे, 'मैंने तय किया कि यह मेरा कर्तव्य है कि तुम्हें आगाह कर दूँ। मैं तुम्हारी तरह बददिमाग़ और गुस्सैल नहीं हूँ। मुझे तुम्हारी बीवी और बच्चों की भी चिन्ता है। जब तुम अपना नया मुँह लेकर घर लौटोगे तब बच्चे अपने पापा को पहचान नहीं पायेंगे।... अच्छा, कितने बच्चे हैं तुम्हारे?'

'चार।'

'और सोचो...,' राजम अय्यर कहते रहे, 'तुम्हें खाना भी बायें कान के नीचे से खाना पड़ेगा, और पानी पीने के लिए बीवी की मदद लेनी पड़ेगी। उसे तुम्हारे मुँह में ऊपर से पानी डालना पड़ेगा।'

'मैं डॉक्टर से इलाज करवा लूँगा,' मुसाफिर ने सोचते हुए कहा।

'ज़रूर करवाना,' राजम अय्यर ने खुलासा किया, और अगर कोई डॉक्टर तुम्हारा इलाज कर देगा तो मैं हजार रुपये दूँगा। यूरोप के डॉक्टर भी इसका इलाज नहीं कर सकते।'

मुसाफिर सिर झुकाकर सोच रहा था। अब राजम अय्यर ने चिल्लाकर कहा, 'तो तैयार हो जाओ। दाहिने गाल पर एक तमाचा... मैं तुम्हारा कान खींचूँगा, और तुम्हारा मुँह... ।'

मुसाफिर अचानक खिड़की की तरफ दौड़ा और सिर निकालकर बाहर देखने लगा। स्टेशन पास आ रहा था।

गाड़ी जैसे ही जालारपेट स्टेशन पर रुकी, मुसाफिर ने अपना थैला पकड़ा और बाहर कूद गया। वह तेज़ी से भाग रहा था और एक नारियलवाले और खिलौनेवाले से टकराते-टकराते बचा।

राजम अय्यर सोचने लगे, बाहर जाने की ज़रूरत नहीं है। खिड़की से बाहर झाँककर उन्होंने आवाज़ लगाई, 'अरे, सुनो... ।'

मुसाफिर ने सिर घुमाकर देखा।

'वापस आओगे? तुम्हारे लिए सीट रखूँ?' राजम अय्यर ने पूछा।

'नहीं, मेरा टिकट जालारपेट तक का ही है,' मुसाफिर ने जवाब दिया और पहले से ज़्यादा तेज़ी से भागने लगा।

ट्रेन चलने लगी। जालारपेट पीछे रह गया। कमज़ोर मुसाफिर उसी तरह दबा-सिकुड़ा बैठा था। राजम अय्यर ने चश्मा उतारा और कहा, 'अब आराम से लेट जाओ।'

मुसाफिर पैर सीधे करने लगा। राजम अय्यर ने पूछा, 'तुमने सुना कि उसने अपना टिकट जालारपेट का ही बताया था?'

'हाँ।'

'वह चौथे डिब्बे में जाकर बैठ गया है। मैंने उसे उसमें घुसते देखा,' राजम अय्यर ने कहा, यद्यपि यह झूठ था।

कमज़ोर मुसाफिर ने तो उनकी बात पर विश्वास कर लिया, लेकिन दूसरे मुसाफिर संदेह से उन्हें देखते रहे।

बाघ का पंजा

इस मनुष्यभक्षी का कार्यकाल समाप्त हो गया था। जिन लोगों ने उसे मृत्यु तक पहुँचाया था, वे हीरो बन चुके थे। उन्हें फूलों की मालाएँ पहनाई जा रही थीं और गाँव की सबसे ऊँची बैलगाड़ी पर शान-बान से बैठाकर सड़कों पर घुमाया जा रहा था। इसी के पीछे एक दूसरी बैलगाड़ी में वह मरा हुआ बाघ आँखें खोले पड़ा था। उसकी लाश गाड़ी में फैली थी और पूँछ नीचे लटकती चली जा रही थी। गाँव के लोगों ने दिनभर के लिए सारा कारोबार बंद कर दिया था, और मर्द, औरत, बच्चे, बूढे, सभी या तो जुलूस के पीछे चल रहे थे या जगह-जगह खड़े होकर उस प्राणी को देख रहे थे जिसने इतने दिनों तक उनका जीना हराम कर रखा था। सब इस बाघ की ही बातें कर रहे थे–इसने पूरे पाँच साल इलाके के अनेक गाँवों में आतंक मचाये रखा था।

हम भी एकटक इस दृश्य को देखते जुलूस के साथ चल रहे थे तभी उस महाबातूनी ने पीछे से हमारा कंधा थपथपा कर कहा, 'बहुत चकित हो रहे हो! अच्छा, जब यह लाश देखते-देखते थक जाओ तो मेरे पास चले आना और मेरी बात है। सुनना...।'

हम सचमुच काफी थक चुके थे, इसलिए वहीं रुक गये और भीड़ जैसे ही आगे बढ़ गई, उसके साथ हो लिये। वह हमें एक ऊँची टेकरी पर ले गया और एक नीम के पेड़ के नीचे बैठकर अपनी कहानी सुनाने लगा :

मैं एक दफ़ा कोप्पल में ठहरा था जो मेम्पी क्षेत्र में बहुत बिखरा हुआ बसा छोटा-सा गाँव है। तुम सोचोगे कि दुनिया के इस बिलकुल उजाड़ कोने में मैं क्या कर रहा था। बताता हूँ। तुम्हें याद होगा कि मैंने अक्सर तुम्हें एक फर्टिलाइज़र कंपनी के एजेंट के रूप में काम करने की बात बताई है। महीने के पच्चीस दिन

मुझे, गाँव-गाँव जाकर लोगों को इस कंपनी के माल का प्रचार करना पड़ता था, उसके लाभ समझाने पड़ते थे... उसी के एक दौरे में मैं कोप्पल गया था। इसे वास्तव में गाँव ही नहीं कहा जा सकता चालीस घर, दो ऊँची-नीची सड़कें और चारों तरफ जंगल-ही-जंगल। ऐसी बेकार-सी जगह भी कंपनी किसी को क्यों भेजती थी, यह मेरी आज तक समझ में नहीं आया...। दरअसल, अगर रेल की लाइन पर यह स्टेशन न होता, तो इसका उन्हें पता ही न चलता। यहाँ से एक ब्रांच लाइन ही गुज़रती थी और एकाध गाड़ी ही रुकती थी, बाकी सब धड़ाधड़ आगे निकल जाती थीं। इसकी सभ्यता का केन्द्र स्टेशन ही था, नीले कपड़ों में एक कुली और एक समझदार-सा बूढ़ा स्टेशन मास्टर, हरी पगड़ी पहने, लाल और हरे दोनों झंडे हमेशा हाथों में थामे रहते थे।

तुम्हें स्टेशन के बारे में भी बता दूँ। इसकी कोई इमारत नहीं थी, रेलगाड़ी का ही डिब्बा था जो अपनी सेवा समाप्त करके यहाँ खड़ा कर दिया गया था। जिसके पहिये भी नदारद थे। इसकी एक खिड़की से स्टेशन मास्टर टिकट बाँट देता था और जंगल में होकर गुज़रते उन एकाध यात्रियों से बातचीत करता था। जो भटकते हुए यहाँ आ जाते थे। दरवाज़े पर साँप की तरह एक लता लंबाई तक लिपटी हुई थी। इस तरह रेल के एक भूतपूर्व डिब्बे का उपयोग कर लिया गया था।

नवम्बर की एक सुबह एक रेलगाड़ी मुझे इस स्टेशन पर उतारकर छुक-छुक करती आगे जंगल में चली गई। बगलों में दोनों झंडियाँ दबाये स्टेशन मास्टर मुझे देखकर बहुत खुश हुआ। यहाँ इतने कम मुसाफिर उतरते थे कि कोई नया चेहरा देखते ही उसकी खुशी का ठिकाना नहीं रहता था। वह खुद ही मेरा मेज़बान बन गया और भूतपूर्व रेल के डिब्बे में ले जाकर मुझे एक स्टूल पर आराम से बिठा दिया। बोला, 'मैं एक मिनट में सब काम निपटा देता हूँ...।' फिर कुछ भूरे से कागज़ उठाये, उन पर कुछ लिखा और वापस रख दिये। उठकर डिब्बे में ताला लगाया और मुझे घर ले चला।

घर बहुत छोटी पत्थर की इमारत थी–सिर्फ एक कमरा, किचेन और आँगन। एक अदद बीवी और सात बच्चे। उसने मुझे खाना खिलाया। मैंने कपड़े बदले। फिर सहायक के साथ मुझे गाँव देखने भेज दिया, जो उसके घर से करीब एक मील दूर था। मैंने चालीस घरों के लोग इकट्ठे किये और मुखिया के घर के सामने उन्हें बिठाकर भाषण दिया। उन्होंने बड़े धीरज से मेरी बातें सुनीं, मेरे दिये फर्टिलाइज़र के सैंपिल लिये और इनका उपयोग किस तरह किया जाना है, यह

समझने की कोशिश की। फिर मेरी बताई बातों पर टीका-टिप्पणी करते वे अपने काम-धंधे पर चले गये।

इसके बाद झुटपुटा होते मैं अपना सामान समेटकर वापस चला, तब मेरे कान बज रहे थे और गला सूख गया था। इस वक्त दो गाड़ियाँ गुज़रनी थीं लेकिन यहाँ रुकने वाली गाड़ी सवेरे साढ़े पाँच बजे आनी थी। स्टेशन मास्टर के घर खाना खाने के बाद मैंने सोचा कि अब मुझे चलना चाहिए। एक कमरे में नौ लोगों के सोने के बाद मेरे लिए वहाँ जगह न होती। मैंने कहा, 'मैं प्लेटफार्म पर सो जाऊँगा...' तो स्टेशन मास्टर ने कहा, 'नहीं, हरगिज़ नहीं। यह बड़ी खतरनाक जगह है। आपके शहर की तरह नहीं, यहाँ बाघ भरे पड़े हैं...।' उसने कहा, 'मैं स्टेशन के भीतर सोऊँ।'

यह भी बिलकुल भरा था–एक बड़ी मेज़, कुर्सी और स्टूल ने सारी जगह घेर रखी थी। मैंने यह सब एक तरफ सरकाए और एक कोने में लेटने भर की जगह बना ली। यहाँ मुझे आठ घंटे काटने थे।

मैं लेट गया और सुनसान जंगल की तरह-तरह की आवाज़ें सुनने लगा–पेड़-पौधों के बीच से गुज़रती तेज़ हवा की आवाज़ें, कीड़े-मकोड़ों की सूँ-सूँ, तार के खंभों से निकलती, खड़-खड़ यूँ-यूँ...। परेशान होकर मैं उठा, दरवाज़ा बन्द किया। और फिर लेट गया। इससे भीतर सख्त गर्मी हो गई और सो पाना मुश्किल हो गया। फिर उठा, दरवाज़ा जरा-सा खोला कि हवा आये, कुर्सी उससे टिका दी और जाकर बिस्तर पर लेट गया।

मैं सो गया और सपना देखने लगा। मैंने देखा कि एक पहाड़ी के किनारे खड़ा हूँ और नीचे घाटी में देख रहा हूँ, हलकी पीली चाँदनी बिखरी पड़ी है। दूर एक पेड़ के पास बिल्ली–जैसे कई प्राणी ढाल पर चल रहे हैं, उनकी छायाएँ ज़मीन पर पड़ रही हैं, शान से धीरे-धीरे आगे बढ़ते वे बड़े अच्छे लग रहे हैं। मैं इस दृश्य को देखता इतना मगन हो गया कि यह नहीं देख पाया कि वे अब नीचे उतरने की जगह ऊपर चढ़ने लगे हैं और मेरे बहुत पास आ पहुँचे हैं। मैं मुड़ता हूँ तो क्या देखता हूँ कि अब वे बिल्ली की तरह छोटे नहीं रह गये हैं बल्कि बड़े होकर भूरे बाघ बन गये हैं। यह देख कर मैं डर जाता हूँ और दौड़कर स्टेशन के कमरे में पहुँच जाता हूँ।

इस जगह आकर सपना खत्म हो गया, क्योंकि दरवाज़े से अड़ी कुर्सी लुढ़क कर मेरे ऊपर आ गिरती है। मैं आँखें खोलता हूँ तो देखता हूँ कि एक बाघ दरवाज़े से भीतर आने की कोशिश कर रहा है।

मेरी चेतना के लिए यह एक ऐसा गड्ड-मड्ड क्षण था, जब मैं समझ नहीं पा रहा था कि मैं अभी सपना ही देख रहा हूँ या जाग गया हूँ। पहले मुझे लगा कि स्टेशन मास्टर ही भीतर आ रहे हैं, लेकिन सपने ने दिमाग़ को तैयार कर दिया था–मैंने तारों भरे आकाश में स्पष्ट देखा कि पूँछ हिलाता, हुंकार भरता और बिजली जैसी चमकती आँखों से देखता बाघ ही भीतर घुस रहा है।

मैं समझ गया कि फर्टिलाइज़र कंपनी को अगले दिन से मेरे प्रचार-भाषणों से वंचित हो जाना पड़ेगा। लेकिन बाघ खुद कुर्सी की खड़खड़ाहट से कुछ डर-सा गया था और वहीं आकर रुक गया था। वह मुझे कोने में चुप खड़ा देख रहा था और शायद अपने आप से कह रहा था–'मेरा डिनर तो सामने खड़ा है लेकिन पहले मैं जान लूँ कि यह शोर किस चीज़ का है।'

कहा जाता है कि जंगली जानवर आदमी से तो नहीं डरते लेकिन मेज़-कुर्सी जैसे फर्नीचर से डरते हैं। मैंने देखा है कि सर्कसों में मैनेजर लोग जानवरों के सामने एक से ज़्यादा कुर्सी नहीं रखते। ईश्वर की कृपा है कि ऐसी बातें, जब उनकी ज़रूरत हो तो तुरंत याद आने लगती हैं और हमें बचाने में मदद करती हैं। मैंने देखा कि बाघ मुझे और कुर्सी दोनों को देख रहा है, तो लपककर मैंने मेज़ और स्टूल को भी हिम्मत करके अपनी तरफ ज़ोर लगाकर खींच लिया। मैं कोने की तरफ पीठ किये बैठा था, और बड़ी-सी मेज़ दोनों दीवालों से सटी मेरी रक्षा में आकर खड़ी हो गई थी। मैं इसके अंदर घुस गया था और स्टूल को भी अपने सामने अड़ाकर खड़ा कर लिया था। मेज़ हटाते समय बहुत सी चीज़ें इसके ऊपर आ गिरी थीं–टेबिल लैंप, आलपिनें और एक बड़ा-सा चाकू।

इस रक्षा-गृह से मैंने बाघ पर एक नज़र डाली-वह मुझे बड़े ध्यान से देख रहा था। शायद सोच रहा हो कि मेरा डिनर मेरी पकड़ से कितना बाहर पहुँच गया है। अब उसने सँभलकर पहले एक, फिर दो कदम आगे बढ़ाये और गले से गुर्राने की आवाज़ निकाली, जिससे पूरा स्टेशन हिल उठा।

मेरा अंत समीप आ गया था। मैं उस स्त्री पर दया करने लगा जिसके भाग्य में मेरी पत्नी बनना लिखा था।

फिर मैंने कुर्सी उठाई और ढाल की तरह सामने खड़े बाघ के सामने हिलाई वह रुका और आगे बढ़ने की जगह एक-दो कदम पीछे हट गया। इसके बाद फिर हम दोनों कुछ देर तक एक-दूसरे को देखते रहे और दाँव-पेंच पर विचार करते रहे। मैं साँस रोककर इन्तज़ार कर रहा था। बाघ मुझे घूरता हुआ अपनी

पूँछ तेज़ी से चारों ओर घुमा रहा था, जो दीवार से टकराती तो' थड' की आवाज़ होती। फिर वह मेरी तरफ से बिना आँखे हटाये नीचे झुक आया और सामने के पंजों से ज़मीन पर खरोंचे मारने लगा। मुझे लगा, यह हमला करने के लिए पंजे तराश रहा है। यह छोटा-सा डिब्बा पूरा जू बन गया था। मुझे झुरझुरी आने लगी। वह सामने के पंजों से ज़मीन खरोंचे जा रहा था, जिसकी आवाज़ से मुझे दहशत होने लगी थी।

फिर एकाएक वह उछला और पूरे ज़ोर से सारे फर्नीचर पर एक धक्का मारा। मुझे लगा कि मैं इसके बीच पिस जाऊँगा, लेकिन भला हो रेलवे वालों का, जो सबसे ज़्यादा मज़बूत लकड़ी से अपने काम की चीज़ें बनाते हैं। इससे मेरी रक्षा हुई। बाघ मेज़ को तोड़ नहीं सका, उस पर बैठकर रह गया। उसके पंजे ही सामने थे। उसने इन्हें मारने की कोशिश की, लेकिन कुर्सी और स्टूल से मैंने उन्हें रोक लिया।

मेज़ बाघ के वज़न से दब रही थी और मैं यह दबाव महसूस कर रहा था, उसकी साँस भी मुझ तक पहुँच रही थी। वह बार-बार अपने पंजे मेरी तरफ फेंक रहा था। इससे मेरे बदन के कुछ टुकड़े ती निकालकर वह खा ही सकता था, लेकिन मैं एकदम बीच में सिकुड़कर जम गया था, उसके पंजों की पहुँच से बस बाल के बराबर दूर था।

वह तरह-तरह की खतरनाक आवाज़ें कर रहा था और मेरे सिर के ऊपर ज़ोर-ज़ोर से धमक रहा था। अगर वह नीचे उतर आता तो कुर्सी को एक किनारे ढकेल सकता था लेकिन कुर्सी की बनावट उसे परेशान करती रही। वह इसे खतरा समझकर इससे दूर हो जाना चाहता था।

काफी देर तक... पता नहीं कितनी, यह लड़ाई चलती रही-समय मेरे दिमाग में एक जगह आकर रुक गया था। फिर वह मेज़ से नीचे कूदा और उसके चारों तरफ यह देखने के लिए एक चक्कर लगाया कि कहीं जरा-सी सेंध मिल जाये। मैंने कई दफा कुर्सी उसके सामने घुमाई, लेकिन उसने इसे छूकर देखा तो समझ गया कि यह कोई खतरनाक चीज़ नहीं है।

यह समझकर उसने इसे सामने से हटाने की कोशिश की। लेकिन मैं ज़्यादा चालाक निकला, मैंने कुर्सी अपनी तरफ खींचकर उसे मेज़ के कोने से फँसाकर वहीं, जमा दिया। अब एक तरफ कुर्सी और दूसरी तरफ स्टूल मेरी रक्षा में तैनात थे।

बाघ अब मेरे सामने घुटनों पर आ बैठा और सोचने लगा कि कैसे क्या करूँ? लेकिन मेज़, कुर्सी और स्टूल सब मिलकर मेरी अच्छी हिफ़ाज़त कर रहे थे–और में इनके बीच आराम से बैठा था। उसने अब ज़रा ध्यान से इस चक्रव्यूह का निरीक्षण किया और देखा कि कहाँ से पंजा भीतर डालकर हमला किया जा सकता है।

उसे पंजे लायक जगह आसानी से मिल गई और पंजा मेरे सामने आ पहुँचा। इसके नाखून मेरी आँखों के सामने हिलने लगे। अब मुझे भी गुस्सा आ गया। मैं उसी को जैसे वह चाहे, सब कुछ क्यों करने दे रहा हूँ? मैं क्रोध से भभकने लगा। इधर-उधर देखा तो पाया कि स्टेशन मास्टर का लंबा चाकू भी सामने पड़ा है।

मैंने चाकू उठाया और ज़ोर से पंजे में घुसा दिया। दर्द से बाघ ने चीख मारी और पंजा वापस खींच लिया। फिर वह उतरा और गुस्से में भरकर कमरे में उखाड़-पछाड़ करने लगा। लेकिन इसमें उसे सफलता नहीं मिली। हारकर फिर उसने पंजा भीतर डाल दिया।

अब मुझ में कुछ हिम्मत आ गई थी और इस बार फिर चाकू का उपयोग करके मैंने पंजे का एक हिस्सा काट लेने की कोशिश की। नाखून सहित पंजे का एक हिस्सा सचमुच नीचे आ गिरा। फिर क्या था, मेरे और उसके बीच की लड़ाई चलनी शुरू हो गई। वह बार-बार पंजे से वार करता और हर बार मैं कुछ-न-कुछ काट लेता। मुझे यह बताते अच्छा लग रहा है कि थोड़ी देर में मैंने उसके तीन पंजे काट लिये। अब लड़ाई खत्म हो गई। मैं भी उसी की तरह खूँखार हो उठा था। अब ये पंजे, सोने में मढ़े मेरी तीनों बेटियों की गर्दन में हार बनकर लटक रहे हैं। कभी मेरी तरफ आओ तो देख भी लेना।

सवेरे पाँच बजे स्टेशन मास्टर और उसका सहायक वहाँ आये और आम दिनों की तरह कमरे में दाखिल होने लगे। उसी क्षण बाघ मुझे छोड़कर बाहर निकल रहा था, और इन्हें देखकर वह इनकी ओर झपटा। दोनों ने सरपट भागना शुरू किया। स्टेशन मास्टर ने घर पहुँच कर ही दम लिया और भीतर से दरवाज़ा बंद कर लिया। सहायक एक पेड़ पर चढ़ गया। बाघ उसे नीचे खड़ा घूरता रहा... दोनों तब तक एक-दूसरे को देखते रहे जब तक एक मालगाड़ी छू-छू करती सीटी देती और आग उगलती स्टेशन पर आकर खड़ी न हो गई। बाघ ने खतरा भाँप कर जंगल की तरफ रुख किया और तेज़ी से भाग निकला।

इसके बाद बाघ इस दिशा में कभी नहीं आया, यद्यपि दूसरे इलाकों में वह अपनी हरकतें करता रहा। मेरी फिर उससे.मुलाकात नहीं हुई अभी आधे घंटे पहले जब वह बैलगाड़ी की सवारी कर रहा था, मैंने उसे फौरन पहचान लिया- दाहिने पंजे को देखकर, जिसके तीन हिस्से और नाखून गायब हैं। तुम लोग उन वीर बहादुरों से बहुत प्रभावित दिखाई दे रहे थे जिन्होंने बंदूकों के बल पर उसे जीता है, इसलिए मैंने सोचा कि मैं तुम्हें एक ऐसे मामूली आदमी की कहानी सुना दूँ, जिसने अकेले और खाली हाथ उसका सामना किया और उसे परास्त किया।

महाबातूनी की कहानी खत्म हुई तो हम गाँव में फिर वहीं पहुँच गये, जहाँ बाघ की लाश इनाम की ट्राफी की तरह रखी गई थी, और उससे छुटकारा दिलाने वालों को हीरो की तरह सम्मान दिया तथा खिलाया-पिलाया जा रहा था। वे शहर से आ रही लारी का इन्तज़ार कर रहे थे। हम भीड़ में घुसकर बाघ की लाश के पास पहुँचे और उसका दायाँ पंजा देखने की बात कही। गैस का लैंप पास लाया गया और हमने पंजा देखा-सचमुच उसकी तीन अंगुलियाँ कटी हुई थीं और इस जगह एक काला दाग था। इन्हें काटने वाले ने चाकू ज़रूर हथोड़े की तरह चलाया होगा।

पूछने पर शिकारियों ने कहा, 'पता नहीं यह कैसे होता है। हमने कई बाघों में यह बात देखी है। सुना है कि कुछ आदिम जातियाँ जब शिशु बाघों को पकड़ती हैं। तो ताबीज़ के तौर पर उनके अंगूठे काट कर रख लेती हैं। शिशु-बाघों को मारना अच्छा नहीं समझा जाता।'

ईश्वरन

जून महीने की एक शाम जब इन्टरमीडिएट परीक्षा का परिणाम घोषित होने वाला था, मालगुडी कस्बे के सारे विद्यार्थी उत्सुकता से पागल हो रहे थे। लेकिन ईश्वरन कुछ इस तरह निश्चित होकर घूम-फिर रहा था जैसे उसे इससे कोई लेना-देना ही नहीं है।

उसकी कस्बे में ख्याति यह थी कि लड़का इन्टर करने में ही बूढ़ा हो जायेगा। उसने एल्बर्ट मिशन कालेज में जब दाखिला लिया था तब वह काफी छोटा ही था, ऊपरी ओंठ पर हल्की मूँछ उगने लगी थीं। लेकिन अब भी वह परीक्षा में पास होकर बाहर नहीं निकल सका था। यद्यपि उसका बदन काफी बड़ा और तगड़ा हो गया था, ठोड़ी साँवली और चमड़े की तरह कठोर हो गई थी। कुछ लोग तो यह भी कहते थे कि सिर पर बाल भी सफेद पड़ने लगे हैं। पहली दफा जब वह फेल हुआ, माँ-बाप ने सहानुभूति जताई, दूसरी दफ़ा फेल होने पर उसे कुछ सहानुभूति मिल गई, लेकिन इसके बाद फेल होने पर वह उसकी आलोचना करने लगे, और इसके बाद भी जब वह पास नहीं हुआ, तब लोगों ने उसके नतीजे में रुचि लेना ही खत्म कर दिया। उसके माँ-बाप अक्सर कहते, 'अब तुम पढ़ाई-लिखाई बंद करके कोई और काम क्यों नहीं करते?' इस पर वह कहता, 'एक मौका और दो मुझे, बस आखिरी।' इस तरह वह बड़ी निष्ठा से इम्तिहान पास करने में लगा रहता।

और अब पूरा कस्बा नतीजे के इन्तज़ार में बेचैन था। लड़के सड़कों पर ग्रुप बनाये टहल रहे थे, सरयू के किनारे बैठे चिंता की मुस्कराहट बिखेरते दाँतों से नाखून काटते दिखाई दे रहे थे। बहुत से सीनेट-हाउस के दरवाज़े पर खड़े भीतर नज़रें डाल रहे थे, जहाँ एक बैठक चल रही थी।

लड़कों की ही तरह, उतने नहीं तो काफी, उनके माँ-बाप भी चिंतित थे। लेकिन ईश्वरन के माँ-बाप निश्चित दिखाई दे रहे थे और अपने पड़ोसियों को अपने बेटों के लिए चिंतित देखकर वे बोले, 'ईश्वरन के लिए कोई चिंता की बात नहीं है। उसका रिज़ल्ट तो पहले से पता है।' ईश्वरन ने यह सुना तो बोला, 'इस दफा शायद मैं ज़रूर पास हो जाऊँगा। मैंने बहुत मेहनत की थी।'

'इस वक्त तुम दुनिया के सबसे बड़े आशावादी बन रहे हो। लेकिन पहले भी तो हर साल तुम यही आशा लेकर इम्तिहान देते थे।'

'पिछले साल मैं सिर्फ लॉजिक में फेल हुआ था, वह भी बहुत कम नंबरों से।' उसकी बात सुनकर लोग हँसने लगे। जो हो, अब तुम भी दूसरे लड़कों की तरह वहीं क्यों नहीं पहुँच जाते और नतीजे का इन्तज़ार करते?' उसकी माँ ने कहा। इस पर ईश्वरन ने जवाब दिया, 'कोई ज़रूरत नहीं है इसकी। अगर मैं पास हुआ तो खबर घर ही आ जायेगी। मैं पिछले साल भी तो खुद नहीं गया था। उस वक्त मैं सिनेमा देखने चला गया था। पूरे दो शो देखकर बाहर निकला था।'

इसके बाद वह गाना गुनगुनाते हुए बाथरूम में घुस गया। धीरे-धीरे देर तक बाल काढ़ता-रहा, क्योंकि वह जानता था कि बार-बार फेल होते रहने के कारण उसके साथी उसे विशेष-दृष्टि से देखने लगे हैं। वह जानता था कि उसके पीछे उसका पूरा परिवार और कस्बे के सभी लोग उस पर हँसते रहते हैं। उसे लगता था कि इस कारण वे उसके अच्छे कपड़े पहनने, शानदार ढंग से बाल काढ़ने और बढ़िया इस्तरी किया कोट पहनने को ठीक नहीं समझते। वह एक असफल व्यक्ति था, इसलिए उसे ऐसी शान दिखाने का कोई अधिकार नहीं था। लोग उसे मोटी चमड़ी वाला मूर्ख समझते थे। लेकिन उसे इन बातों की परवाह नहीं थी। वह दूसरों के व्यवहार का जवाब और ज़्यादा शान बघार कर देता। लेकिन यह सब एक छलावा ही था। अपने भीतर वह बहुत दुखी रहता था। और प्रार्थना करता रहता था कि उसे सफलता प्राप्त हो। नतीज़ा निकलने वाले दिन उसके मन में एक ज़बरदस्त ऊहापोह थी। बाहर निकलते हुए वह बोला, 'माँ, रात के खाने पर मेरा इन्तज़ार मत करना। मैं होटल में ही कुछ खा-पी लूँगा और पैलेस टाकीज़ में दो शो सिनेमा देखूँगा।'

जब वह विनायक स्ट्रीट से गुज़रा, उसने देखा कि बहुत से लड़के कालेज चले जा रहे हैं। वे पूछने लगे, 'तुम भी कालेज चल रहे हो?'

'हाँ-हाँ, जाऊँगा,' लेकिन अभी तो मैं एक ज़रूरी काम से जा रहा हूँ।'

'कहाँ?

'पैलेस टाकीज़।' यह सुनकर लड़के हँसने लगे। 'लगता है तुम्हें अपना नतीजा मालूम हो गया है। है न?'

'हाँ, हो गया है। नहीं तो मैं इस वक्त सिनेमा देखने क्यों जाता?'

'तुम्हारा रोल नंबर क्या है?'

'सात-आठ-पाँच', जो भी नंबर उसके दिमाग़ में आये, उसने बोल दिये। लड़के हँसते हुए आगे बढ़ गये, 'तुम्हें इस बार ज़रूर पहली श्रेणी प्राप्त होगी।'

चारआने वाला टिकट लेकर वह एक कोने में जा बैठा। फिर चारों तरफ देखा, कहीं कोई लड़का नज़र नहीं आया। कस्बे के सब लड़के इस वक्त कालेज के सामने खड़े थे। ईश्वरन को यह देखकर बुरा लगा कि सिनेमाहॉल में एक भी लड़का नहीं है। लगता था, भाग्य ने उसे हर मामले में अपने साथियों से अलग कर दिया है। यह सोचकर वह बहुत उदास हो आया। उसे खुद अपने से वितृष्णा होने लगी।

तभी रोशनी बुझ गई और पिक्चर शुरू हो गई। तमिल की इस फिल्म में दुनिया के सभी देवी-देवता प्रकट होने लगे। उसे स्वर्ग के वे दृश्य दिखाई देने लगे, जो फिल्म के डायरेक्टर ने दर्शकों के लिए विशेष रूप से बनाये थे। देर तक वह अपने अस्तित्व को भूला रहा, लेकिन यह स्थिति आधे घंटे तक ही रही। उसने देखा कि फिल्म की हीरोइन स्वर्ग में खड़े एक पेड़ की डाल पर बैठी है और एक गाना गा रही है। गाना आधे घंटे तक चलता रहा जिससे ईश्वरन बोर होने लगा और फिर अपनी उस दिन की मन:स्थिति में लौट आया। वह फिर उदास हो गया। हीरोइन से बोला, 'देवी, मेरी परेशानी और मत बढ़ाओ। अब यहाँ से कहीं और चली जाओ।'

लगा कि हीरोइन ने सचमुच उसकी प्रार्थना सुन ली और वहाँ से चली गई। अब गाने में ज़्यादा रोचक चीज़ें पर्दे पर आने लगीं। लड़ाई, बाढ़, आसमान से कोई ज़मीन पर गिरा, समुद्र के भीतर से कोई बाहर निकल आया, आग बरसने लगी, फूल झरने लगे, लोग मरने लगे, कुछ फिर ज़िन्दा होकर उठ खड़े हुए, इत्यादि, इत्यादि। सिगरेट-बीड़ी के धुएँ के बीच से ये मज़ेदार दृश्य दिखाई दिये। पर्दे के भीतर से और सामने बैठे लोगों की आवाज़ें ही आवाज़ें, नाच-गाने, सोडा बेचने वालों के नारे, दर्शकों की मनोरंजक टीका-टिप्पणियाँ, इन सबके बीच ईश्वरन अपनी परीक्षा की परेशानियों को कई घंटों तक भूला रहा।

रात को दस बजे शो खत्म हुआ। दूसरा शो देखने के लिए बाहर भीड़ जमा थी–ईश्वरन बाहर निकला और सिनेमा के सामने बने रेस्त्राँ 'आनंद भवन' में घुस गया। इसका मालिक, एक बंबई का आदमी, उसे जानता था, देखते ही पूछने लगा, 'ईश्वरन साब, आज कालेज का रिज़ल्ट निकलने वाला था। आप का क्या हुआ?'

'मैंने इस साल इम्तिहान दिया ही नहीं,' ईश्वरन ने जवाब दिया।

'क्यों भई, मेरा ख्याल है कि आपने फीस तो जमा की थी।'

ईश्वरन हँस कर बोला, 'आप ठीक कहते हैं। मैं इन्टर में पास हो गया।'

'कितनी खुशी की बात है। आप तो काफी तेज़ हैं। हनुमान जी की प्रार्थना करने से हमेशा सफलता मिलती है। अब क्या करने का विचार है?'

'अब अगली क्लास में जाऊँगा। और क्या?' उसने कहा। फिर खाने के लिए कुछ और एक कप कॉफी मँगाई, और जल्दी से खा-पीकर बाहर निकल आया। जब बिल के पैसे दे रहा था तो मालिक बोला, 'पास होने की खुशी में जब दावत दें तो मुझे ज़रूर याद कर लें।'

ईश्वरन ने फिर एक टिकट खरीदी और दोबारा सिनेमा में घुस गया। एक बार। फिर देवी-देवताओं के वे ही लड़ाई-झगड़े और गाने पर्दे पर दिखाई देने लगे। फिर वह इनमें उसी तरह खो गया। जब उसने अपने ही बराबर जवान लड़कों को स्वर्ग में नाचते-गाते और पानी में उछल-कूद करते देखा, तो वह बोला, 'तुम यह सब मजे ले सकते हो, क्योंकि तुम्हें इम्तिहान के नतीजे का इन्तज़ार नहीं है...' और वह सोचने लगा कि काश! वह भी इस दुनिया में पहुँच पाता!

इसके बाद फिर फिल्म की हीरोइन उसी तरह पेड़ की डाल पर बैठकर गाना गाने लगी तो फिर उसका मन फिल्म से उखड़ गया। उसने पहली दफा सिर उठाकर हाल में इधर-उधर नज़र डाली। उसने देखा कि कालेज के बहुत से लड़के जगह-जगह टोलियाँ बनाये बैठे हैं और मज़े से फिल्म देख रहे हैं। कुल मिलाकर पचास के करीब लड़के थे। वह समझ गया कि रिज़ल्ट निकल गया है और ये सब पास होने की खुशी में पान खाकर आये हैं और अब मौज कर रहे हैं। उसे लगा कि जैसे ही हाल में रोशनी होगी, ये सब उसे देखेंगे और परेशान करेंगे। पहले की तरह वे सब उससे वही मज़ाक करेंगे, जिन्हें वह सह नहीं पायेगा। इन बातों से अब उसे बहुत चिढ़ होने लगी थी। उसने तय किया कि इन बातों को अब वह और ज़्यादा बर्दाश्त नहीं करेगा।

वह हॉल के एक सबसे दूर के कोने में जाकर बैठ गया। परदे की तरफ देखा, वहाँ कोई भी मनोरंजक दृश्य नहीं आ रहा था। हीरोइन अब तक वहीं बैठी थी और करीब दस मिनट तक उसे यही गाना गाते रहना था। निराश होकर वह उठा, किनारे-किनारे लोगों से बचते हुए दरवाज़े तक आया और चुपचाप बाहर निकल गया। इन सफल लड़कों को देखकर उसे अपने आप से चिढ़ हो रही थी। वह सोचने लगा, मैं ज़िन्दा रहने लायक नहीं हूँ।... जो आदमी एक मामूली-सा इम्तिहान भी पास नहीं कर सकता...।

यह विचार उसके दिमाग़ में पनपने लगा। इन परेशानियों का कोई हल ज़रूर होना चाहिए, और है...। मर जाना और ऐसी नई दुनिया में पहुँच जाना, जहाँ उसी की उम्र के इम्तिहान के संकट से मुक्त लड़के नाच-गा रहे हैं, कमल से भरे तालाबों में तैर रहे हैं। उस स्वर्ग में कोई परेशानियाँ नहीं हैं, न सीनेट हाउस की दीवारें हैं जिन पर लगे नतीज़ों को साल-दर-साल देखना है।

समस्या का यह हल सोचकर उसे काफी चैन महसूस हुआ। उसका दिमाग़ हलका हो गया था। वह होटल की तरफ लौटा। मालिक बंद करके घर जाने की तैयारी कर रहा था। ईश्वरन ने उससे कहा, 'सेठ जी, इस वक्त तकलीफ दे रहा हूँ, माफ़ करना। क्या आप मुझे एक कागज़ और पेंसिल दे सकते हैं? मुझे कुछ बहुत जरूरी लिखना है।'

'बहुत देर हो गई है', मालिक ने कहा और मेज़ से उठाकर एक कागज़ और पेंसिल का टुकड़ा दे दिया। ईश्वरन ने पिता के लिए उस पर एक संदेश लिखा और कागज़ को सावधानी से मोड़कर कोट की भीतरी जेब में रख लिया।

फिर पेंसिल वापस देकर होटल से बाहर आ गया। सामने रेसकोर्स रोड थी, उसे पार कर वह मार्केट रोड पर आया और दायें मुड़ कर एलामन रोड होते हुए सरयू नदी के तट पर आ पहुँचा...। इसका हरहराता जल शीघ्र ही उसे अपने भीतर समा लेगा और उसकी तकलीफों का अंत हो जायेगा। 'मुझे अपना कोट उतारकर नदी के किनारे रख देना चाहिए, उसमें खत रखा ही हुआ है...।'

वह रेत पर चलने लगा। फिर वह घाट की सीढ़ियों पर पहुँचा और कोट उतारकर नीचे उतरने लगा। हाथ जोड़कर ऊपर सितारों की तरफ देखकर कहने। लगा, 'हे भगवान्! अगर मैं दसवीं दफा भी एक इम्तहान पास नहीं कर सकता तो दुनिया में मुझे रहने का क्या अधिकार है?' उसके पैर अब पानी में थे। उसने पीछे मुड़कर देखा, दूर यूनिवर्सिटी की इमारतें दिखाई दे रही थीं। सीनेट हाउस में

एक रोशनी जल रही थी। आधी रात बीत रही थी। कालेज पंद्रह मिनट की दूरी पर था। उसने सोचा, 'क्यों न एक बार वहाँ जाकर नतीजों की सूची देख ले? उसे मरना तो है ही, अब बोर्ड को देखने से डरने की क्या ज़रूरत है?'

वह नदी से बाहर निकल आया और सीढ़ियाँ चढ़कर फिर रेत पर आ गया। दूर घड़ी ने बारह के घंटे बजाये। आसमान पर सितारे चमक रहे थे, सामने नदी बह रही थी और पेड़-पौधों से सर्र-सर्र की आवाज़ें निकल रही थी। रेत से गीले उसके पैरों को हवा ठंडी लग रही थी। वह अकड़कर सीनेट हाउस के बरामदे में घुसा और बुदबुदाया, 'यहाँ मुझे किसी का डर नहीं है।' वहाँ कोई नहीं था, कहीं कोई। आवाज़ नहीं आ रही थी। सारी इमारत में अँधेरा था, सिवा उन सीढ़ियों के, जिनके ऊपर एक बल्ब जल रहा था। उसके नीचे दीवार पर नोटिस बोर्ड लगा हुआ था।

जब उसने लिस्ट पास से देखने के लिए पैर ऊपर किये, तो उसका दिल धक्धक् कर रहा था। बल्ब की रोशनी में वह रोल नंबर देखने लगा। उसका गला सूख रहा था। पहले उसने तीसरी श्रेणी में पास होने वालों के नंबर देखे। उसका अपना नंबर 501 था। इससे पहले पास होने वाला नंबर था 498 और इसके बाद एकदम 703 नंबर आ गया था। मेरे पीछे और आगे बहुत से लोग हैं, उसने सोचा। जब वह सीनेट हाउस में घुस रहा था तो उसे बहुत उम्मीद थी कि पास हुए लोगों में उसका नंबर ज़रूर होगा। वह सोच रहा था कि अपना नंबर देखकर उसे कैसा लगेगा...। वह दौड़कर घर पहुँचेगा और सबसे कहेगा कि उन्होंने जो कुछ भी अब तक मेरे खिलाफ बोला है, उसके लिए माफी माँगें। लेकिन अब ध्यान से सब नंबर देख लेने के बाद उसकी असफलता उसके सामने आकर खड़ी हो गई, उसका नंबर सूची में नहीं था। 'अब नदी...,' वह निराश होकर सोचने लगा। सज़ा पाये व्यक्ति की तरह, जिसे झूठी ही सही, उम्मीद तो थी, वह अब बिलकुल टूट गया। 'नदी...,' नोटिस बोर्ड को संबोधित करते हुए उसने कहा, 'मैं जा रहा हूँ।' यह कहकर वह पीछे मुड़ने को हुआ।

'लेकिन मैंने अच्छी श्रेणी में पास लोगों के नंबर तो नहीं देखे!' यह सोचकर है वह फिर नोटिस बोर्ड को देखने लगा। प्रथम श्रेणी-इसमें पहला नंबर भी एक ही था, और भी छह लोगों के नंबर थे। 'पता नहीं ये कैसे इतने आगे निकल जाते हैं,' वह सोचने लगा।

इसके बाद उसने द्वितीय श्रेणी के नंबरों पर नज़र दौड़ाई, ये दो लाइनों में लिखे थे। पहला नंबर था 98, कुल मिलाकर पंद्रह नंबर थे। एक-एक नंबर को

बड़े ध्यान से देखता वह आगे बढ़ने लगा, वह नंबर 350 पर आया, फिर 400 था... इसके बाद 501 और फिर 600।

'दूसरी श्रेणी में पाँच-ज़ीरो-एक, क्या वह सच हो सकता है?' वह चीखा। फिर रुक गया और बार-बार इस नंबर को देखने लगा। 'हाँ, यही नंबर है। उसे दूसरी श्रेणी मिली है। अगर यह सही है तो अगले बरस मैं बी.ए. में बैठूँगा।' यह बात उसने इतने ज़ोर से चिल्लाकर कही कि सारी इमारत गूँज उठी।

'अब जो भी मुझे बेवकूफ कहेगा, उसे मैं जान से मार दूँगा...,' उसने घोषणा की।

उसे बेहोशी आने लगी। उसने दीवार का सहारा लिया। सालों का संशय और निराशा एकाएक हटनी शुरू हो गई थी और मुक्ति का यह झटका इतना शक्तिशाली था कि उसे वह सहन नहीं कर पा रहा था। उसकी नाड़ियों में खून तेज़ी से दौड़ने लगा था और खोपड़ी के भीतर समा नहीं पा रहा था।

कोशिश करके उसने अपने को सँभाला। मन में गाने की एक धुन अपने-आप उभर आई। उसे लगने लगा कि वह दुनिया का अकेला बाशिंदा है, उसका मालिक भी है। उसने अपनी छाती ठोंकी और नोटिस बोर्ड को संबोधित करके बोला, 'जानते हो, मैं कौन हूँ?' कल्पना में अपनी मूँछ ऐंठी, खुद हो-हो कर हँसा और पूछने लगा, 'दूल्हे के लिए घोड़ा तैयार किया?'

फिर नोटिस बोर्ड पर एक और नज़र डालकर वह बाहर निकल आया और राजा की तरह आगे बढ़ा। आखिरी सीढ़ी पर एक क्षण रुका और घोड़े का इन्तज़ार किया। घोड़ा पास आया तो हुक्म दिया, 'घोड़ा और पास ले आओ। सुनते हो!' घोड़ा और पास आ गया। उसने उस पर सवार होने का भाव दिखाया और उसे चाबुक लगाई। उसकी आवाज़ नदी के किनारे तक गूँज गई, घोड़ा तेज़ी से आगे बढ़ा जा रहा था। उसने अपने बाज़ू घुमाये और घोड़ा रेत पर दौड़ने लगा। वह ज़ोर से चिल्लाकर कहने लगा, 'सामने से हट जाओ, राजा की सवारी आ रही है। जो भी रास्ते में आयेगा, दबकर खत्म हो जायेगा।'

'मेरे पास पाँच सौ एक घोड़े हैं,' वह रात से कहने लगा। रोल नंबर उसके दिमाग़ में अटक गया था और बार-बार आ-जा रहा था। वह नदी के किनारे कई दफा आगे-पीछे दौड़ता रहा। लेकिन उसे संतोष नहीं हो रहा था। वह बोला, 'प्रधान मंत्री! यह घोड़ा अच्छा नहीं है। और पाँच सौ एक घोड़े मुझे लाकर दो,

सब द्वितीय श्रेणी में पास हुए हैं... ।' इसके बाद इसी घोड़े को चाबुक मारकर वह वापस लौट गया।

शीघ्र ही प्रधानमंत्री उसके लिए एक दूसरा घोड़ा ले आया। वह शान से उस पर सवार हुआ और बोला, 'यह ज़्यादा अच्छा है।' अब वह इस घोड़े पर चक्कर लगाने लगा। यह अद्भुत नज़ारा था। तारों की हलकी रोशनी में, सन्नाटे में अकेला, वह अपनी ही जीभ से घोड़े की टप-टप आवाज़ें करता रेत में दौड़ रहा था। एक हाथ से बागडोर थामे, घोड़े को इधर-उधर भगाते, दूसरे से कल्पना की मूंछों को मरोड़ते वह घोड़े को इस तेज़ी से दौड़ाने लगा, मानो तूफान आ गया है। उसे लगा कि अब उसने जीत हासिल कर ली है। शीघ्र ही वह रेत का पूरा मैदान पार कर गया। वह पानी के किनारे आया, एक क्षण रुका और घोड़े से फुसफुसाकर पूछा, 'तुम्हें पानी से डर तो नहीं लगता। तुम्हें यह नदी पार करनी है... वरना मैं पाँच सौ एक रुपये कभी नहीं चुकाऊँगा।' उसे लगा कि घोड़ा पानी में कूद गया है।

दूसरे दिन दोपहर के बाद उसका शरीर नदी में आधा मील आगे पड़ा मिला। इससे पहले लोगों को नदी के किनारे उसका कोट मिल गया था जिसमें रखी पर्ची भी पढ़ ली गई थी:

'पूज्य पिताजी, जब आपको मेरा यह पत्र मिलेगा, मैं नदी के तल में पहुँच चुका होऊँगा। मैं ज़िन्दा नहीं रहना चाहता। मेरी चिन्ता मत कीजियेगा। आपके और भी बेटे हैं जो मेरी तरह बेवकूफ नहीं हैं... ।'

कितनी पूर्णता

सोम को यह सोचकर अच्छा लग रहा था कि उसकी पाँच साल की मेहनत अब पूरी हो रही है। उसने अपने जीवन में बहुत-सी मूर्तियां बनाई थीं लेकिन इतना बड़ा काम कभी नहीं किया था। वह अक्सर अपने से कहता था कि उसकी बनाई नटराज की यह प्रतिमा प्रलय के बाद भी अपने स्थान पर खड़ी रहेगी।

लेकिन किसी ने इस मूर्ति को अब तक देखा नहीं था। सोम कमरे के सब दरवाज़े और खिड़कियाँ बंद करके एक छोटे से दीये की रोशनी में इस मूर्ति पर काम करता था, भले ही बाहर उस समय सूरज चमक रहा हो। इसलिए वह हर समय पसीने में नहाया रहता था लेकिन मूर्ति को लोगों की नज़रों से बचाये रखने के लिए उसने यह भी स्वीकार कर लिया था। वह बहुत ध्यानमग्न होकर इस पर काम करता था और किसी से भी इसके विषय में बात नहीं करता था।

परंतु अब उसका श्रम समाप्त होने को आया था। वह रुका, माथे से बह रहा पसीना पोंछा और बहुत संतोषपूर्वक मूर्ति की ओर देखने लगा। वह इसकी गरिमा से प्रभावित हो उठा। उसके सामने दंडवत् होकर प्रार्थना करने लगा : 'देवाय, आपको बनाने में मैंने पाँच वर्ष लगाये हैं। अब आप मंदिर में स्थान ग्रहण करें और मानव मात्र को आशीर्वाद दें। मिट्टी के दीये की लौ मूर्ति पर गिर रही थी और उसमें दृश्यमान लहरें उत्पन्न कर रही थी। मूर्तिकार दर्शन के गहन-भाव में खो-सा गया। किसी ने कहा, 'मित्र, प्रतिमा को बाहर मत ले जाना। यह बहुत ही पूर्ण है...।' यह सुनकर सोम भय से काँपने-सा लगा। उसने कमरे में नज़र घुमाई। एक अँधेरे कोने में कोई बैठा था–एक आदमी था। उसे देखकर सोम तेज़ी से आगे बढ़ा और उसकी गर्दन पकड़ ली। 'तुम यहाँ क्यों आये?' आदमी दर्द से काँपता हुआ बोला, 'मैं तुम्हारा

प्रशंसक हूँ। मैंने हमेशा तुम्हारे काम को सराहा है। पाँच वर्ष तक प्रतीक्षा करता रहा हूँ...।

'लेकिन तुम यहाँ आये कैसे?'

'जब तुम भोजन कर रहे थे, दूसरी चाबी से मैं भीतर आ गया...।'

सोम ने दाँत पीसे। 'मैं तुम्हारा गला घोंट दूँ और देवता को बलि चढ़ा दूँ?'

'जो चाहो, करो,' उसने उत्तर दिया। 'यदि इससे तुम्हें लाभ हो... लेकिन मुझे संदेह है।' बलि देकर भी तुम इसे यहाँ से हटा नहीं सकोगे। यह बहुत ही पूर्ण है। इतनी पूर्णता मनुष्यों को प्राप्त नहीं होती।'

यह सुनकर मूर्तिकार रोने को हुआ। 'ऐसा मत है। इसी पूर्णता के लिए मैंने गुप्त होकर काम किया है। यह हमारे लोगों के लिए बनी है। यह ईश्वर की तरह उनके बीच रहेगी। उन्हें इससे वंचित मत करो।'

दूसरा मूर्ति के सामने झुक आया और बोला, 'हे देव, हमें अपनी उपस्थिति सहन करने की शक्ति दो...।'

इस व्यक्ति ने लोगों को मूर्ति के बारे में बताया और यह रहस्य सबको ज्ञात हो गया। एक शुभ दिन सोम मंदिर के पुजारी के पास गया और बोला, 'अगली पूर्णिमा को मेरे नटराज की मंदिर में स्थापना करना। आपने उनके लिए स्थान बनाया है?'

पुजारी ने उत्तर दिया, 'मुझे पहले प्रतिमा को दिखाओ।' वह मूर्तिकार के घर गया, प्रतिमा को देखा और बोला, 'यह पूर्णता, यह देवता, मनुष्य के देखने के लिए नहीं है। यह हमें अंधा कर देगी। इसके समक्ष प्रार्थना करते ही यह नृत्य करने लगेगी... और हम सब नष्ट होने लगेंगे...।'

यह सुनकर मूर्तिकार दुखी हुआ तो पुजारी ने कहा, 'छेनी उठाओ और कहीं से इसे ज़रा-सा तोड़ दो... अंगूठा या कुछ और... फिर यह सुरक्षित हो जायेगी।'

मूर्तिकार ने उत्तर दिया कि पहले वह यह सुझाव देने वाले का सिर तोड़ देगा।

गाँव से प्रमुख नागरिक आये और कहने लगे, 'हमें गलत मत समझना। मंदिर में हम इस मूर्ति को स्थान नहीं दे सकेंगे। गुस्सा मत करना... हमें गाँव के सब लोगों का हित देखना है। तुम अगर एक उँगली का ज़रा-सा हिस्सा भी तोड़ सको...।'

सोम चिल्लाया, 'निकलो, यहाँ से तुम सब निकल जाओ। मैं तुम्हारे मंदिर में इस नटराज को बिलकुल रखना नहीं चाहता। मैं उसके लिए, जहाँ वह है, वहीं मंदिर बना दूँगा। फिर तुम देखोगे कि वही मंदिर दुनिया का सबसे बड़ा मंदिर हो जायेगा...।'

दूसरे दिन उसने कमरे की एक दीवार तोड़ी और वहाँ एक बड़ा फाटक बना दिया, जो सड़क पर खुलता था। फिर उसने गाँव में मुनादी करने वाले राम को बुलाया। उसे एक रुपया दिया और गाँवों में घूम-घूमकर मुनादी करने को कहा कि अगली पूर्णिमा को नटराज की प्रतिष्ठा होगी। अगर भीड़ अच्छी हुई तो वह उसे एक शाल भेंट करेगा।

पूर्णिमा के दिन आसपास के गाँवों से वहाँ स्त्री-पुरुष और बच्चों की भीड़ जमा होने लगी और एक इंच खाली जगह भी नहीं बची। चारों तरफ की सड़कें लोगों से भर गईं। फूल और खिलौने बेचने वाले चिल्ला-चिल्लाकर अपनी चीज़ें बेचने लगे। बाजे बजाने वाले और गायक घूम-घूमकर गाने सुनाने लगे। लोग एक-दूसरे से मिलने और बच्चे खेलने-कूदने लगे, चारों ओर शोर-शराबे का माहौल हो गया। फूलों और अगरबत्तियों की खुशबू वातावरण में गमक उठी। इस सबके ऊपर, उस समय तक का सबसे शानदार चाँद चमक रहा था।

प्रतिमा पर जो चादर पड़ी थी, उसे उठा दिया गया। बहुत से कपूर से उसकी आरती की जाने लगी और शंख बजने लगे। घंटियों की आवाज़ से वातावरण गूँज उठा। भीड़ पर शान्ति छा गई। हर नेत्र प्रतिमा को देखने लगा। कपूर की लौ ऊपर उठी और नटराज के नेत्र खुले, अंग फड़के और पैरों के घुँघरू बजे। एक पैर ज़मीन पर रखा और दूसरा नृत्य की मुद्रा में ऊपर उठाया। अपनी एड़ी के नीचे की दुनिया को उसने नष्ट करना शुरू किया और उसकी राख को बदन पर लगाकर हाथ में मृदंग उठाकर देवता ने उस पर थाप देना शुरू किया। मृदंग की ध्वनि में दुनिया नष्ट होने लगी, नष्ट होने के बाद फिर बनने लगी, फिर नाश और निर्माण का चक्र आरंभ हो गया... घंटियों की ध्वनि तेज़ होती जा रही थी। भीड़ आँखें फाड़े इस अद्‍भुत दृश्य को देख रही थी।

इसी क्षण पूर्व दिशा से हवा का तेज़ झोंका आया। चंद्रमा की रोशनी कम होने लगी, हवा तूफान में बदलने लगी, बादल घिर आये और उन्होंने चंद्रमा को चारों ओर से ढँक लिया। घना अंधकार छा गया। बिजली कड़कने लगी, आसमान गरजने लगा और चारों दिशाओं से आग बरसने लगी। ज़मीन पर जगह-जगह रखे पुआल के ढेरों में आग लग गई और उसकी रोशनी गाँव भर में फैल गई।

लोग इधर-उधर भाग कर शरण लेने लगे। तभी बिजली की एक कड़क एक घर तक जा पहुँची। उससे निकली आग आसमान में उठने लगी और सारा

आसमान रोशनी से भर उठा। दस गाँवों के लोग इस एक गाँव में जमा थे। एक और कड़क एक दूसरे मकान में जा पहुँची। स्त्री और बच्चे चीखने और चिल्लाने लगे। तभी बारिश की एक री आई और आग सूँ-सूँ की आवाज़ें करती बुझने लगी। बारिश तेज़ होकर घनघोर वर्षा में बदल गई। गाँव के दो तालाब, जिनके बगल से होकर सड़क जाती थी, जल से भर गये और पानी सड़कों पर बहने लगा। तूफान की हवा चीख रही थी और पेड़ों तथा मकानों को नष्ट कर रही थी। लोग कहने लगे, 'प्रलय का दिन आ गया है।'

दूसरे दिन भी पानी निरंतर बरसता रहा। सोम प्रतिमा के आगे सिर झुकाए बैठा सोचता रहा। फूल-पत्ती और उपहार की सामग्रियाँ ज़मीन पर बिखरी पड़ी थीं। उन सबमें जल भर गया था। कुछ लोग तैरते हुए उसके पास आये और पूछने लगे, 'अब तुम संतुष्ट हुए?' राक्षसों की तरह वे उसके सामने खड़े थे और पूछ रहे थे कि देख लिया अपने कार्य का परिणाम! तुम जानना चाहते हो कि कितनी जानें गई हैं, कितने घर बह गये हैं और तूफान में कितने लोग ढेर हो गये हैं?

'नहीं, नहीं। मैं कुछ नहीं जानना चाहता, कुछ भी नहीं। तुम लोग जाओ और इस तरह बातें मत करो,' सोम चिल्लाकर कह रहा था।

'ईश्वर ने अपनी शक्ति का ज़रा-सा ही प्रमाण दिया है। उसको और उतेजित मत करो। हमारी ज़िन्दगी तुम्हारे हाथ में है। हमें जीने दो। प्रतिमा बहुत ज़्यादा पूर्ण और निर्दोष है।'

लोग चले गये लेकिन वह बैठा सोचता रहा। उनके शब्द उसे परेशान कर रहे थे। 'हमारी ज़िन्दगी तुम्हारे हाथ में है।' वह जानता था, इनका अर्थ क्या है। उसकी आँखों में आँसू भर आये। 'मैं मूर्ति को कैसे तोड़ सकता हूँ?' दुनिया को जलने दो, मैं किसी की परवाह नहीं करता। मैं मूर्ति को छू भी नहीं सकता।'

उसने देवता के सामने रखा दीपक जलाया और सामने खड़ा होकर उसे देखने लगा। थोड़ी दूर पर आसमान फिर गरजने लगा था। 'फिर तूफ़ान आ रहा है। बेचारे लोग! इस बार सब खत्म हो जायेंगे।'

उसने मूर्ति के अँगूठे को देखा और सोचने लगा, 'छेनी से इसका एक टुकड़ा निकाल दूँ तो सब विनाश रुक जायेगा!'

अँगूठे की ओर देखते हुए वह सोचता रहा, 'मैं यह कैसे कर सकता हूँ!' उसके हाथ काँप रहे थे। बाहर बादलों को गर्जन बढ़ता जा रहा था। लोग उसके घर के सामने इकड़े हो रहे थे और उससे दया की प्रार्थना कर रहे थे।

सोम ने देवता को प्रणाम किया और बाहर निकल आया। वह सड़क के किनारे खड़ा होकर देखने लगा, जहाँ दोनों तालाब मिलकर एक हो गये थे। पूर्वी किनारे पर काले बादल घुमड़ते आ रहे थे। जब ये बादल पास आ जायेंगे तो दुनिया नष्ट होने लगेगी। 'नटराज, मैं तुम्हारी प्रतिमा नहीं तोड़ सकता, लेकिन अगर मैं अपनी बलि तुम्हें दे दूँ तो क्या इससे तुम संतुष्ट हो जाओगे...?'

उसने आँखें बंद कर लीं और तालाब में कूदने का विचार करने लगा। फिर एक क्षण रुका और बोला, 'मरने से पहले अपनी बनाई मूर्ति पर एक नज़र डाल लूँ। गरजते तूफान के बीच से वह घर की ओर लौटने लगा। हवा चीख रही थी, पेड़-पौधे काँप रहे थे। मनुष्य और पशु तेज़ी से चारों तरफ भाग रहे थे।

वह घर पहुँचा तो देखा, एक पेड़ उसके मकान पर गिर रहा है। 'मेरा घर भी..., यह कहकर वह तेज़ी से भीतर घुसा। प्रतिमा के पास पहुँचा, जो कूड़े-करकट से ढंकी जमीन पर गिरी पड़ी थी। वह सही सलामत थी, सिर्फ अँगूठे का एक टुकड़ा ऊपर से गिरे एक पत्थर से टूटकर कुछ गज़ दूर जा पड़ा था।'

लोग चिल्लाकर बोले, 'देवता ने हमारी रक्षा के लिए खुद यह कर लिया है।'

अगली पूर्णिमा के दिन मंदिर में बड़ी धूमधाम से मूर्ति की प्रतिष्ठा की गई। सोम पर धन तथा उपहारों की वर्षा होने लगी। वह 95 वर्ष तक जिया लेकिन इसके बाद उसने छेनी और बसौली को हाथ नहीं लगाया।

पिता की सहायता

बिस्तर पर लेटे स्वामी को यह सोचकर डर-सा लगा कि आज सोमवार की सुबह है। लगता था कि अभी एक क्षण पहले ही शुक्रवार की आखिरी क्लास हुई है, भले ही दो दिन बीत चुके थे। उसे आशा थी कि इस बीच भूचाल आने से स्कूल की इमारत धूल में मिल चुकी होगी, लेकिन ऐसी अनेक इच्छाओं के बावजूद एलबर्ट मिशन स्कूल सौ साल से मज़बूत खड़ा था। नौ बजे के करीब स्वामीनाथन ने कहा, 'मेरे सिर में दर्द है।' उसकी माँ ने कहा, 'तुम गाड़ी में बैठकर स्कूल क्यों नहीं चले जाते?'

'जिससे मैं वहाँ तक पहुँचते-पहुँचते ही अधमरा हो जाऊँ? तुम्हें पता है, सड़क पर कितने गड्ढे हैं?'

'क्या आज कोई ज़रूरी क्लासें हैं?'

'ज़रूरी! अरे, भूगोल का मास्टर साल भर से एक ही सबक पढ़ाये जा रहा है। और गणित की क्लास है, जिसका मतलब है कि घंटे भर टीचर से मार खाते रहो।... क्या ये ज़रूरी हैं?'

यह सुनकर माँ ने कहा कि तो फिर घर पर आराम करो।

साढ़े नौ बजे जब स्वामी क्लास में प्रेयर कर रहा होता, वह माँ के बिस्तर पर आराम कर रहा था। पिता ने पूछा, 'आज स्कूल की छुट्टी है?'

'सिर में दर्द है,' स्वामी ने जवाब दिया।

'इतवार को दिन भर घूमोगे तो सोमवार को सिर दर्द क्यों न होगा?'

स्वामी जानता था कि पिता कितने सख्त हो सकते हैं, इसलिए उसने नया बहाना बनाया, 'अब इतनी देर में स्कूल कैसे जा सकता हूँ?'

'ठीक है, लेकिन यह तुम्हारी अपनी गलती है, इसलिए तुम्हें जाना चाहिए। छुट्टी करने से पहले तुम्हें मुझ से पूछना चाहिए था।'

'मैं इतनी देर से पहुँचा तो टीचर क्या सोचेगा?'

'कह देना, सिर में दर्द था, इसलिए देर हो गई।'

'मैं यह कहूँगा तो वह मारेगा।'

'अच्छा! देखते हैं। क्या नाम है उसका?'

'सेमुएल।'

'वह लड़कों को मारता है?'

'बहुत मारता है। खासतौर से देर से आने वाले लड़कों को। कुछ दिन पहले एक लड़का देर से आया तो उसे पूरे पीरियड कोने में मुर्गा बनाकर खड़ा रखा। इससे पहले छह बेंत मारे और कान भी खींचे। मैं तो सेमुएल की क्लास में देर से हरगिज़ नहीं जाऊँगा।'

'अगर वह इतना मारता है तो हेडमास्टर से शिकायत क्यों नहीं करते?'

'लोग कहते हैं कि हेडमास्टर साहब भी उससे डरते हैं। ऐसा खतरनाक आदमी है वह।'

फिर उसने सेमुएल की सख्ती का बड़ा चटपटा विवरण पिता को सुनाया–वह लड़के को तब तक बेंत लगाता रहता था, जब तक हाथों से खून न टपकने लगे, और फिर यह खून उसके माथे पर लाल बिंदी की तरह लगवाता। स्वामी ने सोचा कि यह कहानी सुनने के बाद पिता उसे स्कूल जाने से रोक देंगे। लेकिन उन्होंने इसका एक नया उपाय बताया। वे बहुत उत्तेजित होकर कहने लगे, 'ये सुअर बच्चों को इस तरह कैसे मार सकते हैं? इन्हें तो स्कूल से निकाल बाहर करना चाहिए। अच्छा, मैं देखता हूँ... ।'

उन्होंने तय किया कि वह स्वामी को और देर से स्कूल भेजेंगे। उसे खत लिखकर देंगे कि उसे हेडमास्टर को दे दे। इसके लिए उन्होंने स्वामी का कोई विरोध नहीं माना। उसे स्कूल जाना ही होगा।

जब तक वह स्कूल जाने के लिए तैयार हुआ, पिताजी ने एक लंबा खत लिखकर तैयार कर लिया था। उसे लिफाफे में रखा और गोंद से चिपका दिया।

स्वामी ने डरते हुए पूछा, 'इसमें आपने क्या लिखा है?'

'यह तुम्हारे जानने की बात नहीं है। इसे हेडमास्टर को देना और क्लास में चले जाना।'

'क्या आपने सेमुएल के बारे में शिकायत लिखी है?'

'बहुत-सी बातें लिखी हैं उसके बारे में। हेडमास्टर इसे पढ़ेगा तो उसे स्कूल से निकाल ही नहीं देगा, पुलिस के हवाले भी कर देगा।'

'क्या किया है सेमुएल ने?'

'उसने जो सब किया है उसका पूरा ब्यौरा खत में है। इसे देकर ही क्लास में जाना। शाम को उनसे इसकी पावती भी ले आना।'

स्वामी स्कूल जाते हुए सोचता रहा कि वह दुनिया का सबसे बड़ा झूठा है। उसकी आत्मा उसे परेशान करने लगी, वह तय नहीं कर पा रहा था कि सेमुएल के बारे में उसने कितनी सच्चाई बयान की है। वह समझ नहीं पा रहा था कि उसने जितनी बातें कही हैं उनमें कितनी सच हैं और कितनी झूठ हैं। वह सड़क पर एक मिनट रुक गया और सोचने लगा कि सेमुएल इतना ज़्यादा बुरा तो नहीं है। दरअसल वह दूसरों से ज़्यादा ही अच्छा था, कभी-कभी वह स्वामी की किसी बात पर मज़ाक भी करता था, जिसे स्वामी अपनी तारीफ के रूप में लेता था। लेकिन इसमें भी शक नहीं है कि वह लड़कों से बुरी तरह पेश आता था...वह बेंत भी मारता था। स्वामी ऐसी किसी घटना की याद करने लगा। लेकिन देर तक कोई घटना याद नहीं आई। बहुत साल पहले उसने पहली कक्षा के एक छात्र को बेंत मारे थे और हाथों पर खून निकलने पर उससे माथे पर बिंदी लगवाई थी। लेकिन यह घटना किसी ने देखी नहीं थी। फिर भी यह कहानी हर साल लड़कों के मुँह से सुनी जाती थी...। सेमुएल के व्यवहार के बारे में स्वामी कुछ निश्चित नहीं कर पा रहा था। वह अच्छा था या बुरा? उसके बारे में यह खत हेडमास्टर को दिया जाये या नहीं! एक क्षण को स्वामी के मन में आया कि घर वापस लौट जाये और पिताजी से यह पत्र वापस ले लेने के लिए कहे। लेकिन वे बहुत कड़े आदमी थे।

स्कूल की पीली इमारत के पास पहुँचते हुए वह महसूस करता रहा कि वह सेमुएल की झूठी शिकायत करवा रहा है जिससे उसकी ज़िन्दगी बरबाद हो सकती है। हो सकता है कि हेडमास्टर साहब उसे नौकरी से निकाल दें, फिर पुलिस उसको पकड़कर ले जाये और जेल में बंद कर दे। इस सब अपमान और कष्ट के लिए कौन ज़िम्मेदार होगा? स्वामी यह सोचते हुए काँपने लगा। वह सेमुएल के बारे में जितना सोचता, उतना ही उसके लिए परेशान हो उठता–गहरा साँवला चेहरा, छोटी-छोटी लाली लिये आखें, पतली मूँछे, शेव के बिना हलके बालों से भरे गाल और ठोढ़ी, पीला कोट-सब मिलाकर सेमुएल की उदास शक्ल उसके

सामने आने लगी। जेब में रखे लिफाफे को महसूस करते हुए वह सोचने लगा कि वही कातिल है। उसे अब गुस्सा आने लगा और सोचने लगा कि इस झूठ से भरे खत को नाली में क्यों न फेंक दिया जाये?

स्कूल में घुसते ही उसे एक विचार आया, जो इस समस्या का हल हो सकता था। वह यह खत हेडमास्टर को अभी नहीं देगा, शाम को घर लौटते हुए देगा–इस सीमा तक वह पिता की आज्ञा नहीं मानेगा और आज़ादी से काम लेगा। यह कोई गलत बात नहीं और पिता को इसका पता भी नहीं चलेगा। यदि पत्र शाम को दिया जायेगा तो हो सकता है सेमुएल इस बीच कुछ ऐसा कर बैठे कि पत्र की शिकायत सही हो जाये।

स्वामी कक्षा के द्वार पर खड़ा था। सेमुएल गणित पढ़ा रहा था। उसने स्वामी पर नज़र डाली। स्वामी सोच रहा था कि उसे देखते ही सेमुएल कुछ ऐसा कर सकता है जिसकी शिकायत की जा सकती हो। लेकिन सेमुएल ने इतना ही पूछा, 'अभी स्कूल आ रहे हो?'

'जी, सर।'

'तुम आधा घंटा लेट हो।'

'जानता हूँ।' स्वामी ने सोचा, अब उस पर मार पड़ेगी। वह प्रार्थना भी कर रहा था, 'तिरुपति के देवता, सेमुएल से मुझे पिटवाओ!'

'देर क्यों हुई?'

स्वामी जवाब में कहना चाहता था, 'मैं देखना चाहता था कि तुम मेरे साथ क्या कर सकते हो।' लेकिन इसके बजाय यह कहा, 'सर, सिर में दर्द था।'

'तो फिर आये ही क्यों स्कूल?'

सेमुएल से इस सवाल की उसे उम्मीद नहीं थी। बोला, 'सर, पिताजी ने कहा कि क्लास मिस करना ठीक नहीं है।'

इस जवाब से सेमुएल प्रभावित लगा। बोला, 'तुम्हारे पिताजी सही कहते हैं। वे बहुत समझदार लगते हैं। हमें ऐसे ही पिताओं की ज़रूरत है।'

'अरे बेवकूफ', स्वामी ने सोचा, 'तुम्हें पता नहीं हैं कि पिताजी ने तुम्हारे लिए क्या किया है!' सेमुएल के व्यवहार के बारे में अब उसे और ज़्यादा परेशानी होने लगी।

'ठीक है। अपनी सीट पर बैठ जाओ। क्या दर्द अब भी है?'

'सर, थोड़ा-सा है।'

यह कहकर स्वामी दुखी मन से सीट पर जा बैठा। सेमुएल जितना अच्छा आदमी उसे अब तक नहीं मिला था। टीचर लड़कों के होमवर्क का मुआयना कर रहे थे, जिसमें, स्वामी का विचार था कि सख्ती के सबसे ज़्यादा मौके आते हैं। कापियाँ लड़कों के चेहरों पर फेंकी जाती हैं, उन्हें बुरा-भला कहा जाता है और बेंत लगाये जाते हैं, बेंच पर खड़ा किया जाता है। लेकिन सेमुएल आज ज़्यादा नरमी और सहिष्णुता दिखा रहा था। खराब कापियाँ उसने वापस कर दीं, लड़कों को बेंत से जरा-सा छुआ, किसी को एकाध मिनट से ज़्यादा बेंच पर खड़ा नहीं किया। अब स्वामी की बारी आई। स्वामी खुश हुआ।

'स्वामीनाथन, तुम्हारा होमवर्क कहाँ है?'

उसने तपाक से उत्तर दिया, 'मैंने कोई होमवर्क नहीं किया है।'

एक क्षण को शांति रही। 'सिर दर्द के कारण, क्यों?' सेमुएल ने पूछा।

'जी, सर।'

'ठीक है। बैठ जाओ।'

स्वामी बैठ गया और सोचने लगा कि आज सेमुएल को हुआ क्या है! पीरियड खत्म हुआ तो स्वामी को बड़ी निराशा हुई।

आखिरी पीरियड भी सेमुएल का ही था। इसमें उसे इतिहास पढ़ाना था। पौने चार बजे पीरियड शुरू हुआ और पैंतालीस मिनट में खत्म हो गया। स्वामी पिछले पीरियडों में इसी पर विचार करता रहा था। वह ऐसी कोई बात नहीं कर पाया था जिससे सेमुएल उसको मार सके। चार बजे तो वह बहुत परेशान हो उठा। सेमुएल वह सबक पढ़ रहा था जिसमें वास्कोडिगामा के भारत आने का जिक्र था। लड़के अधसोये-से सुन रहे थे। स्वामी ने एकाएक खड़े होकर सवाल किया, 'सर, कोलंबस हिन्दुस्तान क्यों नहीं आया?'

'वह अपना रास्ता भूल गया था।'

'मैं यह नहीं मान सकता। यह बात विश्वास के लायक नहीं है।'

'क्यों नहीं है?'

'इतना बड़ा आदमी रास्ता कैसे भूल सकता है?'

'चिल्लाकर क्यों कह रहे हो? मैं तुम्हारी बात सुन सकता हूँ।'

'मैं चिल्ला नहीं रहा हूँ, सर, मेरी आवाज़ ही ऐसी है। ईश्वर ने मुझे ऐसी ही आवाज़ दी है। इसमें मैं क्या कर सकता हूँ?

'अच्छा, बैठ जाओ।'

स्वामी बैठ गया। लेकिन अब वह थोड़ा-सा खुश था, क्योंकि सेमुएल परेशानी से उसे देख रहा था।

उसका दूसरा मौका भी आ गया जब पहली लाइन में बैठे शंकर ने सवाल किया, 'सर, वास्कोडिगामा पहला आदमी था जो भारत आया था?'

सेमुएल के जवाब देने से पहले स्वामी ने पिछली बेंच से और भी ज़ोर से चिल्लाकर उत्तर दिया, 'लोग यही कहते हैं।'

सेमुएल और दूसरे लड़कों ने घूर कर स्वामी की ओर देखा। टीचर को आज स्वामी के बर्ताव से ताज्जुब हो रहा था। उसने कहा, 'स्वामीनाथन, आज तुम ज़रा ज़्यादा ही ज़ोर से बोल रहे हो।'

'मैं चिल्ला नहीं रहा हूँ, सर, मैंने कहा न कि मेरी आवाज़ ही ऐसी है। इसके लिए ईश्वर ही ज़िम्मेदार है।'

तभी स्कूल की घंटी बजी। क्लास खत्म होने में पंद्रह मिनट बाकी रहे थे। इन मिनटों में स्वामी को कुछ ज़रूर ऐसा कर डालना चाहिए कि सेमुएल भड़क उठे। सेमुएल ने उसे घूरकर देखा था और सख्त बात भी कही थी लेकिन शिकायत के लिए यह काफी नहीं था। स्वामी सोच रहा था कि थोड़ा और कोशिश करने से सेमुएल के खिलाफ मुकदमा बनाया जा सकेगा।

टीचर किताब में से कुछ आगे तक पढ़कर रुक गया। वह बोला कि अब वह सवाल करेगा। कहा कि सब विद्यार्थी अब किताबें बंद करके रख दें। फिर उसने दूसरी पंक्ति में बैठे एक लड़के से प्रश्न किया, 'वास्कोडिगामा कब भारत आया था?'

स्वामीनाथन एकदम खड़ा हो गया और चीखकर बोला, 'सन् 1648 में 20 दिसंबर के दिन।'

'तुम्हें चिल्लाने की ज़रूरत नहीं है। सिर दर्द से तुम पागल हो गये लगते हो।'

'अब मुझे सिर दर्द बिलकुल नहीं है,' स्वामी ने चिल्लाने के साथ ज़ोर से हँसकर कहा।

'बेवकूफ लड़के, बैठ जाओ।' अपने को 'बेवकूफ' कहे जाने से वह बहुत खुश हुआ। 'अब बोले तो मैं तुम्हें बेंत लगाऊँगा,' टीचर ने बात पूरी की।

स्वामी बैठ गया, बेंत लगाने की सुनकर उसे और भी खुशी हुई।

टीचर आगे कहने लगा, 'अब मैं मुगल साम्राज्य के बारे में कुछ सवाल पूछूँगा। मुगल बादशाहों में आप किसको सबसे महान, किसको सबसे शक्तिशाली और किसको सबसे धार्मिक बादशाह मानते हैं?'

स्वामी उठ खड़ा हुआ। उसे देखते ही टीचर ने कहा, 'तुम बैठ जाओ।'

'सर, मैं जवाब देना चाहता हूँ।'

'बैठ जाओ।'

'मैं नहीं बैठूँगा।'

'अभी मैंने क्या कहा कि तुम नहीं बैठोगे तो मैं क्या करूँगा?'

'आपने कहा कि आप मुझे बेंत से मारेंगे, घुटनों से खून निकाल देंगे और उससे माथे पर टीका लगवायेंगे।'

'ठीक है, यहाँ आओ।'

स्वामीनाथन सीट से कूदकर सामने आया और मेज़ के पास जा पहुँचा। टीचर ने दराज से बेंत निकाला और गुस्से से कहा, 'शैतान, हाथ आगे बढ़ाओ।'

उसने हर हाथ पर तीन दफा बेंत लगाये, स्वामी ने उन्हें बिना हिले सह लिया। कुछ और बेंत लगाकर उसने पूछा, 'ये काफी हैं कि और चाहिए?

स्वामी ने फिर हाथ आगे बढ़ाये और दो बेंत और खा लिये। तभी छुट्टी की घंटी बज उठी। स्वामी के हाथ दर्द कर रहे थे लेकिन वह प्रसन्न मन से वापस लौटा, किताबें उठाईं, जेब से पत्र निकाला और हेडमास्टर के दफ्तर की तरफ बढ़ा।

दरवाज़े पर ताला लगा था। उसने चपरासी से पूछा, 'हेडमास्टर साहब कहाँ हैं?'

'उनसे क्या काम है?'

'मेरे पिताजी ने एक पत्र भेजा है।'

'उन्होंने दोपहर की छुट्टी ले ली थी और अब एक हफ्ते बाद आयेंगे। तुम असिस्टेंट हेडमास्टर को खत दे सकते हो।'

'वे कौन हैं?'

'सेमुएल साहब। वे यहीं आ रहे होंगे।'

स्वामी वहाँ से तेज़ी से भागा। घर पहुँचकर खत पिताजी को दिया तो वे बोले, 'मैं जानता था कि तुम खत नहीं दोगे। डरपोक हो तुम।'

'हेडमास्टर साहब छुट्टी पर गये हैं।'

'तुम झूठ भी बोल रहे हो अब।'

स्वामी ने खत हाथ में लेकर कहा, 'जब वापस आ जायेंगे तब, ज़रूर दे दूँगा।' पिता ने पत्र लेकर फाड़ डाला और कहा, 'अब सेमुएल तुम्हारा गला भी घोंट दे तो मेरे पास मत आना।'

सर्पगान

संगीत का कार्यक्रम समाप्त होने पर हम हॉल से बाहर निकल रहे थे। कार्यक्रम बहुत अच्छा था। हम तब तक उसे अच्छा ही सोचते रहे जब तक महाबातूनी हमें दिखाई नहीं दे गया। उसका चेहरा देखकर यह लग रहा था कि किसी हत्या-घर से बाहर निकल रहा है। हमने कड़वाहट से उसकी ओर देखा और कहा, 'हमारा ख्याल है कि आप उन कुछ विद्वानों में से हैं जो मानते हैं कि दक्षिण भारतीय संगीत तो सौ साल पहले खत्म हो गया। आप ऐसे महापुरुषों में एक भी हो सकते हैं जो कभी हमारे प्राचीन धुरंधर संगीतकारों से मिलते-जुलते रहे हों, जिस कारण ये लोग। सभी आधुनिक संगीत को बचकाना और बकवास मानने लगे हैं? आप उन बेचैन सैद्धांतिकों में भी हो सकते हैं जो किसी भी नए गींत की धज्जियाँ उधेड़े बिना चैन नहीं लेते?'

'मैं ऐसा कुछ भी नहीं हूँ,' महाबातूनी ने तुरंत उत्तर दिया। 'मैं एक ऐसा मामूली आदमी भर हूँ जो यह जानता है कि वह क्या बात कर रहा है। मैं संगीत के बारे में कुछ जानता हूँ, आप सब जितना जानते हैं उससे ज़रा ज़्यादा, और इसलिए आज मुझे यह देखकर बड़ा अफसोस होता है कि संगीत का स्तर इतना गिर गया है...।'

हमने उसकी टिप्पणी का विरोध उसे चुप रहकर दरगुज़र करके करना चाहा, और उसकी तरफ से मुँह फेरकर आपस में बात करने लगे। लेकिन सारे रास्ते चुप नहीं रहा, बोलता ही रहा, इसलिए हारकर हमें उसकी यह कहानी सुननी ही पड़ी :

आज मुझे इस तरह किसानों को फर्टिलाइज़र बेचते देखकर आपको यह लग सकता है कि इस काम के अलावा मुझे और कुछ नहीं आता। लेकिन मैं आपको बताऊँ कि एक दिन मैं खुद संगीतज्ञ बनना चाहता था,

और मैं बनने के करीब तक पहुँच भी गया। सालों पहले की बात है यह। तब मैं कुम्बुम में रहता था, जो मालगुडी से 80 मील दूर छोटा-सा गाँव है। वहाँ एक बड़े संगीतकार रहते थे। वे जब बाँसुरी बजाते थे, तब कहते हैं, खेतों से पशु वहाँ आ जाते थे। वे इस सदी के शायद सबसे बड़े संगीतकार थे, जिन्हें गाँव से बाहर कोई नहीं जानता था, क्योंकि उन्हें गुमनामी में ही संतोष था, और गाँव के मंदिर में गाना गाकर वे प्रसन्न रहते थे, और उनकी रोज़ी-रोटी पुरखों से मिली थोड़ी-सी ज़मीन से ही चल जाती थी। मैं उनके कपड़े धोता, घर में झाड़ू लगाता, हिसाब-किताब लिखता, दौड़-भाग के काम करता- और जब उनका मन होता, वे मुझे गाना सिखाते थे। उनका व्यक्तित्व और ज्ञान बहुत प्रभावी था, और यदि वे घंटे भर भी कभी मुझे सिखाते तो यह साल भर की शिक्षा के बराबर होता था। उनके इर्द-गिर्द का वातावरण ही शिक्षाप्रद था।

मेरे ऊपर तीन साल तक काम करने के बाद उन्हें लगा कि मेरा संगीत ठीक होने लगा है। वे बोले, 'और एक साल में तुम इस लायक हो जाओगे कि शहर जाकर सभा में अपना गायन प्रस्तुत कर दो यानी अगर तुम यह सब करना चाहो तो...।' और मैं सचमुच यह करना चाहता था, मुझे गुमनामी की ज़िन्दगी पसंद नहीं थी। मुझे पैसा और प्रतिष्ठा दोनों चाहिए था। मैं चाहता था कि मद्रास जाऊँ, वहाँ वार्षिक सम्मेलन में भाग लूँ, जिससे मेरा नाम ज़िले-ज़िले में गूँजने लगे। मैं अपनी बाँसुरी को कुछ इस तरह देखता था, जैसे वह जादू की छड़ी है जो मेरे लिए सारी दुनिया खोल देगी।

मैं सड़क के सिरे पर एक छोटे-से कमरे में रहता था। रात को देर तक अभ्यास करना मेरी आदत बन गयी थी। एक रात जब मैं भैरवी राग बजा रहा था, दरवाज़े पर एक दस्तक हुई। यह बाधा देखकर मुझे गुस्सा आ गया।

'कौन है?' मैंने पूछा।

'साधु... मुझे कुछ भोजन चाहिए।'

'इतनी रात गये...! जाओ, इस वक्त आकर मुझे तंग मत करो।'

'लेकिन भूख को वक्त का ज्ञान नहीं होता।'

'तुम जाओ। मेरे पास कुछ नहीं है। मैं खुद अपने गुरु की कृपा पर रहता हूँ।

'लेकिन तुम मुझे एक पैसा, पैसा न सही तो साधु को दया का एक शब्द नहीं दे सकते? वह काशी, रामेश्वरम् हो आया है?'

'चुप रहो,' मैं चिल्लाया, दरवाज़े को घूरकर देखा और फिर संगीत में लग गया।

पंद्रह मिनट बाद दरवाज़ा फिर खड़का। अब मैंने अपना आपा खो दिया, कहा, 'तुम्हें समझ नहीं आई? मुझे क्यों परेशान कर रहे हो?'

'तुम्हारा संगीत ईश्वरीय है। मुझे भीतर आ जाने दो। खाना भले ही न देना, अपना संगीत तो सुन लेने दो!'

अभ्यास करते समय मुझे किसी का सामने होना अच्छा नहीं लगता था, और यह बात मुझे बहुत खल गई। मैंने कहा, 'तुम इस तरह नहीं जाओगे तो मैं धक्के मारकर तुम्हें निकाल दूँगा।'

'कड़वे शब्द मत बोलो। तुम्हें मुझे भगाने की ज़रूरत नहीं है। मैं जा रहा हूँ। लेकिन याद रखना, गाने का यह तुम्हारा आखिरी दिन होगा। कल तुम अपनी बाँसुरी बाज़ार में कौड़ियों के मोल बेच आना।'

मैं लौटते हुए उसके पैरों की खड़ाऊँ की खटखट सुनता रहा। मुझे कुछ चैन मिला और करीब दस मिनट तक मैं गाता रहा। लेकिन उसके आखिरी शब्दों से परेशान हो उठा था...। क्या अर्थ था उसके इन शब्दों का?

मैं उठा। लालटेन दीवाल पर लगी कील से उतारी और बाहर आ गया। आखिरी सीढ़ी पर खड़े होकर लालटेन ऊपर-नीचे करके मैंने घर के चारों तरफ देखा फिर भीतर आ गया। सोचने लगा, शायद साधु फिर वापस आये। इसलिए दरवाज़ा पूरा बंद नहीं किया। लालटेन दीवाल पर लटका दी और फिर बैठ गया। दीवाल पर लगे देवी-देवताओं के चित्रों से प्रार्थना की, कि साधु के उन शब्दों से मेरी रक्षा करना। और फिर में धुन निकालने में लग गया।

मेरी छोटी-सी बाँसुरी से एक के बाद दूसरे गाने के स्वर निकलकर वातावरण को भरते रहे। अब मेरी बाँसुरी साधारण बाँसुरी नहीं थी, मेरी धुनें दीवाल पर लगे देवी-देवता सुन रहे थे। दीवाल पर टँगी लालटेन नक्षत्र की तरह चमक रही थी।

अब मैं 'पुन्नग वरली' का सर्पगान बजाने लगा। शिव के मस्तक पर स्थित नाग अपनी पूर्ण गरिमा में मेरे सामने दिखाई दे रहा था। उसका देवत्व मेरे समक्ष व्यक्त हो रहा था। पार्वती की कलाई पर एक नाग लिपटा हुआ था जिससे सुब्रह्मण्य खेल रहे थे। विष्णु भी नाग पर विराजमान थे...। नागों के ये सब चित्रण मन में अद्भुत आदर और भक्ति का भाव उत्पन्न कर रहे थे।

तभी मैंने देखा, द्वार के सामने एक विशाल, वास्तविक काला नाग खड़ा, अपना फन फैलाये झूम रहा है। बहुत मस्त होकर झूम रहा था वह नाग। मैंने बाँसुरी बजाना बंद कर दिया और यह जानने के लिए आँखें मलीं कि यह सच्चाई है, भ्रम तो नहीं है। मैं भी जाग रहा हूँ या नहीं?

लेकिन जैसे ही गाना रुका, नाग पलटा और मेरी दिशा में देखा, फिर आगे बढ़ा। इतना बड़ा और लंबा नाग मैंने जीवन में कभी नहीं देखा था। सुरक्षा की भावना ने आवाज़ दी, 'बजाते रहो, रुको मत!' मैंने तुरंत बाँसुरी मुँह से लगा ली और फिर गाने लगा। नाग जो मुझसे तीन गज़ दूर था, फिर जागा, शरीर का चौथाई भाग ऊपर उठाया, अपनी गोल आँखें मुझ पर गड़ा दीं और बिना सिर हिलाये संगीत सुनने लगा। अब यह इतना शांत था, कि लग रहा था पत्थर की प्रतिमा हो!

मैं भी उसके नेत्रों में एकटक देखता बाँसुरी बजाता रहा, और उसकी गरिमा तथा चमक देखकर यह सोचता रहा कि इतने महिमामय प्राणी को देवता अपने बालों में क्यों नहीं धारण करना चाहेगा!

तीन बार यही धुन बजाकर मैंने एक नई धुन आरंभ की। नाग ने तुरंत अपना सिर घुमाया और मेरी ओर देखा, जैसे कह रहा हो, 'अब यह क्या शुरू कर दिया।' फिर एक डरावनी साँस छोड़ी और धीरे से हिला। मैं सर्पराग फिर बजाने लगा, और नाग फिर अपनी शांत मुद्रा में स्थिर हो गया।

फिर मैं यही राग बार-बार बजाता रहा। परंतु कोई राग कितना ही विशेष क्यों न हो, उसे ही एक दर्जन बार बजाकर कोई भी थक जायेगा। मैंने एक-दो बार राग बदलने की कोशिश की लेकिन ऐसा करते ही नाग मेरी तरफ घूरकर देखने लगता। फिर मैंने कमरा छोड़कर बाहर भागने की कोशिश भी की, लेकिन नाग ने तुरंत मुझे विश्वास दिला दिया कि वह मुझे अवश्य खा जायेगा।

इसलिए रात भर मैं यही धुन बजाता रहा। मेरा विशिष्ट मेहमान उठने का नाम ही नहीं ले रहा था। मैं थककर चूर हो गया था। सिर चकराने लगा था, लगातार फूँकने से गालों में दर्द होने लगा था, सीने से इतनी हवा निकल चुकी थी कि वह बिलकुल खाली हो गया था। लग रहा था कि कुछ ही क्षणों में मैं ज़मीन पर मरकर गिर पड़ूँगा। अब मुझे यह चिंता नहीं रही थी कि नाग मुझे काट लेगा और मुँह की थैली में भरा सारा विष मेरे भीतर उगल देगा। मैंने बाँसुरी फेंक दी, खड़ा हुआ और नाग के सामने सिर झुकाकर कहने

लगा, 'नागराज, तुम अवश्य देवता हो! चाहो तो मुझे नष्ट कर दो लेकिन अब मैं और गा नहीं सकूँगा...।'

और मैं गिर पड़ा। जब आँखें खोलीं, नागदेव जा चुके थे। सुबह की रोशनी कमरे में फैल गई थी और लालटेन बुझने को आ रही थी। बाँसुरी द्वार के पास पड़ी थी।

दूसरे दिन मैंने अपने गुरु को यह घटना सुनायी। वे बोले, 'अरे, तुम नहीं जानते कि मुन्नग वरली रात को नहीं बजाना चाहिए। इसके अलावा, अब तुम यह भरोसा भी नहीं कर सकते कि तुम जो भी बजाओगे, नाग नहीं आ जायेगा। और वह आ गया तो जो वह सुनना चाहता है, उसे तुम नहीं बजाआगे तो वह ज़रूर तुम्हें काट लेगा।'

'नहीं, नहीं। अब मैं कभी कुछ नहीं बजाऊँगा,' मैंने चिल्लाकर कहा। पिछली रात की याद से मैं काँप रहा था। यह राग भी मैंने ज़िन्दगी भर के लिए बजा लिया था।

'यह बात है तो बाँसुरी फेंक दो और गाना खत्म कर दो। नागों के साथ तुम कुछ नहीं गा-बजा सकते। ये देवताओं के खिलौने हैं। बाँसुरी फेंक दो... यह तुम्हारे किसी काम की नहीं है।'

यह सुनकर मैं रोने लगा। गुरुजी ने मुझ पर दया की और कहा, 'अगर तुम उस साधु को कहीं ढूँढ़ निकालो और उससे क्षमा माँग लो तो भी यह संकट दूर हो जायेगा।'

मैंने बाँसुरी फेंक दी। तब से मैं उस साधु की तलाश कर रहा हूं कि कहीं मिल जाये तो क्षमा माँग लूँ। आज भी अगर वह मिल जाये तो मैं उसके पैरों पर गिर पड़ूँगा–और बाँसुरी फिर उठा लूँगा।

इंज़न की समस्या

महाबातूनी कह रहा था :

कुछ साल पहले हमारे कस्बे में एक शोमैन आया जो गेटीलेंड नामक एक संस्था को चलाता था। रातोंरात वहाँ के जिमखाना क्लब में पोस्टर, झंडे और रंगबिरंगे रोशनी के बल्ब लग गये। तमाशा देखने ज़िले भर से लोग आने लगे। शुरू होने के एक हफ्ते बाद ही उन्हें हर रोज़ पाँच सौ रुपये की आमदनी होने लगी। इसमें तरह-तरह के खेल, ज़ादू और तमाशे दिखाये जाते थे। दो आने का टिकट खरीदकर हम तोतों के करतब से लेकर मौत के कुएं में मोटरसाइकिल की गोल चक्कर दौड़ देख सकते थे। इसके अलावा वहाँ तरह-तरह की लाटरी और गैलरी थीं जिनमें एक आना खर्च करके आप सौ रुपये तक के इनाम जीत सकते थे।

शो का एक कोना बहुत ज़्यादा लोगों से भरा रहता था। यहाँ आठ आने का टिकट लेकर तरह-तरह की बड़ी चीजें–जैसे पिनकुशन, सिलाई की मशीन, कैमरे और सड़क कूटने का इंज़न तक इनाम में जीत सकते थे। एक दिन उन्होंने टिकट नंबर निकाला 1005 जिसका आधा हिस्सा मेरे पास था। इनाम की चीज़ों पर नज़र डालते हुए उन्होंने कहा कि सड़क का इंज़न मुझे इनाम मिला है। अब मुझसे यह पूछिए कि इनामों में रोड इंज़न जैसी चीज़ कैसे शामिल हो गई। यह बताने के लिए मुझे काफी मेहनत करनी पड़ेगी।

खैर, यह सुनकर मैं स्तब्ध हो गया। लोग मुझे कुछ ऐसे देखने लगे, मानो मैं कोई जानवर हूँ। कई हँसकर कहने लगे, 'क्या करेगा यह रोड इंज़न का?'

यह इनाम ऐसा नहीं था जिसे कोई खुद उठाकर घर ले जा सके। मैंने शोमैन से पूछा, 'इसे ले जाने में वह मेरी क्या मदद करेगा?' जवाब देने की

जगह उसने मुझे ऊपर टँगा एक नोटिस दिखा दिया, जिस पर लिखा था कि इनाम जीतने वाले सभी लोग अपने इनाम फौरन खुद ही इन्तज़ाम करके उठा ले जाएँ। लेकिन मेरे इस मामले में वे थोड़ी सुविधा देने के लिए तैयार थे। शो चलने के दिनों में वे इसे जिमखाना क्लब में ही रखे रहने को तैयार थे, इसके बाद मैं इसे ले जा सकूँगा। मैंने जब शोमैन से पूछा कि इसे ले जाने के लिए क्या वे ड्राइवर दे सकेंगे, वह हँसने लगा। बोला, 'जो आदमी इसे यहाँ लाया था, उसे हर रोज़ के पाँच रुपये और इसके अलावा सौ रुपये देने पड़े। उसे मैंने वापस भेज दिया और तय कर लिया कि अगर कोई उसे चला नहीं सकता, तो इसे अपने भाग्य पर छोड़ दूँगा। यह नई चीज़ है इसलिए मैं इसे लाया था। मैं ही जानता हूँ, इसके कारण मैंने कितनी परेशानी उठाई है!'

'मैं इसे किसी म्युनिसपैलिटी को नहीं बेच सकता?' मैंने पूछा। उसने जवाब दिया, 'शोमैन होने के नाते मुझे म्युनिसपैलिटी के लोगों से बहुत तकलीफें झेलनी पड़ती हैं। मैं इनसे दूर ही रहना पसंद करता हूँ...।'

मेरे दोस्त और परिचित आ-आ कर इस इनाम के लिए मुझे बधाइयाँ देने लगे। यह कोई नहीं जानता था कि इस इंज़न से कितना पैसा मिलेगा लेकिन सभी कहते थे कि, 'इसकी कीमत बहुत काफी होनी चाहिए। इसमें लगा लोहा ही बेचोगे तो हज़ारों में बिकेगा।' कई दोस्त बार-बार यह बात कहते। रोज़ मैं जिमखाना क्लब का चक्कर लगाता और इंज़न को देख लेता था। मुझे यह बहुत अच्छा लगने लगा था। ताँबे से बने इसके हिस्से चमकते हुए बहुत सुंदर लगते थे। मैं पास होकर प्यार से इसे थपथपाता, इसके इर्द-गिर्द घूमता और शाम को शो खत्म होने के बाद घर लौट आता। मैं गरीब था, इसलिए सोचता था कि इससे मेरी सब समस्याएँ हल हो जायेंगी। मैं कितना नादान था!—नहीं जानता था कि इससे तो समस्याओं की शुरुआत हुई है।

जब शोमैन का तमाशा खत्म हो गया तो वह अपना सामान उठाकर चला गया। म्युनिसपैलिटी से मेरे पास चिट्ठी आई कि अपने इंज़न को यहाँ से उठा लूँ। दूसरे दिन मैं वहाँ गया तो इंज़न बेचारा अकेला खड़ा था। आस-पास कोई नहीं था। चारों तरफ ज़मीन पर कूड़ा-करकट बिखरा पड़ा था। लेकिन अकेला होने पर भी यह बिलकुल सुरक्षित था।

मैं समझ नहीं पा रहा था कि इसका क्या करूँ, इसलिए कई दिन तक इसे वहीं खड़ा रहने दिया। म्युनिसपैलिटी ने अब मुझे नोटिस भेजा कि इसे

जल्द-से-जल्द जिमखाने के मैदान से हटा लूँ, नहीं तो किराया वसूल किया जायेगा। गहराई से सोच-विचार करने के बाद मैंने किराये की बात मान ली और दस रुपये हर महीने के हिसाब से तीन महीने तक किराया देता रहा। मैं गरीब आदमी हूँ, और जिस घर में मैं अपनी बीवी के साथ रहता था, उसका किराया भी चार रुपये महीने ही था। इस हालत में दस रुपये महीने चुकाना मेरे लिए बहुत मुश्किल था। इसके लिए मुझे अपने बजट में काफी कतर–ब्योंत करनी पड़ती और एकाध बार बीवी का ज़ेवर भी गिरवी रखना पड़ा। बीवी हर रोज़ मुझसे पूछती कि इस इनाम का क्या-कैसे करोगे, और मैं कोई जवाब नहीं दे पाता था। मैं बाज़ार जाता और हर किसी से इसे खरीदने की बात करता। किसी ने सुझाया कि कास्मोपॉलिटन क्लब का सेक्रेटरी इसे खरीद सकता है। मैं उससे मिला तो वह हँसने लगा और बोला कि मैं इसका क्या करूँगा?

मैं बोला, 'आप के यहाँ टेनिस कोर्ट है जिसका मैदान यह रोज़ समतल कर सकता है। मैं यह काफी सस्ता दे दूँगा।' लेकिन बात पूरी करने से पहले ही मैंने महसूस कर लिया कि मैंने बेवकूफी की बात कही है।

किसी ने कहा, 'तुम म्युनिसपैलिटी के चेयरमैन से मिलो। वह इसका उपयोग कर सकता है।' काफी सोचने के बाद एक दिन मैं उससे मिलने गया। कोट के बटन सही ढंग से लगाकर मैं उसके कमरे में घुसा और अपनी बात कही। मैं इसे एकदम सस्ते में दे देने को तैयार था। मैंने बड़े जोर-शोर से शहर के लिए उनके कर्त्तव्यों पर प्रकाश डाला लेकिन शीघ्र ही समझ गया कि यह काम संभव नहीं है। इंज़न बच्चों को खेलने के लिए दे देना ज़्यादा आसान है।

जिमखाना मैदान में इंज़न का किराया देने में मेरा दिवाला निकला जा रहा था। मैं सोचता था कि किसी दिन इतना ज़्यादा पैसा इसे बेचने से मुझे मिल जायेगा कि यह सब भरपाई मैं कर सकूँगा। अब इस मैदान में पशु-प्रदर्शनी होने की घोषणा कर दी गई और मेरी समस्या फिर खड़ी हो गई। मुझसे कहा गया कि चौबीस घंटे के अंदर इसे वहाँ से हटा लूँ। प्रदर्शनी एक हफ्ते बाद शुरू होनी थी, और उसका इन्तज़ाम करने लोग पहले आ रहे थे। उनकी माँग थी कि इंज़न को तुरंत हटवा दिया जाये।

मैं बेहद परेशान हो उठा। पचास मील के इलाके में कोई आदमी ऐसा नहीं था जो इंज़न के बारे में कुछ राय दे सके। सड़क से गुज़रते हर बस-ड्राइवर

से मैं बात करता लेकिन कोई नतीजा नहीं निकल रहा था। मैं स्टेशन मास्टर से भी मिला कि वह माल गाड़ी के ड्राइवर से यह काम करा दें। लेकिन इस ड्राइवर ने कहा कि उसे देखने के लिए अपना ही इंज़न काफी है, और बीच में किसी स्टेशन पर रुककर वह यह काम कैसे कर सकता है! इस बीच म्युनिसपैलिटी का दबाव ज़ारी था।

मैं विचार करता रहा। मंदिर के पुजारी से मिलने का फैसला किया कि वह मंदिर के हाथी की सहायता से इंज़न को हटवा दें। उसने मेरी बात मान ली। फिर मैंने पचास कुली किराये पर लिये, जो इंज़न को पीछे से धकेलते। आप सोच सकते हैं कि इसमें मेरा कितना पैसा लगा होगा! हर कुली को एक दिन के आठ आने देने थे, हाथी का किराया सात रुपये रोज़ था, उसे इसके साथ खाना भी खिलाना था।

मेरी योजना थी कि इंज़न को जिमखाना मैदान से निकालकर सड़क पर थोड़ी दूर एक मैदान तक ले जाऊँ, जिसका मालिक मेरा एक दोस्त था। वहाँ मैं दो महीने भी इंज़न को खड़ा रख सकता था। इसके बाद मैं मद्रास जाकर इसका सौदा करना चाहता था।

इसी के साथ मैंने जोसेफ नामक एक नौकरी से निकाले बस ड्राइवर की भी सहायता ली। उसने कहा कि वह सड़क इंज़न के बारे में कुछ नहीं जानता, लेकिन अगर उसे सड़क पर किसी तरह चलाये रखा जाये, तो वह उसे मैदान में पहुँचाकर खड़ा कर देगा।

यह मज़ेदार दृश्य था : मज़बूत रस्सों से बँधा हुआ हाथी इंज़न को खींचता हुआ, पीछे से पचास तगड़े मजदूर उसे धक्के लगाते, और भीतर बैठा जोसेफ उसे चलाने की कोशिश करता। भारी भीड़ जुट आयी और यह तमाशा देखने लगी। इंज़न सरकने लगा। यह मेरे जीवन का सबसे महत्त्वपूर्ण क्षण था। जब यह जिमखाने से निकलकर सड़क पर पहुँचा, तो इसका व्यवहार बदल गया। आगे सड़क पर सीधे चलने के बजाय अब इसने टेढ़े-मेढ़े होकर चलना शुरू किया। यह अब उछलने भी लगा। हाथी इसे एक तरफ खींचता, जोसेफ यह जाने बिना कि किधर जाना है, पहिये को सारा ज़ोर लगाकर घुमाने में लगा था। पीछे धक्के लगाते पचास कुली भी जिधर समझ में आता, उधर धकेलने में लगे थे।

इस अगल-बगल, उलटी-सीधी धक्केबाजी में इंज़न जिस मैदान में उसे जाना था, वहाँ न जाकर दूसरी तरफ खड़ी एक चहारदीवारी से टकरा गया और

उसका काफी हिस्सा तोड़ डाला। यह देखकर भीड़ ने एक लम्बी चीख मारी। भीड़ के व्यवहार से परेशान हाथी ज़ोर से चिंघाड़ा और रस्से तोड़कर अलग हो गया। वह भी दीवार से जा टकराया और उसका दूसरा हिस्सा भी ध्वस्त कर दिया। पचासों कुली डरकर भाग निकले, भीड़ भी उपद्रव मचाने लगी। किसी ने मुझे ज़ोर का थप्पड़ मारा यह दीवाल का मालिक था। थोड़ी देर में पुलिस वहाँ आ गई और मुझे पकड़कर ले गई।

मैं जब हवालात से बाहर आया, मेरे सामने ये बहुत-से कामों की सूची पकड़ा दी गई : 1. दीवाल का जो हिस्सा टूट गया था, उसे बनवाना, 2. जो पचास कुली भाग गये थे उनको पैसे देना यद्यपि उन्होंने यह नहीं बताया कि काम न करने पर भी उन्हें पैसे क्यों दिये जायें, 3. इंज़न चलाने के लिए जोसेफ की फीस देनी थी, 4. दीवाल में टकराने से हाथी को जो चोट लग गई थी, उसके इलाज के लिए पैसा देना था–यद्यपि मंदिर के मालिकों ने मेरी यह बात नहीं सुनी कि हाथी को दीवाल तोड़ने के लिए नहीं लाया गया था, और 5. इंज़न को यहाँ से हटाकर उसकी सही जगह पहुँचाना।

भाइयो, मैं सचमुच गरीब आदमी था। अब मैं समझ नहीं पा रहा था कि इन सब कामों के लिए पैसा कहाँ से लाऊँगा! बीवी के पास गया तो वह पूछने लगी, तुम्हारे बारे में यह सब क्या सुन रही हूँ? मैंने विस्तार से उसे अपनी समस्याएँ बताईं। वह सोचने लगी कि कहीं मैं उससे दूसरे ज़ेवरों की तो माँग नहीं कर बैठूँगा!

इसलिए पहले तो वह ज़ोर से चिल्लाई, फिर रोने लगी और बोली कि मैं पिताजी को खत लिख दूँगी और वे आकर मुझे ले जायेंगे।

मैं लाचार हो उठा। लोग रास्ते में मुझे मिलते तो देखकर मुस्कराते। मैं गहराई से यह सोचने लगा कि अपने गाँव क्यों न चला जाऊँ! मैंने बीवी को इस बात के लिए प्रोत्साहित किया कि वह पिताजी को ज़रूर पत्र लिखे जिससे गाँव जाने के लिए मेरा रास्ता साफ हो जाये। मेरी यह योजना कोई जान नहीं पायेगा। मैं लेनदारों को चकमा देकर चुपचाप एक-रात यहाँ से निकल जाऊँगा।

तभी एक स्वामी जी के रूप में मुझे अचानक कहीं से सहायता प्राप्त हो गई। एक शाम म्युनिसपैलिटी के चेयरमैन की अध्यक्षता में शहर के छोटे से टाउन हॉल में स्वामी जी का कार्यक्रम हुआ। इसमें स्वामी जी ने योग की शक्ति का तरह-तरह से प्रदर्शन किया। हॉल खचाखच भरा था और लोग चकित होकर ये सब प्रदर्शन देख

रहे थे। मैं गैलरी में बैठा था। स्वामी जी ने शीशे का बर्तन तोड़ा और टुकड़े चबाकर दिखाये। फिर वे कीलें लगे तख़्त पर लेट गये, इसके बाद तरह-तरह के ज़हर खा लिये। फिर गर्म लोहे की सलाखों को जीभ से चाटा, लोहे की कीलें दाँतों से चबाकर निगल लीं, दिल की धड़कन रोक ली और ज़मीन में गड्ढा खुदवाकर उसमें जा बैठे, ऊपर से मिट्टी डलवा ली। हम सब आँखें फाड़े ये सब करतब देखते रहे।

इसके बाद उसने एक भाषण दिया और बताया कि वह अपने गुरु का संदेश जनता तक पहुँचाने के लिए ये करतब दिखाता है। उसने कहा कि इससे उसे संतोष के अलावा और कुछ हासिल नहीं होता। इसके बाद उसने घोषणा की कि अब वह अपने कार्यक्रम का सबसे महत्त्वपूर्ण प्रदर्शन प्रस्तुत करेगा। इसके बाद उसने चेयरमैन की तरफ देखकर कहा, 'आपके पास कोई सड़क इंज़न है? इसे मैं अपनी छाती पर चलाकर दिखाऊँगा।'

चेयरमैन यह सुनकर जरा शर्माया और कहने लगा, 'नहीं, हमारे पास रोड इंज़न नहीं है।'

स्वामी जी ने ज़ोर देकर कहा, 'मुझे रोड इंज़न जरूर चाहिए।'

चेयरमैन ने उसे यह कहकर फुसलाना चाहा, 'उसके लिए ड्राइवर भी नहीं है।'

स्वामी ने उत्तर दिया, 'कोई बात नहीं। मेरा असिस्टेंट सब तरह की गाड़ियाँ चला सकता है।'

यह सुनते ही मैं गैलरी में उठकर खड़ा हो गया और ज़ोर से चिल्लाकर बोला, 'रोड इंज़न आप इनसे मत माँगिये, मुझसे माँगिये।'

मिनट भर में मैं मंच पर जा पहुँचा और इस आग खाने वाले की ही तरह महत्त्वपूर्ण आदमी बन गया। भीड़ तालियाँ बजाने लगी जिससे मुझे बड़ी प्रसन्नता हुई। चेयरमैन मुझसे पीछे पड़ गये।

तय हुआ कि रोड इंज़न देने के बदले उनका आदमी उसे वहाँ पहुँचा देगा जहाँ मैं चाहता हूँ। मैंने यह भी सोचा कि इसका कुछ पैसा भी वसूल कर लूँ लेकिन जो आदमी ये सब काम बिना कुछ लिये कर रहा है, उससे पैसा माँगना मुझे अच्छा नहीं लगा।

शीघ्र ही सारी भीड़ हॉल से बाहर निकलकर जिमखाना के मैदान में जा खड़ी हुई जहाँ यह करतब दिखाया जाना था। स्वामी का असिस्टेंट सब तरह की गाड़ियों के इंज़न चलाने में माहिर था। जरा-सी देर में मेरा रोड इंज़न खड़खड़ करता वहाँ पहुँच गया। यह दृश्य देखने लायक था।

स्वामी जी ने दो तकिये मँगवाये, एक अपने सिर के नीचे रखा, दूसरा पैरों के नीचे। फिर उन्होंने, किस प्रकार इंज़न उनके शरीर के ऊपर से चलाया जायेगा, ये आदेश विस्तार से दिये। उन्होंने अपनी छाती पर खड़िया मिट्टी से एक निशान बनाया और कहा कि इंज़न ठीक इसी जगह से गुज़रना चाहिए, इसके एक इंच भी इधर या उधर से नहीं। इंज़न से फिस-फिस की आवाज़ निकली और वह इंतज़ार करने लगा। लोग यह देखकर दुखी होने लगे। वे सोचने लगे कि यह करना ठीक नहीं है।

अब स्वामी जी तकिये पर लेट गये और बोले, 'जब मैं ओम् कहूँ, इंज़न चला देना।' फिर उन्होंने आँखें बंद कर लीं। लोग तनाव में भरे देखते रहे। मैं बड़े ध्यान से यह सब देख रहा था–आखिरकार अब मेरा रोड इंज़न चलने वाला है!

तभी एक पुलिस इन्सपेक्टर हाथ में भूरा लिफाफा लिये भीड़ में दाखिल हुआ। उसने हाथ उठाकर स्वामी जी के असिस्टेंट को इशारा किया और बोला, 'मुझे अफसोस है लेकिन आपको यह करने की इजाजत नहीं है। मजिस्ट्रेट साहब ने हुक्म जारी किया है कि यह करतब नहीं दिखाया जा सकता।'

स्वामी जी उठे। लोगों में सनसनी फैल गई थी। उन्होंने गुस्से में भरकर कहा, 'मैं यह क्रिया सैकड़ों जगह दिखा चुका हूँ और कहीं मुझे रोका नहीं गया है। मैं जो भी करना चाहता हूँ, वह सब करने के लिए मैं स्वतंत्र हूँ। मेरे गुरु की आज्ञा है कि मैं, योग की सब क्रियाएँ देश भर के लोगों को दिखाऊँ–आप मुझे रोकने वाले कौन होते हैं?'

'मजिस्ट्रेट साहब यह आज्ञा दे सकते हैं...,' यह कहते हुए इन्सपेक्टर ने आर्डर का कागज़ सामने कर दिया।

'उसको या आपको इस तरह दूसरों के कामों में दखल देने का क्या अधिकार है?'

'यह सब मैं नहीं जानता। मैं मजिस्ट्रेट के हुक्म का पालन कर रहा हूँ। वह आपको पोटेशियम सायनाइड खाने और सीने पर इंज़न चलाने के अलावा और सब क्रियाएँ करने की आज्ञा देते हैं। हमारे इस क्षेत्र से बाहर आप ये क्रियाएँ भी दिखा सकते हैं।'

'मैं इसी क्षण इस पापी नगर से बाहर चला जाऊँगा!' स्वामी ने क्रोध से पागल होते हुए कहा और उनका असिस्टेंट भी उनके ही साथ जाने लगा।

मैंने दौड़कर, असिस्टेंट का हाथ पकड़ा और कहा, 'तुम इसे यहाँ तक लाये हो, अब इसे मैदान तक तो पहुँचा दो।' उसने अपना हाथ झटके से छुड़ा

लिया और बोला, 'मेरे गुरु इतने नाराज़ हैं। अब तुम मुझसे कुछ भी करने के लिए कैसे कह सकते हो!'

वह चल पड़ा। मैंने कहा, 'तुम इसे गुरु की छाती के अलावा और कहीं नहीं चला सकते।'

अब मैंने इंज़न को उसके भाग्य पर छोड़कर दो-एक दिन में गाँव चले जाने की योजना बनायी। आखिरकार प्रकृति स्वयं मेरी मदद के लिए आगे आयी।

आप लोगों ने उस साल आये भयंकर भूकंप के बारे में ज़रूर सुना होगा जिसने उत्तर भारत के कई शहरों को तहस-नहस कर दिया था। हमारे कस्बे में भी उसने कुछ कर दिखाया था। रात को हम सब चारपाइयों से नीचे आ गिरे, दरवाज़े और खिड़कियाँ ज़ोर-ज़ोर से बजने लगी थीं।

दूसरे दिन शहर छोड़ने से पहले मैंने सोचा कि एक बार फिर इंज़न को देखता चलूँ। मैं अपनी आँखों पर विश्वास ही नहीं कर सका। इंज़न वहाँ से गायब था। मैंने चारों तरफ नज़र डाली और शोर मचाया। लोग उसे ढूँढ़ने के लिए चारों तरफ गये। इंज़न मैदान के एक बेकार कुएं में उलटा होकर पड़ा था।

मैंने ईश्वर से प्रार्थना की कि अब कोई और परेशानी पैदा न करे। लेकिन मकान का मालिक बाहर आया और यह घटना देखकर दुखी होने के बजाय हँसने लगा। मुझे देखकर बोला, 'तुमने मेरे लिए बड़ा काम किया है। इस कुएँ में शहर का सबसे गंदा पानी इकट्ठा था और म्युनिसपैलिटी हर हफ्ते मुझे नोटिस भेज रही थी कि इसे बंद कराओ। इसमें बहुत खर्चा आता जिससे मैं डर रहा था। तुम्हारे इंज़न ने डाट की तरह कुआँ बंद कर दिया है। इसे यूँ ही रहने दो।'

'लेकिन, लेकिन...'

'लेकिन-वेकिन कुछ नहीं। मैं तुम्हारे खिलाफ सब शिकायतें वापस ले लूँगा और टूटी दीवाल भी खुद बनवा लूँगा।'

'लेकिन यह तो काफी नहीं है,' मैंने उसे वे सब खर्चे भी गिना दिये जो इंज़न के कारण हुए थे। उसने वह सब भी भरने का वादा किया।

कुछ महीने बाद जब मैं फिर वहाँ से गुज़रा, उस कुएं पर मैंने नज़र डाली। उसका मुँह सीमेंट की तरह बंद था। मैंने संतोष की साँस ली और आगे बढ़ गया।

पैंतालीस रूपये महीने

शान्ता कक्षा में और अधिक ठहर नहीं पा रही थी। उसने मिट्टी के खिलौने, संगीत, ड्रिल, अक्षर और संख्याओं के काम पूरे कर लिये थे, और अब रंगीन कागज़ काट रही थी। यह उसे तब तक करना था जब तक घंटी न बज जाती और टीचर कह न देती, 'अब तुम लोग घर जा सकते हो,' या 'अब कैंचियाँ रख दो और अक्षरों का अभ्यास करो।' शान्ता, समय क्या हुआ है, यह जानने के लिए परेशान थी। उसने बगल में बैठी सहेली से पूछा, 'पाँच बज गये क्या?'

'शायद,' सहेली ने जवाब दिया।

'या छह बजे हैं?'

'यह तो नहीं लगता,' सहेली बोली, 'क्योंकि छह बजे रात हो जाती है।'

'तो क्या पाँच बजे हैं?'

'हाँ।'

'तो मुझे जाना चाहिए। पिताजी घर आ गये होंगे। उन्होंने कहा है, पाँच बजे तैयार रहना। शाम को हम सिनेमा देखने जायेंगे। अब मुझे चलना चाहिए। उसने कैंची रख दी और टीचर से बोली, 'मैडम, मुझे घर जाना है।'

'क्यों, शान्ता?'

'क्योंकि पाँच बज गये हैं।'

'किसने कहा कि पाँच बज गये?'

'कमला ने।'

'अभी पाँच नहीं बजे। बजे हैं–अच्छा, सामने घड़ी देखकर बताओ कि कितने बजे हैं। उस दिन मैंने तुम्हें घड़ी देखना सिखाया था।'

शान्ता ने हॉल में लगी घड़ी को ध्यान से देखा, उस पर लिखे अंक धीरे-धीरे पढ़ने की कोशिश की और कहा, 'नौ बजे हैं।'

टीचर ने दूसरी लड़कियों को बुलाया और पूछा, 'कौन बतायेगा कि घड़ी में क्या बजा है?'

कइयों ने शान्ता की तरह यही कहा कि नौ बजे हैं। इस पर टीचर ने कहा, 'तुम सिर्फ घड़ी की बड़ी सुई देख रही हो। छोटी को भी देखो, वह कहाँ है?'

'ढाई पर है।'

'तो समय क्या हुआ?'

'ढाई।'

'नहीं। दो बजकर पैंतालीस मिनट। समझे? अब सब अपनी सीटों पर वापस जाओ...।'

दस मिनट बाद शान्ता फिर टीचर के पास आकर बोली, 'मैडम, क्या पाँच बज गये? मुझे पाँच बजे तैयार रहना है, नहीं तो पिताजी बहुत नाराज़ होंगे। उन्होंने कहा। है, घर ज़ल्दी आना।'

'किस वक्त?'

'अभी।'

टीचर ने उसे जाने की आज्ञा दे दी। शान्ता ने अपनी किताबें उठाईं और खुश होकर क्लास से बाहर चली गई। घर पहुँचकर किताबें ज़मीन पर फेंकी और चिल्लाई, 'माँ...।'

माँ पड़ोस के घर से दौड़कर आई, जहाँ वह गप्पें मारने चली गई थी।

माँ ने पूछा, 'तुम इतनी जल्दी क्यों आ गई?'

'पिताजी लौट आये?' उसने पूछा। वह कुछ खाने-पीने को तैयार न हुई और पहले कपड़े बदलने की ज़िद करने लगी। माँ ने ट्रंक खोलकर कपड़े निकाले तो शान्ता ने बहुत महीन कपड़े की फ्रॉक पसंद की, जबकि माँ उसे लंबी स्कर्ट और मोटा कोट पहनाना चाहती थी। फिर शान्ता ने अपने डिब्बे में से, जिसमें वह रबड़, पेंसिल, रंग वगैरह रखती थी, एक बहुत चमकीला रिबन निकाला। इस पर माँ बेटी में गरमागर्म बहस हो गई कि यह रिबन इस ड्रेस पर अच्छा लगता है या नहीं। लेकिन अंत में माँ को बेटी की बात माननी पड़ी। शान्ता ने अपनी पसंद की गुलाबी, फ्रॉक पहनी, देर तक बाल काढ़े और मिगटेल चुटिया में हरे रंग का रिबन लगाकर खड़ी हुई। फिर चेहरे पर पाउडर लगाया और माथे पर लाल बिंदी

चिपकाई। फिर बोली, 'पिताजी कहेंगे, कितनी अच्छी लड़की है कि वक्त पर तैयार हो गई। तुम भी हो चलोगी, माँ?'

'आज नहीं।'

शान्ता घर के दरवाज़े पर खड़ी हो गई। माँ ने कहा, 'पिताजी तो पाँच बजे के बाद ही आयेंगे। अभी तो चार ही बजे हैं, धूप में खड़ी मत हो।'

सूरज घर के पीछे छिपने लगा था और शान्ता जानती थी कि अब अँधेरा हो जायेगा। शान्ता माँ के पास जाकर पूछने लगी, 'पिताजी अभी तक क्यों नहीं आये?'

'मुझे क्या पता! शायद ऑफिस में काम आ गया होगा।'

शान्ता ने चेहरा बनाया। 'मुझे ऑफिस के लोग पसंद नहीं हैं। वे अच्छे नहीं होते...।'

वह फिर दरवाज़े पर चली गई और इन्तज़ार करने लगी। माँ भीतर से चिल्लाई, 'शान्ता, घर में रहो। अँधेरा होने लगा है। वहाँ मत खड़ी हो।'

लेकिन शान्ता भीतर नहीं गई, गेट पर ही खड़ी रही। तभी उसे एक विचार आया। वह ऑफिस ही पहुँच जाये और पिताजी को लेकर सिनेमा देखने चली जाये। लेकिन उसे पता नहीं था कि ऑफिस कहाँ है। वह रोज़ देखती थी कि पिताजी सड़क पर आगे की गली से मुड़ जाते हैं। वहाँ पहुँचकर शायद ऑफिस अपने आप आ जाता होगा। उसने पीछे मुड़कर देखा कि माँ तो नहीं खड़ी है, और फिर सड़क पर चल पड़ी।

झुटपुटा हो रहा था। हर चीज़ बहुत बड़ी दिख रही थी, घरों की दीवालें बहुत ऊँची लग रही थीं और अगल-बगल चलती साइकिलें और गाड़ियाँ एक-दूसरे पर गिरती लग रही थीं। वह सड़क के किनारे-किनारे चलती रही। रोशनियाँ जलने लगीं और लोगों की छायाएँ दिखाई देने लगीं। शान्ता दो मोड़ मुड़ चुकी थी और समझ नहीं पा रही थी कि वह कहाँ है! वह सड़क के किनारे बैठकर नाखून दाँत से काटने लगी। सोच रही थी, घर कैसे पहुँचेगी। तभी पड़ोस के घर का नौकर सामने से आता दिखाई दिया। वह हिम्मत करके उसके सामने जाकर खड़ी हो गई।

'अरे, तुम यहाँ क्या कर रही हो?' उसने पूछा।

'पता नहीं, मैं यहाँ कैसे आ गई। अब मुझे घर ले चलो।' इस तरह वह नौकर के साथ घर आ गई।

आज सवेरे शान्ता के पिता वेंकट राव दफ्तर जाने की तैयारी कर रहे थे कि सिनेमा का विज्ञापन करने वाली एक गाड़ी सामने से निकली। शान्ता सड़क पर दौड़ गई और एक पर्चा ले आई। उसे पिताजी को देकर कहने लगी, 'आज मुझे यह पिक्चर दिखाने ले चलो।'

सवाल सुनकर वह चुप हो गये। उनका यह बच्चा ज़िन्दगी के खेल-कूद और खुशियों से कितना महरूम है। आज तक वे शान्ता को दो ही दफा पिक्चर दिखाने ले गये थे। पड़ोसी घरों के बच्चे जहाँ गुड्डे-गुड़ियों और खिलौनों से खेलते रहते थे और हमेशा घूमते-फिरते थे, उनकी बच्ची इस घर में बिलकुल अकेली खेल-कूद के बिना पल रही है। उन्हें अपने दफ्तर पर गुस्सा आने लगा। चालीस रुपये महीने में जैसे उन्होंने उसे खरीद ही लिया था।

वे अपनी पत्नी और बच्ची की ज़िन्दगी के लिए अपने को कोसने लगे। लेकिन पत्नी तो बड़ी थी और पड़ोस की औरतों के साथ गप-शप कर सकती थी लेकिन यह बेचारी लड़की क्या करती! उसकी ज़िन्दगी तो बिलकुल खाली और हँसी–खेल से वंचित थी। उसे रोज़ दफ्तर में सात और कभी-कभी आठ बजे तक काम करना पड़ता था, और जब वह घर आते तो बच्ची सो चुकी होती थी। अक्सर इतवार को भी उसे दफ्तर बुला लेते थे। वे क्यों यह सोचते थे कि उसकी कोई अपनी ज़िन्दगी नहीं है। उसे कभी इतना भी समय नहीं मिलता था कि बच्ची को पार्क में घुमाने या सिनेमा दिखाने ले जाये। अब वह दफ्तर वालों को दिखा देगा कि वह उनका खिलौना नहीं है। ज़रूरत पड़ी तो वह मैनेज़र से लड़ भी पड़ेगा।

यह निश्चय करके वह बोला, 'आज शाम को तुम्हें लेकर सिनेमा देखने चलेंगे। पाँच बजे तैयार रहना।'

'सचमुच!... माँ! आज पिताजी शाम को सिनेमा दिखाने ले जायेंगे।'

माँ किचेन से बाहर आई और हँसकर पति से कहने लगीं, 'बच्चे से झूठे वादे मत किया करो...।'

वेंकट राव ने आँखें तरेरकर उसे देखा। कहा, 'बकवास मत करो। तुम्हारा ख्याल है तुम्हीं अपने वादे पूरे करती हो।'

फिर शान्ता से कहा, 'पाँच बजे तैयार रहना, मैं तुम्हें ज़रूर ले जाऊँगा। अगर तैयार न मिली तो मैं गुस्सा करूँगा।'

निश्चय करके वह दफ्तर गया। दिन भर काम करेगा और पाँच बजे उठ जायेगा। अगर ये लोग पहले जैसी हरकतें करेंगे तो वह सीधे बॉस के पास चला

जायेगा और कहेगा, 'मैं इस्तीफा दे रहा हूँ। मेरे लिए आपके इन कागज़ों से ज़्यादा ज़रूरी मेरी बच्ची की खुशी है।'

दिन भर उसकी मेज़ पर कागज़ों के ढेर आते-जाते रहे। वह उन्हें पढ़ता दस्तखत करता और त्रुटियाँ निकालता। फिर उसके किये संशोधनों में कमियाँ, निकाली जातीं, डांट पड़ती, अपमान किया जाता। दोपहर बाद उसे काफी पीने का सिर्फ पाँच मिनट का समय मिला।

जब दफ्तर की घड़ी ने पाँच बजाये और कर्मचारी घर जाने लगे। वह मैनेजर के पास जाकर बोला, 'सर मैं घर जाऊँ?'

मैनेजर ने सिर उठाया और बोला, 'तुम?' एकाउंट और कैश डिपार्टमेन्ट पाँच बजे बंद हो जाये, यह कैसे संभव था। 'तुम कैसे जा सकते हो?'

'मुझे कुछ ज़रूरी काम है, सर,' यह कहते हुए वह मन-ही-मन इस्तीफे के लिए दिये जाने वाले शब्दों को दोहराने लगा : 'यह मेरा इस्तीफा है, सर।' मन की आँखों से उसने देखा कि शान्ता तैयार होकर दरवाज़े पर खड़ी है और इन्तज़ार का रही है।

'दफ्तर के काम से ज़्यादा ज़रूरी कोई काम नहीं है। जाकर अपनी सीट पर बैठो और काम करो। जानते हो, मैं कितने घंटे काम करता हूँ?' मैनेजर ने कहा।

मैनेजर दफ्तर खुलने से तीन घंटे पहले आता था और बंद होने के तीन घंटे बाद जाता था। क्लर्क लोग आपस में उसके लिए कहते, 'इसकी बीवी इसे घर पर जूते लगाती होगी, इसलिए इस बुड्ढे उल्लू को दफ्तर ज़्यादा अच्छा लगता है।'

'तुमने दस-आठ अंतर की संख्या के सोर्स का पता लगाया?' मैनेजर ने पूछा।

'इसके लिए मुझे दो सौ वाउचर चेक करने पड़ेंगे। मैं सोच रहा था कि यह काम कल कर लिया जाये।'

'हरगिज़ नहीं। अभी यह काम करके लाओ,' मैनेजर ने सख्ती से कहा।

'यस, सर,' वेंकट ने धीरे से कहा और सीट पर जा बैठा।

घड़ी ने साढ़े पाँच बजाये। इतने सारे वाउचर देखने में पूरे दो घंटे लगने थे। दफ्तर के सभी लोग जा चुके थे। सिर्फ वह और उसके डिपार्टमेन्ट का एक क्लर्क काम कर रहे थे और मैनेजर साहब थे।

वेंकट क्रोध में था। उसने निश्चय कर लिया। वह गुलाम नहीं था कि चालीस रुपल्ली पर दिन-रात खटता रहे। इतना रुपया तो वह आसानी से कमा सकता था, और न भी कमा सके तो भी भूखे मर जाना इससे ज़्यादा अच्छा होता।

उसने एक कागज़ उठाया और लिखना शुरू किया : 'यह मेरा इस्तीफा है। अगर आप लोग सोचते हैं कि चालीस रुपये में आपने मेरा शरीर और आत्मा सब खरीद लिये हैं, तो आप गलती पर हैं। मैं सोचता हूँ कि मैं और मेरे परिवार के लिए, इन चालीस रुपयों पर आप सालोंसाल से मुझसे रात-दिन गुलामी करा रहे हैं, इससे तो भूखे रहकर मर जाना कहीं अच्छा है। आप तो मुझे इन्क्रीमेन्ट भी देना नहीं चाहते। आप लोग खुद को तो बड़े-बड़े इन्क्रीमेन्ट हर साल देते रहते हैं, लेकिन क्या कभी हम लोगों का भी ख्याल करते हैं। जो हो, अब मुझे आपकी नौकरी में रुचि नहीं है और मैं इस्तीफा दे रहा हूँ। अगर मैं और मेरे परिवार के लोग भूखे रहकर मर गये तो हमारे भूत आप लोगों पर ज़िन्दगी भर मँडराते रहेंगे।'

इस्तीफा लिखकर उसने कागज़ मोड़ा, लिफाफे में रखा, गोंद से चिपकाया और ऊपर मैनेजर का नाम लिख दिया। फिर सीट से उठा और मैनेजर के सामने जाकर खड़ा हो गया। मैनेजर ने लिफाफा उसके हाथ से ले लिया और सामने पैड पर रख लिया।

'वेंकट राव,' वह बोला, 'मैं तुम्हें एक खुशी का समाचार दे रहा हूँ। हमारे मालिकों ने आज इन्क्रीमेन्ट के बारे में बात की और मैंने तुम्हारे लिए पाँच रुपये इन्क्रीमेन्ट की सिफारिश की है। अभी आर्डर नहीं निकला है, इसलिए तुम यह बात अपने तक ही रखना।'

यह सुनते ही वेंकट राव ने हाथ आगे बढ़ाकर मेज़ पर रखा लिफाफा उठा लिया और उसे अपनी जेब में रख लिया।

'क्या है यह खत?'

'सर, मैंने कैजुल लीव के लिए अर्ज़ी लिखी थी लेकिन अब...।'

'तुम्हें अगले पंद्रह दिन तक कोई भी छुट्टी नहीं मिल सकती।'

'जी, सर। मैं समझता हूँ। इसीलिए मैं अर्ज़ी वापस ले रहा हूँ, सर।'

'ठीक है। अच्छा, वह गलती पकड़ में आई?'

'मैं ध्यान से वाउचर देख रहा हूँ। घंटे भर में गलती पकड़ लूँगा...'

वह नौ बजे घर पहँचा। शान्ता सो चुकी थी। उसकी माँ ने कहा, 'उसने अपनी फ्रॉक भी नहीं बदली। कहती रही, पता नहीं तुम कब आ जाओ और सिनेमा देखने चलें। खाना भी नहीं खाया और लेटी भी नहीं कि कहीं फ्रॉक गुड़ी-मुड़ी न हो। जाये...।'

बच्ची को गुलाबी फ्रॉक पहने, बाल काढे, पाउडर लगाये, सोते देख वेंकट राव का मन विचलित हो उठा। 'मैं इसे रात के शो में क्यों न ले जाऊँ?' यह सोचकर उसने उसे छू कर कहा, 'शान्ता! शान्ता!' शान्ता ने पैर हिलाये और परेशानी से इधर-उधर होकर फिर सो गयी। माँ ने फुसफुसाकर कहा, 'जगाओ मत...' और थपथपाकर फिर सुला दिया।

वेंकट राव बच्ची को एक क्षण देखता रहा। फिर बोला, 'पता नहीं अब इसे रात का शो भी दिखाने ले जा पाऊँगा या नहीं... मुझे इन्क्रीमेन्ट दिया जा रहा है।'

धंधे के बिना

करीब एक साल पहले रामाराव, जिस ग्रामोफोन कम्पनी का वह मालगुडी में एजेंट था, उसके अचानक बंद हो जाने के कारण, बेकार हो गया। एजेंसी में उसने, सिक्योरिटी के तौर पर, कुछ पैसा भी, जो उसे विरासत में मिला था, लगा दिया था। पाँच साल तक उसे इससे काफी आमदनी होती रही, जिससे वह अपने बीवी-बच्चों के सुखपूर्वक रहने का इन्तज़ाम कर सका। उसने एक्सटेंशन में एक छोटा-सा बंगला बनवा लिया और अपने इस्तेमाल के लिए एक बेबी कार भी खरीदने का विचार करने लगा था।

और एक दिन जैसे अचानक यह वज्रपात हुआ। इसका कारण दुनिया के व्यापार, बैंकिंग और राजनीति में आया परिवर्तन था। ग्रामोफोन कम्पनी, जिसकी फैक्टरी कहीं उत्तर भारत में थी, लाहौर के एक बैंक के बंद हो जाने के कारण, जो बंबई निवासी उसके मालिक की मृत्यु का परिणाम था, एकदम खत्म हो गई थी। मालिक सड़क के किनारे-किनारे नीचे की ओर गाड़ी चला रहा था, जो तीन सौ फीट नीचे जा गिरी लोगों ने कहा कि उसने आत्महत्या की थी क्योंकि पिछली शाम उसकी बीवी उसके कैशियर के साथ भाग गयी थी।

रामाराव ने अचानक अपने को सड़क पर खड़ा पाया। पहले तो उसे इस हादसे के नतीज़ों का अंदाज़ ही नहीं हुआ। बैंक में कुछ पैसा था, कुछ कंपनी शेयर भी थे। लेकिन शेयर गिरने लगे, कीमतें घटने लगीं और उसे कुछ सौ रुपये ही हाथ लगे। जब उसने सिक्योरिटी वापस करने की बात की तो दूसरी तरफ अर्ज़ी लेने वाला भी कोई नहीं था।

बैंक में रखा पैसा तेज़ी से पिघल रहा था। रामाराव की बीवी ने खर्चा कम करने की कोशिश की। उसने नौकर और रसोइये को निकाल दिया, बच्चों को

बड़े नर्सरी स्कूल से हटाकर सरकारी स्कूल में भर्ती करा दिया। बंगला किराये पर चढ़ा दिया और बाज़ार में एक छोटा-सा घर लेकर रहने लगे।

रामाराव रोज़ नौकरी के लिए एक दर्जन अर्जियाँ भेजने लगा और हर दफ्तर में चक्कर लगाने शुरू किये। चालीस साल की उम्र को पहुँचे आदमी के लिए, जो अब तक अपना व्यापार करता रहा हो, नौकरी पाना आसान नहीं है। नौकरी माँगने को उसका ढंग भी व्यापारियों जैसा था। वह अपना कार्ड भेजता और मिलने पर कहता : 'सर, शायद आप मेरे लिए कुछ कर सकें। मेरा व्यापार अचानक डूब गया जिसके लिए मैं दोषी नहीं हूँ। आप मुझे अपने दफ्तर में कोई काम दे सकें तो मैं बहुत आभार मानूंगा... ?'

'रामाराव, यह तो बड़े अफसोस की बात है। इस वक्त मेरे पास आपके लायक कोई काम नहीं है। लेकिन जैसे ही कुछ होगा, मैं तुरंत आपको सूचित करूँगा।'

सब जगह यही कहानी थी। शाम को वह घर लौट आता, और सड़क से घर की दिशा में मुड़ते ही उसका दिल बैठ जाता। उसकी बीवी दरवाज़े पर खड़ी होती, पीछे बच्चे सड़क को चुपचाप देखते उसका इन्तज़ार करते होते। उनके चेहरों पर कितनी प्रतीक्षा होती। काँपते-से वे आशा करते होते कि कुछ अच्छी खबर सुनने को मिलेगी। वे हमेशा सोचते कि रामाराव जादू की तरह कुछ लेकर आयेंगे। वह सोचता कि जिस तरह सफाई से लोग उसे टाल देते हैं, उसे देखते हुए इन्हें उस पर ज़्यादा विश्वास नहीं करना चाहिए। बीवी उसकी तरफ देखते ही समझ जाती कि क्या हुआ है, वह चुपचाप पीछे मुड़ जाती और बच्चे भी इशारा समझकर उसका अनुगमन करते। रामाराव बनावटी ढंग से उन्हें खुश करने की कोशिश करता, 'आज क्या हो रहा है?' इसके जवाब में वे लोग भी ऊपरी मिठास से उसे भीतर ले जाते। इनकी यह दशा देखकर उसका मन रो उठता। एक्सटेंशन वाले बंगले में उसकी बीवी सजी-धजी इधर-उधर घूमती रहती, पड़ोसियों से गप-शप करती, शाम को क्लब चली जाती। लेकिन अब यहाँ शाम तक वह एक ही कपड़े पहने रहती, और सारा वक्त किचेन में बीतता। एक्सटेंशन वाले घर में बड़ा-सा कम्पाउंड था, जिसमें बच्चे दिन भर उछल-कूद करते रहते और अच्छे स्कूल में पढ़ते और सीखते। लेकिन यहाँ उनके कोई दोस्त नहीं थे और खेलने के लिए भी घर के पीछे ही ज़रा-सी जगह थी। उनकी कमीजें फटने को आ रही थीं। पहले इन्हें हर तीन महीने में नए कपड़े दिये जाते थे। रामाराव यही सब सोचता सोने की कोशिश करने लगा।

उसके पास जो भी पैसा था, खत्म हो चुका था। आमदनी का अकेला ज़रिया एक्सटेंशन वाले घर का किराया था। उन्हें यह सोचकर डर लगता था कि अगर उसका किरायेदार घर खाली कर दे तो क्या होगा!

कठिनाइयों के इन दिनों में रामाराव को जुबली रीडिंग रूम में एक पत्रिका मिली। इसका नाम था, 'दि कैप्टेन'। इसमें सिर्फ चार पन्ने थे और सब में वर्ग पहेलियाँ दी हुई थीं। सही हल के लिए हर हफ्ते यह चार हज़ार रुपये का पहला इनाम देती थी।

रामाराव इन्हें हल करने में लग गया और कुछ दिन तक वह सब चिंताओं से मुक्त रहा। क्या शब्द होगा-TALLOW या FOLLOW, BAD, SAD या MAD में से इस प्रश्न के उत्तर के लिए कौन-सा शब्द सही है: 'ऐसे आदमी से हमेशा दूर रहना चाहिए।' शाम को जब घर वापस लौटता तो दरवाज़े में खड़े बीवी-बच्चों की तरफ उसका ध्यान ही न जाता। हर हफ्ते वह उत्तर डाक से भेजने में कुछ पैसा खर्च करता और धड़कते दिल से जवाब का इन्तज़ार करता। उत्तर प्राप्त होने की तारीख को वह अखबार-विक्रेता की दुकान पर मीठी-मीठी बातें करके बिना पैसे दिये 'दि कैप्टेन' का नया अंक देख लेने के लिए फुसलाने की कोशिश करता। रीडिंग रूम की मेज़ पर पत्रिका पहुँचने में एकाध दिन लगता और वह इसका इन्तज़ार नहीं कर पाता था। कभी-कभी अखबारवाला ना-नुकुर करता तो वह उसे यह कहकर मनाने की कोशिश करता, 'परेशान मत होओ। मुझे इनाम मिलेगा तो मैं एकदम तीन साल के लिए ग्राहक बन जाऊँगा...।' नतीज़े वाले पन्ने को वह काँपते हुए हाथों से खोलता। इनाम मिलने वालों में कोई बलूचिस्तान का होता कोई ढाका या लंका का होता रामाराव का शब्द हमेशा गलत हो जाता था। यह धक्का बरदाश्त करने में उसे पूरे तीन घंटे लगते थे। उससे निकल पाने का उपाय अगले हफ्ते की वर्ग पहेली में लग जाना ही होता, जो उसे अगले सात दिन तक फिर काम में लगाये रहती।

आशा और निराशा के इस भयंकर उतार-चढ़ाव से कुछ ही दिन में उसके बदन की नसें चकनाचूर हो उठीं और मानसिक संतुलन बिगड़ने लगा। घर पर वह किसी से भी नहीं बोलता था। सिर हमेशा झुका रहता, जैसे हर वक्त कुछ सोचता रहता है। उसकी बीवी अगर उसे हर हफ्ते पहेलियों के लिए एक रुपया न देती तो वह उससे - झगड़ता। उसका स्वभाव ज़्यादा बुरा नहीं था और देर तक झगड़ने की उसमें ताकत भी नहीं थी, इसलिए वह कुछ देर बाद उसे रुपया दे देती और घर खर्च में उतनी कटौती कर लेती।

एक दिन पत्रिका ने आठ हज़ार रुपये के विशेष पुरस्कार की घोषणा की। यह पढ़कर रामाराव का मन दस गुने उत्साह से भर उठा। उसने वर्ग पहेली का गहराई से अध्ययन किया। इसमें चार जगह कुछ संशय की स्थिति थी, और प्रवेश के लिए कम-से-कम चार प्रविष्टियाँ भेजनी थीं। इसलिए ज़्यादा पैसे की ज़रूरत थी। उसने बीवी से कहा, 'इस बार तुम्हें मुझे पाँच रुपये देने होंगे।' यह सुनकर वह तो हक्की-बक्की रह गयी। इतने पैसे में तो परिवार को एक हफ्ते का काम चलता था। रामाराव इन बातों के प्रति अब उदास हो चला था, फिर भी इतने पैसों की माँग उसे भी ज़्यादा लगी और एक क्षण के लिए वह भी संकुचित हो उठा। पर वह ध्यान बदलने के लिए सही शब्द सोचने में लग गया कि, 'कुछ लोग निराशा से बचने के लिए यह करते हैं' प्रश्न के लिए HOPE उचित होगा या DOPE या ROPE. इस तरह उसने अपने मन पर काबू पा लिया।

वर्ग पहेली भरकर रज़िस्ट्री से भेज देने के बाद उसने हवाई महल बनाना आरंभ कर दिया। भले ही उसे इनाम का एक हिस्सा ही मिले, फिर भी यह रकम काफी बड़ी होगी। वह किरायेदार को निकाल देगा, बीवी-बच्चों को लेकर फिर उसी घर में रहने लगेगा और सारा पैसा बीवी को सौंपकर उससे कहेगा कि इससे दो साल तक गृहस्थी मज़े से चलाओ। खुद इसमें से सौ रुपये लेकर मद्रास चला जायेगा और वहाँ अपना भाग्य आजमायेगा। फिर जब बीवी का पैसा खत्म होने लगेगा, तब तक मद्रास में उसे कोई-न-कोई अच्छा काम ज़रूर मिल जायेगा।

नतीज़ा आने के दिन रामाराव ने पत्रिका का नया अंक खोला तो पाया कि उसने जो हल भेजा था उसमें बहुत-सी गलतियाँ हैं। उसका दिल एकदम बुझ गया। अब उसे कुछ पैसे भी वापस नहीं मिल सकते थे। वह दिनभर इधर-उधर घूमता रहा। इस पर वह जितना सोचता, उतनी ही ज़िन्दगी असह्य लगने लगती...। पिछले दिनों के सारे नुकसान, निराशाएँ और परेशानियाँ इकट्ठी होकर उस पर टूट पड़ने लगीं।

शाम को घर की तरफ कदम बढ़ाने की जगह वह रेलवे स्टेशन की तरफ चलने लगा। वह क्रासिंग पार करके रेल लाइन पर आ गया। करीब दो मील तक उस पर चलता रहा। चारों तरफ अँधेरा था, दूर कस्बे के मकानों की रोशनियाँ हलकी-हलकी चमक रही थीं। पीछे एक फर्लांग की दूरी पर सिग्नल खड़ा था जिसकी लाल-नीली रोशनी उसे दिखाई देती थी। वह फैसला कर चुका था कि ज़िन्दगी जीने लायक नहीं है, इसलिए अगर इस दुनिया में पैदा होना उसका

दुर्भाग्य रहा है। तो उसे खत्म कर देने की सबसे अच्छी जगह रेलवे लाइन ही हो सकती है, दूसरा उपाय है–रस्सी! वर्ग पहली में भी यह एक उपाय था; दूसरे थे DOPE, ज़हर, HOPE, आशा...।

नहीं, ये सभी उपाय बेकार हैं, वह पत्नी और बच्चों के बारे में फिर सोचने लगा। कुछ समझ में नहीं आ रहा था... पूर्ण विनाश ही सबसे आवश्यक है।

वह पटरी पर आड़ा लेट गया। लोहा अब भी गरम था। दिन में भी तो बहुत गरमी थी। रामाराव यह सोचकर खुश होने लगा कि दस मिनट में त्रिचनापल्ली वाली ट्रेन आ जायेगी।

वह पटरी पर बहुत देर तक लेटा रहा है। कान लगाकर ट्रेन आने की आवाज़ सुनने की कोशिश की... लेकिन बहुत दूर हवा या किसी और चीज़ की 'सूँ-सूँ और खड़-खड़ के अलावा और कोई आवाज़ उसे सुनाई न दी। लेटे-लेटे वह थकने लगा था। हारकर उठा और स्टेशन पहुँच गया। प्लेटफार्म पर काफी भीड़ थी। उसने किसी से पूछा, 'ट्रेन को क्या हुआ?'

जवाब मिला, 'तीन स्टेशन पहले एक मालगाड़ी उलट गयी है। रास्ता बंद हो गया है। यहाँ से मदद भेज दी गयी है। अब हर गाड़ी तीन घंटे लेट आयेगी।'

'भगवन्, तुम बड़े दयालु हो!' रामाराव ज़ोर से बोला और घर लौट आया।

बीवी बाहर सड़क पर खड़ी इन्तज़ार कर रही थी। उसे देखकर चैन की साँस ली और इतनी गर्मजोशी से स्वागत किया जैसा अब तक कभी नहीं किया था।

'इतनी देर क्यों हुई?' उसने पूछा। 'पता नहीं क्यों, मैं आज पूरी शाम बहुत परेशान रही। बच्चे भी परेशान थे। बेचारे अभी सोने गये हैं।'

जब वह खाना खाने बैठा, वह बोली, 'हमारे मकान के किरायेदार शाम को आये थे और पूछ रहे थे कि क्या हम मकान बेचना चाहेंगे। वे हमें तुरंत अच्छा पैसा देने को तैयार हैं।' फिर धीरे से कहा, 'मैं सोचती हूँ कि हमें बेच देना चाहिए।'

'अरे, यह तो बहुत अच्छी बात है,' रामाराव ने उत्साह से कहा। हमें उसके साढ़े चार हज़ार मिल सकते हैं। पाँच सौ मुझे दे–देना उसे लेकर मैं मद्रास चला जाऊँगा और कुछ करने की कोशिश करूँगा। बाकी, तुम रख लेना और घर चलाना। सबसे पहले हम अच्छी जगह नया घर किराये पर लेंगे...।'

वह धीरे से पूछने लगी, 'ये पाँच सौ रुपये तुम इन पहेलियों पर खर्च करोगे?'

यह सुनकर रामाराव एक क्षण के लिए चुप हो गया, फिर ज़ोर से बोला, 'हरगिज़ नहीं।'

एटिला

बड़ी आशा से उन्होंने इस कुत्ते का नाम 'एटिला' रखा था–यूरोप के कुख्यात संहारक 'एटिला द हूण' के नाम पर। वे चाहते थे कि शक्ति, सामर्थ्य और मारकता में यह उसी की तरह प्रभावशाली हो।

तब यह दो महीने का था : चौखूँटे जबड़े, लाल आँखें, दबी हुई नाक, और बड़ा-सा सिर, इस सबसे यही लगता था कि बड़ा होकर यह बँखार साबित होगा और अपना नाम सार्थक करेगा। उसे खरीदने का फौरी कारण यह था कि मुहल्ले में चोरियाँ और डाके अचानक बहुत बढ़ गये थे और पुलिस की अपेक्षा कुत्ते की मदद लेना ज़्यादा सही लगा। काफी तलाश के बाद एक आदमी मिला जो कुत्तों का काम करता था। उसने एक महीने का काले-सफेद रंग का पिल्ला दिखाया और बोला, 'एक महीने बाद इसे ले जाना। छह महीने में यह काफी बड़ा और भरोसे लायक हो जायेगा।' उसने हमारे सामने एक कागज़ फैला दिया, जिसमें कुत्ते की नस्लों की विस्तृत जानकारी थी। इसके अनुसार इस कुत्ते की नसों में बहुत शानदार नस्ल का खून बह रहा था। सब बहुत प्रभावित हुए।

इसे ही लेने का निश्चय करके उन्होंने बयाने की रकम दी, फिर एक महीने बाद पचहत्तर रुपये चुकाकर कुत्ता खरीद ले आये। जैसा पहले कहा है, कुत्ता देखने–भालने में आकर्षक नहीं था, फिर भी घर के सब लोग उसे घेरकर बैठ गये और क्या नाम रखा जाये, इस पर बहस करने लगे।

सबसे छोटे लड़के के कहा, 'टाइगर नाम अच्छा रहेगा।'

'यह बहुत चालू नाम है, गली का हर दूसरा कुत्ता टाइगर कहलाता है,' कई ने कहा, 'सीज़र नाम कैसा रहेगा?'

'सीज़र ! अगर गिनती की जाये तो दक्षिण भारत में ही पंद्रह हज़ार सीज़र हमें मिल जायेंगे।'

'अच्छा, फायर नाम... ।'

'बहुत बढ़िया है यह नाम !'

'और थंडर ?'

'सादा नाम है...'

'ग्रिप ?'

'बचकाना है... ।'

सब चुप हो गये। कुछ देर बाद किसी ने कहा, 'एटिला...,' यह नाम आते ही खुशी की लहर दौड़ गयी। आदमी या जानवर किसी का इससे अच्छा नाम नहीं रखा जा सकता।

लेकिन समय बीतने के साथ कुत्ते ने भयंकरता के स्थान पर मानवता का इतना ज़्यादा व्यवहार दिखाना शुरू किया जो ज़रूरत से ज़्यादा लगने लगा। क्या 'एटिला द हूण' भी ऐसा ही था ? उसके नाम पर युग का नामकरण किया गया था। बचपन में वह कैसा रहा होगा, क्योंकि इस उम्र में सब बच्चे दूसरों को प्यार करते हैं। यह जानकारी हासिल करने के लिए इन लोगों ने इतिहास की किताबें छान डालीं। पता चला कि बचपन में वह अपने दोस्तों और माँ-बाप के दोस्तों से इस तरह कसकर लिपट जाता था कि उसे खींच-खींचकर हटाया जाता। जब वह चौदह साल का हुआ, तब उसने अपनी असलियत दिखानी शुरू की; एक दोस्त ने जब उसकी चीज़ों को हाथ लगाया तो उसने तुरंत चाकू उठाकर उसके पेट में घुसेड़ दिया। उसका भविष्य व्यक्त होने लगा था। हमारा कुत्ता भी उसी तरह कुछ और बड़ा होकर उससे लगाई उम्मीदें पूरी करने लगेगा।

लेकिन यह विश्वास सही साबित नहीं हुआ। उसकी ऊँचाई बीस इंच जा पहुँची, शरीर भी काफी बड़ा हो गया और चेहरा भी भयानक निकल आया–लेकिन व्यवहार में कोई परिवर्तन नहीं हुआ। घर में तरह-तरह के लोग रोज़ आते पोस्टमैन, साधु, बिल जमा करने वाले, व्यापारी और दोस्त-रिश्तेदार उन सबका एटिला एक तरह स्वागत-सा करता। गेट पर कोई आवाज़ होती तो वह उठकर खड़ा हो जाता और आगंतुक की तरफ देखने लगता। जब वह भीतर घुसता तो एटिला उसकी तरफ तेज़ी से दौड़ता लेकिन इससे ज़्यादा कुछ न करता। आने वाला उसकी तरफ देखकर जैसे ही ज़रा-

सा मुस्कराता, वह हथियार डाल देता। अब वह ऐसा कुछ व्यवहार करता, मानो उसकी तरफ दौड़ने के लिए माफी माँग रहा हो। वह सिर झुकता, बदन मोड़ता, पूँछ पैरों के बीच दबाता और आँखें गोल करके अफसोस करने जैसी आवाज़ निकालता मानो कह रहा हो : 'आपने मेरे दौड़ने का गलत मतलब निकाला है। मैं तो आपका स्वागत कर रहा था।' फिर जब तक आने वाला उसका सिर थपथपाकर यह भरोसा न दिला देता कि माफ कर दिया है, उसकी व्यथा कम न होती।

धीरे-धीरे वह यह सोचने लगा कि उसकी इस हरकत से आने वाले को परेशानी ज़रूर होती है तो उसने उन पर ध्यान देना ही बंद कर दिया। अब वह बिलकुल चुप रहता और उसकी तरफ देखकर पूँछ भर हिला देता। घरवालों को उसका यह रुख़ ज़रा भी पसंद नहीं था। उन्हें लगता था कि यह तो बड़े शर्म की बात है।

'अब इसका नाम बदलकर अंधा कीड़ा क्यों ना रख दिया जाये?' किसी ने सलाह दी।

घर की मालकिन ने कहा, 'खाता तो यह हाथी की तरह है। इसे चावल और मीट खिलाने में जितना खर्च होता है, उतने में तो दो पहरेदार रखे जा सकते हैं। सवेरे कोई आता है और सारे फूल चुरा ले जाता है लेकिन एटिला कुछ नहीं करता।'

'फूलों के चोर को पकड़ने के अलावा भी उसे ज़रूरी काम हैं', सबसे छोटे लड़के ने, जो उसका समर्थक था, कहा।

'क्या काम हैं ये?'

'कोई सवेरे-सवेरे आकर फूलों को चुरा ले जाये तो क्या इस वक्त भी उसे ही निगरानी करनी पड़ेगी?'

'क्यों नहीं? खूब खाने-पीने वाले कुत्ते को सोने की जगह यह काम करना चाहिए। तुम्हें अपने कुत्ते के लिए शर्मिंदा होना चाहिए।'

'माँ, वह रात भर नहीं सोता। मैं उसे कई दफा कोठी के चारों ओर घूमकर चक्कर लगाते और रखवाली करते देखता हूँ।'

'अच्छा! तो वह रात भर रखवाली करता है?'

'ज़रूर करता है,' लड़का बोला।

'यह सुनकर तो मुझे डर लगने लगा है,' माँ ने कहा। 'अब उसे रात को कमरे में बंद कर दिया करो, नहीं तो वह किसी बाहर वाले को बुलाकर सारी

कोठी दिखा देगा। इसके बिना चोर पूरी चोरी नहीं कर सकेगा। अगर वह भूँकना भी शुरू कर दे तो कुछ बात बने। इतना शांतिप्रिय कुत्ता मैंने दुनिया में आज तक नहीं देखा।'

लड़का यह सुनकर बहुत दुखी हुआ। इस आरोप ने उसे बहुत परेशान किया। लेकिन कुत्ते ने दूसरे ही दिन इसे सच सिद्ध कर दिया।

रंगा शहर से तीन मील दूर रहता था। वह सड़कों की मरम्मत करने वालों के साथ कुली के रूप में काम करता था। रात को वह अक्सर घरों में घुसने का मज़ा लेने की हिम्मत भी दिखाता था। इससे उसे कुछ और लाभ हो जाता था। उसी रात एक बजे के करीब उसने इस कोठी की एक खिड़की की सलाखें तोड़ीं और भीतर घुस गया। दीवाल के सहारे सरक-सरक कर उसने घर की सब अलमारियाँ और बक्स खोल डाले और कीमती ज़ेवरों की पोटली बनाकर बाहर निकलने की तैयारी करने लगा।

खिड़की तोड़कर निकलने के लिए उसने जो जगह बनाई थी, उसमें जैसे ही उसने एक पैर आगे रखा, पाया कि नीचे एटिला खड़ा उसकी ओर उत्सुकता से देख रहा है। रंगा ने सोचा कि उसका आखिरी वक्त आ गया है। उसे भय था कि कुत्ता भौंकेगा। लेकिन एटिला ने यह नहीं किया। एक क्षण उसने प्रतीक्षा की, फिर उठ खड़ा हुआ और चोर की गोद में अपने आगे के पैर रख दिये। फिर कान पीछे किये, रंगा के हाथ चाटे और आँखें गोलकर उसकी ओर देखा। रंगा फुसफुसाया, 'मुझे उम्मीद है तुम भौंकोगे नहीं।'

'चिंता मत करो, मैं ऐसा जीव नहीं हूँ,' एटिला ने मानो कहा।

'ज़रा रुको। मुझे यहाँ से निकलने दो,' रंगा ने कहा।

कुत्ते ने समझदारी दिखाते हुए पैर उठा लिये और पीछे हट गया।

'यहाँ देखो,' रंगा ने पीछे की ओर इशारा करते हुए कहा, 'यहाँ बिल्ली है।' एटिला ने उस तरफ कान घुमाये और लपका। उसे देखकर कोई भी यह कहता कि यह बिल्ली को फाड़ डालेगा, लेकिन बिल्ली सचमुच होती तो वह उससे गपशप करना ही चाहता था।

कुत्ता जैसे ही वहाँ से हटा, रंगा ने फाटक की तरफ दौड़ना शुरू किया। एक क्षण और मिलता तो वह बाहर कूद जाता। लेकिन कुत्ता उसका इरादा समझ गया और तेज़ी से दौड़कर वहाँ पहुँच गया। लगा कि उसने बुरा माना है। 'यह ठीक है। क्या,' जैसे यह कहा, 'तुम मुझसे दूर क्यों होना चाहते हो?'

उसने अपनी भारी-भरकम पूँछ नीचे डाल दी और इतना दुखी लगने लगा कि चोर ने उसका सिर थपथपाया, जिससे वह प्रसन्न हो उठा। चोर ने फाटक खोला और बाहर निकला। कुत्ता उसके साथ हो लिया। उसकी इच्छा थी कि स्वतंत्रता से घूमे-फिरे। अब इसके लिए रास्ता साफ हो गया था।

एटिला को अपना नया दोस्त इतना पंसद आया कि वह एक क्षण के लिए भी उसका साथ नहीं छोड़ता था। रंगा जब खाने-पीने के लिए बैठता तो वह भी उसके पास बैठ जाता, और जब सोता तो उसकी चटाई के बगल में सो रहता, जब नहाने–धोने जाता तो वह भी तालाब के किनारे इंतज़ार करता और जब काम पर होता तो सड़क के किनारे बैठा रहता।

ऐसी गहरी दोस्ती रंगा को परेशान करने लगी। वह कहता, 'भैया, मुझे मिनट भर तो अकेला रहने दो।' लेकिन एटिला ने यह प्रार्थना स्वीकार नहीं की और गोंद की तरह उससे चिपका रहा।

एटिला के गायब हो जाने से कोठी में हलचल मच गयी। माँ ने कहा, 'मैंने क्या कहा था, इसे ताले में बंद कर दो। अब उसे चोर ही ले गया है। कितने शर्म की बात है! किसी को बता भी नहीं सकते।'

लड़का बोला, 'यह संयोग हो सकता है। वह ज़रूर खुद ही गया होगा। अगर वह यहीं होता तो चोर घुसने की हिम्मत ही न करता।'

'जो हो, मेरा ख्याल है कि हमें चोर को धन्यवाद देना चाहिए कि वह एटिला को अपने साथ ले गया। और मान लेना चाहिए कि ज़ेवर उसे इनाम में दिये गये हैं।' पुलिस में जो शिकायत दर्ज की है, उसे भी वापस ले लेना चाहिए।

फिर एक हफ्ते बाद एटिला सबका हीरो बन गया और सब शिकायतें खत्म हो गईं। एक दिन सबसे बड़ा लड़का बाज़ार जा रहा था। उसने देखा कि एटिला किसी के पीछे चल रहा है।

'हे!' लड़का ज़ोर से चिल्लाया। आवाज़ सुनकर रंगा ने पीछे मुड़कर देखा और तेज़ी से भागना शुरू कर दिया। एटिला ने भी यह सोचकर कि उसका दोस्त उससे पिंड छुड़ाना चाहता है, उसके पीछे भागना शुरू कर दिया।

लड़का चिल्लाया, 'एटिला...,' और उसने भी दोनों का पीछा करना शुरू कर दिया। एटिला ने मुड़कर देखा और अपने दोस्त को रुकता न देख, और भी तेज़ी से भागना शुरू किया। रंगा ने भी अपनी रफ्तार बढ़ा दी। एटिला किसी भी

तरह उसे रोकना चाहता था, इसलिए आगे लपककर उसका रास्ता रोकने की कोशिश करने लगा। रंगा सँभल न पाया और उसके ऊपर गिर पड़ा।

ज़मीन पर उसके गिरते ही उसकी जेब से एक ज़ेवर नीचे गिर पड़ा इसे वह चोरी के ज़ेवरों के व्यापारी के पास लिये जा रहा था। लड़के ने पहचान लिया कि ज़ेवर उसकी बहन का है, इसलिए वह एकदम रंगा पर चढ़ बैठा। फौरन भीड़ इकट्ठी हो गयी और पुलिस आ गयी।

अब एटिला हीरो बन गया। घर की मालकिन भी उसके प्रति सदय हो गयी। बोली, 'एटिला के लिए हम जो भी कहें, वह बहुत चालाक जासूस है। बहुत गहरा बन्दा है वह।'

यह अच्छी बात थी कि एटिला बोल नहीं सकता था। नहीं तो वह रंगा से अलग होने के लिए दुखी होने लगता और उसकी इज्ज़त खाक में मिल जाती।

कुल्हाड़ी

गाँव में कभी एक ज्योतिषी आया था और भविष्यवाणी कर गया था कि वेलन एक तीन मंजिले मकान में रहेगा, जिसके चारों ओर बड़ा बाग भी होगा। यह सुनकर कोयल गाँववाले वेलन का मज़ाक उड़ाने लगे क्योंकि वही गाँव का सबसे बेचारा और गरीब आदमी था। उसके पिता के पास जो थोड़ी-बहुत ज़मीन-जायदाद थी, वह उसने गिरवी रख दी थी, और अब उसका पूरा परिवार दूसरों की जमीनों पर बहुत थोड़े पैसों पर काम करने लगा था। वेलन को ज़रूर तीन मंजिला घर मिलेगा–वाह!–उसका मज़ाक उड़ाने वाले कहते... लेकिन तीस-चालीस दिन बाद यह ज्योतिषी उन्हें मिलता तो वे उसे बिलकुल सच भविष्यवाणी करने के लिए ज़रूर शाबासी देते। मालगुडी कस्बे के एक सिरे पर बने महलनुमा कुमार बाग का वह अकेला निवासी हो गया था।

वेलन जब अठारह वर्ष का हुआ, उसने घर छोड़ दिया। उसके बाप ने दोपहर का खाना देर से लाने के लिए एक दिन उसे चाँटा मारा, तब बहुत से लोग आसपास खड़े थे। वेलन ने खाने की टोकरी ज़मीन पर रखी, एक क्षण घूरकर बाप की ओर देखा और लौट पड़ा। घर न जाकर वह सड़क पर ही चलता रहा, तब तक चलता रहा, जब तक शहर न पहुँच गया। दो दिन वह भूखा-प्यासा रहा, भीख माँगकर खाता रहा, और मालगुडी पहुँचकर बहुत ठोकरें खाने के बाद, एक बूढ़े के साथ बाग लगाने में उसकी मदद करने के लिए उसके साथ रहने लगा।

बाग अभी बूढ़े के दिमाग़ में ही था, ज़मीन पर नहीं उतरा था। ज़मीन ज़रूर कई एकड़ में फैली थी और काँटेदार पेड़-पौधों से भरी थी। वेलन का मुख्य काम यही था कि एक-एक करके इन पेड़-पौधों को साफ करे। कड़ी धूप में हर रोज़ वह हाथ से इनको साफ करता रहता था। धीरे-धीरे जंगल साफ हो गया

और फुटबाल के समतल मैदान में बदल गया। उसकी तीन दिशाओं में बाग की सरहद बनाई गई और एक तरफ घर बनाने की योजना बनी। जिस समय आम के पेड़ों में बौर आने शुरू हुए, घर बनाने का काम भी शुरू हो गया। फिर जिस समय नीम के पेड़ों में कुछ दूर तक किल्ले फूटने लगे, तब मकान की दीवालें भी उठनी शुरू हो गईं।

सामने पार्क में तरह-तरह के फूल बो दिये गये, जो एक दिन खिलकर चारों ओर लहलहाने लगे। अब वेलन को दीवाल बनाने वालों के साथ प्रतियोगिता करनी पड़ गयी, क्योंकि मालिक बूढ़ा अचानक बीमार हो गया और वह प्रमुख माली बन गया था। वेलन को अपने पद और दायित्व पर गर्व होने लगा। वह मकान बनाने वालों को काम करते ध्यान से देखता और पौधों को पानी पिलाता हुआ उनसे फुसफुसाकर कहता, 'बच्चों, अब तेज़ी से बढ़ना शुरू करो। मकान रोज़ बनता जा रहा है। वह अगर हम से पहले तैयार हो गया तो लोग हम पर हँसेंगे।' वह पेडों में खाद डालता, जड़ों को हवा देता, डालियों को कतरता और उन्हें रोज़ दो बार पानी से तर करता–लगता कि वह प्रकृति से खेल रहा है और प्रकृति भी उसके इशारे पर चल रही है। मालिक तथा उसका परिवार जब यहाँ रहने आया तो उसने एक शानदार बाग उनको सुपुर्द कर दिया।

घर के ऊपर एक गुंबद भी आसमान में खड़ा था। छज्जे नक्काशीदार लकड़ी से सजे थे, चिकने, गोल खंभे, बड़े बरामदे, संगमरमर के चौकोर धारियों में लगे फर्श, बड़े-बड़े एक के पीछे दूसरे फैले हॉल, सब मिलाकर भवन इतना शानदार होकर निखर आया था कि वेलन स्वयं से प्रश्न करता, 'क्या कोई जीवित प्राणी इसमें रह सकता है? मैं सोचता था कि ऐसे भवन स्वर्ग में ही होते होंगे!' जब उसने रसोई और भोजनशाला देखी तो बोला, 'यहाँ तो पूरा गाँव भोजन कर सकता है!' ठेकेदार के सहायक ने उसे बताया, 'हमने तो इससे भी बहुत ज़्यादा बड़े भवन बनाये हैं–जो दो लाख में बने होंगे। यह मकान तो कुछ भी नहीं है। इसमें तुम्हारे मालिक का ज़्यादा-से-ज़्यादा एक लाख लगा होगा। औसत मकान से यह कुछ ही बड़ा है, और क्या...।' अपनी कोठरी में लौटकर वेलन इस मकान के विस्तार, शोभा और खर्च के बारे में देर तक सोचता रहा...। उसका सिर चकराने लगा। फिर वह नीम के उग रहे पौधे के पास गया और उसे पकड़कर कहने लगा, 'तेज़ी से बढ़ो, छोटे मियाँ। कम-से-कम मेरी ऊँचाई तक तो पहुँचो। मैं तुम्हें अपनी अंगुलियों से पकड़कर हिला सकता हूँ। उगो, बढ़ो, मोटे हो जाओ। तना इतना चौड़ा करो कि दो जोड़ी हाथ उसे न

घेर सकें। ऊपर उठो, फैलो। इस महल के साथ खड़े होने योग्य विशाल बनो... नहीं तो मैं तुम्हारी जड़ उखाड़कर फेंक दूँगा।

नीम का पेड़ जब इस कल्पना के आस-पास पहुँचने लगा, तो भवन को एक विशेष गरिमा प्राप्त होने लगी। साल-दर-साल की गर्मियों और मानसून ने उसके दरवाज़ों और खिड़कियों का रंग-रोगन जो पहले चमकता रहता था, फीका कर दिया था, लकड़ी की कारीगरी टूटने लगी थी और दीवालों का असली रंग उड़कर उनकी जगह तरह-तरह के धब्बे और चित्तियाँ उभरने लगी थीं। भवन की शोभा कम हो गयी थी और अब यह ज़्यादा मानवीय लगने लगा था। नीम की डालियों में सैकड़ों तोते, मैना और अनेक नामहीन पक्षी रहने लगे थे, उसकी छाया के नीचे मालिक के पड़पोते और अभी भी युवा पोते खेलते और लड़ते-झगड़ते थे। मालिक छड़ी हाथ में लिये घूमता रहता। मालकिन, जो गृह-प्रवेश के दिन बड़ी शान-बान से, मोटी, तन्दुरूस्त इधर-उधर घूमती-फिरती थी, अब सूखकर बुढ़िया हो गई है, बाल सफेद पड़ गये हैं, और बरामदे में कुर्सी पर बैठी उदास आँखों से पेड़ों को देखती रहती है।

खुद वेलन भी बहुत कुछ बदल गया है। अब उसे बाग की देखभाल में अपने सहायकों पर निर्भर रहना पड़ता है। उसके माँ-बाप, बीवी और चौदह में से आठ बच्चे मर चुके हैं। उसने अपनी घरेलू ज़ायदाद वापस ले ली थी, जिसे अब उसके बेटे और दामाद संभालते हैं। वह पोंगल, नववर्ष और दिवाली के दिनों में गाँव जाता था और अपने साथ हमेशा एक नाती-पोता ले आता था, जो सब उसे बहुत प्यारे लगते थे।

वेलन अब पूरी तरह संतुष्ट और प्रसन्न था। जीवन से उसकी और कोई माँग नहीं थी। उसके मालिक का परिवार भी शान्तिपूर्ण जीवन बिता रहा था। ऐसा नहीं लगता था कि जीवन की ये खुशियाँ किसी दिन खत्म हो जायेंगी।

लेकिन तभी मौत ने दस्तक दी, वह कोने में आकर खड़ी हो गयी। नौकरों की कोठरियों से माली को अपनी झोपड़ी में खबर मिली कि मालिक बहुत बीमार हैं। और उन्हें ऊपर के कमरे से–जिसे बड़े शानदार ढंग से सजाया गया था–नीचे के कमरे में ले आया गया है। डॉक्टर और परिचित लगातार आ-जा रहे हैं, और वेलन को अब फूल-तोड़ने वालों से ज़्यादा सावधान रहना पड़ता था। एक रात उसे जगाकर बताया गया कि मालिक चल बसे हैं। उसे एकदम ख्याल आया, 'अब मेरा और मेरे बच्चों का क्या होगा! बेटे तो अच्छे नहीं हैं!'

उसका डर गलत भी नहीं था। बेटे सचमुच अच्छे नहीं थे। वे इस घर में एक साल और रहे, आपस में लड़े-झगड़े और दूसरे घर में रहने चले गये। साल भर बाद एक और परिवार किराये पर रहने आ गया। वेलन को देखते ही उन्होंने कहा, 'बुड्ढे, माली, हमारे साथ कोई चालबाजी मत करना। हम जानते हैं तुम लोग कैसे होते हो! ठीक से नहीं रहोगे तो निकाल दिये जाओगे।' वेलन की ज़िन्दगी असह्य होने लगी। इन लोगों को बगीचे का शौक नहीं था। वे फूलों की क्यारियों पर चलते, बच्चे पेड़ों पर चढ़कर कच्चे फल तोड़ते रहते और बगीचे की पगडंडियों पर गड्ढे खोद देते। वेलन को इन्हें मना करने का साहस नहीं होता था। वे उसे बाहर दूसरे काम-धंधों पर भेजते, गाय धुलवाते, हुक्म चलाते और बाग का काम कैसे किया जाता है, इस पर भाषण देते। उसे अब इस काम से चिढ़ हो गयी और वह सोचने लगा कि नौकरी छोड़कर गाँव चला जाये। लेकिन यह विचार ही उसके लिए असह्य था–वह अपने पेड़-पौधों के बिना नहीं रह सकता था।

लेकिन भाग्य ने उसका साथ दिया। किरायेदार चले गये। घर कई वर्षों तक खाली पड़ा रहा। उसमें ताला लगा दिया गया था। कभी-कभी मालिक का कोई बेटा आता और बाग में घूम-घामकर चला जाता। फिर उनका आना भी बंद हो गया। वे मकान की चाबी वेलन को ही दे गये। कभी-कभी कोई किरायेदार आता, मकान खुलवाकर देखता और यह कहकर चला जाता कि यह तो काफी टूट-फूट चुका है, दीवालों का पलस्तर झड़ रहा है, दरवाज़ों और खिड़कियों का रंग-रोगन बिलकुल उतर चुका है, एकाध टुकड़ा ही कहीं-कहीं रह गया है, दीमक ने अलमारियाँ खा डाली हैं...। एक साल बाद दूसरा किरायेदार आया, फिर तीसरा, फिर चौथा। कुछ महीने से ज़्यादा यहाँ कोई नहीं रहा। फिर इसके बारे में लोग कहते कि यह मकान तो भुतहा है...।

मालिकों ने भी देखने के लिए आना बिलकुल बंद कर दिया । वेलन अब पूरी तरह इसका मालिक हो चुका था। चाबियाँ उसके पास रहती ही थीं। वह बूढ़ा भी हो रहा था। यद्यपि वह काम में लगा रहता, रास्तों पर घास उग आयी थी, सामने के बोग में फूलों के पौधों के इर्द-गिर्द काँटे की झाड़ियाँ उग आयी थीं। फलों के पेड़ ज़रूर नियम से फलों की बौछार करते रहते थे। इसलिए मालिकों ने फलों का बाग तीन साल की लीज़ पर किसी को दे दिया।

अब वेलन बहुत वृद्ध हो गया था। उसकी झोपड़ी में छेद हो गये थे और उनमें नया पुआल भरने की उसमें शक्ति नहीं रही थी। इसलिए वह उसे छोड़कर

मकान के सामने वाले बरामदे में रहने लगा। बरामदा काफी बड़ा था और फर्श पर संगमरमर लगी हुई थी। बूढ़ा यहाँ क्यों नहीं रह सकता था! चूहे, चमगादड़ों से तो यहाँ रहने का उसे ज़्यादा अधिकार था।

साल में एकाध बार कभी मूड होता तो वह कमरे खोल-खोलकर उनकी सफाई-धुलाई करता। फिर उसने यह करना भी छोड़ दिया। इन बातों की चिंता करने के लिए वह बहुत बूढ़ा हो चुका था।

साल गुज़रते गये, कोई परिवर्तन नहीं हुआ। मकान को 'भूत बंगला' कहा जाने लगा और लोग इसके पास फटकने से भी बचने लगे। वेलन को इस स्थिति से कोई शिकायत नहीं थी। उसके लिए यही ठीक था। तीन-चार महीने बाद वह अपने बेटे को शहर भेजता कि मालिकों से तनख्वाह ले आये। यह इस प्रकार अनंत काल तक चलता रह सकता था... लेकिन एक दिन एक कार फाटक पर आकर रुकी और उसने हार्न बजाया। वेलन चाबियाँ लेकर वहाँ पहुँचा।

'तुम्हारे पास चाबियाँ हैं? फाटक खोलो,' कार के भीतर से किसी का हुक्म आया।

'बगल में एक छोटा दरवाज़ा है,' वेलन ने धीरे से कहा।

'फाटक खोलो कार के लिए।'

वेलन भीतर से एक फावड़ा उठाकर लाया और फाटक के आगे-पीछे जमी घास-फूस और मिट्टी को साफ करने लगा। फिर जंग लगा दरवाज़ा खड़-खड़ करता धीरे-धीरे खुलने लगा।

उन्होंने सब दरवाज़े और खिड़कियाँ खोल दिये और हर हिस्से का बारीकी से मुआयना करके कहने लगे, 'तुमने देखा, गुंबद में भी दरारें आ गयी हैं। दीवालें तो चटक ही चुकी हैं...और कोई उपाय नहीं है। अगर हम चीज़ों को ध्यान से तोड़े तो कुछ सामग्री को बाद में इस्तेमाल किया जा सकता है। लेकिन मुझे लगता है कि लकड़ी की चीज़ें भी भीतर से पोली पड़ चुकी हैं।... ईश्वर ही जानता है कि किस पागलपन के तहत पुराने लोग ऐसे मकान बनाते थे।'

फिर उन्होंने बगीचे का दौरा किया और कहा, 'इस जंगल की तो हर चीज़ साफ करनी होगी। यहाँ कुछ नहीं रहना चाहिए...।' एक लंबे-चौड़े आदमी ने वेलन की ओर देखकर कहा, 'तुम यहाँ के माली लगते हो? हमें बाग की कोई ज़रूरत नहीं है। बाउंडरी पर चार-छह पेड़ों को छोड़कर बाकी सब पेड़ काटने होंगे। जरा भी जगह बेकार नहीं करनी है। और यह फूलों का बगीचा... ठीक

है... पर यह पुराने ढंग का है और इसके अलावा सामने का हिस्सा तो बिलकुल बेकार नहीं किया जा सकता...।'

एक हफ्ते बाद पुराने मालिक का एक बेटा आया और वेलन से बोला, 'तुम्हें अब गाँव वापस जाना होगा। हमने एक कंपनी को घर बेच दिया है। उन्हें बगीचे की ज़रूरत नहीं है। वे फलों के पेड़ भी काट रहे हैं, लीज़ वाले को वे उसका भुगतान कर देंगे। वे बगीचा और इमारत दोनों खत्म कर देंगे। इस ज़मीन पर वे छोटे-छोटे बहुत-से मकान बनायेंगे... घास के एक पत्ते के लिए भी जगह नहीं छोड़ेंगे।'

अब यहाँ ज़बरदस्त काम-धाम शुरू हो गया, बहुत से लोग आने-जाने लगे और वेलन अपनी झोपड़ी में रहने चला गया। जब थक जाता तो लेटकर सो जाता। बाकी समय बाग में टहलकर अपने लगाये पेड़-पौधों को देखता रहता। उसे पंद्रह दिन का समय दिया गया था। अब हर क्षण उसे कीमती महसूस होता, और वह इन पौधों के साथ आखिरी सेकेंड तक बना रहता लेकिन...

...नोटिस दिये जाने के दो दिन बाद एक दोपहर जब वह झोपड़ी में पड़ा ऊँघ रहा था, अचानक कुल्हाड़ी की आवाज़ सुनकर जाग उठा। उसके कानों में किसी बहुत सख्त चीज़ पर पड़ती कुल्हाड़ी की खट-खट सुनायी देने लगी। वह उठा और बाहर दौड़ा। देखा कि चार आदमी नीम के चौड़े तने पर कुल्हाड़ियों से चोट कर रहे हैं।

'रुको, इसे मत काटो,' वह ज़ोर से चीखा और डंडा उठाकर काटने वालों को मारने दौड़ा।

उन्होंने आसानी से सामने का वार बचा लिया और पूछने लगे, 'लेकिन बात क्या है?'

वेलन रोकर कहने लगा, 'यह मेरा बेटा है। इसे मैंने बोया था। मैं इसे बहुत प्यार करता हूँ। इसे मत काटो...।'

'लेकिन यह तो कंपनी का हुक्म है। इसमें हम क्या कर सकते हैं? हम बात नहीं मानेंगे तो हमें निकाल दिया जायेगा और दूसरे लोग आकर इसे काटेंगे।'

वेलन कुछ देर सोचता रहा, फिर बोला, 'तुम मेरे लिए इतना तो कर ही सकते हो... मुझे थोड़ा-सा वक्त दो। मैं अपना सामान बाँधकर यहाँ से चला जाऊँगा। उसके बाद जो चाहो, करना।'

मज़दूरों ने कुल्हाड़ियाँ रख दीं और बैठ गये।

वेलन पोटली बाँधकर बाहर आया और बोला, 'तुमने इस बूढ़े पर बड़ी कृपा की है।' फिर नीम को देखकर आँसू पोंछा और कहा, 'भाई, जब तक मैं दूर, बहुत दूर न निकल जाऊँ, तब तक मत काटना।'

मज़दूर बैठे रहे और बूढ़े को जाते देखते रहे। करीब आधे घंटे बाद काफी दूर से उसकी बहुत धीमी आवाज़ सुनायी दी, 'अभी मत काटो। अभी मुझे सुनायी दे रहा है। मैं ज़रा और दूर निकल जाऊँ...।'

लॉली रोड

बातूनीराम ने कहना शुरू किया :

बहुत सालों तक मालगुडी के लोगों को पता ही न था कि यहाँ कोई म्युनिसपैलिटी भी है। और इससे कस्बे का कोई नुकसान भी न था। बीमारियाँ, अगर वे शुरू भी होतीं, तो कुछ दिन बाद खुद ही खत्म भी हो जातीं खत्म तो उन्हें होना ही होता है। धूल और गंदगी को हवा उड़ा ले जाती, नालियाँ भरकर बह निकलतीं लेकिन खुद ही खाली भी हो जातीं। म्युनिसपैलिटी को ज़्यादा कुछ करने की ज़रूरत ही न पड़ती। लेकिन 15 अगस्त 1947 को देश आज़ाद होने के बाद अचानक दृश्य बदलने लगा। उस दिन देश भर में हिमालय से कन्याकुमारी तक जितने जोश–खरोश के साथ जश्न मनाया गया, उसकी दुनिया में, इतिहास में दूसरी कोई मिसाल नहीं है। हमारी म्युनिसपल कारपोरेशन भी उत्साह से भर उठी। सारी सड़कों पर झाड़ लगायी गयी, नालियों का कचरा साफ किया गया और हर मुहल्ले में झंडे फहराये गये। झंडों के तले गाते-बजाते, बड़ी धूमधाम से जुलूस निकाले गये।

म्युनिसपल चेयरमैन ने बालकनी पर खड़े होकर संतोषपूर्वक कहा, ‘इस महान् अवसर पर हमने भी काफी कुछ कर लिया। मेरा ख्याल है कि कमेटी के जो सदस्य उनके साथ थे, उनमें से एक-दो ने, उनकी आँखों में आँसू भी देखे। उन्होंने लड़ाई के ज़माने में सेना को कंबल बेचकर बड़ी आमदनी की थी और बाद में उस पैसे का उपयोग चेयरमैन का पद प्राप्त करने में किया था। यह भी अपने-आप में एक लंबी कहानी है लेकिन यहाँ हम उसका ज़िक्र नहीं करेंगे। यहाँ मैं एक दूसरी ही कहानी बताने जा रहा हूँ।

चेयरमैन को आज़ादी का जश्न मनाने में जो खुशी हासिल हुई, वह ज़्यादा देर तक नहीं रही। हफ्ते भर बाद जब झंडे वगैरह उतार लिये गये, वे बहुत

निरुत्साहित, हो उठे। मैं उनसे मिलने प्राय: हर रोज़ जाता था, क्योंकि राजधानी से निकलने वाले एक अखबार के लिए मैं खबरें भेजने का काम करता था' जिसके लिए वे दो इंच छपी। खबर के लिए दो रुपये के हिसाब से पारिश्रमिक देते थे। इस तरह हर महीने इसमें दस इंच के करीब मेरी भेजी खबरें छप जाती थीं, जो ज़्यादातर उसके कामों का अच्छा पक्ष ही सामने रखती थीं। इस कारण मैं उनका प्रिय व्यक्ति भी बन गया था। मैं चेयरमैन के दफ्तर में आता-जाता ही रहता था। अब वे इतने उदास दिखे कि मुझे पूछना ही पड़ा, 'क्या बात है, चेयरमैन साहब?'

'मुझे लगता है कि हमने ज़्यादा कुछ नहीं किया है, वे बोले।

'किस बारे में?'

'इस महत्त्वपूर्ण दिन की महिमा बढ़ाने के लिए।' वे कुछ देर सोचते रहे, फिर कहने लगे, 'जो हो, मैं इसके लिए कुछ बड़ा काम जरूर करूँगा।'

उन्होंने कमेटी की विशेष मीटिंग बुलाई, देर तक भाषण दिया जिसके बाद सबने तुरंत फैसला कर लिया कि आज़ादी के सम्मान में शहर की सभी सड़कों और पार्कों के नाम बदलकर महापुरुषों के नामों पर रख दिये जायेंगे।

इसकी शुरुआत मार्केट स्क्वायर के पार्क से की गयी। अब तक इसे कारोनेशन, यानी राजगद्दी, पार्क के नाम से जाना जाता था, हालाँकि यह किसी को स्पष्ट नहीं था कि किसकी राजगद्दी, रानी विक्टोरिया की या सम्राट अशोक की। अब पुराने बोर्ड को हटाकर मैदान में डाल दिया गया और उसके स्थान भर 'हमारा हिन्दुस्तान पार्क' का नया बोर्ड शान से लगा दिया गया।

इसके बाद दूसरा परिवर्तन स्वीकार करने में बड़ी दिक्कतें पेश आयीं। महात्मा गाँधी रोड सबसे आकर्षक नाम था। आठ विभिन्न वार्डों के प्रतिनिधि यह नाम अपने यहाँ की सड़क के लिए चाहते थे। छह और प्रतिनिधि थे, जो चाहते थे कि उनके घर के सामने की सड़क का नाम नेहरू रोड या नेताजी सुभाष बोस रख दिया जाये। झगड़ा इस कदर बढ़ा कि मुझे लगा, कहीं मार-पीट न हो जाये! एक क्षण तो ऐसा आया कि पूरी कमेटी पागल हो उठी। उसने तय किया कि चार अलग-अलग सड़कों को एक ही नाम दे दिया जाये। अब जनाब, दुनिया के सबसे ज़्यादा लोकतंत्री या देशभक्त देश में भी यह नहीं हो सकता कि दो जगहों को एक ही नाम दे दिया जाये।

खैर, नाम बदल दिये गये और पंद्रह दिन में हालत यह हो गयी कि नए नामों के कारण यह बताना मुश्किल हो गया कि कौन-सी जगह कहाँ है। मार्केट

रोड, नार्थ रोड, चित्रा रोड, विनायक मुदाली स्ट्रीट सब नाम खत्म हो गये। इनके स्थान पर नए नाम आ गये। चार जगहों के एक ही नाम, और सब मंत्रियों, उपमंत्रियों और कौंसिल सदस्य सभी के नाम रख दिये गये। लेकिन इससे गड़बड़ बहुत हो गयी। चिट्ठियाँ जहाँ पहुँचनी होतीं, वहाँ न पहुँचकर पता नहीं कहाँ पहुँच जातीं! लोग ठीक से बता नहीं पाते थे कि वे कहाँ रहते हैं। पुराने परिचित नामों के बदल जाने से शहर जंगल में बदल गया।

चेयरमैन यह काम करके बहुत खुश था लेकिन यह खुशी ज़्यादा दिन न रही कुछ दिन बाद उस पर फिर एक दौरा पड़ा कि कुछ और काम करना चाहिए!

लॉली एक्स्टेंशन और मार्केट के मिलन-स्थल पर एक मूर्ति लगी थी। लोग इस मूर्ति के इतने अभ्यस्त हो गये थे कि वे उसे न देखते थे और न जानते थे कि यह किसकी मूर्ति है। चेयरमैन को अचानक याद आया कि यह सर फ्रेडरिक लॉली की मूर्ति है। उसी के नाम पर एक्सटेंशन का नाम रखा गया था। अब इसका नाम गाँधी नगर रख दिया गया था, इसलिए इस मूर्ति की यहाँ ज़रूरत नहीं थी। कमेटी ने एकमत से इसे हटाने का फैसला कर लिया। चेयरमैन के साथ सब सदस्य दूसरे दिन मूर्ति के पास पहुँचे, तब उन्हें पता चला कि मूर्ति उनसे भी बीस फीट ऊँची है और उसकी नींव में पिघला सीसा भरा है। उन्होंने पहले यह सोचा था कि अपने निश्चय की ताकत से वे इस क्षत्रप की मूर्ति को वहाँ से हटा देंगे, लेकिन अब उन्होंने पाया कि यह तो पर्वत की तरह मजबूत आधार पर खड़ी है। अब उन्हें ज्ञात हुआ कि अंग्रेज़ों ने उनके देश में अपना साम्राज्य बहुत मज़बूत आधार पर खड़ा किया था।

लेकिन इससे कमेटी का निश्चय और भी दृढ़ हुआ। मूर्ति हटाने के लिए शहर का कुछ हिस्सा तोड़ना भी पड़ जाये, तो भी वे पीछे नहीं हटेंगे। उन्होंने सर फ्रेडरिक लॉली का इतिहास भी खोज निकाला। उन्हें पता चला कि लॉली यूरोप के शैतान एटिला द हूण और नादिरशाह का सम्मिश्रण था और मेकियावेली की तरह चालाक था। उसने तलवार के बल पर भारतवासियों पर अधिकार जमाया और जहाँ से भी विरोध की ज़रा-सी भी खबर आती, उस जगह को बरबाद करके ही दम लेता। वह भारतीयों से तब तक नहीं मिलता था जब तक वे घुटनों के बल चलकर उसके पास नहीं आते थे।

लोग रोज़मर्रा का कामकाज़ छोड़कर मूर्ति के इर्द-गिर्द घूमकर सोचने लगे कि उन्होंने इस आदमी को इतने दिन तक बरदाश्त कैसे किया! अब वह

सामने खड़ा नफरत की मुस्कान से उन्हें देख रहा था–उसके हाथ पीछे बँधे थे और कमर से तलवार लटक रही थी। इसमें संदेह नहीं कि वह इतिहास का सबसे ज़ालिम शासक था–जिनकी तस्वीर विग लगाये, ब्रीचेज़ और सफेद वेस्ट कोट पहने, सख्त नज़र से सामने देखते, भारतीय इतिहास में ब्रिटिश युग के शासकों की तस्वीर, सबको याद है। वे यह सोच-सोचकर काँपने लगे कि ऐसे कठोर शासक के अधीन उनके पूर्वज किस प्रकार जीवन बिताते रहे होंगे!

इसके बाद कमेटी ने इस काम के लिए टेंडर माँगे। एक दर्जन ठेकेदारों ने टेंडर भरे, जिनमें से सबसे कम पचास हज़ार रुपये का था। मूर्ति को वहाँ से हटाकर कमेटी के दफ्तर तक पहुँचाना था, जहाँ यह विचार किया जा रहा था कि इसे रखा कहाँ जायेगा! चेयरमैन ने सोच-विचारकर मुझे बुलाया और कहा, 'तुम इसे क्यों नहीं ले जाते? अगर तुम इसे अपने खर्च से उठा ले जाओ तो मैं तुम्हें यह मुफ्त में दे दूँगा।'

अभी तक मैं सोचता था कि कमेटी के लोग पागल हैं लेकिन अब मैंने पाया कि मैं भी उन्हीं की तरह पागल हूँ। अब मैं मूर्ति से होने वाले लाभ का हिसाब-किताब बिठाने लगा। अगर मूर्ति को तोड़ने और यहाँ तक लाने में मेरे पाँच हज़ार रुपये खर्च होते हैं–मैं जानता था कि ठेकेदार बहुत ज़्यादा पैसा माँग रहे हैं–और इसकी धातु की बिक्री से मुझे छह हज़ार प्राप्त होते हैं...तीन टन धातु का पैसा बहुत ज़्यादा भी मिल सकता है। मैं इसे ब्रिटिश म्युज़ियम या वेस्टमिन्सटर को भी बेच सकता हूँ। तब फिर मैं अखबार को खबरें भेजने का काम छोड़ सकूँगा।

कमेटी ने बहुत जल्द मूर्ति मुझे मुफ्त दे देने का प्रस्ताव पास कर दिया। अब मैं काम करने की तैयारी करने लगा। मैंने बहुत ज़्यादा ब्याज देने का लालच देकर अपने ससुर से रुपया उधार लिया। पचास कुलियों की टीम बनाई, जो मूर्ति की नींव उखाड़ने का काम करेंगे। मैं उनके ऊपर गुलामों से काम लेने वाले मालिक की तरह खड़ा हो गया और ज़ोर-ज़ोर से हुक्म देने लगा। वे शाम को छह बजे कार्य बन्द कर देते थे और सवेरे फिर शुरू कर देते थे। मैं उन्हें खासतौर से कोप्पल गाँव से लाया था, जहाँ के लोग मेम्मी जंगल के पेड़ काटने से मज़बूत हो जाते हैं।

दस दिन तक फावड़े चलते रहे। नींव में जहां-तहाँ थोड़ी-बहुत दरारें पड़ीं, लेकिन इससे ज़्यादा कुछ न हो सका। मूर्ति जगह से हिलने का नाम नहीं ले रही थी। मुझे डर लगा कि इस तरह तो पंद्रह दिन में मेरा दिवाला निकल जायेगा। अब

मैंने ज़िला मजिस्ट्रेट से डायनामाइट के कुछ टुकड़े खरीदने की आज्ञा प्राप्त की और उस क्षेत्र में लोगों का आना-जाना रोककर डायनामाइट में आग लगा दी। मूर्ति ढह गयी और किसी को चोट भी नहीं लगी।

फिर इसे घर तक पहुँचाने में तीन दिन लगे। खासतौर से बनायी एक गाड़ी में इसे रखकर कई बैल उसे धीरे-धीरे खींचकर ले गये। रास्ते में आवागमन काफी देर तक बंद रहा, लोग मुझ पर हँसते और फब्तियाँ कसते दूर तक साथ रहे, और दिन की सख्त गर्मी में मैं तरह-तरह के आदेश देता साथ चला। हर ऊँची-नीची जगह और कोने पर मूर्ति को रुकना पड़ता, जहाँ वह न आगे बढ़ पाती न पीछे हटती, रास्ते बंद हो जाते, अँधेरा बढ़ता जाता... यह सारी कहानी अब मैं दोहराना नहीं चाहता। फिर रात भर सड़क पर पड़ी मूर्ति के पास बैठा मैं इस पर पहरा देता रहा। सर फ्रेडरिक पीठ के बल ज़मीन पर पड़े खुली आँखों से ऊपर आसमान के तारे निहारते रहे। मुझे उनकी इस स्थिति पर अफसोस भी हुआ, कहा, 'आप को कठोर - साम्राज्यवादी होने के कारण यह दिन देखना पड़ रहा है। बुराई का नतीज़ा अच्छा नहीं होता।' फिर इसे मेरे छोटे से घर में आराम से रख दिया गया। सामने के कमरे में सिर और धड़ रखा गया और पेट तथा पैर दरवाज़े से बाहर निकालकर सड़क पर रख दिये गये। मेरी कबीर गली के लोगों ने रास्ता रुकने का बुरा नहीं माना और खुशी से हर परेशानी को स्वीकार कर लिया।

म्युनिसपल कमेटी ने मुझे धन्यवाद का प्रस्ताव पास किया। यह खबर मैंने अपने अखबार को भेजी, जिसके साथ दस इंच लंबी इसकी पूरी कहानी भी बयान कर दी। एक हफ्ते बाद चेयरमैन साहब बहुत परेशान हालत में मेरे घर आ पहुँचे। मैंने ज़ालिम के सीने पर उन्हें बिठा दिया। वे बोले, 'तुम्हारे लिए बुरी खबर है। तुम वह खबर अखबार में छपने न भेजते तो अच्छा होता। यह देखो...,' और उन्होंने बहुत-से टेलीग्राम मेरी ओर बढ़ा दिये।

ये तार भारत की करीब-करीब सभी ऐतिहासिक संस्थाओं से आये थे जिनमें मूर्ति को हटाने का विरोध किया गया था। हमें सर फ्रेडरिक के बारे में धोखा हुआ था। लॉली नाम का ज़ालिम एक और ही व्यक्ति था, जो सर वारेन हेस्टिंग्स के ज़माने में हुआ था। यह फ्रेडरिक लॉली एक सैनिक गवर्नर था, जो गदर के बाद यहाँ आकर बस गया था। उसने जंगल साफ कराये और मालगुडी कस्बा बसाया। यहाँ उसने देश भर में पहली को–आपरेटिव सोसायटी बनायी, पहला नहर का जाल बिछाया जिससे सरयू नदी का पानी हजारों एकड़ बंजर

पड़ी धरती की सिंचाई करने लगा। उसने यह और वह बहुत कुछ किया, और सरयू की बाढ़ में ही, जहाँ वह उसके किनारे रह रहे सैकड़ों लोगों को बचाने गया था, उसकी मृत्यु हुई। वह पहला अंग्रेज़ था जिसने ब्रिटिश शासकों से कहा कि देश चलाने के मामलों में भारतीयों को शामिल करना चाहिए। अपने एक पत्र में उसने कहा था, 'ब्रिटेन को किसी दिन स्वयं अपने हित में भारत छोड़ना पड़ेगा।'

चेयरमैन ने कहा, 'सरकार ने हमें मूर्ति को वापस लगाने का आदेश दिया है।'

'यह असंभव है,' मैंने ज़ोर देकर कहा। 'अब यह मूर्ति मेरी है और इसे मैं ही रखूँगा। मैं राष्ट्रीय नेताओं की मूर्तियाँ इकट्ठा करता हूँ।'

लेकिन इससे कोई प्रभावित नहीं हुआ। एक हफ्ते में देश भर के सब अखबारों में सर फ्रेडरिक लॉली की चर्चा होने लगी। आम जनता उत्साहित हो उठी। मेरे घर, के आगे लोग नारे लगाने और प्रदर्शन करने लगे। उनकी माँग थी कि मूर्ति वापस वहीं लगाई जाये।

मैंने हारकर यह कहा कि अगर म्युनिसपल कमेटी इसमें खर्च हुआ मेरा पैसा वापस कर दे तो मैं मूर्ति का कब्जा छोड़ दूँगा। जनता मुझे अपना दुश्मन समझने लगी। 'यह आदमी मूर्ति के साथ चोरबाज़ारी कर रहा है,' उनका स्पष्ट मत था।

दुखी होकर मैंने मूर्ति को बिक्री के लिए पेश कर दिया। एक बोर्ड पर बड़े-बड़े अक्षरों में लिखा : "मूर्ति बिकाऊ है। ढाई टन बढ़िया धातु–आप किसी देशभक्त मित्र को इसे भेंट में दे सकते हैं दस हज़ार रुपये से कम के आवेदनों पर विचार नहीं किया जायेगा।'

इससे लोग और भी भड़क उठे। चाहने लगे कि लात-घूसों से मुझे मारें, लेकिन देश में अहिंसा की परम्परा होने के कारण उन्होंने मेरे घर की पिकेटिंग करने का फैसला किया। वे झंडा हाथ में लेकर घर के आगे लेट गये और नारों से सड़क गुंजने लगी। एक थक जाता तो दूसरा उसकी जगह ले लेता और इस तरह पारियाँ बनाकर यह सत्याग्रह चलाया जाने लगा।

घर में मूर्ति रखने की जगह बनाने के लिए मैंने पत्नी और बच्चों को गाँव भेज दिया था, इसलिए पिकेटिंग से मुझे कोई विशेष परेशानी नहीं हुई–हाँ, मुझे पीछे का रास्ता ज़्यादा इस्तेमाल करना पड़ता था। म्युनिसपल कमेटी ने मुझे प्राचीन वस्तुओं की सुरक्षा कानून के तहत एक नोटिस भेजा, जिसका मैंने समुचित उत्तर दे दिया। अब कानूनी दाँव-पेंचों की लड़ाई शुरू हो गयी मेरे और

कमेटी के वकील के बीच इसका एक दुष्परिणाम यह भी था कि लंबे-लंबे पत्र-व्यवहार के ढेरों कागज़ों से घर का रहा-सहा हिस्सा भी ठसाठस भर गया।

मैं मन में यह सोचने लगा कि यह मामला किस तरह खत्म होगा–कब वह दिन आयेगा जब मैं घर में पैर फैलाकर सो सकूँगा!

छह महीने बाद उपाय सामने आया। सरकार ने म्युनिसपैलिटी से मूर्ति के बारे में रिपोर्ट की माँग की और इस तथा इसके अलावा उसकी और भी खामियों के तहत सरकार ने पूछा कि कमेटी को क्यों न भंग कर दिया जाये और नए चुनाव कराये जायें। मैं चेयरमैन से जाकर मिला और कहा, 'अब आपको चाहिए कि कोई बड़ा काम कर दिखायें। क्यों न आप मेरा घर लेकर उसे राष्ट्रीय स्मारक बना दें?'

'यह मैं क्यों करूँ?' उन्होंने पूछा।

'क्योंकि सर फ्रेडरिक वहाँ हैं,' मैंने उत्तर दिया।

'आप मूर्ति को पुरानी जगह नहीं ले जा सकेंगे। यह जनता के धन की बर्बादी होगी। इसलिए जहाँ वह है, उसी जगह उसे स्मारक के रूप में बदल दें। मैं सही कीमत पर अपना घर आपको देने को तैयार हूँ।'

'लेकिन कमेटी के पास इतना पैसा कहाँ है,' उन्होंने उत्तर दिया।

'मैं जानता हूँ कि खुद आपके पास बहुत पैसा है। कमेटी के पैसों पर आप क्यों निर्भर करते हैं? यह आपका ऐसा काम होगा कि लोग दंग रह जायेंगे... देशभर में किसी ने ऐसा काम नहीं किया होगा।' मैंने उन्हें समझाया कि अपने पैसे से घर खरीदकर कमेटी को दे दें, आका इससे कहीं ज़्यादा पैसा चुनाव लड़ने में खर्च हो जायेगा।

इस तरह कहने से बात उनकी समझ में आ गयी। वे मान गये और कुछ देर बात करके रकम भी तय हो गयी। कुछ दिन बाद अखबारों में यह खबर छपी तो वे बहुत प्रसन्न हुए :

'मालगुडी की म्युनिसपैलिटी के चेयरमैन ने सर फ्रेडरिक लॉली की मूर्ति वापस खरीदकर राष्ट्र को भेंट कर दी है। उन्होंने निश्चय किया है कि नई जगह उसकी स्थापना कर दी जाये। म्युनिसपल कमेटी ने एक प्रस्ताव स्वीकृत करके कबीर गली का नाम बदलकर लॉली रोड रख दिया है।'

हरे कोट के पीछे

तेज़ धूप और नीले आसमान के नीचे हरा कोट पहने वह आदमी आराम से खड़ा था। भीड़ बहुत थी, फिर भी वह सबको साफ नज़र आ रहा था। गाँव के लोग कमीज़ पहने और पगड़ियाँ बाँधे, शहर के कोट और टोपियाँ लगाये, नंगे बदन भिखारी और रंग-बिरंगी साड़ियों में औरतें छोटी-छोटी दुकानों और सँकरे रास्तों में एक-दूसरे से टकराते चल रहे थे, फिर भी हरा कोट सबसे अलग दिखाई दे रहा था। बाज़ार का शोर-शराबा और धींगामस्ती, सब कुछ वहाँ थी, लोग दुकानदारों से मोलभाव करते, एक-दूसरे से मिलते-जुलते और नमस्ते-राम-राम करते, इस सबके ऊपर बाइबिल का प्रचार करने वाले की बुलंद आवाज़, और जब वह साँस लेने के लिए ठहरता तो दूसरे कोने से स्वास्थ्य-संबंधी सूचनाएँ देने वाला लाउडस्पीकर मलेरिया और टी. बी. से बचने के उपाय बताने लगता। इस सबके बावजूद हरा कोट मानो सबको निमंत्रण-सा देता प्रतीत हो रहा था।

राजू यह न्यौता नकार नहीं सका। यह उसके स्वभाव में ही नहीं था कि इतने आकर्षक व्यक्ति को वह महत्त्व न दे। वह भीड़ से बिकुल अलग न होता, और यह भी जाहिर न होने देता कि लोगों में वह बहुत घुल-मिल रहा है। वह जहाँ भी होता, डरता रहता कि पुलिस उसे पहचान न ले, आज वह ज़्यादातर नंगे बदन, सिर्फ एक जँघिया पहने और पगड़ी बाँधे, जिससे उसका सिर पूरी तरह ढँक-सा गया था, कि लोग गाँव का किसान समझें, घूम रहा था।

एक दुकान के बगल में केले के छिलकों के एक ढेर पर बैठा वह भीड़ को देख रहा था। भीड़ को वह हमेशा बड़े ध्यान से देखता था। दरअसल यही उसका पेशा भी था। आमतौर से देखने पर वह घूमने-फिरने वाला साधारण आदमी दिखता था और उसमें इतनी ही ताकत भी थी कि ध्यान से देखकर सही आदमी

की जेब में हाथ डाल दे। देखा जाये तो यह एक जुआ ही था। कभी उसे जेब में कुछ भी न मिलता और हाथ सही-सलामत बाहर आ जाय तो वह अपने को भाग्यवान् ही समझता था। कभी एक फाउंटेन पेन ही उसके हाथ लगता और कमेटी के पीछे बैठा खरीददार इसके लिए चार आने से ज़्यादा नहीं देता था और ऐसी चीज़ों से उसके पकड़े जाने का डर भी बना रहता था। राजू ने फैसला किया कि अब वह फाउन्टेन पेनों को हाथ भी नहीं लगायेगा, अगर उसे कोई प्लेट में रखकर भेंट भी करेगा तो भी नहीं लेगा–इनसे बहुत परेशानी होती थी, इनसे स्याही टपकती रहती थी और इनका ज़्यादा उपयोग भी न था, खरीददार को भी बिलकुल पसंद न थे। घड़ियाँ भी इसी श्रेणी में आती थीं।

राजू को सबसे ज़्यादा पसंद था–बड़ा-सा पर्स, जिसका पेट खूब फूला हुआ हो। अगर उसे पर्स होने का पता चलता तो वह उसे बड़ी सफाई से निकालने की कोशिश करता। उसमें रखे पैसे निकालकर पर्स को कहीं फेंक देता और खुश होकर घर जाता, कि आज उसने अच्छा काम किया है। इसके बाद वह अपना मुँह पानी से धोता और सामान्य नागरिक बनकर फिर सड़कों पर निकल आता। बच्चों के लिए मिठाई, किताबें और स्लेटें खरीदता, और कभी-कभी बीवी के लिए भी कुरती का कपड़ा खरीद लेता। बीवी के बारे में उसका दिमाग़ हमेशा हलका नहीं रहता था। जब वह ज़्यादा पैसा लेकर घर पहुँचता तो एक बड़ा हिस्सा लिफाफे में रखकर पहले कहीं छिपा देता, तब घर में घुसता। नहीं तो बीवी बहुत सारे सवाल पूछकर परेशान करती। वह जानना चाहती कि अब वह सचमुच सुधर गया है या नहीं, और जो भी कमाता है, 'कमीशन' के रूप में ही कमाता है–यद्यपि कमीशन क्या होता है, यह वह बिलकुल नहीं जानती थी। यह शब्द उसे अच्छा और सही लगता था।

राजू छिलकों के ढेर से उठा और हरे कोट के पीछे लग गया। वह उससे तीन कदम पीछे चलने लगा। यह फासला उसे ठीक लगता था और अनुभव से उसने इसे जाना था। दोनों के बीच का फासला इतना भी नहीं होना चाहिए कि आदमी का हाथ पर्स से कितना दूर है, इसका पता ही न चले, और इतने पास भी नहीं होना चाहिए कि दूसरे को संदेह होने लगे। इसका फैसला अच्छी गणना के बाद किया जाना चाहिए। और यह एकदम संतुलित होना चाहिए, बिलकुल उस शिकारी की तरह, जो सभी तरह के जानवरों का पीछा करता है और शिकार के बाद सही-सलामत घर वापस पहुँचना चाहता है। जंगल के शिकारी का काम

इसलिए आसान होता है क्योंकि उसे शिकार की सुरक्षा का विचार नहीं करना पड़ता, इस काम में शिकार को पता भी न चलने देने के हिसाब से काम करना पड़ता है, उसे चोट पहुँचाने का इसमें सवाल ही नहीं उठता।

राजू बड़े धीरज से इन्तज़ार करता रहा। एक दुकान पर खड़ा चटाइयों का मोल–भाव करता रहा। बगल में हरा कोट एक ठेले वाले से नारियल कटवाकर आराम से पी रहा था। लगता था, वह यहाँ से हटेगा ही नहीं। भीतर का सारा दूध पीकर उसने धीरे-धीरे उसे कटवाकर गूदा निकलवाया और आराम से खाने लगा। सफेद मीठा मज़ेदार नारियल का गूदा उसे खाते देखकर राजू के मुँह में भी पानी भरने लगा। लेकिन उसने अपनी इच्छा पर काबू किया धंधे के समय खाने-पीने में वक्त बरबाद करना अच्छी बात नहीं थी क्योंकि इससे शिकार हाथ से हमेशा के लिए निकल जा सकता था।

गूदा खाने के बाद हरे कोट ने अपना बटुआ निकाला और नारियल की कीमत पर उससे बहस करने में लग गया। उसकी आवाज़ भारी, आरे की तरह खरखराती थी, जो राजू को अच्छी नहीं लगी। वह चीते की गुर्राहट की तरह थी–लेकिन वह शिकारी ही क्या? जो गुर्राहट से डरकर अपने शिकार को हाथ से निकल जाने दे! पैसे के लिए वह जिस तरह नारियल वाले से लड़-झगड़ रहा था, यह भी राजू को अच्छा नहीं लगा–उसने सोचा कि यह घटिया और कंजूस आदमी है, पैसे का इसे बहुत लालच है। जब ऐसे लोगों का बटुआ गायब हो जाये तो ये बड़ा तूफान खड़ा कर देते हैं।

आखिरकार हरा कोट आगे बढ़ा। वह एक गुब्बारे की दुकान पर रुका। बहुत मोलभाव करके एक गुब्बारा खरीदा... यह भी राजू को पसंद नहीं आया। वह कह रहा था, 'गुब्बारा ऐसे बच्चे के लिए है जिसकी माँ नहीं है। मैंने उससे वादा किया है कि गुब्बारा ज़रूर लाऊँगा। अगर मेरे घर पहुँचने से पहले यह रास्ते में फट जाता है या खो जाता है, तो बच्चा रात भर रोता रहेगा और मुझे बहुत तकलीफ होगी।'

राजू को एक स्टाल के पास अपना मौका मिल गया, जहाँ अखबार पढ़ते गाँधीजी की मोम से बनी एक प्रतिमा को देखने के लिए लोग उमड़े पड़ रहे थे।

पंद्रह मिनट बाद राजू पर्स का मुआयना कर रहा था। सबसे अलग एक टूटी दीवाल के पीछे उसने इसे खोला, इसमें बीस रुपये के नोट और दस रुपये के सिक्के थे। कुछ फुटकर पैसे भी थे। पैसे उसने यह सोचकर जाँघिये की जेब में रख

लिये कि भिखारियों को दे देगा। यह सोचकर उसे बहुत अच्छा लगा। मेले के शुरू वाले हिस्से में एक अंधा चीख-चीखकर भीख माँग रहा था और किसी को उसकी परवाह नहीं थी। आज की दुनिया में दूसरों के लिए सहानुभूति बिलकुल भी नहीं रही। तीस रुपये उसने अपनी पगड़ी के सिरे पर गाँठ बनाकर बाँध लिये और उसे दुबारा फिर ठीक से पहन लिया। इन पैसों से महीने के बाकी दिन आराम से गुज़र जायेंगे। पंद्रह दिन तक वह भले आदमी की ज़िन्दगी गुज़ारेगा और बीवी-बच्चों को सिनेमा दिखाने भी ले जायेगा।

अब खाली बटुआ उसके हाथ में था। अब उसका काम यही रह गया था कि उसे किसी कुएं में फेंक दे, हाथ झाड़कर साफ कर ले और राजाओं की तरह स्वच्छ मन और इज्ज़त से मेले में घूमे-फिरे। उसने कुएं के भीतर झाँका, नीचे थोड़ा-सा पानी था। हो सकता है, बटुआ पानी पर तैरने लगे, और तैरता हुआ पर्स बड़ी परेशानियाँ पैदा कर सकता है।

उसने बटुआ खोला कि उसमें कंकड़-पत्थर भरकर कुएं में डाल दे जिससे वह पानी की सतह पर तैरने की जगह नीचे जाकर तली में डूब जाये। तभी उसे बटुए में गुब्बारा दिखाई दिया, जो तह करके रखा हुआ था। उसे याद आया कि गुब्बारा हरे कोट ने अपने बच्चे के लिए खरीदा था और बड़ी देर तक इसके लिए मोलभाव करता रहा था। उसने सोचा, 'इसे पर्स में रखने की क्या ज़रूरत थी?... बड़ों की इन्हीं लापरवाहियों की वजह से बच्चों को परेशानी होती है। उसे क्रोध आ गया और कल्पना में वह देखने लगा कि दरवाज़े में खड़े गुब्बारे का इन्तज़ार कर रहे बिन माँ के बच्चे, पर पिता को जब जेब में हाथ डालने पर पर्स नहीं मिलता, उस पर अपना गुस्सा निकालने लगता है... इस कल्पना से वह सहम गया।

माँ हीन बच्चे की स्थिति का विचार करके राजू जैसे रोने को हो आया– बच्चे को वहाँ सांत्वना देने वाला भी कोई न होगा। अगर उसने रोना शुरू कर दिया तो हो सकता है यह गुंडा उसे पीटने लगे। इसकी शक्ल से यह हरगिज़ नहीं लगता कि यह बच्चों की भाषा जानता होगा। राजू ने सोचा कि बच्चा उसके दूसरे बेटे के बराबर होगा–और उसका मन दया से भर उठा। मान लो, मेरी अपनी बीबी चल बसी होती... वैसे इससे उसकी कठिनाइयाँ कम ही होतीं, क्योंकि उसकी वजह से उसे अपने पैसे छुपाकर रखने पड़ते थे... खैर, उसने इस पर ज़्यादा सोचना सही नहीं। समझा, यह मुख्य मुद्दा नहीं था। यदि पत्नी न रहे तो

उसे अफसोस तो बहुत होगा और बच्चों को प्रसन्न रखने में भी बहुत कठिनाइयाँ आयेंगी...।

उसने फैसला किया कि माँ हीन बच्चे को यह गुब्बारा मिलना ही चाहिए। लेकिन कैसे? उसने दीवाल के पीछे से झाँककर देखा, भीड़ काफी दूर नज़र आ रही थी। गुब्बारा वापस तो किया नहीं जा सकता। यही किया जा सकता है कि उसे पर्स में फिर रख दिया जाये और फिर पर्स को चुपचाप हरे कोट की जेब में डाल दिया जाये।

हरे कोट वाला बाइबिल का प्रचार करने वाले के सामने लगी भीड़ को देख रहा था। वक्ता ज़ोर-शोर से भाषण दे रहा था, उसके सामने गोला बनाये लोग सवाल पूछ रहे थे, 'तुम्हारा ईश्वर कहाँ रहता है?' उत्तर सुनने के लिए लोग चुप हो गये। राजू हरे कोट के पास पहुँच गया। गुब्बारा (केवल) पर्स में था और पर्स उसकी हथेलियों में। अब इसे वह जेब में डाल देगा।

हाथ हिलाते ही राजू को अपनी गलती समझ में आ गयी। हरे कोट ने हाथ पकड़ लिया और चिल्लाया, 'पाकेटमार!' सवाल पूछने वाले ईश्वर की समस्या भूल गये और राजू की तरफ घूमे... जो खुद चिल्लाने लगा था, 'मुझे छोड़ो।' हरे कोट ने झपटकर उसे ज़ोर का चाँटा मारा। इस चोट से राजू जैसे अंधा ही होने लगा। एक क्षण के लिए वह भूल गया कि वह कहाँ है! और यह भी कि वह है कौन? आँखों के आगे से अँधेरा जब कुछ कम हुआ और धुंध कुछ छटी तो उसने आँखें खोलीं और देखा कि हरा कोट उसे ही नहीं, सारी दुनिया को घेरे खड़ा है। वह दूसरा वार करने के लिए तैयार हो रहा था।

राजू बहुत डर गया। कहने लगा, 'मैं...मैं तो आपका पर्स वापस कर रहा था।' हरे कोट ने दाँत पीसे और बाँह की हड्डियाँ तोड़ दीं। लोग हँसने लगे और कुछ ने खुद भी उसे थप्पड़ मारे।

राजू मजिस्ट्रेट के सामने भी यही कहता रहा कि मैं तो पर्स वापस रख रहा था। लोग हँस रहे थे। फिर पुलिस की दुनिया का यह आम मज़ाक बन गया। राजू की बीवी जेल में उससे मिलने आयी तो रोकर कहने लगी, 'तुमने हम सबको शर्मिंदा किया।'

राजू गुस्से से बोला, 'क्यों किया है? मैं तो पर्स उसकी जेब में रख रहा था।'

अठारह महीने की सज़ा काटकर जब वह वापस लौटा तो सोचता रहा कि उसे अब क्या करना चाहिए। उसने खुद से कहा, 'अगर अब मैं फिर कभी किसी

की जेब काटूँगा तो वापस हरगिज़ नहीं रखूँगा।' अब उसे विश्वास हो गया था कि ईश्वर ने उस जैसे लोगों को एकतरफा सफाई ही प्रदान की है। ये अँगुलियाँ निकाल तो सकती हैं, वापस नहीं रख सकतीं।

शहीद का कोना

मार्केट रोड के मोड़ पर, जहाँ से केमिस्ट की दुकान के लिए गली शुरू होती है, इसी कोने पर उसका प्रतिष्ठान था। इसे 'प्रतिष्ठान' कहने में किसी को परेशानी होती हो तो वह इसके लिए स्वतंत्र है, लेकिन सभी दृष्टियों से यह एक ऐसी जगह थी जो लगता था, आसमान से उतर आयी हो। आठ बजे तक वहाँ कोई नहीं दिखायी देता और दस बजे भी कोई नहीं होता था, इन दो घंटों में ही वह आता, अपनी चीज़ें बेचता और चला जाता था।

जो उसे देखते, कहते, 'बड़ा भाग्यवान् है। दिन में घंटे भर काम करता है। और दस रुपये कमा लेता है–जितना ग्रेजुएट भी नहीं कमा पाते। महीने में तीन सौ रुपये!' लेकिन जब वह ऐसी बातें सुनता तो परेशान होकर कहता, 'इन लोगों को यह नहीं दिखाई देता कि दिनभर मैं भट्टी पर बैठा ये सब चीज़ें तलता रहता हूँ...।'

सवेरे जब पड़ोस के घर का मुर्गा बाँग देता, तब वह उठ बैठता। कभी-कभी वह खुद तीन बजे ही जाग जाता और कहता, 'आज मुर्गे को क्या हो गया, बोला ही नहीं?' लेकिन तीन बजे या चार, उसे हर रोज़ सवेरे उठकर दिनभर के लिए काम पर लग जाना होता था।

शाम को सवा आठ के करीब वह उस जगह अपना सामान लेकर पहुँचता। वह इतनी चीज़ें लिये आता कि लगता, उसके चार हाथ हैं। सिर पर बड़ा-सा थाल, जिसमें तरह-तरह के खाद्य-पदार्थ सजे रखे होते थे, बाँह के बीच लटका स्टूल, दूसरे हाथ में लैम्प, जिसमें हर दिन तीन पैसे का मिट्टी का तेल जलता और जिसे वह हमेशा अपने साथ रखता क्योंकि बिजली के बल्ब पर उसे भरोसा नहीं था, और इसलिए भी कि उसे ढेर-सी रेज़गारी और दूसरी चीज़ों की देखभाल करनी पड़ती थी।

जब वह लेंप की रोशनी में अपना थाल सजा लेता तो कोई भी राहगीर उसकी ओर नज़र डाले बिना गुज़र नहीं सकता था। बोंडों का एक ढेर जो ऊपर से तो कड़े लगते थे लेकिन मुँह में रखते ही घुल जाते; दोसे, सफेद, गोल और गुलगुले, जैसे मलमल के बने हों, चपातियाँ इतनी पतली कि पचास एक उँगली पर उठ आयें; बत्तख के उबले कड़े अंडे जैसे हाथी दाँत की गेंद; और स्टोव पर हर वक्त उबलती तैयार कॉफी। अलग अलम्युनियम के एक बर्तन में चटनी, जो हर चीज़ के साथ मुफ्त दी जाती थी।

हर दिन वह उस समय पहुँचता जब शाम का शो खत्म होने पर भीड़ बाहर निकल रही होती। उसके आने से पहले उस जगह एक और आदमी छोटा-सा खोमचा लगाये बिक्री कर रहा होता, लेकिन इससे उसे कोई परेशनी नहीं होती थी। वह कहता, 'इस गरीब चूहे को भी जब मैं यहाँ नहीं होता, कुछ कमा लेने दो।' उसे भी इस भावना की कद्र थी क्योंकि जब गद्दी का यह राजकुमार यहाँ आता, उससे एक मिनट पहले ही वह जगह खाली कर देता था।

उसके ग्राहक उसे चाहते भी बहुत थे। वे कहते, 'और कोई ऐसी जगह है जहाँ आप छह पैसे में कॉफी और एक आने में चार चपाती ले सकें?' सब उसके थाल के इर्द-गिर्द बैठ जाते और जो चाहते, लेकर खाते रहते। एक मिनट में दर्जन भर हाथ इधर-से-उधर होते, क्योंकि उसके ग्राहकों को यह अधिकार था कि पहले देखभाल कर चीज़ों की परीक्षा कर लें, तब जो चाहें लेकर खायें।

हालांकि बहुत से हाथ यह काम करते नज़र आते, उसे पता रहता कि कौन क्या ले रहा है। अपनी विशेष बुद्धि से उसे पता होता कि कौन-सा गाड़ीवाला किस समय चपाती ले रहा है,वह उसकी गाड़ी का लायसेंस नंबर भी बता सकता था; उसे पता होता कि जो गंदा-सा हाथ, झिड़कता-सा आगे बढ़ रहा है वह बूट पालिश करने वाले का हाथ है; वह जानता था कि ठीक किस समय पहलवान की मजबूत बाँह अच्छे सख्त अंडे की तलाश करेगी, जिसे वह खाने से पहले थाली के कोने पर चटकाकर तोड़ेगा।

उसके ज़्यादातर ग्राहक फुटपाथ के लोग थे: जैसे बूट पालिश वाले लड़के, जो थैले में ब्रुश और पॉलिश लटकाये आवाज़ लगाते हैं, 'बूट पालिश, बढ़िया पालिश!' इन बच्चों के लिए रामा के मन में विशेष प्यार था। जब वह देखता कि कोई मोटा आसामी पॉलिश कराने के बाद पैसे देने में इनसे झगड़ रहा है, तो उसका मन होता कि चिल्लाकर कहे, 'इस गरीब को ज़रा ज़्यादा दे देने से तुम्हारा

कुछ बिगड़ नहीं जायेगा। एक आने में ये एक दोसा और चपाती खा लेंगे। देखते नहीं, ये अधभूखे सड़कों पर डोल रहे हैं।'

इन भूखे, खाली आँखों वाले बच्चों को देखकर उसका दिल हिल उठता, चिथड़ों में ढके इनके दुबले-पतले शरीर उसे परेशान करते, और जब वे उत्सुक आँखें लिये अपना थैला बगल में कहीं रखकर खोमचे के पास आते, तो वह बहुत दुखी हो उठता। लेकिन वह कर ही क्या सकता था! दान-भंडार चलाना उसके बस की बात नहीं थी। वह उनको ग्लास में कॉफी बिलकुल सही भरकर देता, जिसे वे देर तक मज़ा लेकर पीते रहते।

एक अंधा भिखारी, जो होटल के सामने दिनभर भीख माँगता रहता, शाम को उसके पास आता और दिनभर में इकट्ठी रकम में से कुछ उसे देकर खाने को मँगाता... और वे घास बेचने वाली औरतें! औरतों को देना उसे पसंद नहीं था... उनकी तीखी, ज़ोरदार आवाज़ें उसे परेशान करती थीं। ये अपने घास के बंडल सही कीमत पर बेचने के बाद उसके पास आतीं। और वह चालाक-सा लंगड़ा, जो हर शाम तरह-तरह की चीज़ों का एक बंडल लाता और थोड़ी दूर सड़क के उस पार चुपचाप खड़ी एक वेश्यानुमा स्त्री को जाकर देता...।

दुनिया के इस हिस्से के वे सब स्त्री-पुरुष जो मामूली काम-धंधे करके अपनी रोज़ी-रोटी कमाते, वे शाम को उसी के पास आकर बैठते और खाते-पीते। फिर जब सिनेमा का रात का शो शुरू हो जाता, वह कमाया हुआ सब पैसा, जिसे वह गले में कमीज़ के भीतर पड़ी एक थैली में सँभालकर रखता जाता, लेकर अपने घर वापस चला जाता।

मार्केट के पीछे की दूसरी गली में उराका घर था। उसकी बीवी दरवाज़ा खोलती, और भीतर जल रही ढिबरी के तेल की बू बाहर आ जाती। वह उसके हाथ से खाली बर्तन ले लेती, कमीज़ के भीतर हाथ डालकर थैली निकाल लेती और तुरंत पैसे गिनना शुरू कर देती। फिर वे इस पर बातचीत करते, 'सवेरे पाँच रुपये का सामान लगाया तो आमदनी हुई पाँच रुपये और...।' गुणा-भाग का यह रहस्य वे समझ नहीं पाते थे। फिर दूसरे दिन के खर्च के लिए थैली में पैसा रखकर वह आमदनी का सब पैसा सँभालकर उस लकड़ी के डिब्बे में रख देती जिसे सालों पहले वह अपने मायके से लायी थी।

खाना खाने के बाद वह मुँह में एक पान दबाता, तंबाकू फाँकता और घर के सामने लगे पत्थर पर सो जाता। उसे नींद में उन पुलिसवालों के सपने आते जो

उस जगह से खोमचा हटाने के लिए उसे परेशान करते और हेल्थ इंस्पेक्टर के, जो उससे कहते कि तुम इन चीज़ों से लोगों में बीमारियाँ फैला रहे हो और शहर की जनसंख्या घटा रहे हो। लेकिन वास्तविक जीवन में कोई इन बातों की ज़्यादा परवाह नहीं करता था। वह कभी-कभी इन पुलिसवालों और हेल्थ इंसपेक्टरों को भी अपनी चीज़ें खिला दिया करता था।

एक दिन हेल्थ अफसर भी उसके पास आया और कहने लगा, 'ये चीज़ें तुम शीशे से ढककर रखा करो... नहीं तो मैं किसी दिन ये सब फिंकवा दूँगा...।' लेकिन वह कठोर नहीं था और उसने ऐसा कुछ भी नहीं किया। वह चुपचाप सोचा करता, 'ये लोग ये चीज़ें खाकर ज़िन्दा कैसे रहते हैं! मेरी तो समझ में नहीं आता। मेरा ख्याल है खुद भी ऐसी ही ज़िन्दगी बिताने के कारण इनमें ये सब ज़हर बरदाश्त करने का माद्दा बढ़ जाता है।' रामा वास्तव में सफाई के किसी भी नियम का पालन नहीं करता था लेकिन उसके ग्राहकों को ये चीज़ें खाकर कुछ भी नहीं होता था; उलटे, सालों से यही सब खाने के बाद भी वे सही-सलामत और तंदुरुस्त बने रहते थे।

कहा जा सकता है कि रामा की ज़िंदगी बहुत संतोषपूर्वक व्यतीत हो रही थी जिसमें कोई हलचल और परेशानी नहीं थी। यह इसी तरह अनंत काल तक क्यों नहीं चलती रह सकती थी, जब तक यह सूर्य ठंडा न पड़ जाता और सृष्टि समाप्त न हो जाती जब यह माना जा सकता कि उसने शुद्ध प्रयत्न के आधार पर एक सादा, सफल जीवन ज़िया। उसके काम-काज़ और धन कमाने के उपाय से किसी को कोई भी परेशानी नहीं थी, न यह कहा जा सकता है कि उसकी बनायी चीज़ें खाकर बहुत ज़्यादा लोग मर गये, इन खानों से भी उतने ही लोग मरे होंगे ज़ितने दूसरे कारणों से, जैसे म्युनिसपैलिटी की बदइन्तज़ामी से, मरे होंगे।

लेकिन मनुष्य के जीवन में यह सुरक्षा उपलब्ध नहीं है। किसी के बहुत ज़्यादा संतुष्ट होने से देवता जलन महसूस करने लगते हैं, और अचानक वे अपना रोष व्यक्त करने लगते हैं। एक रात जब वह उस जगह, जहाँ वह हमेशा बैठने आता था, अपना सामान लेकर आया, उसे वहाँ कुछ लोग शोर मचाते दिखाई दिये। उसने अधिकारपूर्वक कहा, 'यह जगह खाली कर दीजिए,' तो किसी ने उसकी बात पर ध्यान नहीं दिया। पड़ोस की कागज़-कलम की दुकान वाले का लड़का यह देखकर उसके पास आया और उसकी बाँह पकड़कर कहने लगा, 'ये लोग शाम से पता नहीं किस बात के लिए लड़-झगड़ रहे हैं...।'

'किसलिए लड़ रहे हैं?'

'पता नहीं...। कुछ लोग कहते हैं कि किसी आदमी को, जब वह वोट माँ या पता नहीं किस बात के लिए परचे बाँट रहा था, तब सेल्स टैक्स के दफ्तर के पास उसे मार दिया गया। यह जातीय झगड़ा भी हो सकता है। लेकिन कौन परवाह करता है। जो लड़ना चाहते हैं वे लड़ते ही रहते हैं।'

किसी ने कहा, 'तुम हमारे बारे में ऐसी बातें क्यों कह रहे हो?'

सबने इस आदमी की तरफ गुस्से से देखा। एक कहने लगा, 'क्या किसी को बोलने का हक भी नहीं है...?'

इस पर उस आदमी ने उसे एक तमाचा जड़ दिया। रामा अपना सामान लादे खड़ा था और समझ नहीं पा रहा था कि क्या करे! यह तमाचा चिनगारी का काम कर गया। एक और आदमी ने एक और आदमी को मारा, किसी दूसरे ने तीसरे को मारा और किसी ने नारा लगाया, 'मुर्दाबाद...।'

दूसरे गुट के लोगों ने चिल्लाकर कहा, 'ये योजना बनाकर, संगठित ढंग से हमें कुचलने के लिए आये हैं। हमारा सोच सही निकला।'

शोर मचने लगा। सोडावाटर की बोतलें हथियार की तरह फेंकी जाने लगीं। हर आदमी हर दूसरे आदमी को मारने लगा। कुछ आदमी बाज़ार की दुकानों में घुस गये और कहने लगे, 'बंद करो सब दुकानें...।'

दुकानदारों ने पूछा, 'लेकिन क्यों?'

'आप व्यापार कैसे करते रह सकते हैं जब...'

सभ्य जीवन के नियम अचानक ताक पर रख दिये गये। हर आदमी दूसरे आदमी से गुर्राता नज़र आता था। घंटे भर में बाज़ार लड़ाई के मैदान में बदल गया। थोड़ी देर में पुलिस भी आ गयी। लेकिन इससे हालात और भी बिगड़ गये क्योंकि अब लड़ाई का एक तीसरा पक्ष भी खड़ा हो गया। पुलिस के तीन काम थेः शान्ति स्थापित करना, अपने को सही-सलामत बनाये रखना और जिस पक्ष को वे पीड़ित पक्ष समझते हैं, उसकी रक्षा करना। जो दुकानें बंद नहीं हुई थीं, वे लूट ली गयीं।

सिनेमाघर भी एकदम खाली हो गया। उसके लोग बाहर निकलकर अपने-अपने पक्ष वालों में शामिल हो गये। जिन लोगों के हाथ में चाकू थे, वे घूम-घूमकर हमला कर रहे थे, जो घायल हो गए थे वे चीख रहे थे और एम्बुलेंस की गाड़ियाँ इधर-उधर भाग-दौड़ कर रही थीं। पुलिस लाठी और टियर गैस का

इस्तेमाल कर रही थी, इसके बाद वह गोलियाँ चलाने लगीं। कई आदमी मर गये। जनता का कहना था कि तीन हज़ार लोग मरे और घायल हुए हैं लेकिन सरकार के अनुसार पाँच लोग घायल हुए थे और सवा चार पुलिस फायरिंग में मर गये थे। आधी रात के बाद वह उस जगह से बाहर निकला जहाँ वह छिप गया था और घर चला आया।

दूसरे दिन उसने अपनी बीवी से कहा, 'अब मैं ज़्यादा सामान नहीं ले जाऊँगा। अब वहाँ बहुत थोड़े लोग होंगे। ईश्वर जाने इन लोगों को क्या हो गया है! ये कुछ वोटों के लिए एक-दूसरे को मार रहे हैं...। उसका विचार सही था। मार्केट रोड पर आम लोगों से ज़्यादा पुलिसवाले थे और जहाँ उसका खोमचा होता था, उस जगह की रक्षा का विशेष प्रबंध किया गया था। यहाँ से कुछ दूर हटकर पुलिस अफसर द्वारा बताये स्थान पर उसने अपना खोमचा लगाया।

स्थिति सामान्य होने में दस दिन लगे। अखबारों ने माँग की कि इस मामले में पूरी जाँच कराई जाये : जैसे क्या पुलिस की गोलियाँ चलाना जायज़ था, और हादसा रोकने के लिए पुलिस ने क्या बंदोबस्त किये थे, और इस तरह की बहुत-सी बातें। रामा अखबार बेचने वालों द्वारा बोली जाने वाली सुर्खियों में वर्तमान समय का इतिहास बनता देखता रहा और इन्तज़ार करता रहा कि कब उसका कोना खाली होता है।

कोना भी खाली हो गया और जैसे ही वह वहाँ अपना खोमचा लगाने लगा, बैज लगाये दो नवयुवक दौड़कर उसके पास आये और कहने लगे, 'यहाँ तुम अपना खोमचा नहीं लगा सकते...।'

'क्यों नहीं, भाई?'

'यह वह पवित्र स्थल है जहाँ उस दिन हमारे नेता की मृत्यु हुई थी। पुलिस ने यहीं उन्हें गोलियों से भून दिया था। यहाँ हम उनका स्मारक बना रहे हैं। यह जगह अब हमारी है, म्युनिसपल कमेटी ने यह हमें दे दी है।'

बहुत जल्द यह जगह चारों तरफ से घेर ली गयी और हर समय यहाँ कुछ-न-कुछ कार्यक्रम किया जाने लगा। धन इकट्ठा करने के लिए लोग डिब्बे लेकर घूमने लगे और उसमें पैसे डाले जाने लगे। रामा यह अच्छी तरह जानता था कि धन आकर्षित करने के लिए इससे अच्छी दूसरी जगह नहीं है। कुछ ही दिनों में इतना पैसा जमा हो गया कि स्मारक का पत्थर खरीदा जा सके और

उसकी खूबसूरत चारदीवारी बनाकर फूल-पत्तों से सजाया जा सके। इससे इस स्थान की शक्लो-सूरत बदल गयी।

फिर वहाँ गुरु-गंभीर से दिखाई पड़ने वाले कुछ लोग आये और आपस में बातें करने लगे। रामा को वहाँ से करीब दो सौ गज दूर गली में बैठने की जगह दी गयी। इसका मतलब हुआ कि मार्केट से गुज़रने वाले लोगों की उस पर निगाह न पड़ती। उसका खोमचा एक तरह से अँधेरे में पड़ गया। सिनेमा से निकलने वाले लोग उसके बगल से होकर चले जाते; ठेले-गाड़ीवाले जो लोग पहले सिपाही की ढील का फायदा उठाकर एक मिनट के लिए सड़क के किनारे गाड़ी खड़ी करके यहाँ कुछ खा-पी लेते, अब इतनी दूर आने का जोखिम न उठा पाते और बूट पालिश वाले लड़के भी सामने के फुटपाथ पर छोटे खोमचे से खाने-पीने लगे, जिससे उसका सितारा अचानक चमक उठा।

अब रामा बिक्री के लिए काफी थोड़ा सामान तैयार करता, फिर भी वापसी में कुछ-न-कुछ बचा रह जाता। इसमें से कुछ वह खुद ही खा-पी लेता और बाकी सामान को, बीवी की सलाह मानकर, दूसरे दिन भी उसी को गरम करके चला लेता। एक-दो खाने वालों ने इसे चखने के बाद ही थूक दिया और बाज़ार में कहना शुरू कर दिया कि रामा की चीज़ें अब खराब हो गयी हैं। एक रात जब वह कमायी के सिर्फ दो आने लेकर घर पहुँचा तो बीवी से कहने लगा कि उसका व्यापार अब खत्म हो गया है, अब इसके बारे में सोचना बंद कर देना चाहिए।

उसने अपना थाल, दूसरे बर्तन और लैंप सब अलग रख दिये और रिटायर हो जाने की बात सोचने लगा। फिर धीरे-धीरे उसकी बचत भी खत्म हो गयी। तब वह कोहनूर रेस्तराँ में, जिस पर दिन-रात लाउडस्पीकर बजता रहता था, नौकरी के लिए लाइन लगाकर खड़ा हो गया।

अब बीस रुपये महीने पर वह आठ घंटे मेज़ों पर जमे लोगों की सेवा करता। लोग आते और जाते, रेडियो बजता रहता, जिसकी कर्कश आवाज़ उसकी नसों को झकझोर देती, लेकिन उसने काम नहीं छोड़ा, करता रहा–और कोई रास्ता भी तो नहीं था।

एक दिन जब एक ग्राहक उससे कुछ कठोरता से पेश आया तो उसने धीरे से कहा, 'जनाब, ज़रा धीरे बोलिए, मैं भी कभी होटल का मालिक था।'

यह बात कहकर उसे बहुत संतोष हुआ।

बीवी छुट्टी पर

कन्नन अपनी झोंपड़ी के दरवाज़े पर बैठा गाँव के लोगों को आते-जाते देख रहा था। तेली सामी अपने बैल को हाँकता सड़क से गुज़रा। उसे देखकर बोला, 'आज आराम करने का दिन है...? तो शाम को मंटपम में आ जाना।' कई और लोग गुज़रे लेकिन कन्नन ने किसी की ओर ध्यान नहीं दिया। तेली की बात सुनकर वह विचारों में खो-सा गया। मंटपम टैंक बंद पर पुराने ज़माने की खंभेदार जगह थी, जो अब जगह-जगह से टूट रही थी। अब कन्नन और उसके साथियों के लिए यह क्लब की तरह बन गयी थी। कभी-कभी शाम को वे यहाँ इकट्ठे होते और डटकर चौपड़ खेलते। कन्नन को न सिर्फ यह खेल पसंद था बल्कि इसकी सुगंध और टूटी हुई मीनारों के बीच से दिखायी देती पहाड़ियाँ भी बहुत अच्छी लगती थीं। मंटपम के बारे में सोचते हुए वह कुछ गुनगुनाने भी लगा।

वह जानता था कि उसे इस तरह बैठे देखकर लोग उसे आलसी समझते होंगे। लेकिन उसे परवाह नहीं थी। वह काम करने नहीं जायेगा। उसे घर से बाहर भेजने वाला अब नहीं था–उसकी बीवी अभी नहीं लौटी थी। उसने कुछ दिन पहले मन में चुपचाप खुश होते हुए उसे मायके जाने के लिए बैलगाड़ी पर बिठाया था। उसे उम्मीद थी कि उसके माँ-बाप उसे दस-पंद्रह दिन और रुकने को कहेंगे, हालांकि अपने छोटे बेटे की अनुपस्थिति उसे अच्छी नहीं लगती थी। लेकिन कन्नन इसे बीवी के न होने की खुशी की कीमत के रूप में ले रहा था। उसने सोचा, 'अगर वह यहाँ होती तो क्या मुझे इस तरफ आराम करने देती?' उसे हर रोज़ एक रुपया कमाने के लिए नारियल के पेड़ों पर चढ़ना होता, उनके ऊपर लगे कीड़े-मकोड़े साफ करने पड़ते, नारियल तोड़-तोड़कर नीचे गिराने पड़ते और कंजूस ठेकेदारों से पैसों के लिए लड़ना-झगड़ना पड़ता।

अब वह बीवी के न होने का पूरा लाभ उठाने के लिए दिन भर घर पर पड़ा आराम करता रहता था। लेकिन अब यह हालत हो गयी थी कि उसके पास एक पैसा भी नहीं बचा था और पैसे के लिए आज ही उसे पेड़ों पर चढ़ना ज़रूरी हो गया था। उसने अपने हाथ और पैर फैलाये और सोचने लगा कि अब उसे पेड़ों पर चढ़ना कैसा लगेगा! वास्तव में बड़े घर के पीछे लगे दसों पेड़ अब देखभाल की माँग कर रहे थे और ज़ल्द-से-ज़ल्द यह काम करना चाहिए था।

लेकिन यह संभव नहीं था। उसके पैर और हाथ कड़े पड़ गये थे और मंटपम जाने के लायक ही रह गये थे। लेकिन वहाँ खाली हाथ जाना भी सही नहीं था। अगर उसके पास एक चवन्नी भी होती तो वह शाम को उससे एक रुपया बनाकर ला सकता था। लेकिन यह औरत... उसे अपनी बीवी पर गुस्सा आने लगा, जो यह नहीं समझती थी कि अपनी मेहनत की कमाई में से वह एक आना भी रखने का अधिकारी है। उसके पास एक चवन्नी भी न थी, जिसे वह अपनी कह सकता। वह सालों से कमाई के लिए खटता रहा था, जब से...खैर, उसने इसके बारे में सोचना बंद कर दिया, क्योंकि इसमें उसे गिनती में उलझना पड़ता था और चौपड़ की गिनतियों के अलावा उसे कोई गिनती समझ में नहीं आती थी।

तभी उसे कुछ सूझा और वह उठकर घर में चला गया। कोने में एक बड़ा टिन का बक्स रखा था जिसे कई साल पहले उसने काले रँग से रँगा था–यही घर की सबसे महत्त्वपूर्ण वस्तु थी। बक्स उसकी बीवी का था। वह उसके सामने बैठ गया और उसे खोलने लगा। उसका ताला बहुत मज़बूत था, सख्त लोहे का बना, जिसके किनारे भी बहुत तीखे थे। उसने ताला पकड़कर अपनी तरफ खींचा, और ताज्जुब है कि वह अपने आप खुल गया। 'ईश्वर मुझ पर बहुत मेहरबान है' यह सोचकर उसने बक्स का ढक्कन उठाया। इसमें बीवी की कीमती चीज़ें रखी थीं: कुछ जैकेट और दो-तीन साड़ियाँ, जिनमें से एक उसने उसे शादी के समय खुद भेंट में दी थी। उसे ताज्जुब हुआ कि इसे उसने अभी तक सँभालकर रखा है। हालाँकि यह...यह... गिनती की समस्या फिर सामने आ जाने से वह यहीं रुक गया।' उसने इसे इसलिए इतना सँभालकर रखा है क्योंकि वह अच्छी चीज़ के इस्तेमाल में बहुत कंजूस है।' यह सोचकर वह हँसा।

फिर कपड़े उसने नीचे रख दिये और लकड़ी के उस डिब्बे की तलाश करने लगा जिसमें वह पैसा रखती थी। डिब्बा बिलकुल खाली था सिर्फ एक पैसे के, जो भाग्य के लिए रखा गया था। 'कहाँ गया उसका सारा पैसा!' उसने गुस्से में

भरकर सोचा। 'वह अपने भाई या किसी और के लिए सारा पैसा निकालकर ले गयी होगी। मैं यहाँ दिन भर मेहनत करता हूँ, उसके भाई के लिए?... अगली दफा भाई दिखायी दिया तो मैं उसकी गर्दन मरोड़ दूँगा।' यह सोचकर उसे बहुत संतोष हुआ।

बक्से की और तलाशी लेते हुए उसे कोने में रखा एक सिगरेट का टिन हाथ लगा। उसे हिलाया तो भीतर रखे सिक्के बजने लगे। यह डिब्बा देखकर उसे बहुत अच्छा लगा–यह लाल टिन उसके बच्चे का था। उसे याद आया कि कैसे एक दिन उसका बेटा यात्रियों के बंगले के पीछे कूड़े के ढेर से इसे ढूंढकर लाया था–छाती में छिपाकर दौड़ते हुए आकर उसे यह दिखाया था। पहले तो वह दिन भर इस टिन के साथ सड़क पर खेलता रहा, इसमें बालू भरता, फिर फेंक देता, फिर भरता...। फिर कन्नन ने उससे कहा कि 'लाओ, इसकी गुल्लक बना देते हैं जिसमें तुम पैसे जमा करना।' पहले तो लड़का इसके लिए तैयार नहीं हुआ। जब कन्नन ने बड़े विस्तार से गुल्लक में पैसे रखने के फायदे समझाये, तो वह मान गया, और एकदम बना देने की ज़िद करने लगा। बोला, 'जब यह पैसों से भर जायेगी तो मैं बड़े घर के लड़के के पास जैसी मोटर है, वैसी ही मैं भी खरीदूँगा, मुँह से बजाने वाला बाजा लूँगा और एक हरी पेंसिल...।' बेटे की योजना सुनकर कन्नन ज़ोर से हँसा। वह लुहार के पास डिब्बा ले गया, उसका मुँह बंद करवाकर उसमें पैसे डालने लायक एक छेद बनवा दिया। अब यह लड़के की सबसे खास चीज़ हो गयी और वह अक्सर इसे बाप के सामने रखकर पैसा डलवा लेता। अक्सर वह पिता से पूछता, 'अब पूरा भर गया है क्या? मैं इसे कब खोल सकूँगा?' इसे वह अपनी माँ के बक्स में साड़ियों की तह के भीतर अच्छी तरह छिपा कर रखता और देखता कि बक्स का ताला अच्छी तरह बंद कर दिया गया है या नहीं। उसे देखकर मन अक्सर कहता, 'बहुत समझदार लड़का है। यह बड़े काम करेगा। मैं इसे शहर के स्कूल में पढ़ने भेजूँगा।'

अब कन्नन ने डिब्बा उठाया और उसे हिलाकर जानने की कोशिश की कि उसमें कितना पैसा होगा। बीवी के खिलाफ भावना होने के कारण अचानक उसे एक नया विचार आया। उसने कोशिश की कि डिब्बे से पैसे बाहर निकाले, लेकिन एक भी पैसा बाहर नहीं आया। लुहार ने उसका छेद बड़ी कुशलता से इतना ही बड़ा बनाया था कि सिक्का भीतर तो चला जाये, बाहर न आ सके। दुनिया की कोई भी शक्ति अब पैसे बाहर नहीं निकाल सकती थी। एक मिनट

बाद वह डिब्बा हिलाना रोककर सोचने लगा, 'अपने बेटे की गुल्लक से पैसे निकालकर क्या वह ठीक कर रहा है?' मन में ही जवाब आया, 'क्यों नहीं? बाप और बेटा एक नहीं होते क्या? यही नहीं, मैं तो यह रकम दुगनी-तिगुनी करने जा रहा हूँ जिसे बाद में इसी में रख दूँगा। इस तरह मैं डिब्बा खोलकर बेटे का भला ही कर रहा हूँ।'

फैसला हो गया। वह चारों तरफ देखने लगा कि कोई ऐसी चीज़ मिल जाये जिससे छेद को बड़ा किया जा सके। उसने बेकार पड़ी बहुत-सी चीज़ों का डिब्बा ढूँढ़ डाला–बोतल, डाट, जूते का तला, रस्सी वगैरह, लेकिन कोई नुकीली चीज़ उसे न मिली। चाकू कहाँ चला गया? उसे बीवी पर फिर गुस्सा आया, औरतें क्यों हर चीज़ को छुपाकर रखती हैं? हो सकता है वह चाकू भी भाई के लिए ले गयी हो! डिब्बा लेकर वह उसे ज़मीन पर ज़ोर-ज़ोर से पटकने लगा। इससे वह तुड़-मुड़ तो गया, उसकी शक्ल खराब हो गयी लेकिन पैसा बाहर नहीं आया।

उसने इधर-उधर देखा। दीवाल पर एक कील के सहारे देवता की मढ़ी हुई तस्वीर टँगी थी। तस्वीर उतारकर उसने कील बाहर निकाल ली। ज़मीन पर पड़े देवता को देखकर उसका मन खराब हुआ और उसने झुककर उसके पैरों पर सिर लगाया। फिर उसने एक पत्थर उठाया और कील डिब्बे के छेद पर रखकर उसे ठोंकने लगा। कील फिसल गयीं और पत्थर उसके अँगूठे पर जा पड़ा। अँगूठा दब कर नीला पड़ गया और दर्द से वह चीख उठा। डिब्बा ज़मीन पर फेंक दिया। डिब्बा कोने में पड़ा उसे चिढ़कर देखने लगा। 'कुत्ते!' उसने फुसफुसाकर कहा और फिर अँगूठा पकड़कर कराहने लगा। फिर बोला, 'अब मैं तुमसे ज़रूर निबटूँगा।'

वह रसोई में गया और वहाँ से पत्थर की बड़ी मुसली दोनों हाथों से सिर पर उठाकर लाया, फिर उसे डिब्बे पर ज़ोर से दे मारा। डिब्बा पिचककर दोहरा हो गया और फट भी गया। उसने भीतर से पैसे निकाले और भूखे की तरह उन्हें गिनने लगा–कुल छह आने और तीन पैसे के सिक्के थे। पैसे उसने धोती की कमर में कसकर बाँधे और बाहर निकल आया।

मंटपम में भाग्य ने उसका साथ नहीं दिया, कहें कि पास ही नहीं फटका। थोड़ी ही देर में वह सारे पैसे हार गया। इसके बाद कुछ देर वह उधार पर खेलता रहा, लेकिन दूसरों ने कहा कि वह हट जाये और पैसे वाले को खेलने दे। वह उठकर बाहर निकल आया और घर लौट चला-सूरज अभी डूबा नहीं था।

जब वह गली में घुसा, उसने देखा कि सामने से उसकी बीवी सिर पर पोटली रखे और हाथ से बेटे को पकड़े चली आ रही है। कन्नन सहम उठा। 'यह सपना भी हो सकता है?' उसने सोचा और ध्यान से देखा। बीवी पास आ गयी थी, बोली, 'बस आ रही थी, मैंने सोचा कि घर लौट चलें।'

वह दरवाज़े की ओर बढ़ने लगी। कन्नन डरकर देखने लगा, उसका बक्स भीतर खुला पड़ा था, सामान बिखरा हुआ, ज़मीन पर भगवान् की तस्वीर और बेटे का डिब्बा टूटा हुआ घर में पैर रखते ही उसे यह सब दिखाई देगा।

स्थिति निराशाजनक थी। उसने मशीन की तरह दरवाज़ा खोला। 'तुम इस तरह क्यों देख रहे हो?' बीवी ने पूछा और भीतर चली। बेटे ने दो पैसे निकालकर उसे दिये, 'चाचा ने मुझे दिये हैं। इन्हें भी गुल्लक में रख देंगे।'

कन्नन ने परेशानी की चीख मारी। लड़के ने पूछा, 'आप यह क्या कर रहे हैं?'

कन्नन ने अपना नीला अँगूठा दिखाकर कहा, 'बड़ी चोट लग गयी आज, और कोई बात नहीं,' और उनके पीछे, अब क्या होगा, सोचते हुए, घर में घुसने लगा।

साया

सम्बू ने कहा, 'तुम मुझे कल सिनेमा देखने के लिए चार आने दे देना।' माँ यह सुनकर डर गयी। कैसे यह लड़का...। वह पिछले छह महीने से इस फिल्म के बारे में सोच रही थी। लोग यह जानते हुए कि वे अब इस दुनिया में नहीं है, कैसे इस फिल्म में उन्हें देख पायेंगे। उसे हलकी-सी यह भी आशा थी कि फिल्म के निर्माता उसकी भावनाओं का ध्यान रखते हुए अभी यह फिल्म रिलीज़ नहीं करेंगे। लेकिन जब उसने देखा कि फिल्म का प्रचार करने के लिए बाजे-गाजे के साथ सड़क पर जुलूस निकलना शुरू हो गया है जिसमें सबसे आगे उसके पति की बहुत बड़ी तस्वीर चल रही है। तो पहले तो उसने सोचा कि कुछ दिन के लिए कहीं बाहर चली जाये लेकिन यह उपाय बहुत व्यावहारिक न होने से उसने यह विचार छोड़ दिया। अब फिल्म सिनेमाघरों में लगने वाली थी। अब उसके घर से तीन सड़कें पार करके वहाँ बने सिनेमा में उसके पति हर रोज़ छह घंटे बोलते, चलते, गाते दिखाई पड़ने वाले थे।

सम्बू बहुत खुश था, उसे लग रहा था कि उसके पिता सचमुच वापस आ रहे हैं। 'माँ, तुम भी पिक्चर देखने नहीं चलोगी?' उसने पूछा।

'नहीं।'

'प्लीज़ माँ, तुम्हें चलना चाहिए।'

माँ उसे समझाने की कोशिश करने लगी कि उसके लिए यह फिल्म देखना क्यों असंभव है। बच्चे ने उसके तर्कों का जवाब तर्क से ही दिया। कहा, 'असंभव क्यों है माँ? क्या तुम उनके फोटो घर में नहीं देखतीं? और यह बड़ा-सा फोटो दीवाल पर जो लगा है!'

'लेकिन ये फोटो न बात करते हैं, न चलते -फिरते और गाना गाते हैं।'

'फिर भी ज़िन्दा फोटो से तुम्हें ये फोटो ही ज़्यादा पसंद हैं!'

सम्बू का दूसरा दिन बड़ी उत्तेजना में बीता। क्लास में जब भी टीचर उसकी तरफ से नज़र हटाकर दूसरी तरफ देखता, वह बगल में बैठे लड़के से फुसफुसाकर कहता, 'मालूम है, इस पिक्चर में काम करने के लिए पिताजी को दस हज़ार रुपये मिले थे। कल मैं यह पिक्चर देखने जा रहा हूँ। तुम भी चलो न?'

'तुम कुमारी देखने जाओगे,' चिढ़कर लड़के ने कहा। उसे तमिल फिल्मों से नफरत थी। 'मैं तो उधर से गुज़रूँगा भी नहीं।'

'यह दूसरी फिल्मों जैसी नहीं है। पिताजी हर रात हमें उसकी कहानी पढ़कर सुनाते थे। बड़ी अच्छी कहानी है। यह उन्होंने खुद ही लिखी थी। लिखने और एक्टिंग के उन्हें दस हज़ार रुपये मिले थे। तुम चलना चाहो तो मैं तुम्हें ले चलूँगा।'

'कह दिया, मैं तमिल फिल्में नहीं देखता।'

'यह और फिल्मों जैसी नहीं है। अंग्रेज़ी फिल्मों जैसी ही अच्छी है।'

लेकिन सम्बू का दोस्त अपने इरादे पर अटल था। सम्बू को अकेले ही देखने जाना पड़ा। यह तमिल फिल्मों में नया प्रयोग था–कहानी आधुनिक और गाने बहुत कम थे। यह एक युवा लड़की कुमारी की कहानी थी जिसने चौदह साल की उम्र में शादी करने से मना कर दिया था। जो यूनिवर्सिटी में पढ़ना और अपना कैरियर बनाना चाहती थी, जिसे इसलिए उसके पिता (सम्बू के पिता) ने निकाल दिया था लेकिन बाद में माफ कर दिया था।

सम्बू चवन्नी वाले क्लास में बैठा बेचैनी से पिक्चर शुरू होने का इन्तज़ार कर रहा था। छह महीने से उसने पिता को नहीं देखा था। वह उन्हें बहुत प्यार करता था और उनकी कमी को बड़ी गहराई से अनुभव करता था।

घंटी बजी और हाल की बत्तियाँ बुझ गईं। शुरू में विज्ञापन और ट्रेलर चलते रहे और सम्बू सोचता रहा, कब ये खत्म हों! अंत में, उसके पिता परदे पर प्रकट हुए। वे शर्ट और धोती बिलकुल उसी तरह पहने थे जैसे घर पर पहनते थे, मेज़ पर उसी तरह बैठे जैसे घर में बैठते थे। फिर एक छोटी-सी लड़की आयी। उन्होंने उसे बिलकुल उसी तरह थपथपाया जैसे सम्बू को थपथपाते थे और उसी तरह उससे बात की जैसे सम्बू से करते थे। फिर उन्होंने लड़की को गणित पढ़ाई। उसके घुटनों पर स्लेट थी, वे लिखाने लगे, 'एक गाड़ीवाला एक मील के दो आने लेता है। रामा के पास तीन आने हैं। इसमें वह कितने मील ले जायेगा?'

लड़की की समझ में नहीं आया और वह पेंसिल चबाने लगी। पिताजी को गुस्सा आने लगा?

सम्बू यह देखकर कहने लगा, 'जवाब दो कुमारी। नहीं तो पिताजी थप्पड़ लगा देंगे। मुझे इसका तुमसे ज़्यादा अनुभव है।'

लेकिन कुमारी सम्बू से ज़्यादा गणित जानती थी। उसने सही जवाब दे दिया। पिताजी खुश हुए। सम्बू भी जब कभी सही जवाब निकाल लेता था, तब वे कितने खुश होते थे, उछल ही पड़ते थे। उसे वह घटना याद हो आयी जब उसने तुक्का भिड़ाया था लेकिन जवाब सही निकला था–पहेली एक टब के बारे में थी, जिसमें ऊपर नल से पानी भर रहा है लेकिन नीचे से वह चू भी रहा है।

जब उसने जवाब में बताया कि टब पूरा भरने में तीन घंटे लगेंगे तो पिता कुर्सी से उछल पड़े थे।

फिल्म खत्म हुई और हॉल में रोशनियाँ जल उठीं। सम्बू ने पीछे मुड़कर प्रोजेक्टर को देखा जिसमें अब पिताजी गायब हो गये थे। पिता के बिना अब उसे दुनिया खाली लगने लगी। वह घर लौट पड़ा। माँ दरवाज़े पर खड़ी इन्तज़ार कर रही थी। बोली, 'बहुत देर कर दी। अब नौ बजे हैं।'

'पिक्चर और लंबी होती तो मुझे और अच्छा लगता। तुम्हारी सोच गलत है, माँ। तुम्हें पिक्चर देखनी चाहिए।'

खाना खाते हुए वह बोलता ही रहा। 'पिताजी बिलकुल इसी तरह चलते थे, इसी तरह गाते थे... बिलकुल इसी तरह।' माँ चुपचाप सब सुनती रही।

'तुम कुछ बोल क्यों नहीं रही, माँ?'

'क्या बोलूँ, बेटा...?'

'तुम्हें पिक्चर पसंद नहीं है?'

उसने जवाब नहीं दिया। उलटे, पूछने लगी, 'तुम कल फिर यह पिक्चर देखने जाओगे?'

'ज़रूर जाऊँगा। जा सका तो जब तक पिक्चर चलेगी, जाता रहूँगा। तुम मुझे रोज़ चार आने देती रहोगी?'

'दूँगी।'

'रोज़ दोनों शो देखें तो भी दोगी?'

'दोनों नहीं। दोनों देखोगे तो पढ़ाई का क्या होगा?

'एक दिन तुम भी ज़रूर चलना, माँ।'

'हरगिज़ नहीं। मैं नहीं जाऊँगी।'

अगले एक हफ्ते तक हर रोज़ सम्बू तीन घंटे पिता के साथ रहता, और शो खत्म होने पर बहुत दुखी होता। रोज़ का यह अलगाव उसे अच्छा न लगता। वह तो दोनों शो देखना चाहता था लेकिन माँ पढ़ाई को ज़रा ज़्यादा ही महत्त्व देती है। समय बहुत कीमती होता है, यह बात माँ नहीं समझती। पढ़ाई तो फिर भी कर ली जायेगी पर पिता तो फिर नहीं आयेंगे। उसे उन लोगों से हमदर्दी होती जो रात को पिक्चर देखने आते थे।

बेटे के बार-बार आग्रह करने पर माँ ने आखिरी दिन पिक्चर देखना स्वीकार कर लिया। दोनों रात का शो देखने गये। वह औरतों के क्लास में बैठी। पिक्चर देखने के लिए उसे बहुत हिम्मत जुटानी पड़ी थी। जब तक परदे पर ट्रेलर और विज्ञापन दिखाये जाते रहे, वह आराम से देखती रही। लेकिन जब पिक्चर शुरू हुई तो उसका दिल तेज़ी से धड़कने लगा। उसका पति परदे पर अपनी बीवी से बात करता, बच्ची के साथ खेलता, गाता, चलता-फिरता, कपड़े पहनता। बिलकुल वही कपड़े, वही आवाज़, वही गुस्सा, वही खुशी–ये सब चीज़ें उसके लिए बहुत क्रूरतापूर्ण सिद्ध हो रही थीं। उसने कई दफा आँखें बंद कीं, लेकिन एक विशेष आकर्षण उसे पिक्चर से जोड़े रहा–दुख और कष्ट का भी अपना आकर्षण होता है।

फिर एक दृश्य आया जिसमें वह कुर्सी पर बैठा अखबार पढ़ रहा है। कितने ध्यान से वह अखबार पढ़ता था–बिलकुल डूब ही जाता था उसमें। और शादी की ज़िन्दगी में कितनी दफा वह उससे इसके लिए लड़ी-झगड़ी थी। आखिरी दिन भी खाने के बाद वह कैनवास की कुर्सी पर इसी तरह अखबार पढ़ रहा था। उसके हाथ में अखबार था, और यह देखते ही वह अपना आपा खो बैठी थी, 'तुम और तुम्हारा अखबार! इससे अच्छा है कि मैं कहीं जाकर सो जाऊँ,' और यह कहकर वह चली गयी थी।

जब लौटी तो देखा कि वह कुर्सी पर लुढ़क गया है और अख़बार से उसका मुँह ढका हुआ है...

यह दृश्य वह बरदाश्त नहीं कर सकी। वह सुबकने लगी।

सम्बू दूसरी तरफ मर्दों की क्लास में बैठा पिता के अखबार पढ़ने का दृश्य देखकर खुश हो रहा था। अब लड़की आयेगी और पूछेगी कि क्या पढ़ रहे हैं, फिर और भी बहुत से सवाल करने लगेगी, जिनसे परेशान होकर पिता

चिल्लाकर कहेंगे, 'कुमारी यहाँ से जाओ, नहीं तो मैं तुम्हें बाहर फेंक दूँगा।' यह लड़की नहीं जानती थी कि पिताजी से कैसे व्यवहार करना चाहिए, इसलिए वह उसे अच्छी नहीं लगती थी।

सम्बू इन्तज़ार ही कर रहा था कि पिताजी लड़की को डाँटे, तभी उसे औरतों के दरजे से रोने की आवाज़ सुनाई पड़ी–इसी के साथ लोगों के उठने और चिल्लाने की आवाज़ 'बत्तियाँ जलाओ। किसी का एक्सीडेंट हो गया है।'

शो रोक दिया गया। लोगों में हलचल मच गयी। पिक्चर रुक जाने से सम्बू को अच्छा नहीं लगा–पर वह पीछे घूमकर देखने लगा कि क्या हुआ है। उसने देखा कि उसकी माँ को लोग ज़मीन से उठा रहे हैं।

वह चीखा, 'यह तो मेरी माँ है! क्या वह भी मर गयी...?' वह कूदकर पीछे गया और रोने लगा।

किसी ने उसे दिलासा दिया, 'इसे कुछ नहीं हुआ है, सिर्फ बेहोश हो गयी है। ज़्यादा शोर मत करो।'

लोगों ने उसे बाहर निकाला और ज़मीन पर लिटा दिया। रोशनियाँ फिर बुझ गयीं, लोग हॉल में वापस लौट गये और पिक्चर शुरू हो गयी।

थोड़ी देर में माँ ने आँखें खोलीं, वह उठकर बैठ गयी और बोली, 'घर चलते हैं।'

'ठीक है,' सम्बू ने कहा। वह एक गाड़ी ले आया और सहारा देकर माँ को उसमें चढ़ा दिया। जब वह खुद उसमें चढ़ रहा था, हॉल में से डायलॉग सुनाई पड़ा, 'कुमारी, जाती हो या नहीं, नहीं तो मैं तुम्हें बाहर करूँ।' सम्बू का दिल भारी हो आया और वह रो पड़ा।

उस पर अपनी माँ की स्थिति का और इसका, कि उसके लिए पिता की आवाज़ सुनने का यह आखिरी दिन है, दोनों बातों का बहुत असर पड़ा।

दूसरे दिन से नई पिक्चर लग रही थी।

इच्छा से गुलाम

घर में कोई भी उसका नाम नहीं जानता था। कोई यह भी नहीं सोच सकता था कि 'आया' के अलावा भी उसका कोई और नाम है। बच्चों में कोई भी यह नहीं जानता था कि परिवार में वह कब आयी थी। जब वह आयी थी, तब सबसे बड़ा बच्चा छह महीने का था–अब वह सत्रह साल का था और कॉलेज में पढ़ता था। उसके बाद पाँच बच्चे थे, सबसे छोटा चार साल का था।

हर बच्चे के साथ आया फिर अपना बचपन शुरू कर लेती थी। उनके साथ तब तक उनकी उम्र की बराबरी करती जब तक वे बड़े होकर आगे न बढ़ जाते और उसे पीछे छोड़ देते। फिर वह नये बच्चे के साथ उसकी उम्र पर वापस आ जाती और उसके साथ आगे बढ़ने लगती। कहा जा सकता है कि जिस उम्र तक वह आगे जा सकती थी, वह छह वर्ष थी, अगर वह इस सीमा को तोड़ती तो बड़ी परेशानी पैदा कर सकती थी। उदाहरण के लिए, वह नौकरों को दुनिया में, जिनमें एक रसोइया, एक माली, एक उसका सहायक, दो नौकर और एक नौकरानी थे–बहुत अज़ीब महसूस करती उनकी बातें उसे बिलकुल अच्छी नहीं लगती थीं और जो भी बातें वे करते, सब अपनी मालकिन को जाकर बता देती थी। माली को एक दफा, मालिक के बारे में उसने जो राय व्यक्त की थी, उसके कारण नौकरी से हाथ धोने की नौबतं आ गयी थी, क्योंकि आया ने यह बात जाकर मालकिन को बता दी थी। नौकरों की दुनिया में उसे कोई पसंद नहीं करता था। वह वक्त का भी हिसाब रखती थी और कोई देर से आता तो उसकी नज़र से बच नहीं सकता था। जब कभी वह किसी को देर से आते देखती तो इतनी ज़ोर से चीखती कि मालकिन को सुनाई पड़ जाता और उस पर जुरमाना ठुक जाता।

यह काम उसने खुद ही अपना लिया था, और वह घर पर बच्चों को पढ़ाने आने वाले मास्टर पर भी नज़र रखती–वह हर सवेरे आता और बच्चों को गणित और अंग्रेज़ी पढ़ाता था। आया, मास्टर जब तक पढ़ाता, उसके इर्द-गिर्द घूमती रहती, क्योंकि उसे डर लगता था कि वह बच्चों से मार-पीट न करे। सब टीचर उसे दुश्मन लगते थे और स्कूल जेलें लगती थीं। उसका विश्वास था कि माँ-बाप अपने बच्चों को पढ़ने के लिए स्कूल भेजकर अच्छा नहीं करते। उसे याद था कि कैसे उसके दो बच्चे–जो अब बाबा बन चुके थे–जब स्कूल से घर आते तो उससे एक दवा खरीदने के लिए तीन पैसे माँगते–यह मलहम वह अपने बदन पर लगाते, जिससे उनकी खाल अगले दिन बेंत खाने के लिए तैयार हो जाये। वे कहते थे कि स्कूल का इन्सपेक्टर ही बच्चों को यह मलहम लगाने की सलाह देते थे, और यह एक तरह से पढ़ाई का ही हिस्सा था।

एक-दो दफा उसने पूछा भी था, 'तुम वहाँ बेंत खाने के लिए खड़े क्यों हो जाते हो?'

'हमें यह करना पड़ता है,' लड़कों ने जवाब दिया था। 'यह हमारी पढ़ाई का हिस्सा है। शायद टीचरों को तब तक उनकी तनख्वाह नहीं मिलती, जब तक वे हर रोज़ बच्चों को कई बेंत मार न लें।'

बुढ़िया को अध्यापकों के बारे में इससे ज़्यादा जानने का मौका ही नहीं मिला था। इसलिए वह ट्यूटर के पढ़ाते वक्त पूरी निगरानी रखती थी। अगर वह ज़रा ज़ोर से भी बोलता तो वह एकदम कहती, 'इन फूल से बच्चों पर कोई ज़्यादती मत करना। ये आम बच्चे नहीं हैं। इनके साथ अगर कुछ करोगे तो मालिक तुम्हें जेल पहुँचा देंगे। समझ लेना' उसने जो काम खुद अपने सिर पर उठा रखे थे, उनमें से एक यह था कि नानबाई का लड़का लॉन पर साइकिल न चलाये, अखबार वाला नर्सरी में अखबार न फेंके, दोपहर को नौकर सोने न चले जायें; वह मेहमानों की देखभाल भी करती थी, उनके कपड़ों को उठाती–धरती और जब धोबी आता, उन्हें धोने के लिए पकड़ा देती; और इस सबके अलावा, जब घर के सब लोग बाहर चले जाते तो दरवाज़े पर ताला लगाकर सामने पहरेदार की तरह बैठी रहती। ये सब उसके मुख्य काम नहीं थे, जिस काम के लिए उसे दो दफ़ा रोज़ खाना, पंद्रह रुपये महीना और साल भर में तीन साड़ियाँ मिलती थीं, इसमें वह दिनभर बारहों घंटे व्यस्त रहती थी।

सवेरे छह बजे राधा, सब से छोटी बच्ची, ऊपर के सोने वाले कमरे से चिल्लाती, 'आया,' और आया सब काम छोड़कर बड़ी तेज़ी से सीढ़ियाँ चढ़कर ऊपर भागती, क्योंकि जब तक वह पहुँच न जाती, राधा की पुकार बंद नहीं होती थी। और जब आया उसकी चारपाई पर पहुँचकर मसहरी खोलती, वह पूछती, 'राधा, कहाँ थीं अब तक?'

'बिटिया, यहीं तो थी, तुम्हारे पास।'

'सारी रात तुम मेरे पास ही थीं?'

'हाँ, और क्या!'

'तुम सो रही थीं या बैठी थीं?'

'अरे, मेरी राधा बिटिया सो रही हो तो मैं कैसे सो सकती हूँ? मैं चाकू हाथ में लिये बैठी रही–अगर कोई बुरा आदमी आता तो मैं उसकी गर्दन काट लेती।'

'चाकू दिखाओ, कहाँ है?'

'उसे तो मैं नीचे रख आयी हूँ।'

'मुझे वह चाकू ज़रूर दिखाना।'

'अरे–बच्चे चाकू थोड़े ही देखते हैं। जब तुम बड़ी हो जाओगी, इतनी लंबी कि अलमारी का ताला छू सको, तब देखना चाकू। तुम कितनी बड़ी होना चाहोगी?'

'इतनी कि अलमारी तक पहुँच सकूँ। तब मैं खुद बिस्कुट ले सकूँगी, ठीक है न?'

'बिलकुल ठीक है। लेकिन अगर तुम सवेरे देर तक सोती रहोगी तो लंबी नहीं होओगी। जल्दी उठो, हाथ-मुँह धोकर दूध पिओ, तो देखना कितनी जल्दी बड़ी होती हो। तीन दिन पहले तुम बहुत बड़ी हो गयी थी' क्योंकि मुझे बुलाये बिना तुम जगकर तैयार हो गयी थीं।'

दूध का गिलास पीकर वह बगीचे में दौड़ जाती और आया से कहती, अब ट्रेन-ट्रेन खेलें! राधा एक गुड़िया और तीन पहिए की गाड़ी निकालती। राधा गुड़िया को छाती से लगाये गाड़ी पर बैठती और आया बिलकुल दोहरी होकर पीछे से गाड़ी धकेलती। अब गाड़ी ही ट्रेन बन जाती, फूलों के गमले स्टेशन होते और गोलाकार फार्म हाउस बंगलोर शहर हो जाता। आया इंज़न-ड्राइवर का काम करती, गुड़िया राधा का रोल अदा करती और राधा कभी उसकी माँ बनती, कभी गार्ड बनकर ट्रेन को चलने या रुकने का हुक्म देती। आया कभी-कभी

रुककर थैली में से तंबाकू निकालती और उसकी एक चुटकी मुँह में डालती, तो राधा पूछती, 'ट्रेन क्यों रुक गयी?'

'इसका पेंच ढीला हो गया है। मैं उसे कस रही हूँ।'

'तुम कुछ खा रही हो?'

'लेकिन यह तम्बाकू नहीं है। सिर दर्द की दवा है। मैंने स्टेशन से इसे खरीदा है।'

'वहाँ दवा की दुकान है?'

'हाँ, है,' यह कहकर वह फूलों की झाड़ी की ओर इशारा करती।

राधा झाड़ी को देखकर कहती, 'डॉक्टर साहब, आया को सिर दर्द की अच्छी दवा देना। उसे बहुत तकलीफ हो रही है।'

बंगलोर पहुँचकर ट्रेन देर तक रुकती। वहाँ आया को थोड़ी देर रेत पर लेट कर आराम करने के लिए कहकर राधा गुड़िया गोद में लेकर शहर घूमने निकल जाती... खेल तब तक चलता रहता, जब तक राधा की माँ नहाने के लिए उसे आवाज़ न देती, इसके बाद आया एकाध घंटे की छुट्टी पा जाती।

दोपहर को वह नर्सरी में ढेर सारे खिलौनों के बीच बैठती, छोटे-छोटे हाथी, घोड़ों, गुड्डे-गुड़ियों और खाने-पकाने के छोटे-छोटे बर्तनों के बीच वह इन सबसे बहुत ज़्यादा बड़ी, उसके एक गज़ दूर राधा, दोनों के अलग-अलग अपने घर थे, जिनमें वे अपना खाना पकातीं, पूजा करतीं, एक-दूसरे से गपशप करतीं। राधा के लिए खट से उठकर उसके घर पहुँच जाना आसान होता, लेकिन उसे उठने-बैठने में तकलीफ होती थी, इसलिए उसका सामने ज़रा-सा झुक जाना ही राधा के घर आना मान लिया जाता। घंटे भर यह खेल खेलने के बाद आया थक जाती और कहती, 'राधा रात हो गयी, अब सो जाना चाहिए। सवेरे भी तो जल्दी उठना है।'

'रात हो गयी?'

'हो गयी, मैंने तो घंटों पहले रोशनी जला दी थी।' यह कहकर आया किसी चीज़ की ओर इशारा करती, जिसे लैम्प मान लिया जाता।

'गुडनाइट, आया... अब तुम भी सो जाओ।' राधा थोड़ी-सी जगह साफ करके वहीं लेट जाती।

'तुम सो गयी, आया?'

'तुम सचमुच में मत सो जाना, खेल की तरह सोना...,' वह हर पाँच मिनट में यह कहती लेकिन राधा एकदम सो जाती।

चार बजे फिर आया का काम शुरू हो जाता। राधा रात को आठ बजे तक उसे दौड़ाती रहती, इसके बाद उसे सुला दिया जाता। बिस्तर पर लेटकर वह कहानियाँ सुनती। आया ज़मीन पर बैठकर उसे बंदर की कहानी सुनाती, जो सफेद खड़िया के बोरे में लोट-पोट कर राजकुमार बन गया और एक राजकुमारी से शादी कर ली, फिर किसी ने उसके बदन पर पानी उड़ेल दिया जिससे उसकी सफेदी धुल गयी और असलियत निकल आयी, तब उसे निकाल दिया गया; इसके बाद किसी धोबी को उस पर दया हो आयी तो उसने उसे नहला-धुलाकर, रंग पोतकर और बढ़िया इस्तरी करके फिर राजकुमार बना दिया, और राजकुमारी फिर उसके साथ रहने लगी।

जब कहानी खत्म हो गयी, राधा ने कहा, 'मुझे नींद नहीं आ रही। कुछ खेलें।' इस पर आया ने कहा, 'अब मैं बुड्ढे को बुलाती हूँ।' बुड्ढे के नाम का एकदम असर होता, जो हमेशा से बच्चों पर होता आया है। वह घर के मैदान में कुत्ते के लिए बने घर में रहता माना गया है। वह हमेशा आया को आवाज़ लगाता रहता है, और दरवाज़ा तोड़कर भीतर घुस आता है और उसे उठा ले जाता है। आया हमेशा कड़े शब्दों में उसकी बात करती थी। 'मैं पीट-पीटकर उसका भुरता बना दूँगी। बड़ा खरतनाक है बंदर की तरह। मुझे बिलकुल चैन नहीं लेने देता। तुम सोओगी नहीं तो मैं कैसे उसे भगाऊँगी?'

तीन महीने में एक दिन आया अपने बालों में तेल डालती, कंघी करती, साफ–सुथरी साड़ी पहनती, सबको नमस्कार करती और साइदापेट जाती। यहाँ उसका घर था। इतनी दूर उसके घर होने का सबूत हर महीने के पहले हफ्ते में मिलता, जब दो गुंडेनुमा आदमी बंगले के पीछे खाली पड़े मैदान में उससे मिलने आते। इन्हें आया 'साइदापेट के डाकू' कहती थी।

उसकी मालकिन कभी-कभी पूछती, 'तुम इन्हें बढ़ावा क्यों देती हो?'

'क्या करूँ मालकिन। यह इन्हें नौ महीने पेट में रखने की सजा भुगत रही हूँ।' हर महीने की अपनी तनख्वाह वह दोनों में बाँट देती थी।

वह इतनी बूढ़ी, बीमार और लाचार हो चली थी कि लोग ताज़्जुब करते कि वह कैसे बसों में चढ़ती-उतरती है और कैसे घूम-फिरकर वापस चली आती है। लेकिन शाम को ही वह वापस भी आ जाती और राधा के लिए गुप्त रूप से पिपरामिंट की गोलियों की एक पुड़िया लाती थी, गुप्त रूप से इसलिए क्योंकि उसे अक्सर हिदायत दी जाती थी कि बच्चों को कोई गंदी-सड़ी खाने की चीज़ न दी जाये।

एक दिन वह साइदापेट गयी लेकिन शाम को वापस नहीं लौटी। राधा छज्जे पर खड़ी उसका इन्तज़ार करती रही। दूसरे दिन भी वह नहीं लौटी। राधा ने रोना शुरू किया। उसकी माँ और घर के अन्य लोग भी बहुत परेशान हुए। कहने लगे, 'वह कहीं गिर-गिरा पड़ी है और मर गयी है। बहुत बेवकूफ है न! ताज़्जुब यही है कि इससे पहले यह क्यों नहीं हुआ! या उसने अचानक लंबी छुट्टी करने का इरादा कर लिया होगा। उसे निकाल देंगे। उसके बिना भी काम चलता रहेगा। पुराने नौकर अपने को बहुत ज़्यादा समझने लग जाते हैं, उन्हें सबक सिखाया ही जाना चाहिए।

तीन दिन बाद आया घर की मालकिन के सामने आकर खड़ी हो गयी और नमस्कार किया। मालकिन उसे देखकर आधी खुश और आधी नाराज़ होने लगी। 'अब तुम्हें फिर कभी छुट्टी नहीं मिलेगी या तुम हमेशा के लिए चली जाओ। तुम वक्त पर क्यों नहीं लौटीं?...'

आया ज़ोर से हँसने लगी, उसका काला चेहरा लाल पड़ गया और आँखों में चमक आ गयी।

'बेवकूफ! हँस क्यों रही है? ऐसी क्या बात हुई?'

आया ने चेहरा साड़ी से ढक लिया और कहने लगी, वह आ गया है...।' यह कहकर वह फिर खिलखिलाने लगी।

'कौन आ गया है?'

'मेरा बूढ़ा...।' यह शब्द सुनते ही राधा ने, जो आकर उससे लिपट गयी थी, उसे छोड़ दिया और डरकर रसोई में घुसकर दरवाज़ा बंद कर लिया।

'अरे, कौन बूढ़ा?' मालकिन ने फिर पूछा।

'मैं उसका नाम नहीं ले सकती...,' आया ने शर्माते हुए कहा।

'तेरा पति?'

'हाँ,' यह कहकर आया कसमसाई। 'वह चाहता है कि मैं उसकी देखभाल करूँ और पकाकर खिलाऊँ। जब मैं घर गयी तो वहीं था। इस तरह बैठा था जैसे कभी घर छोड़कर गया ही न हो। पहले तो, मालकिन, मैं एकदम डर गयी।... वह बाहर बगीचे में बैठा है। मालकिन, आप उससे बात नहीं करेंगी?'

मालकिन उठकर बाहर गयीं, देखा कि रास्ते पर एक काफी बूढ़ा आदमी खड़ा है।

'मालकिन को सलाम कर, बेवकूफ की तरह आँखें मत मिचमिचा...,' आया ने डपटकर कहा।

बूढ़े ने हाथ उठाकर सलाम किया और कहा, 'मुझे थामी चाहिए।' आया को नाम से पुकारना सबको अजीब-सा लगा। 'अब मैं बुड्ढा हुआ। वह मेरे लिए पकायेगी। उसे जाने दें...।'

'तुम जाना चाहती हो, आया?'

आया ने चेहरा घुमा लिया और फिर हँसने लगी। 'बहुत साल पहले चला गया था। लंका के चाय बागानों में काम करता रहा। क्या पता था, वह लौट आयेगा! सरकार ने उसे वापस भेज दिया। अब उसकी देखभाल कौन करेगा?'

आधा घंटे बाद वह घर से बाहर आयी, पति गुलाम की तरह उसे ले जा रहा था। उसने सबसे बड़ी हार्दिकता से विदा ली लेकिन राधा रसोई से बाहर नहीं आयी।

आया रसोई के पास आकर उससे बाहर आने की मिन्नत करने लगी। राधा ने पूछा, 'क्या बूढ़ा तुम्हें लिये जा रहा है?'

'हाँ, बिटिया, बुरा आदमी है वह।'

'कुत्ते का घर किसने खोला?'

'किसी ने नहीं। उसने तोड़ डाला।'

'वह क्या चाहता है?'

'मुझे ले जाना चाहता है।'

'जब तक वह चला नहीं जाता, मैं बाहर नहीं निकलूँगी। तुम जाओ, उसके आने से पहले चली जाओ।'

आया आधे घंटे तक राधा के बाहर निकलने का इन्तज़ार करती रही, फिर चली गयी।

लीला का दोस्त

सिद्दा उसी वक्त फाटक के सामने से गुज़रा जब शिव शंकर जी अपने घर के बरामदे में नौकर की समस्या पर सोचते हुए खड़े थे।

'सर, आपको नौकर चाहिए?' उसने पूछा।

'आओ, भीतर आ जाओ,' शिव शंकर जी ने कहा। सिद्दा फाटक खोलकर भीतर आया तो उन्होंने उसे ऊपर से नीचे देखकर अपने-आप से कहा, 'आदमी बुरा तो नहीं लगता... जो हो, चुस्त नज़र आता है।'

'पहले कहाँ काम किया है?' उसने पूछा।

सिद्दा ने पीछे की तरफ इशारा करते हुए कहा, 'वहाँ एक बंगले में किया है... डॉक्टर साहब के घर में।'

'नाम क्या है उनका?'

'नाम मैं नहीं जानता, मालिक। मार्केट के पास रहते हैं।'

'तुम्हें क्यों छोड़ना पड़ा काम?'

'वे शहर से चले गये, मालिक,' सिद्दा ने आमतौर पर दिया जाने वाला जवाब दे दिया।

शिव शंकर जी खुद फैसला करने से हिचकने लगे। उन्होंने अपनी बीवी को बुला लिया। उसने सिद्दा पर नज़र डालकर कहा, 'मुझे उन दूसरों से तो बुरा नहीं लगता जिनसे हम काम कराते रहे हैं।'

तभी उनकी पाँच साल की बच्ची लीला बाहर निकल आयी और सिद्दा को देखकर खुशी से चीख पड़ी। बोली, 'पापा, मुझे पसंद है यह। इसे वापस मत कीजिए, रख लीजिए।' फैसला हो गया।

सिद्दा को दो वक्त का खाना और चार रुपये महीने मिलते थे, जिनके बदले में वह कपड़े धोता, बगीचे को सँभालता, सौदा-सुलफ लाता, लकड़ी काटता और लीला को खिलाता था।

'सिद्दा, आओ खेलें,' लीला आवाज़ लगाती तो सिद्दा दूसरे सब काम एकदम छोड़कर उसके पास चला जाता, जहाँ लीला लाल रंग की गेंद हाथ में लिये बगीचे में खड़ी होती थी। उसे देखकर वह बड़ी खुश होती। वह उसकी तरफ गेंद फेंकती, सिद्दा भी उसी तरह गेंद वापस फेंकता। फिर लीला कहती, 'अब गेंद को आसमान में फेंको।' सिद्दा गेंद हाथ में लेता, आँखें बंद करके निशाना साधता और ज़ोर से गेंद को ऊपर फेंकता। जब वह वापस नीचे आती तो कहता, 'ऊपर यह चंद्रमा को छूकर आयी है। देखो, इसमें चंद्रमा का ज़रा-सा हिस्सा लगा भी है।' लीला ध्यान से गेंद को उलट-पुलट कर देखती कि चंद्रमा कहाँ उसमें लगा है, फिर कहती, 'मुझे तो कहीं दिखाई नहीं देता!'

सिद्दा कहता, 'बहुत जल्दी देखने से पता चलता है, नहीं तो यह उड़कर फिर चाँद तक पहुँच जाता है। चलो, अब जल्दी करो... देखो।' यह कहकर वह गेंद हाथ में इस तरह पकड़ता कि ज़रा-सी सँध रह जाये, उसमें से लीला को दिखाता तो वह कहती, 'हाँ, चंद्रमा दिखायी पड़ा... लेकिन यह तो गीला है।'

'दिखायी दिया न?' सिद्दा ने पूछा।

'सिद्दा, आसमान में क्या होता है?'

'वहाँ भगवान् जी रहते हैं,' सिद्दा कहता।'

'अगर हम छत पर खड़े हो जायें और हाथ ऊपर उठायें तो हम आसमान छू सकते हैं?'

'नहीं, छत पर खड़े होकर नहीं छू सकते। नारियल के पेड़ के ऊपर खड़े होकर छू सकते हैं।'

'तुमने छूकर देखा है क्या?'

'हाँ, बहुत दफा देखा है। जब-जब चाँद बड़ा होता है तो मैं नारियल के पेड़ पर चढ़कर उसे छू लेता हूँ।'

'चंद्रमा तुम्हें जानता है?'

'हाँ, खूब जानता है।... अच्छा, अब मेरे साथ चलो। मैं तुम्हें एक नयी चीज़ दिखाऊंगा।' वे गुलाब के पौधे के पास खड़े थे। उसने ऊपर इशारा करते हुए कहा, ऊपर चंद्रमा दिखायी देता है... है न?'

'हाँ, देता है।'

'अब चलो,' यह कहकर वह उसे बंगले के पीछे ले गया। कुएँ के पास रुककर उसने ऊपर इशारा किया। चंद्रमा यहाँ भी था। लीला ने खुश होकर ताली बजायी और आश्चर्य में भरकर पूछने लगी, 'चाँद तो यहाँ भी है। वहाँ भी था। यह क्या बात है?'

'मैंने उससे कहा था कि हमारे साथ चलो।'

लीला दौड़कर भीतर गयी और माँ से बोली, 'सिद्दा चाँद का दोस्त है।'

शाम हुई तो वह सिद्दा को भीतर ले गयी। उसे क्लास में बच्चे की तरह पढ़ाने लगी। एक डिब्बे में रंगीन किताबें और तरह-तरह के रंगों की पेंसिलें थीं। उसने सिद्दा को ज़मीन पर बैठाया, उसके हाथ में एक किताब और रंगीन पेंसिल सही ढंग से पकड़ायी, खुद एक पेंसिल और किताब हाथ में ली और टीचर की तरह ज़ोर से कहा, 'अब लिखना शुरू करो।' फिर जो भी वह खुद लिखती, वही सब सिद्दा से अपनी किताब में नकल करवाती। उसे दो-तीन अक्षर लिखना तथा बिल्ली और कौआ बनाना आ गये थे।

लेकिन सिद्दा ये नहीं बना पाता तो वह देखकर डाँटती, 'क्या मैंने भी ऐसा कौआ बनाया है? मैंने भी B ऐसा ही बनाया है?' वह उसे दोबारा सही-सही बनाने को कहती लेकिन यह भला आदमी, जो चंद्रमा का दोस्त था, पेंसिल चलाने में बिलकुल ही निकम्मा था। इसलिए वह उसे तब तक सीट पर बिठाकर पेंसिल चलवाती रहती, जब तक कि उसका हाथ दर्द न करने लगता। थककर वह कहता 'मेरा ख्याल है, माँ तुम्हें बुला रही हैं।' यह सुनते ही वह कमरे से भाग जाती और क्लास खत्म हो जाती।

रात को खाना खाकर लीला सोने चली जाती। सिद्दा उसे सुनाने के लिए एक कहानी तैयार रखता। वह बिस्तर के पास ज़मीन पर बैठ जाता और एक-से-एक बढ़कर जंगल में जानवरों की, आसमान के देवी-देवताओं की, और ऐसे जादूगरों की, जो सोने के महल बनाकर उनमें राजकुमारियाँ पैदा कर सकते थे, कहानियाँ सुनाता।

दिनोंदिन लीला सिद्दा के पास आती चली गयी। वह चाहने लगी कि पूरे समय सिद्दा उसी के साथ रहे। जब वह बगीचे में पानी दे रहा होता या लकड़ी काट रहा होता या कुछ लाने बाज़ार जाता, तब भी वह हमेशा उसके साथ रहती थी।

एक शाम वह चीनी लाने बाज़ार गया और लीला उसके साथ थी। जब वे वापस लौटे तो लीला की माँ ने देखा कि उसके गले में सोने की चेन, जो लीला पहने रहती थी, अब नहीं है। 'तुम्हारी चेन कहाँ है?' माँ ने पूछा तो लीला ने अपनी फ्रॉक में देखा, इधर-उधर भी देखा, फिर कहा, 'पता नहीं।' माँ ने उसे एक चपत लगायी और चिल्लाकर कहा, 'कितनी दफा कहा है कि चेन निकालकर बक्स में रख दो...।'

फिर एक मिनट बाद आवाज़ लगायी, 'सिद्दा, सिद्दा!' जब वह आया तो लीला की माँ ने उसे इस तरह घूरकर देखा और सोचा कि आज़ इसकी शक्ल बदली-सी लगती है। उससे चेन के बारे में पूछा। उसका गला सूख गया। आँख झपकाकर बोला कि उसे पता नहीं। उसे पुलिस की धमकी दी और डाँटने लगी। फिर एक मिनट के लिए रसोई में चली गयी, क्योंकि वहाँ कुछ पकने के लिए रख आयी थी। लीला उसके पीछे-पीछे गयी और बोली, 'मुझे भूख लगी है, कुछ खाने को दो।' जब वे बाहर निकले और आवाज़ दी, 'सिद्दा, सिद्दा!' तो वहाँ कोई नहीं था। सिद्दा बाहर जा चुका था।

घंटे भर बाद जब शिव शंकर जी घर आयें तो चेन की बात सुनकर बहुत उत्तेजित हुए और पुलिस स्टेशन जाकर शिकायत दर्ज़ करा आये।

लीला ने खाना तो खा लिया लेकिन सोने से इनकार कर दिया। बोली, 'जब तक सिद्दा कहानी नहीं सुनायेगा, मैं नहीं सोऊँगी...। तुम मुझे बिलकुल अच्छी नहीं लगती, माँ! हर वक्त सिद्दा को झिड़कती रहती हो। तुम इतनी सख्त क्यों हो?'

'वह तुम्हारी चेन चुरा ले गया है।'

'ले जाने दो। मुझे चेन नहीं चाहिए। मुझे कहानी सुननी है।'

'अब सो जाओ,' माँ ने उसे अपनी गोद में लेकर थपथपाते हुए कहा।

'पहले एक कहानी सुनाओ।' लेकिन माँ के लिए इस वक्त कोई कहानी सोच पाना संभव ही न था। उसका दिमाग़ परेशान था। सिद्दा की बात से वह डर गयी थी। उसे सब पता है कि घर में कहाँ क्या रखा है, वह कभी भी रात में आकर हमें लूट सकता है। वह यह सोचकर काँपने लगी कि उसने कैसे शैतान को घर में रख रखा था। भगवान् ने दया की कि चेन के लिए उसने बच्ची के साथ कुछ नहीं किया।... 'सो जा बेटा, सो जा!' वह लीला को पुचकार कर सुलाने लगी।

'मुझे हाथी की कहानी सुना दो।'

'नहीं।'

लीला ने अपनी नाराज़ी जाहिर की और बोली, 'सिद्दा हमारी कुर्सी पर क्यों नहीं बैठ सकता, यह बताओ।' माँ ने इस बात को कोई जवाब नहीं दिया। लीला एक मिनट बाद बोली, 'सिद्दा इसलिए चला गया क्योंकि वह घर में हमारी तरह सो नहीं सकता। उसे हमेशा घर के बाहर सोना पड़ता है, क्यों? वह हमसे नाराज़ हो गया है।'

जब शिव शंकर जी लौटकर आये, लीला सो चुकी थी। वे बोले, 'इस आदमी को रखकर हमने कितना खतरा मोल ले लिया। वह पुराना अपराधी लगता है। बच्चों के ज़ेवर चुराने के अपराध में वह आधा दर्जन बार जेल जा चुका है। मैंने जब यह बात बतायी, इंसपेक्टर ने फौरन उसकी पहचान कर ली।'

'इस वक्त वह कहाँ है?' पत्नी ने पूछा।

'पुलिस उसके ठिकाने जानती है। बहुत जल्द ढूँढ़ निकालेगी, फिक्र मत करो। इन्सपेक्टर नाराज़ हो रहा था कि उसे रखने से पहले हमने उसकी पड़ताल क्यों नहीं करवायी।'

चार दिन बाद जब शिव शंकर जी दफ्तर से घर लौटे, पुलिस इन्सपेक्टर और एक सिपाही सिद्दा को लेकर घर आये। सिद्दा सिर झुकाये खड़ा था। लीला उसे देखकर बड़ी खुश हुई। 'सिद्दा, सिद्दा' चिल्लाती हुई वह उससे मिलने दौड़ आयी।

इन्सपेक्टर ने उसे रोकते हुए कहा, 'उसके पास मत जाओ।'

'क्यों न जाऊँ?'

'वह चोर है। उसने तुम्हारी सोने की चेन चुरायी है।'

'चुरा लेने दो। मेरे लिए नयी चेन आ जायेगी।' लीला के यह कहते ही लोग हँसने लगे। इसके बाद शिव शंकर जी ने सिद्दा से कुछ बात की और उनकी पत्नी ने भी धोखा देने के लिए उसकी मलामत की। फिर उससे पूछा कि चेन उसने कहाँ छिपायी है।

'मैंने चेन नहीं ली है,' सिद्दा ने नीचे देखते हुए धीरे से कहा।

'फिर तुम हमें बताये बिना क्यों चले गये?' लीला की माँ ने पूछा। उसने कोई जवाब नहीं दिया।

लीला का चेहरा लाल हो आया था। वह बोला, 'पुलिस जी, अब उसे छोड़ दो। मैं उसके साथ खेलूँगी।'

'बेटी, यह आदमी चोर है,' इन्सपेक्टर ने कहा।

'फिर क्या हुआ, होने दो,' लीला ने अकड़कर जवाब दिया।

इन्सपेक्टर कहने लगा, 'ऐसी प्यारी बच्ची की चेन चुराते हुए तुम्हें शरम नहीं आयी? अब भी कुछ नहीं हुआ है, चेन वापस कर दो। तुम फिर कभी कुछ न करने का वादा करोगे तो हम तुम्हें छोड़ भी देंगे।'

लीला की माँ और पिता ने भी उससे यही कहा। लीला यह सब सुनकर बहुत परेशान हो रही थी। बोली, 'अब उसे छोड़ दो। उसने चेन नहीं ली है।'

'बच्चे, तुम भरोसे के गवाह नहीं हो,' इन्सपेक्टर ने बात को हलका रुख देते हुए कहा।

'नहीं, उसने नहीं ली है,' लीला चीखी।

अब पिता ने दखल दिया, 'बेबी, तुम चुप नहीं रहोगी तो मैं बहुत गुस्सा करूँगा।'

आधे घंटे बाद इन्सपेक्टर ने सिपाही से कहा, इसे स्टेशन ले जाओ। मेरा ख्याल है, मुझे रात में इसके साथ बैठना पड़ेगा। सिपाही हाथ पकड़कर सिद्दा को ले जाने लगा तो लीला उसके पीछे चिल्लाते हुए दौड़ी, 'इसे मत ले जाओ। यहीं छोड़ दो... छोड़ दो।' वह सिद्दा का हाथ पकड़कर खींचने लगी। सिद्दा खाली आँखों से जानवर की तरह उसे देखने लगा। शिव शंकर लीला का हाथ पकड़कर भीतर ले गये। वह रोती रही।

हर शाम जब शिव शंकर जी घर आते तो पत्नी पूछती, 'चेन का कुछ पता चला?' और लीला का सवाल होता, 'सिद्दा कहाँ है?'

'वह अभी हवालात में है। सिद्दा बड़ा ज़िद्दी साबित हो रहा है और कुछ नहीं बता रहा है।'

'कैसा खतरनाक आदमी निकला,' पत्नी ने सिहरते हुए कहा।

'ये लोग जो दो-एक दफा जेल हो आते हैं, ऐसे ही हो जाते हैं।' शिव शंकर जी बोले।

कुछ दिन बाद रसोई में इमली के बर्तन में हाथ डालते ही चेन पत्नी के हाथ में आ गयी। उसने चेन निकाल ली और नल पर जाकर पानी से उस पर लगे दाग धोने लगी। यही लीला की चेन थी। जब लीला को दिखायी, वह बोली, 'मुझे दे दो, यह मेरी है। मैं अभी पहनूँगी।'

'यह इमली के बर्तन में कैसे पहुँच गयी?' माँ ने उससे पूछा।

'किसी तरह पहुँची होगी,' लीला ने जवाब दिया।

'तुमने इसे इसमें डाला था?'

'हाँ।'

'कब?'

'कई दिन पहले... उस दिन...।'

'तो पहले बताया क्यों नहीं?

'मुझे नहीं मालूम,' लीला ने कहा।

जब पिता घर आये और उन्हें बताया गया तो उन्होंने कहा, 'बच्चे को अब कभी कोई चेन मत देना। मैंने तुम्हें बताया भी था कि मैंने उसे एक-दो बार इसे हाथ में लिये देखा था? और कभी उससे बर्तन में गिर गयी होगी... इसकी वजह से कितनी परेशानी हुई!'

'सिद्दा का क्या होगा?' पत्नी ने पूछा।

'मैं कल इन्सपेक्टर से कह दूँगा... जो हो, ऐसे आदमी को फिर घर में नहीं रखा जा सकता।'

माँ और बेटा

जब वह आधा खाना खा चुका, रामू की माँ ने शादी का विषय फिर उठाया। रामू ने इतना ही कहा, 'तुम फिर यही बात करने लगीं?'

वह गुस्से से ज़्यादा मज़ा ले रहा लगता था। इसलिए माँ ने एक-एक कर लड़की के अच्छे गुण गिनाये : उसके भाई की बेटी अब चौदह की हो रही है, देखने में अच्छी है और भाई अच्छा दहेज देने को तैयार है, वह खुद बूढ़ी हो रही है और घर की देखभाल के काम से छुट्टी चाहती है, वह कभी भी ऊपर जा सकती है और उसके पीछे रामू के लिए कौन खाना पकायेगा और कौन उसकी देखभाल करेगा? और सबसे ज़्यादा महत्त्वपूर्ण तर्क यह था : शादी के बाद आदमी का भाग्य पलटता है। 'फसल उस हाथ पर निर्भर नहीं करती जो हल पकड़ता है, उस पर करती है जो हाँडी पकड़ता है।'

शाम को पहले रामू की माँ ने तय किया था कि अगर रामू अब भी शादी से इनकार करता है या शादी की बात सुनते ही मुँह फुला लेता है, तो वह उसे अपने भाग्य पर छोड़ देगी। अगर वह चलती ट्रेन के आगे खड़ा हो जाता है, तो भी वह उसे वहीं अकेला छोड़ देगी। इसके बाद वह कभी उसके मामलों में दखल नहीं देगी। वह सोचने लगी कि वह कितने मज़बूत किस्म की औरत थी, और लोगों को ऐसा ही होना चाहिए। यह सब तो ठीक है कि माँ का दिल बहुत मुलायम होता है, वगैरह, वगैरह... लेकिन माँ की भावनाओं की भी एक सीमा होती है। अगर रामू सोचता है कि वह माँ है, इसलिए वह जो चाहे कर सकता है, तो वह दिखा देगी कि उसका यह सोचना गलत है। अगर वह उसके फैसले को अनदेखा करता है और उसकी भावनाओं की कद्र नहीं करता, तो वह उसे दिखा देगी कि वह उसकी कितनी उपेक्षा कर सकती है।

इतनी सब तैयारी के बाद उसने शादी का विषय उठाया था और उसके पक्ष में बहुत से मज़बूत कारण गिनाये थे। लेकिन रामू ने वे सब ठुकरा दिये और उसकी भतीजी की शक्ल की भी आलोचना की थी। इस पर उसने कह दिया, 'यह आखिरी बार है जब मैं यह चर्चा कर रही हूँ। इसके बाद तुम मेरी बला से! अगर मैं तुम्हें डूबते देखूँगी तो भी नहीं पूछूँगी कि क्या बात है। समझ गये न?'

'हाँ,' रामू सोचता हुआ-सा बोला। वह चौथी दफा भी इन्टर की परीक्षा पास नहीं कर सका था, अब तक कोई नौकरी, बीस रुपये की भी, ढूँढ़ नहीं सका था। और यह माँ उसे हमेशा परेशान करती रहती थी। और चाचा की लड़की से ही! उसका आगे निकला दाँत देखकर कोई भी दहल जायेगा। वह इस लड़की से शादी करेगा, यह सोचना भी गलत है। वह चाहता था कि जब कभी शादी करे तो रज़िया जैसी लड़की से, जिसे उसने हिन्दी की दो-तीन फिल्मों में देखा था। उसकी ज़िन्दगी परेशान और बेकार-सी चल रही थी, वह हर समय उदास और दुखी रहता, इधर-उधर घूमता या सोता रहता, या लायब्रेरी में बैठा पुराने अखबार देखता रहता था।

इस समय वह खाने के पत्ते पर बैठा सोच रहा था। माँ उसे कुछ देर देखती रही, फिर बोली, 'मुझे तुम्हारे चेहरे से नफरत है। हर उस आदमी से नफरत है जो ऐसा चेहरा लिये पत्ते के सामने बैठता है। दस दिन पहले विधवा हुई औरत का चेहरा भी तुमसे ज़्यादा खुश नज़र आता है।'

उसने ज़वाब दिया, 'तुम ये सब बातें इसलिए कह रही हो, क्योंकि मैंने तुम्हारे भाई की बेटी से शादी करने से मना कर दिया है।'

'मुझे तुम्हारी परवाह नहीं है। वह बड़ी भाग्यवान् लड़की है और उसे बहुत अच्छा पति मिलेगा।' रामू की माँ को उसका चिड़चिड़ा चेहरा पसंद नहीं था। ऐसा किसी का भी चेहरा उसे पसंद नहीं आता था। उसे उदासी अच्छी नहीं लगती थी। यह उसे असह्य थी। वह देर तक बोलती रही, तो लड़के ने कहा, 'अब बंद करो यह बकवास!'

माँ ने जवाब दिया, 'मेरी ज़िन्दगी खत्म हो रही है। बहुत जल्द अब मेरा बोलना बंद हो जायेगा। अब तुम मुझसे कहते हो, बकवास बंद करो। यह नौबत आ गयी है।'

'मैंने तो सिर्फ यह कहा है कि मुझे खा लेने का वक्त दो।'

'हाँ, हाँ, अब तुम्हें काफी समय मिलने लगेगा। जब मैं चली जाऊँगी तो तुम्हारे पास समय-ही-समय हो जायेगा, बेटा।'

रामू कुछ नहीं बोला। चुपचाप खाता रहा। माँ कहने लगी, 'मैं सिर्फ यह चाहती हूँ कि खाते समय तुम ज़रा ज़्यादा आदमी दिखायी दिया करो।'

'यह खाना खाकर कैसे आदमी दिखा जा सकता है?'

'क्या कहा?' माँ चीखकर बोली, 'इतने अच्छे हो तो और आदमियों की तरह कुछ कमाकर लाओ। पैसा फेंको और कहो कि क्या खाओगे। निकम्मे रहकर अच्छा खाना माँगते शरम नहीं आती!'

खाना खत्म करके रामू चप्पल पहनने लगा। माँ ने पूछा, 'कहाँ जा रहे हो?' 'बाहर...,' सूखा-सा जवाब देकर रामू दरवाज़ा छोड़कर घर से निकल गया।

माँ का दिन का काम निबट गया था। उसने रसोई धो डाली थी, बर्तन माँजकर करीने से लगा दिये थे और छोटी-सी झाड़ू कोने में रखकर रसोई की खिड़की बंद कर दी थी।

फिर दरवाज़ा बंद करके, लालटेन हाथ में लेकर वह बाहर कमरे में आयी। सड़क का दरवाज़ा चौपट खुला था। लड़के की लापरवाही से उसे गुस्सा आया। यह इतना गैर-ज़िम्मेदार है कि घर का मुख्य दरवाज़ा खुला छोड़कर चला गया। यहाँ वह है कि रात-दर-रात रसोई और घर की घिस-घिसकर सफाई करती मरी जाती है। उसे यह सब नहीं चाहिए तो वही क्यों कर-करके मरती रहे? अब इतना बड़ा हो गया है कि ज़िन्दगी की ज़िम्मेदारियों को समझ सके।

उसने अपना छोटा-सा लकड़ी का डिब्बा निकाला और उसमें से एक लौंग, एक इलायची और एक सुपारी का टुकड़ा निकालकर मुँह में रख लिया। इन्हें चबाते हुए उसे कुछ शांति का अनुभव हुआ। फिर दरवाज़ा उढ़काकर ज़मीन पर लेट गयी। और सोने की कोशिश करने लगी।

रामू कहाँ गया होगा? यह सोच-सोचकर उसे परेशानी होने लगी। उठकर उसने चटाई लपेटी, बाहर आयी और वहीं चटाई बिछाकर लेट गयी। मन में भगवान् राम का नाम लेना शुरू कर दिया जिससे परेशानी कम हो। वह जपती जाती थी, 'सीता राम, सीता राम...।' लेकिन अचानक राम का नाम भूलकर रामू का नाम लेने लगी। उसकी फिक्र फिर लौट आयी थी। जाने से पहले उसने कहा क्या था? 'मैं ज़रा टहलने जा रहा हूँ। फिक्र मत करना। ज़ल्दी लौट आऊँगा...।' नहीं, यह नहीं कहा था उसने। वह यह कहने वाला लड़का नहीं है। यह लड़का अपने आने-जाने के बारे में कुछ बताता क्यों नहीं है? उसके इस व्यवहार से डर लगने लगता है। लेकिन, उसकी अपनी ज़बान भी तो बड़ी कड़वी और गुस्सा

बड़ा तेज़ है। खाने के समय उसने जो बातें कहीं, वे अच्छी नहीं थीं। ज़िन्दगी में वह अपने इस स्वभाव से दुखी रही थी। उसे जब गुस्सा चढ़ता तो वह सब कुछ भूल जाती थी। वह जानती थी कि यदि वह कुछ कम बोलती तो उसका पति भी कुछ ज़्यादा साल ज़िन्दा रह सकता था।... रामू ने खाने के बारे में कुछ कहा था। कल से वह सब्जियां ज़्यादा बनायेगी और ज़्यादा ध्यान देकर खाना पकायेगी...।

यह सोचते-सोचते उसे नींद आ गयी। दूर कहीं एक बजे का घंटा बजा। अरे, एक बज गया! वह जागकर उठ बैठी और 'रामू, रामू' पुकारने लगी।

उसे यह सोचते हुए डर लगने लगा कि रामू ने क्या किया होगा! फिर उसे विश्वास हो आया कि खाने के समय उसके शब्दों को सुनकर रामू ने आत्महत्या कर ली होगी। वह बैठ गयी और रोने लगी। रोना बढ़ता गया और हिस्टीरिया जैसा हो आया। भीतर भर रहे आँसुओं को निकालने के लिए आँखें बंद कीं तो कुकन हल्ली टैंक में रामू की लाश दिखायी देने लगी। उसकी धारीदार कमीज़ और मिल की धोती गीली होकर बदन से चिपक गयी थी। उसके चप्पल तालाब की सीढ़ी पर पड़े थे। चेहरा फूलकर कुप्पा हो गया था और पता नहीं चल रहा था कि किसका है!

वह ज़ोर से चीखी और उठकर खड़ी हो गयी। फिर ओल्ड अग्रहार स्ट्रीट पर इधर-से-उधर तक दौड़ना शुरू कर दिया। सड़क खाली पड़ी थी। थोड़ी-थोड़ी दूर तक बिजली की बत्तियाँ चमक रही थीं। बहुत दूर एक तांगा खड़खड़ करता चला आ रहा था। तांगेवाला गाना गाता चल रहा था। तभी पुलिसवाले ने सीटी बजायी और वह चौंककर रुक गयी। उसे ख्याल आया कि यह उसकी कल्पना भी हो सकती है। हो सकता है, रामू नाटक देखने गया हो, जो सवेरे तीन बजे से पहले खत्म नहीं होता। उसने फिर तेज़ी से राम का नाम जपना शुरू कर दिया, जिससे रामू के ख्यालात आने बंद हो जायें।

उसकी सारी रात बेचैनी में बीती। वह सो जाती, फिर उठ बैठती, फिर आँख लग जाती और जब-जब घंटा बजता, चौंककर बैठ जाती। सवेरा हो गया, तीखी ठंड थी, और छह का घंटा बजा।

आँखों में आँसू भरे वह कुकन हल्ली तालाब की ओर चलने लगी। मैसूर शहर जागने लगा था। दूध वाले अपनी गायों को लिये धीरे-धीरे जा रहे थे। म्युनिसपैलिटी के भंगी लम्बी-लम्बी झाड़ुएँ लिये सड़कों की सफाई कर रहे थे। एक-दो साइकिलें भी उसके पास से गुज़रीं।

वह तालाब पर पहुँच गयी लेकिन पानी की तरफ देखने की हिम्मत न कर सकी। किनारे देखा तो पाया कि रामू एक बेंच पर पड़ा सो रहा है। एक सेकेंड के लिए उसने सोचा कि कहीं यह उसकी लाश तो नहीं है। उसने उसे पकड़कर ज़ोर से हिलाया और चीखी, 'रामू!' वह हिला, तो उसे तसल्ली हो गयी।

रामू उठकर बैठ गया और आँखें मलने लगा। बोला, 'तुम यहाँ क्यों आयीं, माँ?'

'तू यहाँ क्यों सो रहा है?'

'मुझे नींद आ गयी थी, उसने कहा।

'घर चलो।' वह उसका हाथ पकड़कर चलने लगी। लेकिन वह तालाब की सीढ़ियों की तरफ बढ़ा। माँ ने पूछा, 'कहाँ जा रहे हो?'

'मैं ज़रा हाथ-मुँह धोलूँ,' रामू ने कहा।

उसने रामू का हाथ कसकर पकड़ लिया और बोली, 'नहीं, पानी के पास मत जाओ।'

रामू ने उसकी आज्ञा मान ली, यद्यपि उसे माँ का यह आग्रह अजीब-सा लगा।

नाग

लड़के ने बेंत की बनी बड़ी गोल टोकरी का ढक्कन उठाया और भीतर कुंडली मारकर बैठे कोबरा साँप को देर तक देखता रहा। फिर बोला, 'नागदेवता, मैं चाहता था कि तुम मर जाते तो मैं तुम्हारी खाल बटुआ बनाने वालों को बेच सकता–इस तरह तुम्हारा कुछ उपयोग भी होता' फिर एक-एक उँगली से उसे टहोका। नाग ने सिर उठाया और जैसे आश्चर्य से ऊपर देखा। 'तुम अब बहुत आलसी हो गये हो, अपना फन भी नहीं उठा पाते। अब तुम कोबरा नहीं रहे, केंचुआ हो गये हो। मैं सँपेरा हूँ और तुम्हें लोगों को दिखाकर रोज़ी कमाता हूँ। अब मुझे बस स्टैन्ड पर खड़े होकर अंधे का नाटक करके रोज़ी कमानी पड़ती है। समस्या यह है कि कोई तुम्हें नहीं देखना चाहता, तुम्हारी कोई इज्ज़त नहीं करता, न कोई तुमसे डरता है–और इसका मतलब क्या होता है, तुम जानते हो? यह कि मैं भूखा मरता हूँ।'

लड़का जब भी सड़क पर निकलता, पड़ोसी उसे भगाने की कोशिश करते। उसने अपने पिता के साथ भी यही सब होते देखा था। पिता तो लोगों के कहने के बावजूद सीढ़ियों पर चढ़ जाते और टोकरा खोलकर बेशर्मी से अपना काम शुरू कर देते थे। वह थैले से कद्दू की बनी बीन निकालकर उसे बजाना शुरू कर देते, घुमा-घुमाकर उसे बजाते रहते और तब तक बजाते जब तक उसकी गूंज़ एक समाँ-सा न बाँध देती, जिसके कारण दर्शक चुप हो जाते और उनके करतब देखने लगते। फिर वे बोलना शुरू करते: 'भगवान् शिवजी मेरे सपने में प्रकट भये और बोले, "आगे जाओ और मेरे लिंग के नीचे जो छेद है उसमें हाथ डालो।" आप तो जानते ही हैं। भाइयों कि शिवजी सर्पों के देवता हैं, जिन्हें वे अपनी जटाओं में लिपटाकर रखते हैं, जिनका फन उनका मुकुट है, और हाँ,

भगवान् विष्णु जी भी आदिशेष देवता की लहरियों में रहते हैं, आदिशेष यानी सबसे बड़े सर्प महाराज, सबसे ताकतवर, जिनके हज़ार फनों पर यह सृष्टि टिकी है। और देवी पार्वती जी की बाँहें, उन पर भी छोटे-छोटे साँप लिपटे हैं। हम जानें कि हम अपने देवी-देवताओं से ज़्यादा बुद्धिमान नहीं। इस प्रकार सर्प देवी-देवताओं के गहने हैं, ज़ेवर हैं, ये मामूली प्राणी नहीं हैं। तो मैंने शिव भगवान् जी की आज्ञा मान ली और आधी रात के समय जाकर सर्पदेवता की बाँबी में अपना हाथ डाल दिया।'

यह सुनकर दर्शकों को झुरझुरी हो जाती और कुछ पूछते, 'तुमको साँप ने काटा तो नहीं?'

'हाँ, काटा, ज़रूर काटा, लेकिन फिर भी आप मुझे यहाँ देख रहे हैं। इसलिए कि देवता ने मुझे आज्ञा दी, "पुराने किले की दीवाल पर जो जड़ी-बूटी उग रही है, उसे ले आओ।" मैं उस बूटी का नाम आपको नहीं बताता, भले ही मुझे बदले में हज़ारों रुपया क्यों न मिले।'

'उस बूटी से तुमने क्या किया?'

'मैंने उसे चबा लिया। फिर कोई ज़हर ऐसा नहीं, जो मुझ पर असर करे। और टोकरी में बैठा यह भयंकर साँप मेरी बाँहों को ऐसे चूसने लगा, जैसे कोई बच्चा अपनी माँ की छाती। लेकिन मैं हँसता रहा, फिर उसे खींचकर निकाल लिया, फिर पत्थर मारकर उसके ज़हर के दाँत तोड़ डाले, जिसके कारण यह बहुत परेशान हुआ, लेकिन कोई बात नहीं, वह जल्द ही समझ गया कि मैं उसका दुश्मन नहीं, दोस्त हूँ। और फिर उसने कभी कोई तकलीफ नहीं दी। आखिरकार साँप होता क्या है? वह होता है बड़ी महान् आत्मा, जो इस दुनिया में तप कर रहा है और फिर वापस स्वर्ग में चला जायेगा। तो यह है मेरे भाइयों, नागों की कहानी!'

इस भाषण के बाद पिता टोकरी खोलते, बीन फिर बजाना शुरू करते जिसकी आवाज़ पर साँप तेज़ी से ऊपर उछलकर खड़ा हो जाता, सामने देखता और इधर-उधर हिलता, लोग डर जाते और पीछे हटने लगते, साथ ही मुग्ध होकर उसे देखते भी रहते। यह खेल देर तक चलता, खेल के बाद लोग उन्हें पैसे और चावल देते। कभी-कभी पुरानी कमीज़ भी दे देते, और अगर उन्हें वहाँ कोई मुर्गी नज़र आ जाती तो एक अंडा भी ले लेते जिसे वे साँप की गर्दन दबाकर उसका मुँह खोलते और अंडा उसमें इस तरह डालते कि वह सीधा गले

से नीचे उतर जाता। यह देखकर लोग और भी खुश होकर तालियाँ बजाते। फिर वे सामान समेटकर दूसरी सड़क पर या उसके ही पास कहीं और जाकर वही तमाशा फिर दिखाते। इस तरह खेल दिखाकर जब वे काफी पैसा और खाना इकट्ठा करे लेते तो पार्क के किनारे दीवाल के पीछे बनी अपनी झोंपड़ी में वापस आ जाते। चावल पकाकर खुद और बेटे को खिलाते और वहीं सितारों के नीचे ज़मीन पर सो ज़ाते।

लड़का, जब से उसने चलना शुरू किया, पिता के साथ रहा था और जब वह दस साल का हुआ, पिता ने उसे भी उसी ढंग से नाग को खिलाना और लोगों के सामने प्रदर्शित करने का काम सिखा दिया। पिता अक्सर उससे कहते थे, 'नाग को हमें हर हफ्ते दो अंडे जरूर देना चाहिए। जब वह बूढ़ा होगा तो हर दिन सिकुड़ता जायेगा, फिर किसी दिन उसके पंख निकल आयेंगे और वह आसमान में उड़ जायेगा, और तब वह किसी दिन फन में सारा जहर एक खूबसूरत मणि बनाकर उगल देगा, और तुम्हारे पास वह मणि होगी तो तुम राजा हो जाओगे।'

एक दिन जब लड़का आलस के कारण पिता के साथ न जाकर घर पर ही बना रहा; उसने एक छोटे से बंदर को पास लगे इमली के पेड़ों में उछलते-कूदते देखा, जिसे वह इस तरह आश्चर्य से मुँह फाड़े देखता रहा कि उसे पता ही नहीं चला कि पिता वापस लौट आये हैं।

'क्या देख रहे हो, बेटा? चलो, यह खाओ,' यह कहकर उसने लड़के को मिठाइयों का एक पैकेट दिया। 'उस बड़े घर में, जहाँ कोई जलसा मनाया जा रहा है, मुझे यह दिया। नाग आज बीन पर बड़ी खूबसूरती से नाचता रहा। वह अब हमारी भाषा समझने लगा है। नाच के बाद वह अपनी पूँछ पर पूरे छह फीट ऊंचा खड़ा हो गया और फन उठाकर झूमने लगा, जिसे देखकर और लोग तो डरकर भागने लगे लेकिन बड़े घरवालों ने यह खेल खूब पसंद किया और पैसे व मिठाइयाँ दीं।' बहुत खुश होकर उन्होंने टोकरी खोली, कोबरा ने फन उठाया। पिता ने उसे गर्दन से पकड़ लिया और मिठाई का एक टुकड़ा उसके मुँह में डाला और उसे भीतर जाते देखते रहे। 'अब यह हमारे परिवार का सदस्य है और जो हम खाते हैं, वही इसे भी खाना चाहिए', उन्होंने कहा। मिठाई धीरे-धीरे निगलकर नाग कुंडली मारकर नीचे बैठ गया और पिता ने टोकरी का ढक्कन बंद कर दिया।

लड़का मिठाई खाते-खाते बंदर को देखता रहा। पिता से बोला, 'बप्पा मैं बंदर होता तो कितना मज़ा आता। मैं पेड़ पर कभी नहीं चढ़ा-उतरा। देखो, कैसे मज़े से इमली चूस रहा है। बंदर, एक मुझे भी दे...।' वह बोला।

पिता ने हँसकर कहा, 'किसी से दोस्ती करने का यह ढंग नहीं है। तू उसे कुछ खाने को दे, न कि उससे कुछ माँग।'

इस पर लड़के ने अपने मुँह की मिठाई निकाली, उसे साफ किया और बंदर को दिखाकर बोला, 'ले बंदर यह मिठाई खा।'

पिता ने फिर कहा, 'तुम उसे "बंदर" कहकर बुलाओगे तो वह खुश नहीं होगा। किसी अच्छे नाम से बुलाओ।'

'किस नाम से बुलाऊँ?'

'राम नाम से, जो देवता हनुमान जी के स्वामी थे। बंदरों को यह नाम अच्छा लगता है।'

लड़के ने एकदम पुकारा, 'राम, लो यह खाओ!' उसने अपनी बाँहें ऊपर फैलायीं और हाथ में मिठाई पकड़कर उसे दिखायी, तो अपनी सब उछल-कूद के बावजूद बंदर ने उसकी तरफ देखा। लड़के ने पेड़ का तना पकड़ा, ऊपर चढ़ा और एक चौड़ी-सी डाल पर मिठाई रख दी। बंदर ने आँखें गोलकर आश्चर्य से उसकी ओर देखा। लड़का नीचे उतर आया और उत्सुकता से बंदर के मिठाई खाने का इन्तज़ार करने लगा। जब तक बंदर यह सोचता-विचारता रहा कि मिठाई उठाऊँ या न उठाऊँ, तब तक कहीं से ताक लगाकर एक कौआ आया और मिठाई उठाकर उड़ गया। लड़के ने उसे एक गाली दी।

पिता ने उसे डाँटा, 'अरे, तुमने यह गाली कहाँ से सीख ली? गालियाँ दोगे तो बंदर तुम्हारी इज्ज़त नहीं करेगा।' कुछ देर बाद जब बंदर मिठाई का दूसरा टुकड़ा उठाने नीचे आया तो पिता ने सफाई से उसका हाथ इस तरह पकड़ लिया कि वह काबू में आ जाये और काट भी न सके।

अब पंद्रह दिन तक सँपेरा बंदर को डाँटकर, पुचकारकर, खिलाकर-भूखे रख कर सिखाता रहा कि उसे कैसे क्या करना चाहिए। पहली बात उसने यह सीखी कि किसी को काटना ठीक नहीं है। दूसरी बात यह सीखी कि उसकी ज़िन्दगी का उद्देश्य मालिक के इशारों के अनुसार खेल दिखाकर उसे खुश रखना है। मालिक के इशारे पर वह रामायण के बंदर देवता हनुमान जी की तरह पूँछ में आग लगाकर रावण की लंका में आग लगाने का नाटक करता, गाँव की बहू की तरह सिर पर पानी की

गगरी उठाकर जाता, नया दुल्हा किस तरह बातचीत करके, आँखें चलाकर, दाँत निकालकर और भँवें सिकोड़कर अपनी दुल्हन को रिझाता है और अंत में लम्बे बाँस पर चढ़कर उछलता-कूदता, नाचता और खों-खों करके बच्चों को डराता। जब राम तमाशा दिखाने लायक सीख गया, तब उसका मालिक उसे अपने दोस्त एक दर्जी के पास ले गया और उसके नाप की एक फुँदनेदार फ्रॉक, जिसमें पीछे से उसकी पूँछ लटकती रहती थी और एक जोकरनुमा टोपी, जो ठोड़ी पर इस तरह लगी रहती थी कि सिर से उतर न जाये और उस पर चिपकी रहे, सिलवा लाया। पहले तो बंदर को यह पोशाक पसन्द नहीं आयी और वह इसे झटककर उतारने की कोशिश करता, लेकिन ऐसा करते ही उस पर छड़ी पड़ती, जिससे वह समझ गया कि इसे दिन भर पहने रहना है। शाम को जब मालिक घर जाकर उसके कपड़े उतारता तो उसे आराम मिलता और इस खुशी में वह खूब उछलता-कूदता।

बहुत जल्द राम लोकप्रिय हो गया। स्कूल के बच्चे उसे देखते ही किलकारी मारकर खुश होने लगे। घरों के लोग रोते हुए बच्चे को चुप कराने के लिए उसे बुलाने लगे। वह बहुत अच्छे ढंग से खेल दिखाता और मालिक के लिए पैसे तथा अपने लिए मूँगफलियाँ प्राप्त करता। बच्चों के उतरे हुए कपड़े उसे भेंट में मिलने लगे। पिता और बेटा रोज़ाना सुबह इनको लेकर निकलते, लड़के के कंधे पर बंदर सवार होता और कुछ दूरी पर चल रहे पिता के हाथ में नाग की टोकरी—क्योंकि जब कभी नाग टोकरी से फन निकालकर सूँ करता तो बंदर डरकर पीछे खिसक जाता और 'चीं-चीं' करने लगता। फिर किसी एक जगह रुककर लड़का बंदर के तमाशे दिखाता तो उससे थोड़ी दूर पर पिता नाग को बीन की धुन पर नचाकर लोगों को मोहित करता। गाँवों के साप्ताहिक बाजारों में लोग दोनों को पहचानने लगे थे और उनकी इतनी कमाई होने लगी थी कि शाम को पैदल घर लौटने की जगह बस पर बैठकर आ जायें। कई दफा जब वे बस पर चढ़ते तो कोई डरपोक यात्री उनसे पूछता, 'अगर तुम्हारा नाग बाहर निकल आया तो क्या होगा?'

पिता जवाब देता, 'डरने की कोई बात नहीं है। टोकरी को रस्सी से कसकर बाँध दिया है।'

फिर भी कोई-न-कोई यह कह बैठता, 'जब तक तुम नाग की पूँछ पकड़े रहो तभी तक वह काबू में रहता है।'

'और यह बंदर?' कोई दूसरा कहता, 'पता नहीं, यह क्या शैतानियाँ करेगा।'

'बंदर बड़ा शांत और समझदार है,' पिता जवाब देता। वे खूब घूमते-फिरते, अच्छा कमाते और कभी-कभी किसी रेस्त्राँ में खाना खाने का शौक भी पूरा कर लेते। शाम को पिता बेटे से अलग हो जाता और उससे कहता, 'मेरे सिर में दर्द होने लगा है। तुम घर चलो, मैं दवा लेकर आ जाऊँगा,' और फिर देर रात तक लौटता। इस वक्त बेटे को पिता से डर महसूस होता, वह कील से बंदर को बाँधकर चटाई पर लेट जाता और सोने की कोशिश करता। पिता लौटकर लात से उसे उठाता और चिल्लाता, 'उठ, सुअर, तेरा बाप कमाई के लिए भाग-दौड़ कर रहा है लेकिन तू पड़ा सो रहा है।' लड़का चुपचाप सुनता रहता।

एक रात लड़का सचमुच गहरी नींद में सो गया और सवेरे जब उठा तो पाया कि बाप वहाँ से हमेशा के लिए चला गया है। बंदर भी गायब था। लड़का रोने लगा, 'वही बंदर को ले गया होगा!' वह बाहर निकलकर ज़ोर-ज़ोर से 'बप्पा, बप्पा,' चिल्लाया, फिर झोपड़ी में घुसकर देखा तो पाया कि नाग का टोकरा कोने में उसी तरह रखा है। टोकरे के ढक्कन पर कुछ पैसे रखे थे, यह देखकर वह खुश हुआ, गिनकर देखे तो अस्सी पैसे की रेज़गारी थी।

यह मेरे लिए होगी, उसने सोचा और इसके साथ ही बच्चा न रहकर बड़ा बन गया। उसे पहली दफा इतना पैसा खुद के लिए प्राप्त हुआ था। अब वह धनी हो गया था लेकिन पिता की इस चाल पर उसे हैरानी हुई। इससे पहले वह जब कभी सवेरे सोकर उठा था, पिता को हमेशा अपने पास पाया था। उसे लगा कि पिता अब उससे मिलने नहीं आयेगा। इससे पहले वह बिना बताये कहीं नहीं जाता था, चाहे नहाने के लिए नुक्कड़ के नल पर जाना हो या 'सिरदर्द की दवा' लाने या कुछ खरीदने बाज़ार जाना हो।

लड़के ने टोकरी का ढक्कन खोलकर देखा कि नाग उसमें है या भी नहीं। ढक्कन उठते ही उसने फन बाहर निकाला। दोनों ने एक-दूसरे को देखा। 'अब तुम्हारा मालिक मैं हूँ, समझ गये,' लड़के की आँखों से संदेश निकला। नाग समझ गया कि परिस्थितियाँ बदल चुकी हैं, उसने अपनी जीभ बाहर निकाली और फन ऊपर उठाया। 'अभी नहीं, वापस जाओ।' यह कहकर वह सोचने लगा कि पिता का इन्तजार करना बेकार है। उसे भूख लग रही थी। उसने सोचा

कि इन पैसों से खाने के लिए कुछ खरीदना ठीक होगा या नहीं। पिता अगर लौट आया तो पैसे उठाने के लिए उसे मारेगा। उसने टोकरी का ढक्कन बंद कर दिया और उस पर पैसे उसी तरह रख दिये जैसे वह पहले रखे थे, और झोपड़ी के दरवाज़े पर बैठकर इधर-उधर खाली आँखों से ताकने लगा। सामने इमली का पेड़ खड़ा था जिस पर उसका बंदर उछल-कूद करता रहता था और हर रोज़ सवेरे नयी कलाबाज़ियाँ दिखाता था।

बगल में कपड़े का वह छोटा-सा थैला पड़ा था जिसमें बंदर को खिलाने के लिए भुने चने और मूँगफली रहती थीं। उसने थैली खोली, भीतर हाथ डाला और एक मुट्ठी चने निकालकर धीरे-धीरे खाने लगा। 'अच्छे लगते हैं। बंदर के लिए तो बहुत अच्छे हैं। पिता होते तो...।' पिता जब भी उसे इस थैली में से निकालकर कुछ खाते देखते तो एक चाँटा रसीद करते। एक कोने में लौकी से बनी बीन उसी तरह फूस में घुसी रखी थीं। उसने बीन उठा ली और धीरे-धीरे बजाने की कोशिश की और उसे यह जानकर अच्छा लगा कि वह भी पिता की तरह उसे देर तक बजा सकता है, बस उसे ज़रा-सी खाँसी आयी थी और थोड़ी देर के लिए साँस भी फूलने लगी थी। बीन की सुरीली आवाज़ सुनकर राहगीर, जो ज़्यादातर कुल्हाड़ी और फावड़े लिये मज़दूर और डलियाँ सिर पर उठाये औरतें थीं, रुककर उसकी तारीफ करने लगे कि 'बाप जैसा ही बेटा भी बजाता है।' सबने उसे देखा और बातचीत की। सब पानी के फव्वारे के इर्द-गिर्द बनी झोपड़ियों में रहते थे और उसे जानते थे। इन झोपड़ियों को उजाड़ने की म्युनिसपैलटी की सब कोशिशें नाकाम हुई थीं। वे एक दिन उजाड़ दिये जाते और दूसरे दिन फिर वहीं आकर बस जाते थे। फिर जब म्युनिसपैलटी के सदस्यों को इनकी वोट देने की ताकत का पता चला तो इनको परेशान करना बंद कर दिया गया। बस जब दिल्ली से कोई नेता या अफसर इधर से गुज़रता, तब इनसे कहा जाता कि उनकी नज़रों से दूर बने रहें, और तब ये पार्क की दीवाल के पीछे चले जाते और नेता की गाड़ी के सर्र से गुज़र जाने के बाद फिर अपनी झोपड़ियों में चले जाते।

'तुम अभी तक नहीं गये,' एक औरत ने पूछा।

'बप्पा यहाँ नहीं हैं,' लड़के ने दीनता से कहा 'पता नहीं कहाँ चले गये!' वह सिसकने लगा।

औरत ने डलिया उतारकर रख दी, उसके पास बैठ गयी और पूछा, 'भूख लगी है?'

'पैसे हैं मेरे पास,' लड़के ने जवाब दिया।

औरत ने प्यार से उसे थपथपाया। 'बेचारा! मैं तुम्हारी माँ को जानती थी। बड़ी अच्छी लड़की थी। तुम्हें यहाँ इस तरह छोड़कर स्वर्ग चली गयी।' लड़के को माँ की कोई याद नहीं थी। लेकिन उसकी बात सुनकर वह ज़ोर से रोने लगा। आँखों से जो आँसू गिरते, उन्हें वह बड़े स्वाद से जीभ से चाटता जाता। अचानक औरत ने पूछा, 'अब तुम क्या करोगे?'

'पता! नहीं क्या करूँगा बप्पा के लौटने का इन्तज़ार करूँगा, और क्या?'

'बेवकूफ है तू। तेरा बाप अब लौटकर नहीं आयेगा।'

'वह कहाँ गया?' लड़के ने सवाल किया।

'यह मत पूछ मुझसे,' औरत कहने लगी। 'मैंने एक आदमी से बात की थी, जिसने उसे जाते देखा था। वह सवेरे की बस से चढ़ा, जो पहाड़ की तरफ जाती है, और उसके साथ नीली साड़ी पहने वह रंडी थी।'

'और बंदर का क्या हुआ? क्या वह भी नहीं आयेगा?'

औरत इस सवाल का जवाब नहीं दे सकी। तभी सड़क के दूसरे किनारे से एक खोमचेवाले की आवाज़ आयी, जो एक बर्तन में लिये गर्मागर्म चावल की इडली बेच रहा था। औरत ने पतली-सी आवाज़ लगाकर उसे बुलाया और कहा, 'इस गरीब बच्चे को दो इडली दो। ताज़ी बनी देना, कल की नहीं।'

उसने कहा, 'कल की इडली तो सोने के मोल भी नहीं मिलेंगी।'

'इसे पैसे दे दो', औरत ने लड़के से कहा। वह दौड़कर भीतर गया और कुछ पैसे निकाल लाया। औरत खोमचेवाले से कहने लगी, 'इसे कुछ सस्ती देना।'

'सस्ती क्यों?' उसने गुर्राकर पूछा।

'यह बड़ा गरीब है।'

'गरीब तो सभी हैं। इसके लिए मैं क्या कर सकता हूँ? तुम अपने कानों के बुन्दे बेचकर उसकी मदद क्यों नहीं कर देतीं? मैं तुम जैसे लोगों की बातें सुनूँ और सस्ता बेचने लगूँ तो मेरा तो दिवाला निकल जायेगा।'

उसने पैसे लिये और आगे बढ़ा। वह तीसरी झोंपड़ी तक पहुँचा होगा कि लड़के ने दोनों इडली चट कर डालीं एकदम मुलायम और हरी चटनी से चटपटी कितनी मजेदार थीं!

खाकर लड़के में कुछ जान आयी और वह ज़िन्दगी का सामना करने के लिए तैयार हो गया। लड़के को ठीक-ठाक देखकर औरत उठी और यह

कहकर चलने लगी, 'हरामज़ादी! बेटे को बाप से अलग करते शरम नहीं आयी।' लड़का इन शब्दों पर विचार करने लगा। हालांकि उसने ऊपर से कुछ नहीं जताया, वह जानता था कि नीली साड़ी वाली रंडी कौन है। वह पार्क की दीवाल के पीछे एक मकान में रहती थी और हमेशा दरवाज़े पर खड़ी नज़र आती थी, जैसे वह वहाँ खड़ी रहने के लिए ही बनी है। उसे वहाँ देखते ही पिता अपनी चाल हलकी कर देते और बेटे से कहते, 'तुम आगे चलो। मैं अभी आता हूँ।' पहली दफा जब यह हुआ तो काफी देर इन्तज़ार करने के बाद उसने बंदर को खम्भे से बाँध दिया और वापस उसी घर पर पहुँच गया। वहाँ उसे पिता और औरत दोनों में से कोई नहीं मिला। दरवाज़ा भीतर से बंद था। पहले उसने सोचा कि इसे खटखटाऊँ, फिर कुछ सोचकर चुप रह गया। वहीं सीढ़ियों पर बैठा इन्तज़ार करने लगा। कुछ देर बाद दरवाज़ा खुला और पिता बाहर निकला। कंधे पर नाग की टोकरी उसी तरह टँगी थी। लड़के को देखकर वह उसे मारने को हुआ और चिल्लाया, 'शैतान, मैंने तुझसे कहा था कि तू चल, मैं आता हूँ।' लड़का डरकर सड़क पर भागा, और उसने पीछे नीली साड़ी वाली को कहते सुना, 'बदमाश, सब कुछ जानना चाहता है...।' बाद में पिता ने कहा, 'जब मैं कहूँ कि आगे चलो तो तुम्हें कहना मानना है।'

'लेकिन तुम वहाँ क्या करने गये थे, बप्पा?' लड़के ने अनजान बनते हुए पूछा, तो पिता ने सख्ती से कहा, 'सवाल नहीं पूछना है, रागझे।'

'कौन है वह? क्या नाम है?'

'रिश्तेदार हैं एक,' पिता ने कहा। दूसरे सवालों के जवाब में बोला, 'मैं वहाँ चाय पीने गया था। और सवाल करोगे तो सिर तोड़ दूँगा।'

लेकिन लड़का चुप नहीं हुआ और कहता रहा, 'मैं यह सोचकर आया था कि तुम टोकरी मुझे देना चाहो,' जिस पर उसने सख्ती से डाँटा, 'सवाल बहुत हो गए। वह अच्छी औरत है, सुंदर भी है।' लेकिन लड़के को यह बात स्वीकार नहीं हुई। उसने उसे बुरा-भला कहा था और वह भी छत पर खड़े होकर चिल्लाना चाहता था, 'वह बुरी औरत है, बहुत-बहुत बुरी है और सुंदर तो बिलकुल नहीं है।' लेकिन चुप रह गया। इसके बाद जब वे यहाँ से गुज़रते, लड़का अपनी चाल तेज़ कर देता, न बायें देखता न दायें, और मोड़ पर खड़े होकर उसका इन्तज़ार करता रहता। कभी-कभी पिता भी उसी की तरह तेज़ी

से उधर देखे बिना आगे बढ़ने लगता, जब वह दरवाज़े पर औरत की जगह छाती पर घने बालों वाले आदमी को अपनी तोंद सहलाते देखता। लड़के को शीघ्र ही पता चल गया कि वह भी पिता की तरह बीन बजा सकता है, साँप को सँभाल सकता है और उसे खिला-पिला सकता है। यही नहीं, जब उस का फन ज़्यादा बढ़ जाता, तब वह उसे काट भी सकता था। वह दिन में काफी कमाने लगा और जैसे-जैसे हफ्ते और महीने बीतने लगे, वह बड़ा और लंबा भी होने लगा। लेकिन नाग, इसके विपरीत, ढीला और दुर्बल होने लगा था और अब अपना फन भी तेज़ी से उठा नहीं पाता था। वह कुंडली मारे पड़ा रहता था। उसे अपने बंदर की कमी बहुत खलती थी। पिता उसका बंदर लेकर भाग गया था, यह बात उसे बहुत खलती थी।

जब कई दिन तक नाग से उसकी कोई कमाई नहीं हुई तो उसने उससे मुक्त होने का निश्चय कर लिया। लौकी की बीन को वह फेंक-फाँक देगा और रोज़ी कमाने के लिए कुछ और काम शुरू करेगा। हो सकता है, एक और बंदर पकड़े और उसे ट्रेन्ड कर ले। यह काम उसने पिता को देखकर सीख लिया था। कंधे पर बंदर बिठाकर वह हर कहीं जा सकता था, महल में भी जा सकता था। इसके बाद वह बंदर को, अपने पास रख लेगा और कोई दूसरा काम करेगा। स्टेशन पर कुली बन जायेगा–रेलगाड़ियाँ आते-जाते देखकर कितना अच्छा लगता है और–हो सकता है, वह भी एक दिन किसी गाड़ी में बैठकर चला जाये और यह बड़ी दुनिया देखे। लेकिन पहला काम था, इस नाग से छुटकारा पाना। इसके लिए वह अंडे और दूध भी नहीं जुटा पाता था।

वह नाग की पिटारी नदी के किनारे-किनारे काफी दूर लेकर गया, जहाँ बिलकुल शांति थी और साँप आराम से रह सकता था, जहाँ उसे देखने और मारने वाला कोई नहीं था। नल्लप्पा की झाड़ी नामक इस निपट एकांत में बहुत-सी छोटी-मोटी पहाड़ियाँ, खंदकें और चींटियों के बिल थे। साँप से उसने कहा कि यहाँ तुम अपने यार-दोस्तों और रिश्तेदारों के साथ मज़े से रह सकते हो। वे सब तुमसे मिलकर बड़े खुश होंगे। अब अपने घर में रहकर ज़िन्दगी बिताओ। मुझे भूल जाना। अब तुम मेरे लिए बेकार हो गये हो, इसलिए मैं तुम्हें छोड़ रहा हूँ। मेरे

पिता पता नहीं कहाँ चले गये। वे तुम्हें तब तक अपने पास रखते, जब तक तुम्हारे पंख नहीं निकल आते, लेकिन मैं यह सब नहीं कर सकता।

यह कहकर उसने ढक्कन खोला और नाग को निकालकर स्वतंत्र छोड़ दिया। थोड़ी देर वह चुप पड़ा रहा, फिर सिर उठाया, चारों तरफ देखा और धीरे-धीरे चलने लगा। कुछ गज़ आगे जाकर वह रुका और पीछे मुड़कर अपने पुराने घर, टोकरी की ओर देखने लगा। लड़के ने यह देखकर टोकरी उठायी और दूर, साँप की पहुँच से बाहर, फेंक दी। 'जब तक मैं यहाँ रहूँगा, तुम कहीं नहीं जाओगे,' यह कहकर उसने साँप को एक बाँबी की तरफ मोड़ दिया, और जितनी तेजी से हो सकता था, विरोधी दिशा में भागने लगा। फिर, कुछ दूर पहुँचकर वह रुका और एक पेड़ के पीछे छिपकर उसे देखने लगा। नाग बाँबी की ढलान पर पहुँच रहा था। लड़के को विश्वास था कि बाँबी के छेद तक पहुँचकर वह उसमें घुस जायेगा और उसकी ज़िंदगी से हमेशा के लिए गायब हो जायेगा। नाग आधी दूर तक ऊपर चढ़ा, हिचकिचाकर रुका, फिर वापस मुड़ा और उसकी ही दिशा में लौटने लगा। लड़का चिल्लाया, 'अरे तुम अपनी दुनिया में वापस क्यों नहीं जाते? अब वहीं क्यों नहीं रहते? मुझे अपने घर जाने दो।'

यह कहकर वह नल्लप्पा की झाड़ी पार करने के लिए दौड़ने लगा। कुछ देर बाद साँस लेने को रुका। यहाँ से उसने देखा कि नाग सूरज की रोशनी में चाँदी के रिबन की तरह चमकता मैदान पार कर रहा है। लड़का आखिरी विदा कहने के लिए रुका, लेकिन आसमान की तरफ देखते हुए उसने पाया कि सफेद रंग की एक पतंग जैसी वहाँ उड़ रही है। 'यह तो गरुड़ हैं!' उसने आश्चर्य में भरकर कहा। गरुड़ भगवान् विष्णु के वाहन हैं और पवित्र पक्षी माने जाते हैं। उसने आँखें बंद कर देवता की प्रार्थना की और कहा, 'मैं जानता हूँ आप देवता हैं लेकिन आप सर्पों को खाते हैं। मैं प्रार्थना करता हूँ कि मेरे नाग को आप छोड़ दें।'

उसने आँखें खोलीं तो देखा कि पतंग और नीचे पहुँच गयी है और उसकी छाया नाग के बिलकुल पास तक पहुँचती जा रही है। 'ओह,' वह चीखा, 'मैं जानता हूँ, आपका उद्देश्य क्या है।' गरुड़ जब उसके एकदम पास आ जायेगा तब एक झपट्टा मारकर बेवकूफ नाग को, जो बाँबी के भीतर नहीं जा रहा है, अपने पँजों में पकड़ लेगा और फिर उसे अपने रात्रि भोजन के लिए लेकर उड़ जायेगा।

यह देखकर लड़का तेज़ी से वापस लौटा और टोकरी को उठाकर नाग के पास ले आया, जिसे देखकर नाग फिर आराम से उसमें इस प्रकार जा बैठा, जैसे लम्बी यात्रा के बाद थका-माँदा वापस आया है।

अब नाग झोपड़ी के उसी कोने में फिर वापस आ गया। लड़का उसे देखकर कहने लगा, 'अब अगर तुम बहुत जल्द अपने पंख नहीं उगा लेते तो तुम्हें डंडे के वार का सामना करना पड़ेगा, जैसा सभी नागों के साथ होता है। मैं हमेशा तुम्हारी रक्षा नहीं कर सकूँगा। मैं तो रेलवे स्टेशन काम करने चला जाऊँगा और मेरे पीछे तुम टोकरी से बाहर निकले तो तुम्हें किसी के डंडे का शिकार होना पड़ेगा। फिर मुझ से शिकायत मत करना!'

सेल्वी

संगीत कार्यक्रम समाप्त होते ही दर्शक मंच पर चढ़ आते और ऑटोग्राफ लेने के लिए चारों ओर से घेर लेते, हिलने ही न देते। तब मोहन धीरे-धीरे दरवाज़े की ओर बढ़ता और पीछे घूमकर पुकारकर कहता, 'सेल्वी, जल्दी करो, ट्रेन छूट जायेगी।' वह कह सकती थी कि 'अभी बहुत समय है,' लेकिन उसे मोहन का विरोध करने की आदत नहीं थी, और इससे मोहन को उस पर अपने अधिकार की बात बताने का अवसर भी मिल जाता, इसलिए वह ऐसा कोई भी अवसर कभी नहीं छोड़ता था। फिर जब प्रशंसकों का दल उन्हें, खासतौर पर सेल्वी को, कार तक पहुँचाने के लिए आगे बढ़ता तो वह मज़ाक के लहज़े में ज़ोर से कहता, 'इन्हें स्वतंत्र छोड़ दिया जाये तो यह दुनिया भर के लोगों को हस्ताक्षर ही देती रहेंगी, उठेगी ही नहीं। समय की कीमत नहीं है इन्हें।'

जनता सेल्वी को बहुत विशिष्ट, मानवीय-प्रतिभा समझती थी, लेकिन मोहन ही उसके व्यक्तिगत जीवन रो परिचित था। जब उसने उसे पहली दफा देखा तो कहा, 'असुन्दर तो नहीं है... लेकिन कछ सजावट माँगती है।' उसकी भौंहें, जो पहले बिखरी हुई थीं, अब तराशकर गोल कर दी गयीं। त्वचा का रंग, जिसे गोरा नहीं कहा जा सकता, बस बीच का ही था, उसे और निखारने के लिए मोहन ने बिलकुल सही शेड की क्रीम और टेलकम पाउडर ढूँढ़ निकाला, जिनको आँखों और गालों पर लगाकर वह बहुत आकर्षक लगने लगती थी। मोहन यह भी नहीं चाहता था कि दूसरे यह कहें कि प्रसाधनों का बहुत ज़्यादा इस्तेमाल किया जाता है। वह महात्मा गाँधी का भक्त रहा था, कई साल जेलों में गुज़ारे थे और हाथ से बुनी खादी के कपड़ों के अलावा और कुछ नहीं पहनता था तथा विलास से कोसों दूर रहता था, और तब वह अपनी पत्नी को भी किसी

आधुनिक वस्तु का या सज्जा का उपयोग ही नहीं करने देता था। लेकिन कुछ समय बाद सिंगापुर के अपने एक परिचित से, जो सेल्वी का विशेष प्रशंसक था, उसे प्रसाधन की कुछ विशेष सामग्रियाँ प्राप्त हो गयी थीं, जो सेल्वी के लिए बहुत उपयोगी सिद्ध हुईं–परिचित ने इस तथ्य को गुप्त रखने का भी भरोसा दिया था।

सेल्वी जब मंच पर आती तब साँवली न लगकर बहुत चमकदार लगती थी, और यह बात लोगों में चर्चा और बहस का विषय बन जाती कि पता नहीं, उसकी त्वचा का असली रंग क्या है! उसके जीवन और व्यक्तित्व के हर एक पहलू पर लोग तरह-तरह के कयास लगाते, जहाँ भी चार लोग इकट्ठे होते, यही बात करते, खासतौर से बोर्डलेस रेस्त्राँ में, जहाँ नियमित रूप से आने वाले अपनी मेज़ों पर कॉफी पीते हुए शहर की सब सूचनाओं का आदान-प्रदान करते थे। रेस्त्राँ का मालिक कैश काउन्टर पर बैठा ये सब बातें, खासतौर से सेल्वी से संबंधित बातें, ध्यान से सुनता रहता। वह भी उसका एक भक्त था, दूर से ही सही, और वह अक्सर सोचता, 'देवी लक्ष्मी ने मुझे बहुत कुछ दिया है, धन और समृद्धि के क्षेत्रों में मुझे अब कुछ भी नहीं चाहिए, लेकिन दूसरी देवियों, जैसे सरस्वती की मुझ पर कृपा अभी नहीं हुई है, जो आज हमारे बीच सेल्वी जैसी दैवी गायिका के रूप में आ तो गयी हैं–काश, वही कभी मेरे हाथों से कॉफी और मिष्ठान्न स्वीकार करती, तो कितना अच्छा होता! लेकिन जब भी मैं उसके लिए कुछ भेंट लेकर जाता हूँ तब यह मोहन ही दरवाज़े पर उसे मुझसे ले लेता है और सूखा धन्यवाद देकर मुझे टरका देता है।' वर्मा उन हज़ारों लोगों में एक था जो सेल्वी के प्रशंसक थे। लेकिन उसे दीवालों से घिरे एक किले में रखा जाता था। यही शायद उसका भाग्य था कि मानो बंद कमरों की जेल के भीतर रहे या बाहर दुनिया में हो तो वहाँ भी इस जेलर की निगरानी में ही सब कुछ करे। वह एक क्षण के लिए भी उसे अकेला नहीं छोड़ता था, किसी के साथ जाने की तो बात ही दूर थी। वह दो दशक से मोहन के साथ रह रही थी और उसके सामने कभी भी किसी से उसकी बात नहीं हुई थी।

लोग सारे दिन उसके दर्शन करने आते रहते थे लेकिन बहुत कम उसके समीप तक पहुँच पाते थे। कुछ से पहली मंज़िल पर ही बात कर ली जाती, कुछ का भीतर आँगन में स्वागत कर लिया जाता, कुछ को सीढ़ियों को दरवाज़े तक पहुँचने का अवसर प्रदान किया जाता–लेकिन ऐसा कोई न था जो उसके पास तक जा पाता था, सबको मोहन के सेक्रेटरी या सेक्रेटरी के भी सेक्रेटरी से

मिलकर ही लौट आना पड़ता। परंतु कुछ चुने हुए व्यक्तियों को ऊपर हॉल में बहुत आडम्बरपूर्वक ले जाकर गद्देदार सोफों पर बिठाया जाता। सामान्य लोगों को बैठने के लिए कुर्सियाँ नहीं दी जाती थीं, वे इधर-उधर पड़े स्टूलों पर चाहें तो बैठ सकते थे और जब तक चाहें इन्तज़ार करते रह सकते थे–और जब चाहें घर वापस जा सकते थे।

उनका घर ईस्ट इंडिया कंपनी के ज़माने की एक बड़ी-सी इमारत थी जिसमें मीनारें, खम्भे और बड़े-बड़े दालान थे–यह कभी सर फ्रेडरिक लॉली का निवास स्थल था। जिनकी मूर्ति शहर के चौराहे पर लगी थी। जिनके यहाँ चालीस नौकरों की फौज़ दो मंज़िलों में बने छह बड़े-बड़े हॉलों की सफाई करती थीं, जिनके लंबे–ऊँचे दरवाज़े, गोथिक खिड़कियाँ और वेनिस नमूने के शटर्स थे, और जो शहर से मेम्पी हिल्स जाने वाली सड़क पर, पाँच मील दूर, कई एकड़ के विस्तार में फैला था। इसके मैदान में बड़े विशाल दरख्त थे जिनमें से विशेष रूप से एक ऐल्म का पेड़–या पता नहीं, यह ओक का पेड़ था या बीच का–फाटक पर बड़ी शान से लगा था, जिसका बीज स्वयं सर फ्रेडरिक इंग्लैंड से लाये थे और जिसके बारे में कहा जाता था कि सारे देश में यह अपने ढंग का अकेला पेड़ है। इस बंगले में कोई नहीं रहता था क्योंकि कहा जाता था कि सर फ्रेडरिक का भूत इसमें रहता है–और भी बहुत सी अज़ीबोगरीब कहानियाँ इसके बारे में कही जाती थीं। जब 1947 में अंग्रेज़ों ने भारत छोड़ा, तब से यह इमारत खाली पड़ी थी। मोहन ने पहले-पहल इसे हथियाने की कोशिश की, कहा, 'मैं कोशिश करता हूँ। गाँधीजी की अहिंसा ने देश रो अंग्रेज़ों को भगा दिया। मैं उनका शिष्य हूँ और देखता हूँ कि उसी तरीके से इस बंगले के भूत को भगा सकता हूँ या नहीं।' उसे इसके लिए पैसा भी मिल गया–सेल्वी ने एक फिल्म स्टार के गानों को अपनी आवाज़ दी तो इसकी फीस के रूप में–सेल्वी के गानों पर वह अपने ओठ ही चलाता था और इससे उसे भी ज़बरदस्त ख्याति प्राप्त हो गयी। लेकिन इसके बाद मोहन ने निश्चय कर लिया कि किसी और अभिनेता को वह सेल्वी की आवाज़ नहीं लेने देगा–'मैं सेल्वी को उसके अपने गुण के सहारे स्वतंत्र रूप में ही खड़ा करूँगा, किसी मोटे अभिनेता के गायन की डमी के रूप में उसे नहीं काम करने दूँगा।'

इसके बाद धीरे-धीरे योजनापूर्वक प्रचार द्वारा और मुँह-दर-मुँह उसकी प्रशंसा फैलाकर हर पत्रकार और महत्त्वपूर्ण संगीत-समीक्षक का किसी-न-किसी उपाय से सहयोग प्राप्त करके, उसने सेल्वी को प्रतिष्ठा की इस सर्वोच्च सीढ़ी तक पहुँचा दिया था। सालों की मेहनत का परिणाम था यह। अंत

में जब सफलता उसके पैरों को चूमने लगी तो उसके नाम में एक विशेष आकर्षण पैदा हो गया और हर हफ्ते किसी-न-किसी पत्रिका में उसका चित्र प्रकाशित होने लगा। हर जगह से उसकी माँग आने लगी। देश भर से संगीत-कार्यक्रमों के आयोजकों की मोहन के दफ्तर में भीड़ लगी रहने लगी। किसी से वह कहता, 'आप अपना प्रस्ताव मेरे सेक्रेटरी के पास छोड़ जाइये। मैं अगली तिमाही का कार्यक्रम निश्चित कर आपको सूचित कर दूँगा।' दूसरे से कहता, 'मेरा कार्यक्रम 1982 तक के लिए पूरा बुक है। अगर 1981 में किसी ने अपना प्रोग्राम कैंसिल कर दिया तो मैं देखूँगा कि क्या किया जा सकता है। मुझे आप अक्टूबर 1981 में याद दिलायें, तभी मैं निश्चित उत्तर दे सकूँगा।' बहुत से प्रोग्राम वह इसी कारण अस्वीकार कर देता कि सेल्वी की महत्ता बनी रहे। जब भी वह किसी का कार्यक्रम स्वीकार करता तो प्रार्थी–या इसे याची कहें–कृतज्ञ महसूस करता, भले ही फीस बहुत ज़्यादा क्यों न हो, जिसका आधा उसे कैश के रूप में, और बिना किसी रसीद के, तत्काल देना पड़ता था। वह कभी-कभी अपनी कार्यविधि बदल भी देता था। वह कहता कि इस प्रोग्राम से होने वाली सारी आमदनी किसी फैशनेबल समाजसेवी संस्था को दान में दी जायेगी, जिसके साथ देश के महत्त्वपूर्ण व्यक्तियों के नाम भी जुड़े हों। वह फीस के रूप में तो कुछ भी नहीं लेता था लेकिन खर्चों की रकम कैश ले लेता था, जिससे उसकी पूरी भरपाई हो जाती थी। आर्थिक मामलों में वह चतुर था और जानता था कि कैसे अच्छी आमदनी की जाये, और यह भी इनकम टैक्स वालों से भी कैसे बचकर रहा जाये। वह बंगले के बरामदे या लॉन में हाथ पीछे बाँधे टहलता रहता और सोचता रहता कि कैसे क्या किया जाये जिससे लोग और पैसा सब, उसके क़ाबू में रहें। टहलते-टहलते वह अचानक रुक जाता, अपने सेक्रेटरी को बुलाकर कोई चिट्ठी या मज़मून डिक्टेट कराता, या फोन उठाकर किसी से देर तक बात करता रहता।

धंधे से जुड़े कामों के सिवा वह जनसंपर्क पर भी विशेष ध्यान देता और सब महत्त्वपूर्ण पार्टियों में शामिल होने के अलावा अपने लॉली टैरेस में भी शानदार पार्टियाँ आयोजित करता। जिनमें जाने-माने स्त्री-पुरुषों को बुलाता और खिलाता-पिलाता। उसके अतिथियों में अक्सर विदेशी भी होते, और उसकी दीवालों पर सेल्वी को लिये उसके अनेक प्रख्यात व्यक्तियों के साथ फोटो टंगे थे–जैसे टीटो, बुलगानिन, यहुदी मेनुहिन, जॉन केनेडी, नेहरू परिवार

के लोग, पोप, चार्ली चैपलिन, योगी, खिलाड़ी, राजनेता इत्यादि, जिनके साथ विशेष अवसरों पर ये फोटो लिये गये थे।

बोर्डलेस रेस्त्राँ में सेल्वी की प्राइवेट ज़िन्दगी के बारे में तरह-तरह के अनुमान लगाये जाते थे। मेज़ों पर चलती बातचीत से वर्मा को पता चला था कि विनायक मुदाली स्ट्रीट के पीछे की गली में, उसे उसकी माँ ने पाला था। छोटा-सा घर था, जिसकी टाइलें उखड़ रही थीं, पास में इतना पैसा नहीं था कि इन्हें बदलवाया जाये या छत की टाइलों को ही कामचलाऊ ठीक करा लिया जाये। माँ ने ही उसे संगीत सिखाया था, और उसका भाई और छोटी बहन संगत करते थे।

तब मार्केट स्ट्रीट पर मोहन की एक फोटो की दुकान थी। एक दफा सेल्वी को स्कूल में गाने के लिए पहला इनाम मिला तो उसकी माँ स्कूल की मैगज़ीन के लिए फोटो खिंचाने उसे लेकर यहाँ आयी। फिर मोहन ने कभी-कभी उसके यहाँ जाना शुरू कर दिया, जैसे परिवार का हित-चिंतक हो, जहाँ घर की अकेली कुर्सी पर बैठकर वह कॉफी पीता और इस तरह व्यवहार करता, जैसे उन सबको सही राय और सहायता देना उसी का काम है। कभी-कभी वह सेल्वी से गाने के लिए कहता और कुछ देर बाद गाना सुनते हुए कुर्सी से उठकर ज़मीन पर पालथी मारकर और आँखें बंद कर इस तरह बैठ जाता, मानो वह उसके संगीत में पूरी तरह डूब गया है, और यह दिखाता जैसे इतने अच्छे कलाकार का गाना ऊँची कुर्सी पर बैठकर सुनना ज़बरदस्त अपराध है।

हर रोज़ वह परिवार की कुछ-न-कुछ सेवा करता और इस तरह कुछ समय में उसने घर का सारा इन्तज़ाम अपने ऊपर ले लिया। अब बोर्डलेस में कोई निश्चित रूप से यह नहीं बता पाता था कि किस दिन से उसने सेल्वी को अपनी पत्नी बताना शुरू कर दिया, या कब, कहाँ और किस प्रकार उनकी शादी हुई थी।

उसकी माँ, भाई और बहन छह बड़े-बड़े कमरों के भवन में जाते तो दाँत काट-काट कर उसकी ऊँची-ऊँची छतों और खम्भों को देखते फिरते, लेकिन सेल्वी ने कोई विशेष प्रतिक्रिया व्यक्त नहीं की, वह इसमें ऐसी निरपेक्ष होकर घूमती, जैसे किसी म्यूजियम में घूम रही है। शुरू में मोहन को इससे बहुत निराशा हुई। उसने पूछा, 'तुम्हें यह मकान कैसा लगा?' तो सेल्वी ने जवाब में इतना भर कहा, 'काफी बड़ा है।' उसने सेल्वी को हर कमरे और बरामदे में ले जाकर घुमाया और मकान का रोचक इतिहास भूत की बात छोड़कर भी

बताया' लेकिन वह चुपचाप सुनती रही, कोई रुचि नहीं दिखायी। जैसे उसका मन यहाँ नहीं, कहीं और था। वे कंपनी के दिनों की उन विशालकाय कुर्सियों पर बैठे थे, जिन्हें चूँकि साथ नहीं ले जाया जा सकता था, इसलिए यहीं छोड़ दिया गया था। उसने इस विशाल, शानदार फर्नीचर के बारे में भी, जिन पर वह बैठी थी, कुछ नहीं कहा। बाद में संगीत के सैकड़ों कार्यक्रमों में उसे प्रस्तुत करने के बाद मोहन को ज्ञात हुआ कि वातावरण से अछूते रहना, वास्तव में उसका स्वभाव ही है। सच्चाई यह थी कि कोई भी स्थान हो–महल या पाँच तारा होटल में शानदार कमरे, जिनमें अनेक सेवक तैनात रहते थे, या छोटा-सा कस्बा या गाँव का घर हो, जहाँ न कोई सुविधा है न प्रायवेसी–सब जगह वह प्रसन्न और संतुष्ट रहती थी और कार्यक्रम में जाने के लिए ठीक समय पर नहा-धोकर, ज़रूरी साज-सज्जा के साथ तैयार रहती थी। ज़्यादातर वह यह भी नहीं जानती थी कि उसे गाने के लिए कहाँ ले जाया जा रहा है, न यह पूछती थी कि इस कार्यक्रम की क्या फीस मिली है। जब भी मोहन कहता, 'सामान बाँधों और तैयार हो जाओ तो वह तुरंत बक्स में अपने कपड़े और साज-सज्जा का सामान तथा टॉनिक की शीशियाँ रखकर तैयार हो जाती। वह कभी यह न पूछती कि कहाँ जा रहे हैं। जब उससे कहा जाता कि रिज़र्व सीट में बैठना है, या अगले ही स्टेशन पर उतरना है तो वह उसी तरह तैयार रहती। वह न कुछ पूछती थी, न कोई माँग करती थी और न शिकायत करती थी। लगता था कि वह न कुछ देख रही है, न अनुभव कर रही है, और अपने ही भीतर किसी गुप्त-भाव या गीत की धुन में लीन है।

चौथाई सदी में वह राष्ट्रीय ख्याति की गायिका बन गयी और देश तथा देश के बाहर दूर-दूर तक घूम आयी। उसे 'संगीत की देवी' कहा जाने लगा। कहीं भी जब उसके कार्यक्रम की घोषणा की जाती, टिकट खरीदने के लिए लाइनें लग जातीं, बहुतों को सीट भी नहीं मिलती। जब वह मंच पर उतरती तो तालियों की गड़गड़ाहट से हॉल गूँज उठता और लोग उसे ऐसे देखते, जैसे किसी देवी को प्रकट होते देख रहे हैं। जब वह बैठती, गला साफ करने के लिए जरा-सा खँखारती और साज़िंदों को अपने वाद्यों पर संगत करने का समय देने के लिए धीमे से गुनगुनाती, तो हॉल में एकदम शांति छा जाती। उसकी आवाज़ में एक ऐसी अनोखी लय तथा विस्तार था जो श्रोताओं को मंत्रमुग्ध कर देता। उसका संगीत सामान्य, असंस्कृत व्यक्तियों के साथ-साथ पंडित, विद्वान् तथा विशेषज्ञ

के लिए समान रूप से आकर्षक था, और संगीत को पसंद न करने वाले व्यक्ति भी इन सम्मेलनों में प्रतिष्ठा की दृष्टि से जाते थे।

कार्यक्रम कहीं भी हो–मद्रास, दिल्ली, लंदन, न्यूयार्क या सिंगापुर में–मोहन हमेशा सामने की पंक्ति में सबसे बीच की सीट पर बैठता और गायिका को इस तरह देखता रहता कि लोग सोचते कि या तो वह उसके गायन में खो गया है या अपनी भावना से उसे संचारित और प्रेरित कर रहा है। लेकिन उसकी आँखें भले ही गायिका की ओर होतीं, मन में वह आर्थिक समस्याओं के जटिल गणित को हल करने में व्यस्त रहता, साथ ही चुपचप यह भी भाँपता रहता कि कहीं कोई टेपरिकार्डर तो काम नहीं कर रहा है जो गीतों को भर ले–वह किसी भी तरह की रिकार्डिंग की अनुमति कभी नहीं देता था–और यह भी भाँपता रहता कि अगल-बगल बैठे महत्त्वपूर्ण व्यक्तियों पर गायन का क्या-कैसा प्रभाव पड़ रहा है।

हर कार्यक्रम की वह विस्तृत योजना बनाता था। दोपहर बाद वह सेल्वी के साथ बैठता और मुलायमियत परंतु दृढ़ता के साथ उसे बताता, 'तुम कल्याणी वर्णम् से आरंभ करना चाहोगी–लघु वाले से?' जवाब में वह 'हाँ' कहती। इसके अलावा और कोई शब्द उसके मुख से कभी निकला ही नहीं था। मोहन आगे कहता, 'इसके बाद बेगाड में त्यागराज का गीत–विपरीत राग पेश करना ही ठीक रहेगा।...' और इस प्रकार वह चार घंटे का पूरा कार्यक्रम निश्चित कर देता।' इन श्रोताओं में पल्लवी गाना ठीक नहीं होगा, इसकी जगह थोड़े को ज़रा विस्तार से गा देना। इसके बाद तुम जो चाहो प्रस्तुत करना–हलके भजन, जावली या लोकगीत।' हालांकि इस स्वतंत्रता का कोई मतलब नहीं था क्योंकि पहले रागों में ही चार घंटे निकल जाते और नियम के अनुसार कोई भी कार्यक्रम चार घंटे से अधिक नहीं गाना चाहिए। वह अक्सर सोचता, 'इस मार्गदर्शन और योजना के बिना वह पता नहीं क्या करने लगे.... इसे तो कोई नहीं समझता।'

हर व्यक्ति मोहन की चापलूसी इस आशा से करता कि उसे गायिका के पास जाने का मौका मिल जायेगा। मोहन विशिष्ट व्यक्तियों को ज़रूर प्रोत्साहित करता कि वे लॉली टैरेस में आये और उससे मिलें। ऐसे किसी व्यक्ति के आने पर वह उसे सेंट्रल हॉल में इज्ज़त से बिठाता और फिर सेल्वी को आवाज़ देकर बुलाता, 'देखो, अमुक-अमुक आये हैं।' यह अमुक-अमुक कोई साधारण नाम न होते, यह या तो कोई मिनिस्टर होता, या पुलिस का इन्सपेक्टर जनरल, या किसी कपड़ा मिल का मैनेजिंग डायरेक्टर, या किसी समाचार पत्र

का सम्पादक–ये सब मोहन के लिए कुछ ऐसा करना चाहते जिससे सेल्वी उन्हें परिवार के विशेष-मित्र के रूप में जाना जा सके। सेल्वी बुलाये जाने के दस मिनट बाद पूरी तरह तैयार होकर बाहर आती और बड़ी अच्छी तरह अपना रोल अदा करती : प्यारी मुस्कान और नमस्ते, कोमलता से हाथ जोड़कर स्वागत, जिससे विशिष्ट व्यक्ति के शरीर में फुरफुरी की एक लहर-सी दौड़ जाती, जिसके बाद वे उसके पिछले कार्यक्रम का ज़िक्र करते और बताते कि उससे वे कितने प्रभावित हुए थे, और किस तरह उस कार्यक्रम का अमुक राग पूरी रात उनके मन में गूंजता रहा। इस प्रशंसा के उत्तर में सेल्वी बहुत उपयुक्त यह उत्तर देती: 'मुझे खुशी है कि आप जैसी योग्यता के व्यक्ति को मेरे छोटे-से गीत से आनन्द प्राप्त हुआ है, मैं इससे बहुत सम्मानित अनुभव करती हूँ।' इसी के साथ मोहन कोई हलका-सा मज़ाक या कोई बात कहकर बीच में घुसने की कोशिश करता। वह किसी भी मेहमान को, वह चाहे कितना ही महत्त्वपूर्ण क्यों न हो, सेल्वी के ज़्यादा निकट नहीं आने देना चाहता था, और सही समय पर बीच में प्रवेश कर जाता था। भेंट के अंत में मोहन प्रसन्न होता कि उसके मार्गदर्शन के ही अनुसार सेल्वी बात करती, मुस्कराती और आदर-सत्कार करती थी। उसे ख्याति के इस शिखर तक सफलतापूर्वक पहुँचाने के लिए वह स्वयं को बधाई देता, 'मेरे प्रयत्नों के बिना सेल्वी विनायक मुदाली स्ट्रीट की अपनी माँ, भाई और बहन की तरह साधारण कलाकार ही बनी रहती, उससे आगे बिलकुल भी न बढ़ पाती। मुझे खुशी है कि मैं उसे इस ऊँचाई तक पहुँचाने में सफल रहा।'

विनायक मुदाली स्ट्रीट के वातावरण से बाहर निकालने के लिए उसने बहुत धीरे-धीरे और बड़ी कुशलता से उसे माँ, भाई और बहन से अलग करना शुरू किया। जैसे-जैसे समय बीतता गया, उसका अपने परिवार से मिलना कम होता गया। शुरू के दिनों में हर हफ्ते गाड़ी उन्हें लेने जाती, लेकिन जैसे-जैसे सेल्वी के बाहर जाने के कार्यक्रम बढ़ते गये, उसका परिवार उसके जीवन से बाहर होता गया। सेल्वी ने एकाध दफा मोहन से अपनी माँ के बारे में बात करने की कोशिश की, लेकिन उसने इसे गंभीरता से नहीं लिया, कहा, 'वे ठीक ही होंगी। मैं उन्हें बुलाने की कोशिश करूँगा–लेकिन अब समय ही कहाँ है? जब कभी हमें यहाँ तीन दिन रहने को मिलेंगे तो मैं उन्हें बुला लूँगा।' इतना समय उन्हें बहुत कम ही मिलता था–ज़्यादातर वे रेल या कार से वापस आते और चौबीस घंटे के भीतर,ही कहीं और के लिए रवाना हो जाते। फिर जब कभी उन्हें समय

भी मिलता और वह माँ का ज़िक्र भी करती तो मोहन गुस्से से कहता, 'ठीक है, ठीक है, मैं मणि को विनायक मुदाली स्ट्रीट भेजूंगा लेकिन कभी और अभी नहीं। मैंने गवर्नर साहब को कल लंच के लिए निमंत्रित किया है और वे तुम्हारा गाना सुनना चाहेंगे–सिर्फ आधा घंटा।'

'उसके दूसरे दिन...,' सेल्वी हिचकती हुई कहती और वह उसकी बात अनसुनी करके टेलीफोन करने चला जाता। सेल्वी समझ जाती और इसके बाद फिर कभी माँ की चर्चा न करती। लेकिन वह मन-ही-मन में घुटती रहती, 'मैं अपनी माँ से भी नहीं मिल सकती।' उसके अलावा और कौन था जिससे वह अपने मन की बात कह सके।

मोहन ने समझ लिया कि अब उसने माँ की बात करना बिलकुल बंद कर दिया है तो वह यह सोचकर प्रसन्न हुआ कि सेल्वी अपने इस मोह से उबर चुकी है। 'यह बहुत अच्छी बात है। कोई बच्चा ही अपनी माँ के लिए मचलता है।' उसने फिर अपनी पीठ ठोंकी कि वह सेल्वी को सही ढंग से चला रहा है।

इस तरह महीने और फिर साल गुज़रते चले गये। सेल्वी ने इसका हिसाब नहीं रखा था, वह मशीन की तरह, जो उससे कहा जाता, उस पर आचरण करती रही और संगीत के कार्यक्रम प्रस्तुत करती रही।

जब उसकी माँ की मृत्यु हुई, तब वह कलकत्ता में थी और यहाँ एक के बाद एक कार्यक्रमों में भाग ले रही थी। जब उसे यह समाचार मिला, तब उसने होटल के कमरे से बाहर निकलने से इनकार कर दिया और सब कार्यक्रम रद्द कर देने को कहा। मोहन जब कमरे में उसे समझाने गया तो उसके बिखरे बाल और लगातार बह रहे आँसू देखकर चकित रह गया। रेल-यात्रा के दौरान वह खिड़की से बाहर ही देखती रही और बातचीत में लगाने के मोहन के सब प्रयत्न व्यर्थ हुए। उसे सेल्वी के इस व्यवहार पर आश्चर्य हो रहा था। यद्यपि वह ज़्यादा बात कभी नहीं करती थी लेकिन बातों को सुनती ज़रूर रहती थी और कभी-कभी बीच में एकाध शब्द बोल भी देती थी। लेकिन छत्तीस घंटे के इस लंबे सफर में उसने न एक बात की और न मोहन की ओर देखा। घर पहुँचकर मोहन ने उसे तुरंत विनायक मुदाली स्ट्रीट पहुँचाने का प्रबंध किया और शोक व्यक्त करने स्वयं भी उसके साथ गया–यह सोचकर कि सेल्वी को यह अच्छा लगेगा। लेकिन यहाँ के वातावरण में सफेद खादी के इस्तरी किये कपड़े पहने मोहन बहुत अच्छा नहीं

लग रहा था। उसकी कार ने गली का आधा हिस्सा घेर लिया। सेल्वी की बहन ने शादी कर ली थी और कई बच्चों के साथ सिंगापुर में रहती थी, वह नहीं आ सकी थी। उसके भाई का भी पता नहीं था कि कहाँ है। एक पड़ोसी ने आकर माँ की मृत्यु का विवरण दिया और बताया कि उसने ही उसका दाह-संस्कार आदि सब कार्य संपन्न कराया है। मोहन ने उसकी यह लंबी कहानी रोकने की भी कोशिश की, क्योंकि वह नहीं चाहता था कि कोई गैर आदमी सेल्वी से सीधे बातचीत करे। लेकिन सेल्वी ने मोहन से कहा, 'आप चाहें तो टैरेस वापस जा सकते हैं। मैं यहीं रहूँगी।' मोहन को उससे इस तरह बात करने की उम्मीद नहीं थी। उसे समझ नहीं आया कि क्या जवाब दे, बोला, 'कोई बात नहीं...ठीक है...मैं बाद में गाड़ी भेज दूँगा...कब भेजें गाड़ी?'

'कभी नहीं। अब मैं पहले की तरह यहाँ रहूँगी।'

'यह कैसे हो सकता है? इस गली में!'

परंतु सेल्वी ने इस बात पर ध्यान नहीं दिया। वह बोली, 'माँ मेरी गुरु थी, यहीं उसने मुझे संगीत की शिक्षा दी और यहीं वह मरी।... मैं भी यहीं रहूँगी और यहीं मेरा देहान्त होगा। जो उसके लिए अच्छा था, वह मेरे लिए भी अच्छा है...।'

मोहन ने उसे इतना कठोर और वाचाल नहीं पाया था। इतने सालों तक वह इतनी शांत और आज्ञाकारी थी कि जो उससे कहा जाता है, उससे ज़्यादा कुछ वह कह और कर सकेगी, इसकी आशा ही नहीं थी। मोहन थोड़ी देर ठहरकर इन्तज़ार करता रहा कि शायद उसका दिमाग़ बदल जाये। इसी के साथ पड़ोसी बड़े विस्तार से माँ के अंतिम समय पर क्या और कैसे उसे करना पड़ा, यह कथा सुनाये चला जा रहा था। 'मुझे पता नहीं था कि तुम कहाँ हो और कैसे तुम्हें खबर भेजूँ, इसलिए हम ही उसे नदी पर ले गये, चिता तैयार की और मैंने ही अग्नि दी—और फिर राख सरयू में प्रवाहित कर दी।... मैं उसे बचपन से जानता था, चाची कहकर पुकारता था और जब तुम संगीत का अभ्यास करती थीं, मैं सामने पालथी मारकर शांति से सुनता रहता था।... हालाँकि बाद में जब तुम्हारे कार्यक्रम होने लगे, तब मैं तुम्हारे पास भी नहीं जा सकता था, न मेरे पास टिकट खरीदने के पैसे होते थे।'

मोहन परेशानी से यह सब देखता रहा। सेल्वी ने अब तक निश्चित सीमा से आगे बढ़ने की कोशिश नहीं की थी। उसने अब न किसी से बात की थी, न किसी कंपनी का प्रोग्राम खत्म हो जाने के बाद एक मिनट भी वहाँ रुकी थी।

आज उसका व्यवहार बिलकुल भिन्न था। आज उसने मोहन के इशारे की उपेक्षा की थी और पड़ोसी जो सब बताता जा रहा था, उसे ध्यान से सुन रही थी, जिससे उसे भी लग रहा था कि वह परिवार के कुछ काम आया।

काफी इन्तज़ार के बाद मोहन चलने के लिए उठा। पूछा, 'तुम्हें यहाँ क्या-क्या भेज दूँ?'

'कुछ नहीं,' उसने उत्तर दिया। मोहन ने देखा कि उसने अपने कपड़े उतारकर एक पुरानी साड़ी पहन ली है, और जेवर वगैरह भी उतार दिये हैं।

'क्या मतलब है तुम्हारा, कुछ ज़रूरत नहीं होगी?'

'मुझे कुछ नहीं चाहिए।'

'फिर कैसे रहोगी तुम?' कोई उत्तर नहीं आया। फिर उसने धीरे से पूछा, 'और भोपाल में कई कार्यक्रम हैं... उन्हें तारीख बदलने को कह दूँ?'

'जो चाहो करो।'

'इसका क्या मतलब हुआ?'

इस प्रश्न का भी कोई उत्तर नहीं आया।

वह बाहर निकला और कार पर बैठकर चला। अब तक कार के इर्द-गिर्द जो भीड़ इकट्ठी हो गयी थी, वह अब सेल्वी की ओर मुड़ी। वह उसे एकटक देखने लगे–अब तक जो सबके लिए बहुत दूर की चीज़ थी, ऐसा महल था जिसमें कोई घुस नहीं सकता था, जो सबके लिए अब तक एक कहानी थी, एक रहस्य थी।

किसी ने कहा, 'तुम अंतिम समय में अपनी माँ से मिलने क्यों नहीं आयीं? वह तुम्हें बहुत याद करती थी।'

यह सुनकर वह फूट-फूट कर रोने लगी।

तीन दिन बाद मोहन फिर वहाँ आया। बोला, 'तीस तारीख को दिल्ली यूनिवर्सिटी तुम्हें मानद उपाधि देने जा रही है...।' यह सुनकर उसने ज़रा-सा सिर हिलाया। 'प्रधानमंत्री स्वयं अध्यक्षता करेंगे।'

काफी दबाव पड़ने पर उसने बस इतना ही कहा, 'अब मुझे इस सब में मत घसीटो। मुझे अकेला छोड़ दो। अब मैं अकेली ही रहूँगी, मुझे कुछ भी अच्छा नहीं लगता...।'

'सिर्फ इसमें चली चलो। इसके बाद जो चाहो, करना। वहाँ न जाना ठीक नहीं होगा। सिर्फ एक दिन दिल्ली में–फिर तुरंत वापस लौट आयेंगे।... और अगले महीने के लिए तुमने ग्रामोफोन रिकार्डिंग का भी कान्ट्रैक्ट साइन किया था...।'

उसने कोई जवाब नहीं दिया। उसकी आँखों से लगता था कि यह उसका मसला नहीं है। 'इससे मुझे बहुत परेशानी हो जायेगी... सिर्फ यह वायदा पूरा कर दो...।'

चारों तरफ इकट्ठी भीड़ में, जो उसकी एक-एक बात बड़े ध्यान से सुन रहे थे, सेल्वी से बात करना कठिन हो रहा था। वह चाहता था कि अकेले में बात करने का मौका मिले, लेकिन इस घर में एक ही कमरा था, जहाँ सब लोग आते-जाते और बैठते रहते थे। अगर वह अकेली मिल जाये तो या तो वह उसे मना लेगा या उसकी गर्दन मरोड़ देगा। वह बहुत दुखी और निराश था, और अचानक घर छोड़कर चला गया।

एक सप्ताह बाद वह फिर आया। लेकिन कोई लाभ नहीं हुआ। सेल्वी ने न उसका स्वागत किया, न लौट जाने को कहा। मोहन ने उसे गाड़ी में आने को कहा, इस दफा वह छोटी कार लाया था। उसने इनकार कर दिया। 'आखिरकार वह औरत काफी बूढ़ी हो गयी थी...,' वह सोचने लगा। 'यह आदमी इसकी ज़िन्दगी बरबाद कर देगा।'

उसने शोक मनाने के चार हफ्ते सेल्वी को दिये और इसके बाद फिर आया। इस बार उसने देखा कि घर पूरा भरा है, बाहर तक भीड़ लगी हुई है। इनके सामने हाथ में तंबूरा लिये सेल्वी इस तरह गा रही है जैसे किसी बड़े हॉल में होने वाले कार्यक्रम में गा रही हो। साथ में संगत करने के लिए कहीं से एक वायलिन वादक और तबलची भी आ गये हैं।

'यह अपनी कला का गलत इस्तेमाल कर रही है,' मोहन ने सोचा। सेल्वी ने उसे देखकर कहा, 'आओ, बैठो।'

मोहन एक कोने में बैठ गया, थोड़ी देर सुनता रहा, फिर चुपचाप निकलकर चला गया। इसके बाद वह जब भी यहाँ आता, उसे इसी तरह लोगों के सामने गाते देखता। यह खबर चारों ओर फैल गयी कि वह मुफ्त में संगीत सुनाती है तो दूर-दूर से लोग कारों, साइकिलों पर और पैदल उसे सुनने यहाँ आने लगे। वर्मा एक सुनहरे कागज़ से मढ़े डिब्बे में उसके लिए मिठाई लेकर आया और अपनी देवी को यह भेट देकर अपने जीवन की सबसे बड़ी कामना पूरी कर ली। सेल्वी किसी से बेकार कोई बात नहीं करती थी, वह हमेशा चुप और जैसे अपने ही भीतर डूबी रहती और कौन आता है या कौन जाता है, इस पर ध्यान नहीं देती थी।

मोहन ने सोचा कि रात को शायद उससे अकेले में बात करने का अवसर मिलेगा। एक दिन रात को ग्यारह बजे उसने अपनी गाड़ी मार्केट रोड पर खड़ी की और पैदल विनायक मुदाली स्ट्रीट में घर तक पहुँचा। दरवाज़े पर उसने धीरे से आवाज़ दी, 'सेल्वी, यह मैं हूँ। तुमसे बात करने आया हूँ। दरवाज़ा खोलो।' उसकी आवाज़ में याचना भरी थी, जो अँधेरे घर में गूंज गयी। सेल्वी ने खिड़की को धीरे से खोला और दृढ़ता से कहा, 'चले जाओ। इस समय किसी के घर आना ठीक नहीं है...।'

मोहन की आवाज़ गले में ही अटक गयी। 'कृतघ्न औरत...,' कहते हुए वह वापस लौट पड़ा।

दूसरी राय

मैं बिल्ली की तरह दबे पाँव कमरे में घुसा, दरवाज़े का ताला खोला और माचिस की तीली रगड़कर लालटेन जलायी। मैं नहीं चाहता था कि माँ की नींद खुल जाये, इसलिए हॉल के दूसरी तरफ खिड़की के पार बने अपने कमरे का रास्ता मैंने इस तरह पार किया जैसे जंगल में शिकारी, उसके शिकार को खबर न लग जाये, इसलिए पेड-पौधों और झाड़-झंखाड़ को बहुत ही सावधानी से, ज़रा भी आवाज़ न हो जाये, इसलिए एक-एक कदम रखकर आगे बढ़ता है। जैसे ही अपनी कोठरी में घुसकर भीतर से उसका दरवाज़ा बंद किया, वैसे ही वह आठ गुणा दस फीट की यह छोटी-सी जगह मेरे लिए बहुत बड़ी, बिलकुल मेरी अपनी दुनिया बन गयी। इसकी ढालू छत की टाइलों में सब तरह के कीड़े-मकोड़े डेरा जमाये थे, परदों से मकड़ी के जाले लटक रहे थे, पुराने ज़माने से लटके कैलेंडरों के पीछे से छिपकली और गिरगिट निकल-निकल कर इधर-उधर रेंगते बेचारे छोटे-छोटे जंतुओं को लपक-लपककर निगलने-खाने में लीन थे–जिससे वे अपने जीवन की अगली योनियों में तुरंत प्रवेश कर जायें। यहाँ प्राप्त मृत्यु के बाद वे अधिक विकसित प्राणी बनकर जन्म लेंगे, और इस तरह अनेक जीवनों से गुज़रकर पहले बंदर, फिर मनुष्य और इसके बाद जीवन के अंतिम पड़ाव सर्वोच्च और अविभाज्य परम आत्मा में लीन हो जायेंगे। अपने इस दृष्टिकोण के कारण, जो विविध शास्त्रों को पढ़ने और उन्हें अधकचरे ढंग से समझने का परिणाम है, मैं इस स्थान की झाड़-बुहारू की आवश्यकता नहीं समझता। इसलिए मैंने कभी किसी को अपने कमरे, या कोठरी की सफाई करने की अनुमति नहीं दी।

इसी प्रकार कमरे के बाहर पीतल की थाली में रखें मेरे रात के भोजन

को भी कभी मैंने हाथ लगाने की आवश्यकता नहीं समझी, जब तक कि मुझे बहुत भूख न लगी हो। भूख मुझे लगती भी कैसे, क्योंकि दिन भर मैं बोर्डलेस रेस्त्राँ में कॉफी पीता रहता था, वह भी बिना एक भी पैसा दिये। बात यह थी कि कॉफी मेरी तरफ खुद आती रहती थी। वर्मा हर दो घंटे बाद कॉफी का प्याला मँगाकर पीता रहता था, जिससे उसे पता चलता रहे कि उसका जायका बिलकुल सही बना रहे, किचेन के लोग उसमें कोई मिलावट या चालबाज़ी तो नहीं कर रहे हैं। अपने साथ वह मेरे लिए भी बराबर कॉफी मँगवाता रहता, इसलिए नहीं कि वह मेरा सत्कार कर रहा है, बल्कि इसलिए कि कॉफी की गुणवत्ता के बारे में उसे–जैसा मेरे डॉक्टर हमेशा मानते रहे हैं, कोई 'दूसरी राय' भी प्राप्त की जा सके।

यहाँ मैं विषय से ज़रा-सा हटकर मालगुडी मेडिकल सेंटर के डॉ. किशन के बारे में भी कुछ बता देता हूँ। पिछले दिनों, जब मैं अपने को घर के लिए मददगार साबित करने में यकीन करता था, मैं अपनी माँ को डॉक्टर साहब के पास ले जाया करता था। इस पुराने-धुराने घर को विरासत में प्राप्त करके हमें भले ही बहुत-सी परेशानियाँ झेलनी पड़ती रही हों, इसका यह लाभ ज़रूर था कि यह बड़ी अच्छी जगह पर बना था। मुख्य मार्केट रोड के समांतर ही कबीर स्ट्रीट है और उससे जुड़ी बहुत-सी गलियाँ हैं जिनसे आप चाहें तो तुरंत डॉक्टर साहब के यहाँ या सब्जी-मंडी पहुँच सकते हैं। मेडिकल सेंटर शहर के बिलकुल बीच में था, और यह बात डॉक्टर साहब हमेशा आपकी जीभ या छाती की परीक्षा करते समय बताते ही थे–क्योंकि तब आप उनसे कोई तर्क-वितर्क नहीं कर सकते थे। 'आप देखिये, दूसरे डॉक्टरों से यहाँ इतनी ज़्यादा भीड़ क्यों रहती है–क्योंकि शहर के सब मुहल्लों से इसकी दूरी बिलकुल एक-दूसरे के बराबर है।'

बराबर दूरी की सूचना देने के तुरंत बाद वह विषय पर आ जाता, 'मैंने जाँच कर ली है और मेरे ख्याल से बीमारी यह है... फिर भी आप चाहें तो दूसरी राय भी ले लें।' मेरा मानना है कि वर्मा का दृष्टिकोण भी यही था। कॉफी का हर प्याला चखने के बाद भी वह निश्चय नहीं कर पाता था और हमेशा मेरी राय लेता था। इस तरह लोग आते रहते, और देर शाम को छह बजे वाला दल आता था। जो हॉल के एक कोने में बैठकर उस दिन की शहर की सारी सूचनाओं का आदान-प्रदान करते कॉफी पीते रहते, और मुझे भी हमेशा इस चर्चा में आग्रहपूर्वक शामिल करते–जिसका नतीजा यह होता था कि मैं हर रात काफी

देर से घर पहुँच पाता था। इसलिए पीतल की थाली में रखी हुई सामग्री के लिए मेरी भूख क्या, इच्छा भी मर जाती थी।

दूसरे दिन बहुत तड़के एक नौकरानी यह बर्तन उठाने आती थी। इसकी उम्र दस साल थी, काले गोल गालों में चमकती हुई आँखें, बहुत सफेद दाँत, सिर पर चुटिया, जिसमें एक लाल रंग का रिबन लटकता रहता था। मुझे यह लड़की बहुत अच्छी लगती थी और मैं सोचता कि अगर मैं कलाकार होता तो इसका ऐसा चित्र बनाता जो दुनिया में मशहूर हो जाता। उसे पता था कि वह मुझे अच्छी लगती है, इसलिए वह मेरे कमरे में बेखटके घूमती रहती थी। बर्तन को उठाकर वह कहती, 'अरे, खाना छुआ तक नहीं!'

'चुप...धीरे बोल', मैं कहता, तो वह शैतानी से मुस्कराकर कहती, 'अच्छा ठीक है...,' लेकिन मैं जानता था कि अगले मिनट ही यह दुनिया की सबसे महत्त्वपूर्ण खबर बन जायेगी। ख़बर पाते ही माँ आ धमकतीं और मुझसे जवाब माँगतीं, फिर कहतीं, 'अगर यह इसी तरह चलता रहेगा तो पता नहीं क्या होगा... मैंने खासतौर पर तुम्हारे लिए खीरा काटा और उसकी सब्जी बनाई लेकिन तुम हो कि उसे बरबाद करने में एक मिनट नहीं लगाया...। तुम्हें क्या पसंद है और क्या नहीं, यह तो बताओ। बताओगे भी नहीं और खाओगे भी नहीं।' मुझे उनकी बातों से तब तक कोई परेशानी नहीं होती, जब तक वे बाहर से ही कहती-सुनती रहें, कमरे के भीतर न घुसें। मैं दीवाल से पीठ टिकाये, चटाई पर बैठा चुपचाप उनकी बातें सुनता रहा और सोचता रहा कि निस्पृह रहने के अपने दर्शन पर आचरण करना कितना कठिन है! सिद्धार्थ ने अच्छा किया कि रात को जब सब लोग सो रहे थे, तब ज्ञान-प्राप्ति की तलाश में चुपचाप घर छोड़कर चल पडे। अपने ढंग से मैं भी ज्ञान की तलाश कर रहा हूँ, भले ही अब तक बंधनों में ही जकड़ा हूँ। साँझी छत, विवाह जो होना ही है–सब तरह के उत्तराधिकार और जीवन की सब साधन-सामग्रियाँ, ये सब मनुष्य के लिए बंधन ही तो हैं। अपनी इस धारणा के अनुसार मैंने सबसे पहले मेज़-कुर्सी का परित्याग किया था, और कहा जाये तो घर की समान छत का भी त्याग कर दिया था, क्योंकि मेरा कमरा सारे घर से बिलकुल अलग था। यह सब कर पाना आसान नहीं हुआ था।

मेरे पिता के घर में बहुत से अलग-अलग हिस्से थे, जैसे वह बड़ी भीड़ के लिए बनाया गया हो। घर का मुख्य द्वार कबीर स्ट्रीट पर खुलता था और पीछे का द्वार सरयू नदी पर, जो घर से थोड़ी ही दूर, बड़ी सुस्त चाल से बहती थी।

यद्यपि मेम्पी पहाड़ियों पर जब वर्षा होती तो वह बड़ी गरज़ के साथ बहने लगती थी और दूर से यह आवाज़ सुनायी देती थी। घर के पीछे का दरवाज़ा खोलकर वहाँ कुछ देर बैठना और नदी को देखना ही सौंदर्य की दृष्टि से तो अच्छा था, और मधुर संगीत की तरह नदी की धारा की कलकल भी अच्छी लगती थी, लेकिन द्वार के पीछे पिछले कई दशकों में इतने झाड़-झंखाड़ उग आये थे और इतना कूड़ा-करकट इकट्ठा हो गया था कि नदी अब हमारी पहुँच से बाहर हो गयी थी। मैंने अपनी माँ को यह कहते हुए सुना है कि उनके बचपन में नदी एक तरह से घर का हिस्सा ही थी और कबीर स्ट्रीट का हर घर पीछे के दरवाजों से इस तक पहुँच सकता था, लोग वहीं नहाने-धोने और बर्तनों में पीने का पानी भरते थे, शाम को पुरुष इसके रेत पर बैठकर गपशप करते और पूजा-पाठ करते थे।

यह तब की बात है जब घरों में पानी के कुएँ नहीं खुदे थे। माँ कहती थीः 'तब नदी हम लोगों के काफी पास हुआ करती थी, अब यह हमसे दूर चली गयी है। जब घरों में कुएं खुद गये तो लोग आलसी हो गये और उसकी उपेक्षा करने लगे, इसलिए वह हमसे दूर चली गयी है। उन दिनों तो आप पीछे के द्वार से हाथ निकालो और नदी को छू लो, यह हालत थी। लेकिन तुम्हें पता है कि इलमान स्ट्रीट से तो नदी अब भी बिलकुल सटी बह रही है–क्योंकि वे लोग उसकी परवाह करते हैं। उन्होंने नदी तक सीढ़ियाँ बना ली हैं और उसकी इज्ज़त करते हैं। कार्तिक में वे दीये जलाकर उस पर तैराते हैं...। हमारी सड़क के लोग तो आलसी हो गये हैं और उसकी परवाह नहीं करते। उन दिनों मैंने तेरे पिता से घर में कुआँ न खुदवाने की ज़िद की थी, दूसरों ने भी फिर यही किया था...।' माँ कुएँ खोदने वाले को कभी माफ नहीं कर पायी थीं।

'लेकिन माँ, हम कुएँ से जो पानी लेते हैं, वह भी तो नदी का ही पानी है...।'

'इसका क्या मतलब है? कैसे है?'

इस पर मैं उन्हें समझाता कि धरती के भीतर जो पानी होता है वह भी आस-पास की नदियों का ही पानी होता है, और इस तथ्य के दर्शन और कविता से प्रेरित होकर मैं अंत में कहता, 'देखो, ज़मीन के नीचे जो पानी होता है वह सैकड़ों-हज़ारों, घन फीट पानी, एक-दूसरे से जुड़ा पानी का एक अति विशाल भंडार है, इसी तरह जैसे तुम कहती हो कि दुनिया की इस ओर, उस ओर हर चीज़ में ब्रह्म का ही विस्तार है...।' वह मेरी बात को काटकर बीच में ही कहतीं, 'पता नहीं तुझे क्या हुआ है! मैं पानी की एक सीधी-साधी बात कहती हूँ और तू

है कि खलीफा की तरह भाषण देने लगता है...।'

उन दिनों मैं घर के पिछवाड़े, जहाँ बहुत बड़ा आँगन और रसोई से गुज़रता लंबा बरामदा था, जिससे जुड़ा स्टोर और भोजनघर था, अपना बहुत–सा समय बिताता था। माँ का तो पूरा ही समय यहीं बीतता था। तब मुझे कोई काम तो होता नहीं था, इसलिए मैं वहीं खंभे के सहारे बैठा माँ से बातें करता रहता था और आधुनिक विषयों की उनकी जानकारी बढ़ाया करता था। लेकिन उसे मेरी थ्योरियों में कोई रुचि नहीं थी। हम दोनों एक-दूसरे से बिलकुल विपरीत थे। नदी की बात के अलावा और सभी बातों में भी मैं, बुद्धिवादी होने के नाते, उसके विचारों से सहमत हो ही नहीं सकता था।

कई दफा मुझे बहुत पेरशानी भी होती थी। माँ मुझे शांति से नहीं रहने देती थी। हॉल के इस पार पश्चिम दिशा में मेरी छोटी-सी कोठरी थी। दूसरे सिरे पर पिता का कमरा था। वे दिन भर वहीं बैठते थे और मैं सोचता था कि उनके चारों ओर दीवालों के साथ बनी अलमारियों में बड़ी-बड़ी किताबों की जो कतारें लगी रहती थीं, उनको पढ़ते रहते हैं तमिल, संस्कृत और अंग्रेजी में मज़बूत ज़िल्दों में बँधी दर्शन इत्यादि की किताबें, उपनिषद् इत्यादि और इन पर शंकर, रामानुज इत्यादि द्वारा किये भाष्य तथा विश्व-गुरुओं की बहुत-सी कृतियाँ, इनके अलावा ईसाई धर्म, प्लेटो और सुकरात की मोटी-मोटी ज़िल्द बन्द रचनाएँ। मेरे लिए यह जानने का कोई साधन नहीं था कि वे इन ग्रन्थों का कितना उपयोग करते हैं।

उनका कमरा मेरी पहुँच से बाहर था। वे हमेशा जमीन पर पालथी मारकर ज़मीन पर बैठते, सामने एक टीन की ढलवाँ डेस्क रखी होती, जिस पर एक बहुत बड़ी, मोटी किताब-सी होती, जिसे मैं अपने अज्ञानवश दर्शन की पोथी समझता था और सोचता था कि पिता इन बातों में कितना रूचि लेते हैं। बहुत बाद में मेरे बड़े होने पर मेरी समझ में आया कि यह अति महान पोथी वास्तव में हिसाब-किताब का रजिस्टर था, जिसमें वे हर समय जोड़ बाकी गुणा भाग करने में व्यस्त रहते थे। उन्हें बहुत सारी बातों के हिसाब रखने पड़ते थे–जैसे हमारे खेतों-खलिहानों में काम करने वाले गाँववालों को दी जाने वाली रकम का हिसाब, लोगों को कर्ज के रूप में दी जाने वाली रकमों का हिसाब और किसी मंदिर के ट्रस्ट या बच्चों के नाम बैंक के खातों का हिसाब। घर के सामने बने बड़े चबूतरे पर बहुत से लोग शांतिपूर्वक बैठे इन्तज़ार करते कि कब उनका नम्बर आये और

वे भीतर जायें, इसके बाद उनसे देर तक बातचीत होती, कागज़ों पर दस्तखत कराये जाते और मोटे-मोटे मज़बूत हैंडिल वाली तिजोरी में से निकालकर अच्छी तरह गिनकर उन्हें दिये जाते। तिजोरी तीन फुट के करीब ऊँची थी और एक तरह से पिता के जीवन का हिस्सा थी। इससे बाहर पैसा निकलता और दस्तखत किये कागज़ात इसके भीतर जाते।

पिता के देहान्त के बाद ही मैंने यह तिजोरी खोली थी और इसे खोलने में मुझे बड़ी मशक्कत करनी पड़ी थी। उसमें मिले कागज़ों की जाँच से मुझे पता लगा कि बड़े-बड़े ग्रंथों की यह लायब्रेरी पिता को किसी गरीब विद्वान् आत्मा ने गिरवी के तौर पर दी थी, जिसे फिर वह कभी छुड़ा ही नहीं सका। पिता ने उनका कभी कोई उपयोग नहीं किया था, वे किताबों को कभी-कभी साफ ज़रूर करते रहते थे, जिससे जब कभी वे वापस देनी पड़े तो सही हालत में बनी रहें। लेकिन मेरे लिए ये किताबें ईश्वर का वरदान ही साबित हुईं। जब-जब वे स्नान करने बाहर नदी पर जाते, जहाँ वे पूजा-पाठ में बहुत समय लगाते थे, तब मैं चुपचाप उनके कमरे में घुस जाता और चुपचाप उन्हें देखता रहता। वे बहुत समय तक मुझे ये किताबें पढ़ने को नहीं देते थे। कहते, 'तुम्हें क्या पता, इनमें क्या लिखा है! फिर उन्होंने मुझे एक किताब ले जाने की अनुमति देना शुरू किया, लेकिन बहुत-सी हिदायतों के साथ, जैसे कवर को पूरा कभी मत खोलना, आधा हटाकर ही देख लेना जिससे इनकी क्रीज़ खराब न हो जाये–याद रखना, इन्हें बहुत अच्छी हालत में वापस करना है।'

उनके कहे के अनुसार मैं हमेशा एक ही किताब चुनता। मुझे उनका स्पर्श, वज़न और खुशबू, सब कुछ बहुत अच्छे लगते कई किताबों की एक जैसी सीरीज़ थी, 'लायब्रेरी ऑफ वर्ल्ड थॉट' के नाम से। मैं अपने कमरे में गद्दे के ऊपर बैठकर इन्हें ध्यान से देखता और पढ़ने की कोशिश करता। मैं यह नहीं कह सकता कि इनमें लिखा मेरी समझ में आता था। मेरी शिक्षा की सही भूमिका या अनुशासन कुछ भी नहीं था, क्योंकि मैं तीन बार प्रयत्न करके भी मैट्रिक की परीक्षा पास नहीं कर सका था। पिताजी के देहान्त के बाद तो मैंने पढ़ना ही छोड़ दिया, क्योंकि मुझे अचानक यह ज्ञान हुआ कि परीक्षा पास करने की कोई ज़रूरत ही नहीं है। चौथे प्रयत्न के बाद मैंने पढ़ना बन्द कर दिया और कोर्स की सब किताबें और कापियाँ टाँड पर ऊपर फेंक दीं।

यह टाँड बड़े कमरे में छत से कुछ नीचे लकड़ी का बना था। इस पर सही

निशाना लगाकर कोई भी बेकार चीज़ फेंकी जा सकती थी। यहाँ पहुँचकर उस चीज़ का अस्तित्व मिट जाता था। अगर किसी चीज़ की ज़रूरत पड़ती तो सीढ़ी लगाकर इस पर चढ़ा जाता था और उकड़ूँ उकड़ें बैठकर धीरे-धीरे उसकी तलाश करनी पड़ती थी। कभी-कभी सिर्फ सफाई करने के उद्देश्य से इस पर चढ़ा जाता था। लेकिन इस समय कई साल से ऐसा कोई काम नहीं किया गया था। हालांकि सामान इस पर फेंका ही जाता रहता था। पहले दिनों में माँ किसी हट्टे-कट्टे आदमी को छाँटकर इस पर चढ़ातीं और ज़रूरत की कोई चीज़, जैसे कोई बर्तन-माँ अपनी शादी के समय अनेक वर्ष पहले नयी बहू के रूप में जो बहुत–से ताँबे और पीतल के बर्तन लायी थीं, वे सब इस टाँड पर ही रखे हुए थे–निकलवातीं या उसे साफ करातीं। इसके अलावा उस पर लेज़र रजिस्टर बेकार लैंप, टूटा-फूटा फर्नीचर, ट्रक में भरे कपड़े, चटाइयाँ, कम्बल और न जाने क्या-क्या अल्लम-गल्लम भरा था। जब माँ पर सफाई का जुनून चढ़ता तो मुझे डर लगने लगता था, क्योंकि वह हमेशा मुझे भी इस काम में लगा देती थीं। पहले तो मैं उसकी सहायता करता रहा, फिर मैंने बचना शुरू कर दिया। वह मुझे सुनाकर कहतीं, 'जब वे ज़िन्दा थे, तब उनके एक–आदेश पर सब काम में लग जाते थे... तब मैं बड़े आराम से सारा काम करवा लिया करती थी।' जब माँ इस तरह वहाँ खड़ी-खड़ी, हाथ उठा-उठाकर शिकायत करती, तब मैं भाग लेने में ही भलाई समझता था। मैं कमरा बंद करके भीतर बैठ जाता और जब उसकी आवाज़ आनी बन्द हो जाती, तभी बाहर निकलता था। वह एक जगह ठहर नहीं सकती थी। इस कमरे से उस कमरे में घूमती रहती और हर कोने में देखती कि उसमें क्या है? कभी उसे शक होता कि नौकरानी कहीं सो तो नहीं गयी, तो कई एकड़ में फैले उस विशाल मकान में वह सब जगह उसे ढूँढ़ती फिरती। उसे हमेशा किसी-न-किसी बात की चिंता बनी ही रहती थी, अगर नौकरानी को ढूँढना न होता तो उसे पीछे मैदान में बने कुएँ की याद आ जाती और वह उसे देखने दौड़कर जाती कि कहीं पानी भरने वाली रस्सी कुएँ के भीतर तो नहीं गिर पड़ी है, वह ऊपर लोहे की घिरनी के साथ कसकर तो बँधी हुई है। 'अगर रस्सी कुएँ में गिर गयी हो तो...!' इसके परिणामों पर वह विस्तार से विचार करती और सोचती, कि पहले तो ऐसे कामों के लिए बहुत-से लोग हुआ करते थे, अब कौन बाज़ार जाकर नयी रस्सी खरीदेगा और कौन कुएँ में उतरने वाले को बुलाकर लायेगा, जो हुक से सही ढंग से रस्सी बाँध सके, जिससे वह फिर भीतर न गिर पड़े।

हर दिन मेरे लिए परीक्षा का दिन होता था। मैं उसे बरदाश्त नहीं कर

पाता था। वह जब नौकरानी पर बिगड़तीं तो उनकी डाँट-फटकार और चिल्ला-चौथ की आवाज़ों से मेरी नसें फटने लगती थीं। मैं कमरे के भीतर घुसकर उसका दरवाज़ा कसकर बन्द कर लेता। मुझे शान्ति चाहिए होती कि मैं जो भी किताब उस समय पढ़ रहा होता, जैसे रामकृष्ण परमहंस की जीवनी, मैक्समूलर के अनुवाद या प्लेटो की 'रिपब्लिक'—उसे आगे और पढ़ता रह सकूँ—इन विद्वानों के विचारों में डूबना बड़े सौभाग्य की बात थी। इनके लिए शब्दों और वक्तव्यों को पढ़कर उनका अर्थ निकालने में बड़ी मेहनत करनी पड़ती थी, इन्हें समझना आसान न था। लेकिन इन सबका मतलब जो भी कुछ रहा हो, यह तय है कि ये सब आत्मा की गरिमा को स्वीकार करते थे जिसके कारण मुझे सिर से पैर तक अपना पूरा परीक्षण करना पड़ता और सोचना होता, 'सम्बू, कौन हो तुम? तुम वह प्राणी नहीं हो जिसकी ठोड़ी पर ज़रा-ज़रा-सी नुकीली दाढ़ी उग आयी है, जिसके घुटने पर घाव का निशान है, जिसके अँगूठे का नाखून टूटकर नीला पड़ गया है... तुम इससे कहीं अच्छा सामग्री से बने हुए हो।' मैं कल्पना में अनंत आसमान में फैले ग्रह-उपग्रहों और उनके अनेक बड़े-बड़े पिंडों के सतत आवागमन के बीच अपना मार्ग बनाता यात्रा करता, जिससे अपने इस कमरे की धूलभरी दीवालों और खिड़की के बाहर कबीर स्ट्रीट के शोर-शराबे और गर्द-गुबार की उपेक्षा कर स्वतंत्र, प्रसन्न हो सकता था। मैं यह दृश्य देखता होता, कि तभी दरवाज़े को ज़ोर से भड़भड़ाने की आवाज़ मेरा स्वप्न तोड़ देती और उसकी कर्कश आवाज़ सुनायी देती, 'अरे, तुझे इस तरह दरवाज़ा बंद कर बैठने की क्या ज़रूरत है? अब यहाँ कौन है जो तेरी या किसी और की शांति को भंग करे? पहले की बात और थी जब... अब तू किससे बचना चाहता है?'

मैं चुप बैठा देखता रहता। मैं जानता था कि माँ युद्ध के लिए तैयार है, लेकिन मैंने अपने जीवन में अभी युद्ध को प्रवेश नहीं करने दिया था। अपने सिर के चारों तरफ प्रभा-मंडल की तरह बिखरे भूरे बालों और आँखों से चमकती चिनगारियों के कारण वह डरावनी लगने लगती थी। मैं बहुत डर जाता और सोचता कि ज़रा-सा गलत कदम उठाने से आग की लपटें निकलने लगेंगी।

मैं नहीं जानता कि पिताजी की मृत्यु के छह महीने बाद उसमें इतना परिवर्तन कैसे आ गया। पहले कुछ समय तक तो वह दुखी और उदास रही, बहुत कम बोलती और पूजा-पाठ में लगी रहती, हलकी-मद्धिम ध्वनि में भजन गाया करती। घर का सब इन्तज़ाम भी वह शान्तिपूर्वक करती रहती,

कहाँ-क्या हो रहा है, इस पर ज़्यादा ध्यान नहीं देती थी। उसने मुझे भी काफी अकेला छोड़ दिया था, बस कभी-कभी मुझे यह कह देती कि पढ़–लिखकर बी.ए. पास कर लो तो अच्छा है। उन दिनों में पिताजी से जुड़े बहुत से आलतू-फालतू लोग घर में इधर-उधर पड़े ही रहते थे। जब तक वे यहाँ रहे तब तक माँ पीछे रहकर ही काम-काज़ देखती रहीं और उनका व्यवहार भी बहुत शांत रहा। फिर जब मैंने एक-एक करके सबको घर से बाहर कर दिया, जिसमें आखिरी आदमी एक पागल इंजीनियर था–जो अपने भाइयों से बचने के लिए, जो उसे ज़हर देना चाहते थे, यहाँ रहने लगा था, और जिसे मकान से निकालने के लिए पड़ोसियों और एम्बुलेंस के ड्राइवर की मदद लेनी पड़ी थी–इसके बाद माँ ने चैन की साँस ली थी, और शायद यह मान लिया था कि अब वह जो चाहे करने के लिए स्वतंत्र है।

इसके बाद उन्होंने मेरे खिलाफ पहला काम यह किया कि पिताजी के कमरे में ताला लगा दिया। इससे मैं स्तब्ध रह गया, क्योंकि इससे किताबों तक मेरी पहुँच खत्म हो गयी थी। वह चूँकि ज़्यादातर घर के बीच वाले हिस्से में रहती थीं, इसलिए जब कभी मैं किसी किताब को देखना चाहता, मुझे चाबी माँगने के लिए उसके पीछे-पीछे भागना पड़ता। पहले तो वह साफ मना कर देती और कहती, 'पहले अपनी स्कूल की किताबें पढ़ो और इम्तहान पास करो। डिग्री लेने के बाद ये बड़ी-बड़ी किताबें पढ़ने का बहुत समय मिलेगा और ये तो तुम्हारी समझ में भी नहीं आयेंगी। पता है, तुम्हारे पिताजी क्या कहते थे? कि ये किताबें उनकी समझ में बिलकुल नहीं आतीं। अब बताओ...।'

'बताऊँ क्या, वे ठीक ही कहते थे। किताबें उनकी पीठ के पीछे होती थीं...।' इस पर माँ एकदम नाराज़ हो जाती और कहती, 'इस तरह बड़ों का मज़ाक नहीं उड़ाते, इन्होंने तुम्हें पाल-पोस कर बड़ा किया है।'

यह कहकर वह नाटकीय ढंग से पीछे मुड़ती और मुझे उसकी चिरौरी करनी पड़ती, 'माँ, चाबी दे दो...दे दो न।' तब मैं काफी छोटा था, इसलिए निरुत्साहित नहीं होता था। अंत में वह कहती, 'लो, लेकिन किताबों को गड़बड़ मत करना... बड़े ज़िद्दी हो तुम... इससे आधी भी मज़बूती अगर तुम पढ़ने में दिखाते।' उसकी इस बात से मुझे सख्त चिढ़ थी। वह इम्तहान और डिग्री को इतना ज़रूरी क्यों समझती है? उसके सोचने-समझने का ढंग पुराना है। उसकी बहन के मद्रास वाले बेटे ग्रेजुएट थे और मेरी पढ़ाई को लेकर उसे सगे-सम्बंधियों

में शर्मिंदा होना पड़त था। मेरे आखिरी तौर पर पढ़ाई खत्म करने से पहले जब भी मैं मैट्रिक में फेल होता वह चीखतीं, 'फिर फेल हो गये... बेवकूफ...गधे! शर्म करो।'

मैं भी चीखकर जवाब देता, 'फिर मैं क्या करूँ? तुम समझती हो कि नम्बर बाज़ार में खरीदे जा सकते हैं?'

इस तरह की कुछ कहा-सुनी के बाद वह एक कोने में बैठकर रोने लगती, कोई और काम न करती, न कमरे में जाकर भगवान् के सामने रोज़ की तरह दीया ही जलाती। सारे घर पर मातम-सा छा जाता, चारों तरफ चुप्पी फैल जाती, सब काम-काज़ बन्द हो जाते। इतने विशाल घर में हम सब पत्थर की मूर्तियों की तरह चलते-फिरते। इस वातावरण में मैं बहुत परेशान होकर बाहर कहीं भी सुकून पाने को निकल पड़ता लायब्रेरी में, या बाज़ार में, या कालेज़ के खेल के मैदान में, और सबसे ज़्यादा बोर्डलेस रेस्त्राँ में, जहाँ साथियों के साथ मैं समय बिता सकता था।

पहले की तरह आज जब मैं बोर्डलेस रेस्त्राँ से घर लौटा, उसमें अँधेरा नहीं छाया था, बल्कि हॉल में रोशनी जलती हुई पायी। मैं चकित रह गया। मैं अपने कमरे की तरफ कुछ कदम बढ़ा, फिर रुक गया। हॉल में मुझे बातचीत की आवाज़ें सुनायी दीं। माँ सबसे ज़्यादा ज़ोर से बोल रही थी, जैसे वह अपनी युवावस्था में बोलती होगी। कह रही थीं, 'मेरा बेटा बुरा नहीं है, उरो बुरा बनकर दिखना अच्छा लगता है। अगर हम गम्भीरता से बात करें तो वह मेरा कहा मान लेगा।' दूसरी आवाज़ काफी खुरखुरी थी, कह रही थी, तुम्हें उसे इतनी आज़ादी नहीं देनी चाहिए थी, जवान लड़के बुरा-भला समझते ही नहीं, यह काम उनके बड़ों का होता है।

मैं संकुचित होने लगा, सोचने लगा कि बिना आवाज़ किये अपने कमरे में कैसे पहुँचूँ और कैसे दरवाज़े का ताला खोलूँ, उसका खटका सुनकर अगर उन्हें पता लग गया कि मैं आ गया हूँ तो उनका ध्यान मेरी तरफ पलट जायेगा। मेरा कमरा बरामदे में आखिर में था और खिड़की से होकर गुज़रते ही मैं उन्हें दिख जाऊँगा। मैं बहुत परेशान हो उठा। अब बोर्डलेस वापस जा नहीं सकता था।

इसलिए मैं घर के बाहर बने चबूतरे पर खम्भे से टिककर बैठ गया, वहीं

पैर फैला लिये और ज़रूरत पड़ी तो सारी रात यहीं बिताने का निश्चय करके इन्तज़ार करने लगा, क्योंकि उनकी बातचीत से यह नहीं लगता था कि वह कभी खत्म भी होगी। खुरखुरी आवाज़ कह रही थी, लेकिन यह इतनी रात तक रहता कहाँ है?' जवाब में माँ ने कहा, 'कभी यहाँ, कभी वहाँ; ज़्यादा वक्त तो वह लायब्रेरी में गुजारता है, उसे किताबों का बहुत शौक है।' मुझे खुशी हुई कि माँ ने यह बात कही। मैं नहीं जानता था कि मेरे बारे में उसकी इतनी अच्छी राय है, तो वह मुझे अपने मन में चाहती भी बहुत होगी–हालाँकि ऊपर से उसने यह कभी प्रकट नहीं किया। मेरे लिए यह बिलकुल नयी जानकारी थी। मुझे लगा कि उठकर चिल्लाऊँ, 'माँ, तुम कितनी अच्छी हो, जो मेरे बारे में ऐसा सोचती हो। तुमने मुझसे अब तक यह कहा क्यों नहीं?' लेकिन मैं शांत बना रहा।

उसने पूछा, 'लेकिन वह करना क्या चाहता है?'

'अरे,' माँ ने कहा, 'उसकी कुछ बड़ी योजनाएँ हैं लेकिन उनके बारे में वह बताता नहीं। वह बड़ा गहरा और भावुक है। वह चाहता है कि बहुत बड़ा विद्वान् बने। इसलिए वह शिक्षित लोगों के साथ ज़्यादा समय बिताता है...।'

'मेरी बेटी भी बहुत विद्वान् है। किताबें ही पढ़ती रहती है...।'

'सम्बू के पिता जो बड़ी-बड़ी किताबें छोड़ गये थे, वे सब उसने पढ़ ली हैं। कई दफा मुझे उसके हाथ से किताबें छीननी पड़ जाती हैं जिससे वह नहा-धोकर खाना खा ले। किसी एम.ए. पास ने भी इतनी ज़्यादा किताबें नहीं पढ़ी होंगी।'

'मुझे इससे फर्क नहीं पड़ता कि वह ज़िंदगी में क्या करता है लेकिन कोई पोजीशन या नौकरी होने से आदमी की इज्ज़त बढ़ जाती है।' इस बात के समर्थन में उसने एक संस्कृत का श्लोक भी बोला। 'खैर, मैं बस यही चाहूँगा कि वह अच्छा पति साबित हो। मेरी ज़ायदाद में मेरी बेटी का हिस्सा...' इसके बाद उसकी आवाज़ फुसफुसाहट में बदल गयी और इसी तरह सब लोग बात करने लगे।

सवेरे जब माँ दरवाज़े की सीढ़ियाँ साफ करके दहलीज़ को धोने के लिए, जो पिछले हज़ार साल से लोग करते आये हैं, बाहर आयीं तो चबूतरे पर मुझे सोता देखकर दंग रह गयी। रात को सोचते-सुनते, किसी वक्त मुझे नींद आ गयी होगी। मेरा ख्याल है कि रात में बहुत देर तक वे अपनी पुरानी यादों को ताज़ा करते रहे और उस ज़माने की किसी बेवकूफी पर ठट्ठे मारकर हँसते भी रहे। मैंने

अपनी माँ को इस तरह बेतहाशा हँसते कभी नहीं देखा था। मुझे लगता है कि अपने रिश्तेदारों और संगी-साथियों के लिए माँ का व्यक्तित्व बहुत ही अलग किस्म का था, जबकि मेरे साथ उनका खतरनाक रूप से गंभीर और हुक्म चलाते रहने का डायरेक्टर-जनरल का रूप ही प्रकट होता था। मैंने यह बेवकूफी ही की थी कि ऐसी सार्वजनिक जगह पर जाकर सो गया, जहाँ मुझे कभी भी कोई पकड़ लेता? यह सौभाग्य की बात रही कि अतिथि पीछे के द्वार से ही निकलते-बैठते रहे और वहीं से बाहर भी गये। अगर वे मुझे मुख्यद्वार पर लेटा देख लेते तो यही सोचते कि मैं ज़रूर नशे में धुत्त घर आया होऊँगा और मेरे साथी द्वार पर मुझे छोड़कर चले गये होंगे। लेकिन यह भी अच्छा ही होता, यदि वे मुझे यहाँ सोते देख लेते, क्योंकि तब मेरी माँ की मेरे बारे में बघारी हुई सब शेखी की हवा निकल जाती।

माँ ने मुझे हड़बड़ाकर जगाया, कहा, 'सड़क पर सो रहा है। अरे, लोग क्या कहेंगे! तू अपने कमरे में क्यों नहीं गया? ज़रूर तू बहुत देर से लौटा होगा... लेकिन इतनी देर तक तू करता क्या रहा?'

उसकी आवाज़ में ज़बरदस्त डर था। शायद यह शक भी था कि मैं ज़रूर शराब पिये था और यही नहीं, गलत काम भी कर रहा था–दरअसल उन दिनों कस्बे में नए खुले नाइट क्लब, 'किस्मत', की बड़ी चर्चा थी–न्यू एक्सटेंशन में कहीं यह खुला था–और नौजवान इसमें अपने रातें गुज़ारने जाने लगे थे। ज़रूर कोई इसका ज़िक्र कर रहा होगा, और यह बात माँ के कान में पड़ गयी होगी। मैं अधजागा हो रहा था और उसने फुसफुसाते हुए मुझसे कहा, 'तू पहले अपने कमरे में चल...।'

'क्यों?' उठकर बैठते हुए मैंने पूछा।

'मैं नहीं चाहती कि लोग तुझे यहाँ पर देखें...।'

'जब मैं आया तब तुम किसी से बातें कर रही थीं, इसलिए मैं यहाँ...' मैं उसके भरोसे लायक ज़वाब नहीं दे पाया।

उसने कसकर मेरी बाँह पकड़ ली और भीतर खींचने लगी... शायद उसे लगा कि मुझे मदद की ज़रूरत है। मैं सीधा कमरे की तरफ भागा और भीतर पहुँचकर दरवाज़ा बंद कर लिया और फिर सो गया... मैं सोच रहा था कि कहीं मैंने सचमुच यह तो नहीं कह दिया कि मैं 'किस्मत' गया था।

फिर मैं काफी देर बाद उठा। रात के मेहमान का कहीं कोई निशान नहीं

था, इसलिए मुझे शक होने लगा कि मैं सपने तो नहीं देख रहा था। जब मैं काफी पीने गया तो माँ ने खुद ही बताया, वे तो रात की बस से ही चले गये। मैंने चुपचाप उनकी बात सुन ली और कोई सवाल-जवाब नहीं किये। यह शायद इसलिए क्योंकि मैं महसूस कर रहा था कि मुश्किल समय आने वाला है। हम बीच वाले आँगन में बैठे थे, जहाँ मैं कुएँ पर हाथ-मुँह धोकर कॉफी पीने आ गया था। इस वक्त हम लोग ज़्यादा बातचीत नहीं करते थे और जब मैं रसोई के दरवाज़े पर आ जाता, तभी वह मेरी कॉफी रख देती थी। इस वक्त इससे ज़्यादा हमारा संबंध नहीं होता था और वह न भी बोलती, जब कोई विशेष बात होती-जैसे हाउसटैक्स का मसला या सामान सप्लाई करने वाले या दूधवाले की कोई शिकायत। मैं चुपचाप उसकी बात सुनता, कॉफी खत्म करता और कमरे में जाकर कपड़े पहन तैयार होकर बरामदे के रास्ते से बाहर निकल जाता। लेकिन आज कॉफी खत्म होते ही वह बोली, 'नौकरानी अभी तक नहीं आयी है। अब वह भी नखरे लेने लगी है। मैंने सुन लिया पर कोई जवाब नहीं दिया क्योंकि यह छोटी-सी हँसमुख लड़की मुझे अच्छी लगती थी, जबकि उसे अपनी कठोर मालकिन की हर वक्त झिड़कियाँ सुननी पड़ती थीं।

इसके बाद माँ ने कहा, 'चले मत जाना... यहीं रहना...।' इसके बाद वह हल्का-सा मुस्करायी, आज उसका व्यवहार बहुत ही मीठा लग रहा था। कल रात के उसके हँसी-ठट्ठे को याद कर मैं बहुत परेशान हो उठा। उसमें कुछ परिवर्तन होता लग रहा था, क्योंकि मुस्कराना कभी उसके व्यवहार का अंग नहीं रहा था, वह उसके चेहरे पर बनावट ही लगता था, जैसे मोम से उस पर चिपका दिया गया हो। मैं उसके मन की थाह लेना चाहता था लेकिन ले नहीं पा रहा था–दरअसल उसके चेहरे पर कसाव, 'खों-खों और भों-भों ही सही लगते थे। मैंने कहा, 'आज मुझे जरूरी काम है और जल्दी पहुँचना है।'

'कैसा काम?' यह उसने ऐसी शैतानी मुस्कराहट से कहा कि मैं डर गया। मैं उसके सामने बहुत से बहाने पेश कर सकता था–जैसे, वर्मा द्वारा खज़ाने की खोज हर सोमवार वह प्लेंचेट से प्राप्त बहुत से संदेश लाता था जिनमें पहाड़ों में छिपे किसी पुराने खज़ाने के मार्ग-सम्बन्धी संकेत बताये गये थे और वह इनके बारे में मुझसे बातचीत करता था, या यह कि मुझे कालेज के एक छात्र को जैन-दर्शन के बारे में एक लेख देना है या म्युनिसपल कौंसलर को उसके अगले भाषण के बारे में पाइंट्स बताने हैं। मैं जानता था कि इन सभी बातों को

माँ अनसुना कर देगी, इसलिए मैंने यही कहा, 'आज मुझे कई काम हैं—इन्हें तुम नहीं समझोगी।' पहले वह इस बात पर भड़क उठती, 'नहीं समझेंगी... तुम कैसे जानते हो? कभी कोशिश की है?... तुम्हारे पिता मुझसे कुछ नहीं छिपाते थे। लेकिन आज उसने यही कहा 'कोई बात नहीं। मैं भी नहीं कहूँगी कि मुझे बताओ,' यह कहकर वह चुप हो गयी। जाहिर था कि मेहमान के सामने उसने जो अच्छा व्यवहार किया था, उस पर वह कायम है। मेरी परेशानी और भी बढ़ गयी क्योंकि वह नाटक कर रही थी और मैं समझ नहीं पा रहा था कि आखिर ऐसी क्या बात है!

फिर वह मेरे साथ कमरे तक गयी और बोली, 'मेरी बात सुनकर चले जाना। इससे कुछ फर्क नहीं पड़ेगा।' वह नीचे चटाई पर बैठ गयी और मुझे भी अपने पास बिठा लिया जिससे मैं ध्यान से उसकी बात सुन सकूँ। मैं बहुत बेचैन होने लगा था। इस वक्त वह बैठती नहीं थी, सारे घर में नौकरानी को साथ लिये घूमती, सफाई करती-करवाती, कपड़े धुलवाती, और ऐसे दूसरे कामों में व्यस्त रहती थी। लेकिन आज वह सब काम छोड़कर, पता नहीं क्या ज़रूरी बात लेकर, मुझे परेशान कर रही थी।

लेकिन वह बात सामने आने में देर नहीं लगी। उसने पूछा, 'जानते हो कौन आये हैं?' मैं समझ गया कि मुझे किधर ढकेला जा रहा है। मैं विचलित होने लगा था। तभी मैं उसकी ठोड़ी पर एक सफेद बाल देखकर चकित रह गया। क्या उसे इसका पता है? जानती हो तो इसे लिये उसका घूमना मेरी समझ में नहीं आया। इसे देखकर मुझे गिरवी रखे ग्रंथों में पढ़ा यह शब्द याद आया। 'सफेद बाल वाली मुर्गी की...' मुझे यह भी याद आया कि उसने मेहमान के सामने मेरे ज्ञान की बड़ाई की थी। कुछ देर इन्तज़ार करने के बाद कि मैं कुछ कहूँ–(उस समय शेक्सपियर की कुछ पंक्तियाँ मेरे मन में घूम रही थीं—या ये कॉलरिज की पंक्तियाँ थीं?) उसने बताया, 'ये हमारे गाँव के सबसे अमीर आदमी हैं—सौ एकड़ में चावल और नारियल, और नारियल के पेड़ों से ही एक लाख रु. की आमदनी है... और जानवर... हमारे दूर के रिश्तेदार हैं।' इसके बाद वह कई पीढ़ियों से चली आ रही रिश्तेदारियों के एक-दूसरे से सम्बन्धों का हवाला देकर और पचासों लोगों के नाम ले-लेकर इस खास रिश्ते के महत्त्व को बताती रही। बड़े विस्तार से उसने ये सब बातें बतायीं। मुझे ताज्जुब भी हुआ कि उसके दिमाग़ में कितनी सारी जानकारियाँ जमा हैं। उसने यह भी बताया कि

अमुक व्यक्ति कहाँ का रहने वाला है और अब कहाँ जाकर बस गया है, और ये जगह उत्तर में हिमालय से लेकर दक्षिण में कन्याकुमारी तक बिखरी हुई हैं। इस लंबी चोटी वाले मेहमान का महत्त्व बताने के लिए उसने जिस विद्वतापूर्ण ढंग से तथ्यों का विवरण दिया, उन्हें सुनकर मैं विस्मित हो उठा। मुझे 'दि एनशेन्ट मेरिनर' के चरित्र 'शायी के मेहमान' की याद हो आयी। अचानक उसकी पूरी कहानी मेरे दिमाग़ में घूमने लगी और उसकी कई पंक्तियाँ भी एक-के-बाद एक मुझे याद आने लगीं। जब मेरा दिमाग़ इन बातों से जूझ रहा था, तब अपनी कहानी का उपसंहार करते हुए माँ ने अपना वक्तव्य समाप्त किया, लड़की बी.ए. पास है और शादी इसी जून में होगी वे चाहते हैं कि शुभ-कार्य में देरी न की जाये। यह उनकी आखिरी संतान है और वे उसका भविष्य बहुत अच्छा देखना चाहते हैं... उन्होंने जो प्रस्ताव दिया है वह बहुत उदार है...।' मैं चुप बना रहा। अब मुझे समझ में आया कि असली बात क्या है। उसने बताया, 'कुंडलियाँ भी बहुत अच्छी मिल गयी हैं। ज्योतिषी से बात करने के.बाद ही वे यहाँ आये हैं।'

'मेरी कुंडली उन्हें कहाँ से मिली?' मैंने पूछा।

'अरे, तुम्हारी कुंडली तो तुम्हारे पिता से वे बहुत साल पहले ही ले गये थे। दोनों बड़े अच्छे दोस्त और एक-दूसरे के पड़ोसी भी थे हमारे गाँव में।' इसके बाद उसने यह भी बताया, 'दोनों इतने अच्छे दोस्त थे कि लड़की पैदा होने के पहले दिन ही तुम दोनों की शादी तय हो गयी थी—यह उनकी दोस्ती को और भी पक्की करने के इरादे से किया गया फैसला था। यह बात माँ ने इतनी शांति से कही, जैसे यह काम बहुत स्वाभाविक था।

'तुम क्या कह रही हो? तुम यह कहना चाहती हो कि जब लड़की कुछ घंटों की ही थी, तभी तुमने मेरी शादी उससे तय कर दी थी!'

'हाँ,' उसने उसी शांति से कहा।

'लेकिन क्यों?' उसका तर्क समझ न पाने के कारण मैंने कहा, 'तुम्हें यह नहीं लगा कि यह कितनी फिजूल बात है।'

'नहीं,' वह बोली। 'उनका बड़ा अच्छा परिवार है, सब उन्हें जानते हैं और पीढ़ियों से हमारे संबंध हैं।'

'यह बेवकूफी भी तुम्हारी,' मैं चिल्लाया। 'तुम मुझे इस तरह कैसे बाँध सकीं? मेरी उम्र उस वक्त क्या थी?'

'इससे क्या फर्क पड़ता है जब हमारी शादी हुई तो मैं नौ साल की थी और

तुम्हारे पिताजी तेरह के और हमारी ज़िन्दगी क्या सुखी नहीं रही?'

'यह कोई बात नहीं है, तुमने अपनी ज़िन्दगी का पता नहीं क्या किया है! खैर, मेरी उम्र उस वक्त क्या थी?'

'तुम काफी बड़े थे, रहे होगे पाँच या छह के, इससे होता क्या है?'

'और मेरी शादी पक्की कर दी गयी! किस पद्धति से?'

'ऐसे सवाल मत करो। तुम तो कचहरी में वकील की तरह ज़िरह कर रहे हो, यह कहकर वह अपनी असलियत पर आ गयी, दोस्ती का उसका नकाब उतर गया।'

'मैं वकील भले ही न होऊँ, लेकिन मैं अपराधी भी नहीं हूँ,' मैंने उत्तर दिया, हालाँकि मन में सोचता रहा कि यह जवाब ज़्यादा सही नहीं था।

'तो तुम्हारा ख्याल है कि मैं अपराधी हूँ?' उसने भी मेरी बात का जवाब मेरी ही तरह बेवकूफी से दिया।

मैं कुछ देर चुप बैठा रहा, फिर मिन्नत से कहने लगा, 'माँ, मेरी बात सुनो। इस तरह किसी की शादी कैसे हो सकती है! अपना दिमाग़ रखने और खुद फैसला करने लायक दो लोग कैसे इस तरह ज़िंदगी के लिए शादी कर सकते हैं?

'और कैसे?' उसने मेरा आखिरी शब्द पकड़ते हुए कहा, 'और ज़िंदगी भर क्या? शादियाँ सब ज़िंदगी भर के लिए होती हैं। हर महीने कोई नयी शादी नहीं करता।'

मैं दुखी हो उठा, जोर देकर बोला, 'बेवकूफी की बात है। मैं यह नहीं कह रहा, मेरी बात समझने की कोशिश करो...।'

अब वह गुस्सा होकर कहने लगी, 'यह दूसरी दफा तुम मेरा अपमान कर रहे हो। हाय, हाय... तुम्हारे पिता के बाद क्या मैं इसी के लिए ज़िन्दा बची हूँ? अच्छा होता यदि मैं उनके साथ ही चिता पर चढ़ जाती, जैसा हमारे ऋषियों ने विधवाओं के लिए तय किया है। ऋषि-मुनि जानते थे कि पति की मृत्यु के बाद विधवा की क्या गति होती है... अपने ही जाये से गालियाँ सुननी पड़ती हैं?'

यह कहकर वह अपना सिर इस तरह ज़ोर-ज़ोर से धुनने लगी कि मुझे डर लगा कि उसकी हड्डी न टूट जाये। उसका चेहरा लाल हो आया, आँखों से आँसू बहने लगे, और वह मुझे इस तरह घूरकर देखने लगी कि मैं वहाँ से किसी तरह भाग जाने की सोचने लगा। उसका ऐसा व्यवहार मैंने कभी नहीं देखा था। इसका मैं अभ्यस्त नहीं था, इसलिए जहाँ वह मुझे घसीटकर कोने में ले आयी

थी और फुफकार तथा चीत्कार कर रही थी, वहाँ मैं ऐसी जुगत सोचने में लगा था कि किस तरह उसके सामने से कहीं और जा सकूँ। मैं सोचने लगा कि क्या सचमुच मैंने उसके लिए कोई बेज़ा शब्द बोल दिया है? इसलिए मैं अपने कहे सब वाक्य अपने दिमाग़ में उलटी तरफ से घुमाकर उनकी जाँच करने लगा। मेरा आखिरी शब्द बेवकूफी से सम्बन्धित था–यह कोई इतना बुरा शब्द तो नहीं है कि सुनने वाला इतना उत्तेजित हो उठा! इसकी जगह अगर मैं 'बेवकूफ' कहता तो ज़रूर वह गाली होती। मैंने जो शब्द बोले, उनका प्रयोग तो गहरे दोस्त तक रोज़ कई बार करते हैं। और उनके सम्बन्धों में कोई दरार नहीं पैदा होती। मेरे ये शब्द बोलने के पहले उसने कहा था कि 'हर महीने कोई शादी नहीं करता,' और मैंने भी यह नहीं कहा कि 'हाँ, करता है।' कैसी है हमारी सभ्यता! एक लेखक ने इसे 'चोट खाई सभ्यता' कहा है। यह सब सोचते हुए मेरे चेहरे पर हलकी-सी मुस्कराहट भी आ गयी।

मेरी मुस्कराहट देखकर माँ और भी भड़क उठी। बोली, 'तुम मुझ पर हँस रहे हो! ठीक है, तुम्हें पैदा करके और पाल-पोस कर खिला-पिलाकर, और अब तुम्हारी देखभाल करके मैंने अपने को हँसी के लायक ही बनाया है। तुम्हारे बाप ने बड़ी मेहनत से जो बहुत-सी किताबें इकट्ठी कीं, उनको ही पढ़-पढ़ कर तुम बहुत विद्वान् बन गये हो, इतने विद्वान् कि अपनी माँ की ही बेइज़्जती करो...।'

'लेकिन ये किताबें उन्होंने खुद थोड़े ही, इकट्ठी की थीं; ये तो उन्हें गिरवी रखी गयी थीं....' मैं न चाहते हुए भी यह कह गया।

माँ बोली, 'बहुत पढ़ लिया लेकिन बी.ए. नहीं हो सके। वह मामूली-सी लड़की तक बी.ए. हो गयी। यह कहते हुए उसकी आवाज़ भर्रा उठी थी, अब तक के रोने-चिल्लाने का भी नतीज़ा था यह।'

अब मैं एकदम उठ खड़ा हुआ और कुर्ता और पज़ामा जो भी हाथ में आया खींचकर पहना और तेज़ी से बाहर निकल गया। हालाँकि यह पोशाक मुझे पसंद नहीं थी, क्योंकि इसे पहनकर भला आदमी नेता लगने लगता है। मुझे दरअसल नीली बुश्शर्ट और धोती या पैंट पसंद थी। लेकिन ये वहाँ टँगी थी जहाँ माँ आसन ज़माये थीं। मैंने उनके सामने से भागते हुए ये शब्द सुने, '...हम जो तारीख बतायेंगे, उस दिन वे आकर हमें लड़की दिखाने ले जायेंगे...।' यानी वह सोच रही थी कि किस तरह वह अपना सामान बाँधेगी और अपने बेटे को साथ लेकर बस पर सवार होकर अपनी बहू देखने

जायेगी... वहाँ किस तरह उसका स्वागत-सत्कार किया जायेगा, और किस तरह लड़की उसके सामने लायी जायेगी, सिल्क और सोने से सजी, मेरी 'हाँ' का इन्तज़ार करती...। 'बेवकूफ,' मैंने मन में दोहराया और सड़क पर तेज़ी से चलने लगा।

मार्केट रोड पर जाते हुए मैंने देखा कि डॉ. किशन स्कूटर से अपने मेडिकल सेंटर पर उतर रहे हैं जिसे उनके सहायक रामू ने, जो अपने को आधा डॉक्टर समझता है और डॉ. किशन के वहाँ न रहने पर नब्ज़ और जीभ देखकर लोगों को दवाइयाँ भी देता है, पहले से ही खोल रखा है। डॉक्टर साहब भी रामू की डॉक्टरी को स्वीकार करते हैं क्योंकि वह ईमानदार है और कमाई का सही हिसाब उन्हें दे देता है। डॉक्टर साहब ने मुझे देखते ही कहा, 'आओ, आओ।' कुछ मरीज़ अपनी शीशियाँ लिये पहले से इन्तज़ार कर रहे थे। डॉक्टर साहब गोलियाँ देने में विश्वास नहीं करते थे, वे हर मरीज़ का नुस्खा लिखते थे और उसके अनुसार रामू दवाइयाँ बनाकर देता था। डॉक्टर साहब का कहना था कि हर मरीज़ की ज़रूरत अलग होती है और उसी के अनुसार उसका नुस्खा भी बनाया जाना चाहिए। थोक के भाव से बनने वाली गोलियाँ हरेक को कैसे फायदा पहुँचा सकती हैं? वह कागज़ पर बड़े विस्तार से नुस्खा लिखते, ज़रूरत पड़ती तो कागज़ के मार्जिन पर भी दवाएँ लिख देते, और उनका दावा भी था कि इतने लम्बे नुस्खे इस देश में कोई और डॉक्टर नहीं लिखता। 'जो कोई यह साबित कर दे कि देश में कोई और डॉक्टर मुझसे लम्बे नुस्खे लिखता है, तो मैं उसका इलाज मुफ्त में करूँगा।' गाँव के उनके मरीज़ इस पर हँसते लेकिन इसकी सच्चाई मान भी लेते।

जब उन्होंने मुझे बुलाया तो मैंने अपनी चाल तो धीमी कर दी लेकिन रुका नहीं। मैंने कहा, 'नमस्ते, डॉक्टर साहब... लेकिन मैं ठीक-ठाक हूँ।' उन्होंने मेरी बात बीच में ही काटकर कहा, 'मैं जानता हूँ कि तुम तन्दुरुस्त प्राणी हो, जिससे डॉक्टरी पेशे को कोई लाभ नहीं होगा, फिर भी मुझे तुमसे बात करनी है... भीतर आओ और इस कुर्सी पर बैठो। यह मेरे तन्दुरुस्त दोस्तों के लिए है, मरीज़ों के लिए अलग बेंच हैं?' यह कहकर उन्होंने दीवाल की तरफ हाथ हिलाया, जहाँ टीन की एक बेंच और दो-तीन कुर्सियाँ पड़ी थीं। फिर वे पर्दे के पीछे गये, वहाँ से एप्रन पहनकर निकले और दीवाल पर लगी पट्टी का वह हिस्सा खोल दिया जिस पर लिखा था : 'डॉक्टर साहब आ गये हैं। मरीज़ कृपया बैठे।' उन्होंने मेज़ पर पड़ी, बहुत-सी पर्चियों को

उलट-पलट कर देखा जिन पर नई अमोघ दवाओं के विज्ञापन छपे थे, फिर उन्हें एक कोने में सरका दिया। ये सब दवाएँ अपने निर्माताओं और बड़ी-बड़ी मल्टीनेशनल कम्पनियों को ही लाभ पहुँचाती हैं, देश की बीमार गरीब जनता के लिए ये बेकार हैं। इनके चतुर शर्ट-पैंट पहने एजेंटों को मैं पाँच मिनट से ज़्यादा समय नहीं देता और एक मिनट में उनके पर्चों को देखकर फेंक देता हूँ। लेकिन इसी शहर में ऐसे बहुत से एम.डी. डॉक्टर हैं जो इन एजेंटों की दवाएँ खरीद कर ही काफी कमा रहे हैं। रामू बेंच पर बैठे मरीज़ों से उनकी शीशियाँ इकट्ठी कर लाया।

डॉक्टर ने कहा, 'अब तुम मेरा चेक क्यों नहीं बना देते?'

मुझे लगा कि वे मज़ाक कर रहे हैं, इसलिए कहा, 'हाँ, हाँ, क्यों नहीं... कितने का बनाऊँ? दस हज़ार का?'

'इतना ज़्यादा नहीं... इससे कम का,' उन्होंने जवाब दिया और दराज़ से एक नोटबुक निकालकर उसके पन्ने पलटने लगे। तभी एक बूढ़ा बड़ी ज़ोर से खाँसता हुआ वहाँ आया। डॉक्टर ने उस पर एक नज़र डाली और बेंच पर बैठ जाने का इशारा किया। लेकिन बूढ़े ने इस पर ध्यान नहीं दिया और हॉल के बीच में खड़े होकर कहना शुरू किया, 'सारी रात...' डॉक्टर ने कहा, 'ठीक है, ठीक है। अभी बैठो और इन्तज़ार करो। मैं आज रात तुम्हें आराम से सोने का इन्तज़ाम कर दूँगा।' बूढ़ा बेंच पर जा बैठा और फिर देर तक खाँसता रहा।

डॉक्टर ने कहा, 'पिछले हफ्ते तक के हुए दो सौ पैंतालीस रुपये... इस हफ्ते कुछ नहीं।' अब मुझे पता चला कि यह मज़ाक नहीं था। इतने रुपये की बात सुनकर मुझे ताज़्ज़ुब हुआ। उसने नोटबुक मेरे सामने कर दी और कहा, 'दस रुपये विजिट के हिसाब से बीस विजिट के दो सौ और बाकी पैसे दवाओं के... मैंने दूसरी विजिट का पैसा नहीं लिया है।' खाँसने वाला बूढ़ा अब कुल्ले करने लगा था और रुक-रुक कर अपनी बात कहने की कोशिश कर रहा था। डॉक्टर ने इशारे से उसे चुप कराने की कोशिश की। एक औरत ने अपने चीखते बच्चे को ऊपर उठाया और बोली, 'यह सारा दूध उगल देता है...।' डॉक्टर ने उस पर निगाह डाली और डाँटा, 'दिखायी नहीं देता, मैं काम कर रहा हूँ? मैं कोई चार सिर वाला ब्रह्मा हूँ? एक-एक करके ही देखूँगा, इन्तज़ार करो।'

औरत ने फिर कहना चाहा, 'यह सारा दूध...।'

'चुप रहो, अभी मत बताओ।' इस व्यवधान के बाद फिर मुझसे कहना

शुरू किया, 'मैं दूसरी विजिट का कोई चार्ज़ नहीं करता हूँ क्योंकि इन्हें मैं घर लौटते हुए निबटा लेता हूँ। मैं उन्हीं विजिट का चार्ज़ करता हूँ जो अर्जेन्ट होती हैं। तुम्हारे इस मामले में मैंने दूसरी कोई विजिट चार्ज़ नहीं की है।'

अब मुझे और भी ताज़्ज़ुब हुआ, इसलिए मैंने पूछा, 'अभी तो आपने कहा कि मैं तन्दुरुस्त प्राणी हूँ, तो यह सब क्या है?'

'अरे, तुम्हें कुछ पता नहीं! तुम्हारी माँ ने कभी ज़िक्र नहीं किया?'

'नहीं, कभी नहीं किया...' उन्होंने सिर्फ मेरी शादी की कुछ चर्चा की थी... और इस बात को लेकर मैं बहुत परेशान हूँ। फिर मैंने कहा, 'आप, डॉक्टर साहब, मेरी माँ के लिए कोई ऐसा शर्बत वगैरह दे दो, जिससे मेरी शादी के बारे में उसका ज़ोश खत्म हो जाये।'

'हाँ-हाँ! मैं इस बात पर भी आ रहा हूँ। उनके मन पर इसका भी बहुत दबाव है। वह चाहती हैं कि उनके बाद परिवार का उत्तराधिकारी कौन होगा, इसका इन्तज़ाम हो जाये।'

डॉक्टर साहब जैसे मुझसे पहेलियाँ बुझा रहे थे। आज का दिन मेरे लिए बड़े अजीब ढंग से शुरू हुआ था। 'उन्होंने अपनी हालत के बारे में कभी तुमसे कोई ज़िक्र नहीं किया,' उन्होंने फिर सवाल किया।

मैं उनकी बात का जवाब देता या उनके सवाल के पीछे क्या छिपा है, इसे सही ढंग से समझ पाता, इससे पहले बूढ़े ने खाँसने का ऐसा ज़बरदस्त सिलसिला शुरू किया, और वह औरत फिर अपने बच्चे को लिये सामने आकर खड़ी हो गयी, कि वे अब उनकी उपेक्षा न कर सके, और मुझसे बोले, 'पहले मैं इन दोनों को निबटा लूँ... तुम जाना मत।' फिर वे एक-एक करके पहले बच्चे को, फिर बूढ़े को, पर्दे के पीछे ले गये और दोनों के लिए लम्बे-लम्बे नुस्खे लिखकर एक छोटी-सी खिड़की के पीछे से रामू को पकड़ाये, और फिर मेरे पास आकर बात करने लगे। लेकिन दोनों मरीज़ फिर सामने आकर खड़े हो गये और पूछने लगे कि कौन-सी दवा शाम को खानी है और कौन-सी सवेरे, और इनके साथ खाने-पीने का क्या परहेज़ करना है। उन्होंने हमेशा की तरह रटे-रटाये उत्तर दिये और फिर मेरी तरफ मुखातिब हुए, 'हमेशा वही-वही सवाल बार-बार पूछा जाता है–कि वे रसम लें या छाछ पियें या चावल खायें और चाय-कॉफी पियें या न पियें, और दवा के पहले पियें या बाद में–इस सबसे क्या फर्क पड़ता है? लेकिन उन्हें सवाल ज़रूर

पूछने हैं और मुझे जवाब भी देने हैं, क्योंकि डॉक्टरी विद्या में ये सब चीज़ें बहुत ज़्यादा आ गयी हैं... हा, हा,... !'

यह बात खत्म होते ही दो और मरीज़ जो बड़ी देर से शांतिपूर्वक बैठे इन्तज़ार कर रहे थे, आ खड़े हुए। डॉक्टर ने उन्हें वापस बेंच पर जाने का इशारा किया और मुझसे बोले, 'तुम मेरे साथ आओ, यहाँ तो इन सबसे फुरसत ही नहीं मिलेगी...।' वे मुझे परीक्षण किये जाने वाले कमरे में ले गये, जो एक छोटा-सा केबिन था और एक लंबी-सी मेज़ पड़ी थी और जिसकी दीवारों पर बहुत-सी कैलेन्डरों की तस्वीरें चिपकी हुई थीं। फिर उन्होंने मेज़ पर ही मुझे अधलेटा-सा बिठा दिया, जैसे मैं भी मरीज़ ही था और कहने लगे, 'यही एक जगह है जहाँ मैं शांतिपूर्वक किसी से बात कर सकता हूँ।' अभी तक माँ के बारे में कहे गये उनके अधूरे वक्तव्यों के कारण में ज़बरदस्त संशय में था।

वे बोले, 'तुम्हारी माँ अब छुट्टी लेने के मूड में हैं...।'

यह सुनकर मैं स्तब्ध रह गया। मैं सोच भी नहीं सकता था कि उसका मूड छुट्टी लेने को हो सकता था। उसके पैर ज़मीन पर जिस तरह गहरे जमे थे, जिस तरह सारे घर में दिन भर भागदौड़ करती और ज़ोर-ज़ोर से हुक्म देती सब तरह के काम करती रहती थी, उससे यह सोच पाना सम्भव ही नहीं था। डॉक्टर ने क्या कहा था–'छुट्टी लेना।' वह अपनी दुनिया को कैसे छोड़ सकती थी! उसके लिए यह कोई सोच भी नहीं सकता था। इस बारे में और जानकारी लेने के विचार से ही अब मेरा गला सूखने गला और दिल तेज़ी से धड़कने लगा। मैंने भरी-सी आवाज़ में पूछा, 'किस तरह की छुट्टी? क्या वे बनारस जाकर रहना चाहती हैं?'

'अरे, नहीं, इससे भी ज़्यादा,' यह कहते हुए डॉक्टर साहब ने ऊपर की तरफ इशारा किया। फिर एक सिगरेट जलायी। उसका धुआँ केबिन में भरने लगा और साँस घुटने लगी। मैंने धीरे से खखारकर सीने में भरा धुआँ निकालने की कोशिश की। कुछ धुआँ आँखों में भी भर गया जिससे आँसू भी निकलने लगा। यह देखकर उन्होंने मुझे सांत्वना देते हुए कहा, 'रोने की ज़रूरत नहीं है। ऐसी बातों को शान्तिपूर्वक सहन करना चाहिए और यह सोचना चाहिए कि भविष्य में व्यावहारिक दृष्टि से क्या किया जाना चाहिए।' इसके बाद वे आराम से कुर्सी पर बैठ गये और सिगरेट के लम्बे-लम्बे कश लेते हुए निरासक्ति के दर्शन पर भाषण देने लगे। बाहर बैठे मरीज़ों की आह-ऊह खाँसी-खखारों के प्रति उनका ध्यान बिलकुल भी नहीं था। लेकिन उनको इस तरह अपने पास

बिठाये रखना मुझे अच्छा नहीं लग रहा था। लेकिन मैं यह भी जानना चाहता था कि माँ के बारे में, उनके आधे-अधूरे और टेढ़े-मेढे वक्तव्यों की सच्चाई क्या है? तभी अचानक उन्होंने प्रश्न किया, 'लेकिन वे तुमसे बात क्यों नहीं करतीं?' मुझे उन्हें समझाकर बताना पड़ा कि मैं रोज़ देर से घर लौटता हूँ और सवेरे भी जल्दी निकल जाता हूँ, इसलिए हमारी मुलाकात ही बहुत कम और बहुत थोड़े वक्त के लिए ही होती है। इस पर उन्होंने जीभ से तिरस्कारात्मक आवाज़ की और टिप्पणी की, 'तुम उनके लिए अपना कर्तव्य नहीं निभाते। आखिर दिन भर तुम कहाँ छिपे रहते हो?'

'अरे, कहीं खास नहीं,' मैंने चिढ़ते हुए कहा। 'मुझे लोगों से मिलना होता है। और कार्य करने होते हैं। आखिर मुझे भी अपनी ज़िन्दगी जीनी है!'

'कौन से लोग और कैसी ज़िन्दगी?' डॉक्टर के लहज़े में सख्ती आ गयी थी। और मैं सचमुच उन्हें नहीं समझा सका था कि मैं दिन भर कहाँ-कैसे व्यस्त रहता हूँ। मैं जो भी कहता, उसे वे एकदम खारिज़ कर देते। इसलिए मैंने उनको टालना ही सही समझा और बात फिर माँ की तरफ मोड़ने की कोशिश की। इस बारे में उन्होंने मेरे मन में ज़बरदस्त संशय पैदा कर दिया था और सिगरेट के कश खींच-खींचकर उसका धुआँ चारों ओर फैलाते हुए और राख नीचे सीमेंट की ज़मीन पर खटाखट फ़ेंककर भारी तनाव पैदा कर दिया था। डॉक्टर होते हुए भी ये कितने अव्यवस्थित थे। यहाँ का कूड़ा-करकट और सिगरेट की राख ही तरह-तरह की बीमारियाँ पैदा करने के लिए काफी थीं, ऐसा डॉक्टर मैंने आज तक कभी नहीं देखा था।

अब तक हॉल में और भी मरीज़ जमा हो गये थे, इसलिए रामू ने परदा उठाकर कहा, 'लोग इन्तज़ार कर रहे हैं।' इस कारण अब वातावरण में कुछ गति आ गयी, उन्होंने जल्दी से सिगरेट ज़मीन पर फेंकी, जूते के तले से उसे कुचला और बोले, 'पिछले चार महीने से मैं तुम्हारे घर अक्सर जाता रहा हूँ, कई दफा दिन में कई बार लड़की झाँकती हुई दौड़ती आती है कि "डॉक्टर साहब, अम्मा बहुत बीमार हैं, जल्दी चलो, एकदम...,"—ऐसी हालत में मैं रुक भी तो नहीं सकता, तुरंत जाना पड़ता है। हाथ के सारे काम छोड़कर मरीज़ को देखने जाना ही पड़ता है... हम डॉक्टरों का काम भी तो यही है। कभी-कभी लड़की थोड़ी देर बाद फिर आ जाती है...।'

'लेकिन तकलीफ क्या है...,' मैंने धीरज खोते हुए पूछा।

'अरे, यही तो पता लगाना है। मैं बराबर यही पता लगाने में लगा हूँ। किसी भी बीमारी को हल्के ढंग से लेना तो मेरा स्वभाव ही नहीं है और कोई फैसला भी मैं जल्दी नहीं करता...।' लेकिन मेरे देखे वे जिस तरह अपने मरीज़ों को लेते थे, उससे, मेरा विचार यह था कि वे खुद को धोखा देते हैं। देर तक बकबक करने के बाद वे मुद्दे पर आये, 'उन्हें अक्सर बेहोशी के दौरे पड़ते हैं, और वह भी अचानक... लेकिन दवा का असर पड़ता है। अगर मैं कहूँ तो यह दिल की बीमारी है जिसकी वजह उम्र से पैदा कमज़ोरी है। दवा के सहारे उनकी ज़िन्दगी चलती रह सकती है, लेकिन कब तक, यह कहना कठिन है...।'

यह सुनकर मैं काँपने लगा। पूछो, 'उन्हें इस बात का पता है?'

'हाँ, क्यों नहीं। मैंने अपने ढंग से यह बात कही लेकिन उन्होंने सही बात समझ ली। वे बड़ी दार्शनिक भी हैं, मेरा ख्याल है...। शायद तुम उनके साथ ज़्यादा समय नहीं गुज़ारते?'

मैं गूँगे की तरह सुन रहा था। डॉक्टर साहब की बातों से मेरी आत्मा परेशान हो उठी थी। मैंने सचमुच अपनी माँ पर कोई ध्यान नहीं दिया था, उसकी ज़रूरतों के बारे में कभी कुछ नहीं पूछा, न कभी उसकी बीमारी पर उसे डॉक्टर को दिखाया, मैं यह समझता रहा कि वह किसी नाशहीन पदार्थ से बनी है। डॉक्टर कह रहे थे, 'अब उनको यही चिंता सताती रहती है कि उनकी मृत्यु के बाद तुम अकेले रह जाओगे, वे मुझसे यही कहती रहीं कि तुम्हें किस तरह शादी के लिए तैयार किया जा सके...।'

तो यह बात थी! अब पूरी तरह मेरी समझ में आ गयी। उस शाम वह दिन भर लड़की को डाकखाने भेजकर पोस्टकार्ड मँगाने, फिर गाँव में अपने रिश्तेदारों को मेरे लिए बहू ढूँढ़ने की चिट्ठियाँ लिखती रही होगी, जिससे पुराने सम्बन्ध फिर से जुड़ने लगे होंगे और आखिरकार उस चुटियाधारी मेहमान को अपनी लड़की का प्रस्ताव लेकर घर बुलाने में सफल हुई होगी और उम्र की कमज़ोरी के कारण दिल की बीमारी से परेशान हालत में यह सब काम-रोज़मर्रा के रोटी-पानी और साफ-सफाई के कामों के साथ-साथ यह दबाव उस पर बहुत भारी पड़ गये होंगे। अब मेरी समझ में आ रहा है कि इन्हीं सब बातों के कारण जब मैं उसके सामने होता, तब वह बहुत ज़्यादा उत्तेजित होकर बातचीत या गाली-गलौज़ करने लगती थी, और भीतरी कमज़ोरी और बीमारी इसके बाद और ज़्यादा भड़क उठती थी। मैं स्वयं को अपराधी महसूस करने लगा और अपनी आत्म-केन्द्रित

ज़िन्दगी के लिए अपने को धिक्कारने लगा।

जब मैं चलने को हुआ, डॉक्टर ने यह बात कही, 'वैसे यह मेरा अपना विचार है। तुम चाहो तो किसी से 'दूसरी राय' भी ले सकते हो। मुझे इसका बिलकुल बुरा नहीं लगेगा।... हाँ, क्या कल तक चेक दे दोगे?'

जब मैं केबिन से बाहर निकला, मरीज़ों ने राहत महसूस की। सड़क पर आकर मैं एक क्षण ठिठका, फिर अपनी रोज़ की जगह बोर्डलेस रेस्त्राँ की ओर जाने के बजाय वापस घर की ओर कदम बढ़ाने लगा।

घर पहुँचकर जब मैंने अपने कमरे का दरवाज़ा खोला और माँ के सामने पहुँचा, तो वह चकित रह गयी क्योंकि इस समय मैं कभी घर नहीं आता था। मैं उसे हमेशा की तरह कामों में लगे देखकर खुश हुआ, और डॉक्टर ने उसकी जो तस्वीर खींची थी, वह मुझे गलत भी लगी—हालाँकि ज़रा ध्यान से देखने पर उसकी चाल और आँखों में मुझे कमज़ोरी के कुछ लक्षण ज़रूर नज़र आये।

मैं उसे ताकता रहा। इससे वह चकित भी हुई। मैं दरअसल उससे पूछना चाहता था, 'आज तुम्हें कैसा लग रहा है? ठीक हो न? दौरा तो नहीं पड़ा?' लेकिन पूछ नहीं सका। मैं उससे वह बात क्यों पूछूँ जो उसने मुझसे छिपायी है। इससे शायद वह और परेशान हो उठे, यही अच्छा है कि उसे यह पता न चले कि मुझे यह बात पता है।

वह खुद शायद मुझसे यह पूछना चाहती थी, 'इस वक्त तुम घर क्यों आये?' लेकिन उसने नहीं, पूछा, और इसके लिए मैं उसका कृतज्ञ हुआ। हम दोनों एक-दूसरे को कुछ देर तक देखते रहे, दोनों जो सवाल पूछना चाहते थे, उसे मन में ही दबाये रहे। सिर्फ नौकरानी मुझे देखकर दौड़ी आयी और आँखें फैलाकर बोली, 'आप तो इस वक्त कभी नहीं आते। खाना खायेंगे? अम्मा ने अभी कुछ बनाया ही नहीं है...।'

'तू चुप रह,' माँ ने डपटा। फिर मेरी तरफ घूमकर बोली, 'मैं चूल्हा जलाने ही जा रही हूँ। यह लड़की आज बहुत देर करके आयी। बताओ, तुम क्या खाओगे?'

हम सब में अचानक यह कैसा परिवर्तन आने लगा था। मैं अपनी आँखों और कानों पर विश्वास ही नहीं कर पा रहा था–सवेरे हुई घटना के बाद यह परिवर्तन! मैं कमरे में लौटकर सोचने लगा कि अब मेरे सामने अगर उसे दौरा पड़ जाये तो मैं कैसे-क्या करूँगा। माँ मुझे बिलकुल सही लग रही थी, फिर भी मुझे लग रहा था कि उसे वहाँ छोड़कर मुझे कमरे में नहीं आ जाना चाहिए था।

अब मुझे उसकी इतनी चिंता होने लगी कि अगर मैं उसे झण भर के लिए भी अकेला छोड़ूँगा तो उसे कुछ हो जायेगा। मैं दरवाज़ा खुला छोड़कर बैठ गया और कुछ पढ़ने की कोशिश करने लगा लेकिन मेरी आँखें भले ही किताब के पन्नों पर थीं पर दिमाग़ कहीं और था। मान लो कि उसे फिर दौरा पड़ जाये और वह चल बसे, बिना यह जाने कि मैं उसे खुश करने के लिए कितना बेताब था और वह खतरनाक शादी भी कर लेता, तो कितना बुरा होता! मुझे शादी से नफरत थी लेकिन अपनी मरती हुई माँ को खुश करने के लिए यह भी करने को तैयार था। उसने बीमार होते हुए भी बिलकुल अकेले मेरे लिए बहू ढूँढ़ने की कोशिश की, यह कितनी गलत बात थी। लेकिन कई दफा किसी की भलाई के लिए परेशानी के काम भी करने पड़ते हैं। अपने पिता दशरथ की प्रसन्नता के लिए राम ने चौदह साल जंगलों में रहने की कठिन बात भी नहीं मान ली थी! राम ने जो किया, उसके सामने मेरी कठिनाई तो कुछ भी नहीं है, वे तो यात्री की तरह इतने साल जंगलों में घूमते रहे। मेरे लिए तो बुराई की बात यही होती कि जिस लड़की को मैं पसंद नहीं कर सकता, उसके साथ रहना पड़ता, लेकिन फिर इसकी आदत भी पड़ जाती, और कोई वृद्धा शांति से मर सके तो यह करना गलत नहीं था।

उस दिन माँ ने मेरे लिए कई तरह के खाने पकाये, जैसे मैं कोई मेहमान होऊँ। खाकर मज़ा आ गया। मेरे लिए आधे ढके बीच के आँगन में चंदन के खम्भे के साथ पीढ़ा बिछाकर सामने केले का बड़ा पत्ता लगाया गया था। उसने कहा, 'रसोई में धुआँ भर जाता है। तुम्हारे पिता ने हर काम बहुत उम्दा करवाया लेकिन रसोई में चिमनी या खिड़की कुछ भी नहीं बनवायी... लकड़ी अगर सूखी न हो तो इतना धुआँ उठता है कि लगता है, अँधी हो जाऊँगी। लोग इसी तरह अँधे भी हो जाते हैं लेकिन मुझे आदत पड़ गयी है... और अब अंधी भी हो जाऊँ तो कोई बात नहीं। पर, मेरे बाद जो आयेगा...।' मेरे भविष्य के बारे में यह हलका-सा इशारा था, जिसे मैंने सुन तो लिया लेकिन समझ नहीं पाया कि क्या जवाब दिया जाये। परेशान होते हुए मैंने कहा, 'इसके लिए कुछ करना पड़ेगा' और पाँच सब्जियों की स्वादिष्ट करी को मज़े से खाता रहा। यह उसने मेरे लिए विशेष रूप से बनायी थी और मैं उसकी पाक-कुशलता पर चकित था। मैं अजाने मेहमान की तरह आ धमका था और बहुत कम समय में उसने सारा खाना तैयार कर दिया था। इसके लिए ज़रूर उसने बेचारी बच्ची को बार-बार बाज़ार दौड़ाया होगा, खूब डाँट-फटकार भी की होगी और जब यह

माननीय अतिथि कमरे में बैठा किताब पढ़ रहा था, तब तक चुपचाप जिससे उसे इसकी ज़रा भी भनक न लगे, यह सब बनाया होगा। हम दोनों एक-दूसरे से जो सवाल पूछने के लिए बहुत उत्सुक थे, वे न पूछकर इधर-उधर की फिज़ूल बातें करते रहे।

खा-पीकर मैं कमरे में चला गया। लेकिन दरवाज़ा बंद करके आराम न कर सका। मैं बार-बार कमरे से बाहर निकलता और घर के सामने से पीछे तक जाता, फिर वापस लौटता, फिर कमरे में जाता, फिर आता और जिन कमरों और बरामदों में मैं महीनों से नहीं गुज़रा था, उन सबमें चक्कर काटता रहा। माँ उस समय क्या कर रही थी, इस पर भी मेरी नज़र गयी। उसने खाना खा लिया था और पान-सुपारी खा रही थी, जो वह साल-दर-साल से हर रोज़ इसी तरह खाती आयी थी। उसके पानदान की खुशबू उसके चारों तरफ फैली हुई थी, जो इस बात की सूचना थी कि खाने की दुकान बंद हो चुकी है–जब मैं छोटा था तब हर समय मैं उसी के आगे-पीछे लगा रहता था और यह खुशबू मेरे दिमाग़ में बस गयी थी। तब पिता अपने कमरे में बैठे पैसे गिनते रहते थे और देवी की तरह शानदार सिल्क की साड़ी और कानों में हीरे के चमचमाते बुन्दे पहने वह देवी की तरह सीधी बैठी लौंग चबाती रहती थी।

माँ हमेशा की तरह बरामदे के बीच अपनी चटाई बिछाये आराम से लेटी थी। मुझे देखते ही उठ बैठी और पूछने लगी, 'कुछ चाहिए?'

'नहीं, नहीं, परेशान मत होओ। सिर्फ एक गिलास पानी...।' यह कहकर मैं रसोई में गया और घड़े से मग में पानी निकालकर बहुत ठंडा होते हुए भी, गट-गटकर पी गया, और फिर कमरे में लौट गया। मेरे लिए घर में यह अज़ीब ही समय था और मैं अपने को अज़नबी महसूस कर रहा था। माँ मुझे स्वस्थ लग रही थी और यह देखकर मुझे अच्छा लग रहा था। इसके बाद जब मैं थोड़ी देर सोकर फिर उसके सामने प्रकट हुआ, तब उसने गर्मागर्म कॉफी पीने को दी। लेकिन अब तक मैं बोरियत महसूस करने लगा था और अपने हमेशा के अड्डों, पब्लिक लायब्रेरी, टाउन हॉल, नल्लप्पा की झाड़ी के पास नदी तट पर और सबसे अंत में बोर्डलेस रेस्त्राँ, जाना चाहता था। कई दफा मैं बोर्डलेस से ही दिन की शुरुआत करता था और सब जगह घूम-फिरकर अंत में यहीं उसका अंत करता था।

जब मुझे संतोष हो गया कि वह स्वस्थ है तो मैंने कुएं पर जाकर हाथ-मुँह धोये, कपड़े बदले और बाहर निकला। पहले मैं घर के पिछवाड़े गया, जहाँ माँ

फर्श साफ कर रही थी, यह बताने कि मैं बाहर जा रहा हूँ। मैंने पूछा, 'तुम क्यों सफाई कर रही हो? लड़की कहाँ है?'

'वह आज छुट्टी माँग रही थी। फर्श बहुत चिकना हो गया है। और जब तक हाथ-पैर काम करते हैं, खुद ही करना अच्छा है...,' उसने जवाब में कहा।

मैंने धीरे से और इस तरह जैसे यह कोई खास बात न हो, कहा, 'तुम चाहो तो उनसे कह सकती हो कि जब चाहे, बात करने आ जायें और हमें गाँव ले चलें। लिख दो कि चाहे जब आ जायें,' यह कहकर मैं तेज़ी से बाहर निकल गया।

सारी शाम मेरा दिमाग़ किसी-न-किसी बात में उलझा रहा। मैं ऐसा आदमी नहीं हूँ जो व्यक्तिगत मामलों में दूसरों को शरीक करूँ, इसलिए जब मैं बोर्डलेस में वर्मा के पास बैठा था, और उसने पूछा कि 'क्या बात है? आज बड़ी देर से आये?' तो मैंने कोई बहाना बना दिया और दूसरे विषयों पर बात करने लगा। छह बजे दोस्त लोग आये–पत्रकार जिसे हम दुनिया भर का संवाददाता कहते थे, क्योंकि ऐसा कोई अखबार नहीं था जिसे वह अपना कह सके; एक एकाउंटेंट, जो किसी बैंक में काम करता था, एक स्कूलमास्टर और दो लोग जो क्या काम करते थे, ठीक से पता नहीं था–सब एक कोने में बैठकर गपशप करने लगे। हमेशा की तरह चर्चा का विषय था दिल्ली की राजनीति–इन्दिरा गाँधी के पक्ष में तथा विरोध में–और बहस बड़ी गरम लेकिन दबी आवाज़ में हो रही थी क्योंकि वर्मा ने सतर्क करते हुए कहा था कि दीवालों के भी कान होते हैं। मैं सामान्यतः हरेक की बात का विरोध करता था और अपने पक्ष में प्लेटो या टॉयनबी के कथन प्रस्तुत करता था। लेकिन आज मैं चुपचाप सबकी बातें सुनता रहा–पत्रकार ने कहा, 'आज तुम्हारी चमक कहाँ गायब हो गयी है?' मैंने कहा कि मेरे गले में खराश है और जुकाम होने वाला है।

घंटे भर बाद मैं वहाँ से उठ आया। एलामन स्ट्रीट पार कर मैं सरयू के तट पर आ गया और घूमते हुए सिर पर होने वाले पत्तों की सरसराहट और नदी के बहते पानी की आवाज़ सुनता रहा। अपनी अनेकों चिंताओं के बावजूद मुझे इस शाम की सैर से बड़ी शांति मिली। लोग इधर-उधर अकेले या ग्रुपों में बैठे गपशप कर रहे थे और बच्चे रेत पर खेल-कूद रहे थे। मैंने खुद से कहा, मन पर चाहे जितने दबाव हों लेकिन दुनिया की खूबसूरती कायम रहती है। 'काश, मैं भी इन सब खुशियों में शामिल हो सकता! यहाँ के सभी लोग बड़े खुश हैं हँस -खेल रहे हैं क्योंकि उन्हें शादी

या माँ की कोई समस्या नहीं हैं। हे भगवान्! काश, मुझे कोई रास्ता दिखायी देता।' मैं नदी के किनारे बैठकर देर तक सोचता रहा। मुझे शादी की ज़रूरत नहीं लग रही थी, सिर्फ माँ के कारण मैं इसके लिए तैयार हुआ था। अगर सवेरे डॉक्टर साहब मुझे सड़क से नहीं बुला लेते तो मैं अपनी राह चलता रहता। शादी और माँ का जो होना होता, होता और चुटियाधारी अपने गाँव वापस चला जाता। मैं न शादी करना चाहता था और न माँ की मृत्यु चाहता था। लोग दुविधाओं की बातें करते हैं। जिनमें समझ नहीं आता कि क्या किया जाये और क्या न किया जाये–अब मेरी समझ में आ गया था कि यह स्थिति क्या होती है। मैं ऐसी जगह जाकर फँस गया था जहाँ दोनों रास्ते बंद थे–उस चूहे की तरह जो इधर जाये तो जाल में फँस जायेगा, उधर जाता है तो मारा जायेगा। मेरी कुछ समझ में नहीं आ रहा था। किसी ने मुझसे यह नहीं कहा कि शादी नहीं करेगा तो माँ को खो बैठेगा। माँ का स्वास्थ्य मेरे ऊपर निर्भर नहीं करता था, उसकी शारीरिक दुर्बलता बहुत पहले शुरू हो गयी होगी। मैंने शादी का फैसला इसलिए किया था कि माँ शांतिपूर्वक भगवान् के घर जा सके, जो मेरा स्वतंत्रतापूर्वक किया गया फैसला था और जिसे किसी भी तरह दुविधा नहीं कहा जा सकता। इस तरह गहरी समीक्षा करने के बाद मैंने कुछ हलका मन महसूस किया। मैंने नदी की कलकल और पत्तियों की सरसर में अपने को छोड़ दिया और शाम होने पर घर वापस लौटती चिड़ियों की चहचहाहट को सुनता रहा।

पास बैठे दो लोग उठे और पीछे लगी रेत को फटफट करके फाड़ने लगे। वे किसी गहरी बह्स में उलझे हुए थे और जब वे पास से निकले, तो मैंने उन्हें कहते सुना–'मैं किसी एक आदमी की राय पर इस तरह विश्वास नहीं करूँगा कि उसी की आखिरी बात मान कर काम करने लगूँ, किसी भी समस्या पर फैसला करने के लिए मनुष्य को एक 'दूसरी राय' ज़रूर ले लेनी चाहिए।' दोनों बूढ़े थे, शायद पेंशनर हों और घरेलू समस्याओं या दफ्तर की उलझनों पर बात कर रहे थे। उनके शब्द 'दूसरी राय' जादू की तरह मेरे पास आये और लगा कि मेरे सामने अचानक एक द्वार खुल गया है। डॉक्टर साहब भी हमेशा दूसरी राय की वकालत करते रहते थे। मैं मेडिकल सेंटर पर पूरा विश्वास नहीं करूँगा, डॉ. नटवर के पास भी माँ को ले जाऊँगा। वे अपने को हृदय रोग और मनोरोग विशेषज्ञ कहते हैं और न्यू एक्सटेंशन में उनका क्लीनिक है। लोग परेशानी की हालत में उन्हीं की शरण लेते हैं। उन्होंने अनेक महाद्वीपों से बहुत-सी डिग्रियाँ इकट्ठी की हैं और देशभर से लोग उनके पास आते हैं। मैं उनसे सीधा सवाल

यही करूँगा कि मेरी माँ और कितने साल ज़िन्दा रहेंगी, और उनके जवाब पर मैं शादी का फैसला करूँगा। लौटते समय मैं प्रार्थना करता रहा कि माँ ने सवेरे कही गयी मेरी बात के अनुसार कहीं कार्यवाही कर न डाली हो और आशा करता रहा कि इतने कम समय में वह डाक की सुविधाओं का लाभ नहीं उठा पायी होगी।

दूसरे दिन सवेरे मैं काफी जल्दी उठ बैठा और तैयार होकर मेडिकल सेंटर के डॉक्टर से मिलने उनके घर जा पहुँचा। उन्होंने अभी न शेव की थी और नहाये थे, उनके बाल रूखे हवा में उड़ रहे थे और अपनी इस अस्त-व्यस्त दशा में वे शहर के मशहूर डॉक्टर न लगकर सामान ढोने वाले मज़दूर लग रहे थे। वे मुझे घर के भीतर चाय-कॉफी पिलाने ले गये और मैं सोचता रहा कि ऐसे मज़दूर जैसे आदमी से हम ज़िंदगी और मौत संबंधी राय लेते हैं। मुझसे यह बात करते समय कि माँ को कोई समस्या ज़रूर है, उनके शब्द सहानुभूति व्यक्त कर रहे थे। उन्होंने दिलासा देते हुए कहा, 'चिंता की कोई बात नहीं है, मैं आऊँगा और वे ठीक हो जायेंगी। ज़रूर दौरा पड़ा होगा जो गुज़र जायेगा...।' इसके बाद जब उन्होंने यह कहा कि 'तैयार होने में मुझे चालीस मिनट से ज़्यादा नहीं लगेंगे, और सबसे पहले मैं तुम्हारे ही यहाँ आऊँगा...हालाँकि टेम्पिल स्ट्रीट में भी एक ब्रौंकाइटिस का केस बड़ी खतरनाक स्थिति में पहुँच गया है—मैं अपने ख्यालों से बाहर निकल आया। लेकिन दूसरे की बात सुनने की आदत न होने के कारण वे ब्रौंकाइटिस के मरीज़ की दशा बयान करते रहे। जब वे साँस लेने को रुके, मैं तुरंत जल्दी से कह गया, 'अपनी माँ के बारे में क्या मैं कोई दूसरी राय ले लूँ?'

'हाँ, हाँ, क्यों नहीं। यही सबसे अच्छी बात है। मैं भी तुम्हारी ही तरह आदमी ही हूँ–कोई ब्रह्मा तो हूँ नहीं। कोई ब्रह्मा हो भी नहीं सकता... अच्छा, ज़रा रुको।' वे मुझे उस दिन का अखबार पकड़ाकर चालीस मिनट के लिए बाथरूम में घुस गये और पूरी तरह तैयार होकर मेडिकल सेंटर के प्रभावशाली डॉक्टर बनकर बाहर निकले। फिर उन्होंने डॉ. नटवर के नाम एक पत्र लिखकर मुझे पकड़ाया और कहा, 'बहुत अच्छे आदमी हैं, हालाँकि स्वभाव कुछ रूखा है। यह पत्र ले जाओ और उनसे एपाइंटमेंट लेकर मुझसे मिलो।'

न्यू एक्टेंशन में डॉ. नटवर के दवाखाने पर मुझे सारी शाम इन्तज़ार करना पड़ा। एक नौकर मेरा पत्र ले गया, उसके बाद मैं मेज़ पर पड़ी सारी नयी-पुरानी पत्रिकाएँ कई दफा देख-देखकर थक-सा गया और ऊँघने लगा। सामने लगा आधा दरवाज़ा बार-बार खुलता और बंद होता और मरीज़ अपने सहायकों के

साथ अंदर जाते और थोड़ी देर में बाहर निकल आते। करीब दो घंटे बाद नौकर मेरा पत्र लेकर वापस आया, जिस पर इतना भर लिखा था–'मंगल को 11 बजे'। मंगल आने में अभी पाँच दिन बाकी थे। अगर वह चुटियाधारी इससे पहले आ गया तो...? मैंने नौकर से पूछा, 'क्या मैं डॉक्टर साहब से मिलकर पहले का समय ले सकता हूँ?' उसने सिर हिलाया और वापस लौट गया। यह अदृश्य डॉक्टर ईश्वर की तरह था जिसे न देखा जा सकता था, न उसकी इच्छा के बिना बात की जा सकती थी। इन अर्द्ध देवों तक पहुँच पाना भी उसी की तरह मुश्किल था।

माँ की वर्तमान मन:स्थिति में उसे इस दूसरे डॉक्टर को दिखाने के लिए तैयार करना मुश्किल नहीं था, हालाँकि मैंने उसे यह नहीं बताया था कि डॉ. किशन द्वारा उसके इलाज़ की सब बातें मुझे पता हैं। मैंने उससे यही कहा कि उसकी इस उम्र में उसे किसी डॉक्टर को दिखाकर यह जान लेना कि उसका स्वास्थ्य कैसा चल रहा है, कुछ गलत नहीं होगा, और इस काम के लिए डॉ. नटवर जैसा कोई डॉक्टर नहीं है। मैंने उसे यह नहीं बताया कि इस काम के मैं सौ रुपये दे रहा हूँ। गफूर की टैक्सी पंद्रह रुपये में मिल जायेगी–हालांकि पुराना गफूर तो अब नहीं रहा था और उसकी शेवरलेट गाड़ी भी बदल चुकी थी, अब उसका बेटा, जो बिलकुल अपने बाप की ही तरह लगता था, फव्वारे पर उसी जगह बैठता था और उसके पास एंबेसेडर गाड़ी खड़ी रहती थी–और इसी से हम डॉ. नटवर के दवाखाने पहुँच जायेंगे।

डॉ. नटवर की इलेक्ट्रानिक तथा अन्य जाँच के यंत्र अलग-अलग कमरों में लगे थे। मेरी माँ को जब पहिया गाड़ी से एक के बाद दूसरे कमरों में ले जाया जा रहा था, तब मैंने उन पर एक नज़र डाली। मुझे लगा कि तरह-तरह के यंत्रों और नर्स इत्यादि के बीच से गुज़रते हुए वे बहुत प्रसन्न हैं क्योंकि उन पर बहुत ज़्यादा ध्यान दिया जा रहा है। वे जब भी मेरे पास से होकर गुज़रतीं, मेरी तरफ कृतज्ञभाव से देखतीं, मानो कह रही हों कि वे नहीं सोचती थीं कि मैं उनका इतना लायक बेटा साबित होऊँगा! वह अर्द्धदेव जो उस दिन मेरी चिट्ठी डॉक्टर साहब के पास ले गया था, अब फिर प्रकट हुआ और मुझे अपने साथ चलने का इशारा करने लगा। इस समय वहाँ कोई नहीं था, ट्राली, सहायक, यहाँ तक कि मेरी माँ भी कहीं दिखायी नहीं दे रहे थे, मैंने सोचा कि मैं सपना तो नहीं देख रहा था और अब तक की सब घटनाएँ जादुई चिराग का करिश्मा तो नहीं थीं। मैं सेवक के पीछे यह सोचते हुए चल पड़ा कि सचमुच इस संस्था का इन्तज़ाम बहुत अच्छा

है। यहाँ हर वस्तु कठपुतली की तरह काम करती रहती है। अब डॉक्टर के शब्दों पर ही मेरी भावी स्वतंत्रता निर्भर थी। मैं डॉ. नटवर के सामने पेश किया गया–वे अपनी प्रतिष्ठा के लिहाज़ से काफी कम उम्र थे, दुबला-पतला शरीर, चेहरे पर गंभीरता, कसकर बंद पतले होंठ, जो तभी खुलते थे जब उन्हें बिल्कुल नपे-तुले शब्दों में निर्देश देने होते थे। अपने कर्मचारियों से भी वे बहुत कम बोलते थे, सिर हिलाकर या उँगली के इशारों से ही वे अस्पताल का सारा काम चलाते थे।

'मि. सम्बू, आपकी माँ को कोई शिकायत नहीं है।' यह कहकर उन्होंने एक फाइल मुझे दी जिसमें अनेक रिपोर्टें, चार्ट और फोटो रखे हुए थे। 'इन्हें संभालकर रखिये। इस चेक-अप की कोई ज़रूरत नहीं थी। खून, पेशाब, ब्लड-प्रेशर, दिल और फेफड़े सब सही हैं। थकान और लम्बे समय तक भूखे रहने के कारण दौरे पड़ते होंगे। किसी दवा की ज़रूरत नहीं है। सिर्फ यह कि दिन में कई बार खाती-पीती रहें।'

उठते हुए मैंने धन्यवाद देना चाहा लेकिन रुक गया, क्योंकि दूसरे मरीज़ को हाज़िर करने के लिए उनकी घंटी बज चुकी थी। मैंने चलने के लिए कदम उठाये लेकिन मुड़कर पूछ ही लिया, 'ये कब तक ज़िन्दा रहेंगी?' उनके चेहरे पर सूखी-सी हँसी आयी और वे बोले, 'इस सवाल का जवाब कौन दे सकता है?...' फिर जैसे ही अगला मरीज़ केबिन में दाखिल हुआ, उन्होंने जोड़ा, 'हो सकता है, आप और मुझसे भी ज़्यादा दिन जीयें।'

घर लौटते हुए मैं सोचता रहा कि अगर उन्हें मुझसे और डॉक्टर साहब दोनों से ज़्यादा दिन जीना है तो मैं उनसे यह सीधे-सीधे क्यों न कह दूँ कि अभी हम उस चुटियाधारी को और उसकी बेटी दोनों को अपने दिमाग़ों से निकाल बाहर कर सकते हैं। लेकिन लौटते हुए मैंने पाया कि वे बहुत ज़्यादा खुश हैं, इसलिए मैंने उनका मूड खराब करने का विचार छोड़ दिया। उन्होंने शादी की तैयारियों के बारे में चर्चा करना शुरू कर दिया था। 'अब तक मुझे यही चिंता सताये जा रही थी कि मैं अकेली यह सब सँभाल नहीं पाऊँगी। लेकिन अब...अब मैं सब कुछ कर लूँगी। अरे, कितने सारे काम करने हैं मुझे...।'

यह सुनकर मैं गाड़ी से बाहर देखने लगा, मैदान में घास चरते जानवर, बैल-गाड़ियों की कतार और इस तरह की दूसरी चीज़ें...। एक ही विचार मेरी शादी, वे और कुछ नहीं सोच पा रही थीं। कहने लगीं, 'जाते ही अपने भाई को चिट्ठी लिख दूँगी कि अपनी बीवी को लेकर तैयारियों में हाथ बँटाने आ जायें;

निमंत्रण छपाने और भेजने होंगे, कपड़े और चाँदी के बर्तन... अरे, कितना इन्तज़ाम करना है... पता नहीं लेकिन भाई बहुत समझदार है...।' रास्ते भर वह इसी तरह बोलती चली आयी। मैं चुप बना रहा। सोचता रहा, बम छोड़ने के लिए काफी वक्त है। यात्रा और चेहरे पर लगती तेज़ हवा ने उसमें जान डाल दी थी। स्वास्थ्य के बारे में निश्चिंत होकर अब वह अतिरिक्त उत्साह से शादी की तैयारियों में जुट जाना चाहती थी। मैं समझ नहीं पा रहा था कि उसे मेरी आज़ादी नष्ट करने में क्या खुशी मिल रही थी, गृहस्थ बनकर मैं बीवी के आदेशों पर बाज़ार जाकर सब्ज़ियाँ और दूसरे सौदे-सुल्फ खरीदने और बच्चे की पोतड़ियाँ बदलने वाला बनकर ही तो रह जाऊँगा। इस ख्याल से ही मेरे बदन में तेज़ झुरझुरी दौड़ गयी।

टैक्सी जैसे ही घर पहुँचकर रुकी, छुटकी दौड़कर आयी और हाथ में पकड़ा पोस्टकार्ड दिखाकर उत्साह से बोली, 'पोस्टमैन अभी दे गया है।'

'अरे, चिट्ठी आ गयी...!' माँ भी उत्साह से नीचे उतरकर बोली और दरवाज़े की सीढ़ियों पर ही खड़ी होकर पढ़ने लगी। फिर बोली, 'एक बजे की बस से आ रहे हैं। इतनी ज़ल्दी...'

'कौन आ रहे हैं? चुटिया वाले...?'

मेरे इस हलकेपन पर उसने आँखें तरेरीं। बोली, 'तुम्हें इज़्ज़त से बोलना चाहिए। चुटिया रखते हैं तो क्या हुआ?' 'उस ज़माने में हर कोई रखता था...। यह कहकर वह दरवाज़े की सीढ़ियाँ चढ़ने लगी और मैं टैक्सी के पैसे चुकाने में लग गया। जब उसने सुना कि गाड़ी लौट कर जा रही है तो फिर उतरकर सड़क पर आयी और कहने लगी, 'अरे, गाड़ी क्यों वापस कर दी? मैं चाहती हूँ कि तुम खुद बसस्टैंड जाकर उन्हें ले आओ, यह कितना अच्छा लगेगा! खैर, अब तुरंत बसस्टैंड चले जाओ जिससे उन्हें इन्तज़ार न करना पड़े। अच्छा होगा कि तुम ज़रा ज़ल्दी ही पहुँचो और बस का इन्तज़ार करो–वे बहुत बड़े आदमी हैं–तुम्हें अंदाज़ नहीं उनके पास कितना पैसा है और उनका कितना असर है–वे जो चाहें हासिल कर सकते हैं, तुम्हारे इस्तेमाल के लिए बड़ी-बड़ी गाड़ियाँ भी–हाँ, तुम्हें पता नहीं है। उनके खेतों में चावल से सरसों तक सब कुछ पैदा होता है, सब तरह के अनाज और सब्जियाँ, दुकान से उन्हें मिट्टी के तेल के अलावा और कुछ नहीं खरीदना पड़ता।... और, जाने से पहले केले के पत्ते काटकर दे जाना, बड़े-बड़े, पीछे वाले बाग से।'

उसके कहने के अनुसार मैंने पत्ते काटकर ला दिये और मेहमान की दावत

के लिए बाज़ार से सब ज़रूरी चीज़ें दिला दीं। पैकेट ज़मीन पर रखते हुए मैंने देखा कि वह रसोई के काम में लगी है और छुटकी के साथ उलझ रही है। वह बड़े उत्साह में थी और ज़ल्दी-ज़ल्दी सब काम कर रही थी। मैं यह सोचकर दुखी होने लगा कि मैं अभी जो उससे कहने जा रहा हूँ, उससे उसका यह सब उत्साह ठंडा पड़ जायेगा।

रसोई के दरवाज़े पर खड़ा मैं उसे देखता यह सोचता रहा कि जो चोट मैं उसे देने जा रहा हूँ, उसे किस तरह हलकी करूँ। चूल्हे से घूमकर वह बोली, 'अब चले जाओ, बिलकुल देर मत करो। अगर बस सही वक्त पर आ गयी तो उन्हें इन्तज़ार करना पड़ेगा और यह हमारे लिए शर्मिंदगी की बात होगी।'

'वो अपने आप नहीं आ जायेंगे, जैसे उस रात को आये थे? तब तो कोई उन्हें लेने नहीं गया था।'

'अब यह मौका दूसरा है...अब उनसे रिश्ता बन रहा है।'

'नहीं, मैं नहीं मानता यह। वो अब भी तुम्हारे लिए गाँव के परिचित रिश्तेदार हैं, और मेरे लिए भी कुछ खास नहीं हैं।'

यह सुनते ही बर्तन उसके हाथ से छूटकर नीचे गिर पड़ा। मेरी बदली आवाज़ सुनकर मेरे पास आयी और बोली, 'अब तुम्हें क्या हुआ है?'

'वह चुटियाधारी यहाँ अपने-आप आ जाये और खाना खाकर चला जाये। मैं न उसे लेने बस-स्टैंड जाऊँगा, न यहाँ उससे मिलूँगा।'

'वह तो तुम्हें अपनी बेटी दिखाने के लिए ले जाने आ रहा है...'

'उससे मुझे कोई मतलब नहीं है। मैं अपने काम से जा रहा हूँ। अच्छी तरह खिला-पिलाकर, जब तुम चाहो उसे वापस भेज देना। मैं तो चला... ।'

यह कहकर मैं अपने कमरे की ओर चला कि कपड़े बदलकर चुपचाप बोर्डलैस निकल जाऊँ–लेकिन मेरी बात सुनकर उसके चेहरे पर जो दर्द पैदा हो गया था, वह मेरा पीछा करने लगा। मुझे उस पर दया आयी और अपने लिए घृणा उत्पन्न हुई। मैंने जैसे ही घर के बाहर बना चबूतरा पार किया और सड़क पर पहुँचा, वह दरवाज़ा खुला छोड़कर मेरे पास आयी और रास्ता रोककर कहने लगी, 'तुम उस लड़की से शादी नहीं करना चाहते और उसे देखना भी नहीं चाहते... मुझे मंज़ूर है।... लेकिन मैं प्रार्थना करती हूँ कि बस-स्टेशन जाकर उसे लिवा लाओ। वे मेरे निमंत्रण पर यहाँ आ रहे हैं, हमारे परिवार के मित्र हैं, इसलिए यह हमारा फर्ज़ है। नहीं तो यह उनका अपमान होगा और सारा गाँव

सौ साल तक हमारी बुराई करता रहेगा। वे यह कहें कि इस बदतमीज़ विधवा ने खुद बुलाकर भी आदर नहीं किया—इससे तो मैं मर जाना ही अच्छा समझूँगी। अपने परिवार की इज़्ज़त बरबाद मत करो।' यह कहते हुए उसकी आँखों से आँसू झर-झर बह रहे थे।

'पिछली दफा तो वे खुद आ गये थे?'

'आज हमने उन्हें बुलाया है।' यह सब धीमी आवाज़ में कहते हुए उसे परेशानी हो रही थी, जिससे पड़ोसी और राह चलते न सुन लें। साड़ी के छोर से अपने आँसू पोंछते हुए वह इतनी लाचार नज़र आ रही थी कि मुझे अचानक स्थिति की सच्चाई समझ में आ गयी और मुझे अपने से गहरी नफरत हो आयी।

इस निमंत्रण के लिए मैं भी ज़िम्मेदार था। मैं सोचने लगा, 'अब मैं क्या करूँ!' वह उसी तरह कहे जा रही थी, 'उन्हें ले आओ, साथ खाना खाओ, बातचीत करो, फिर न चाहो तो मत करना। मैं कोशिश करूँगी कि वे लड़की का ज़िक्र न करें, तुम्हें शादी की चिंता करने की ज़रूरत नहीं है। तुम जो चाहो करना, संन्यासी बन जाना या पापी, मैं कोई दखल नहीं दूँगी। यह आखिरी बार है। जब तक मेरी साँस चलती है, कभी कुछ नहीं कहूँगी, यह मेरा प्रण है। हालाँकि मेरा यह सपना कि इस घर में पोते-पोतियाँ...,' यह कहते-कहते वह फिर फूट-फूटकर रो पड़ी।

माँ की इस बात से मैं भीतर तक हिल उठा। उसे धीरे से दरवाज़े के भीतर करते हुए बोला, 'भीतर चलो, कोई देख न ले। मैं बसस्टैंड जा रहा हूँ, उन्हे ले आता हूँ। उस दिन उन्हें मैंने ध्यान से देखा नहीं था, लेकिन चुटिया से ज़रूर पहचान लूँगा।... फिर तुम जो ठीक समझो, करना।'

बिल्ली भीतर

विनायक मुदाली स्ट्रीट के उस प्राचीन मकान में एक रास्ता पिछवाड़े के आंगन तक जाता था जहाँ एक बड़े इमली के पेड़ के नीचे एक कुआँ और एक पाखाना इस काफी बड़ी इमारत के बहुत-से किरायेदारों की रोज़मर्रा की ज़रूरतें पूरी करता था। इसके मालिक ने इमारत में छोटे-छोटे बहुत से टुकड़े करके और जहाँ-तहाँ दीवालें खींचकर इसके गरीब निवासियों के लिए सहारे और एकांत का भ्रम-सा पैदा कर दिया था। जिनके किराये के रूम में वह बड़ी-बड़ी रकमें वसूल करता था। खुद वह सड़क पर निकलती एक पतली-सी पट्टी में रहता था जिसमें उसकी एक दुकान भी चलती थी–इसमें लोगों के मतलब की आम चीज़ों के अलावा पिपरमिंट की चूसने वाली गोलियाँ, पेंसिल, लाल-नीले रिबन और सड़क के पार बने स्कूल के बच्चों के काम की दूसरी चीज़ें भी मिलती थीं। रात को जब वह मकान में ताला मारता तो खुद के दरवाज़े के आर-पार इस तरह सोता कि अगर कोई चोर भीतर घुसने की कोशिश करे तो उससे टकराये बिना भीतर न जा सके, इसके अलावा दुकान के भीतर अंधेरे में वह चार मिट्टी के तेल के खाली पीपे इस तरह एक-दूसरे पर चढ़ाकर रख देता कि किसी के ज़रा से स्पर्श से वे सब गिर पड़े और खन-खन की आवाज़ करने लगें– यह उसकी चोर-घंटी थी।

एक दिन रात को एक बिल्ली अनाज के बोरों में चूहे का पीछा करते हुए एक पीतल के बर्तन से जा टकराई और इसके भीतर क्या है, इसकी जाँच करने के लिए उसके भीतर अपना मुँह डाल बैठी। बर्तन का मुँह न इतना बड़ा था और न छोटा कि बिल्ली का सिर उसमें घुस भी जाये और फिर निकल भी आये। तभी अपने ऊपर किसी चीज़ का वज़न पड़ने और उसके कारण नज़र में अचानक एक चमक पैदा हो जाने से बिल्ली बहुत चकित और परेशान हो उठी और

उसकी समझ में नहीं आया कि क्या करे क्या न करे! बदहवासी में उसने कूदना और इधर-उधर दौड़ना शुरू किया और दीवालों से सिर टकराने लगी–जिससे 'क्लेंग' की आवाज़ होती थी। दुकानवाला अपनी रोज़ की जगह पर आराम से सो रहा था, भीतर हो रही आवाज़ों को सुनकर जाग उठा। उसने एक झिझरी से भीतर अँधेरी दुकान में झाँका, फिर फौरन सिर हटाकर चिल्लाया, 'चोर, चोर! उठो...।' उसने एक डंडा भी उठा लिया और ज़मीन पर उसे ज़ोर-ज़ोर से बजाने लगा। जैसे ही डंडा ज़मीन पर पड़ता, बर्तन में सिर घुसाये बिल्ली ऊँची उछलती और दुकान की हर चीज़ से पागल की तरह टकराती। शोर सुनकर सारे किरायेदार जाग गये और उसके चारों तरफ भीड़ लगाकर इकट्ठे हो गये। वे सब एक-एक करके दरवाज़े की झिंझरी से भीतर झाँकते और बर्तन से हो रही आवाज़ों को सुनकर काँपने लगते। बार-बार भीतर अँधेरे में देखकर वे यह जानने की कोशिश करते रहे कि भूत या प्रेत यह क्या बला है! और अंत में इस निर्णय पर पहुँचे कि यह निश्चय ही कोई बड़ी डरावनी ताकत है। यह सुनकर एक आदमी ने सुझाव दिया, 'अरे, ओझा जी को जगाओ, वो इसका उपाय करेंगे!' सचमुच इस मकान के तरह-तरह के निवासियों में झाड़-फूँक करने वाला एक ओझा भी रहता था। इस वक्त वह गहरी नींद में सो रहा था क्योंकि उसकी कोठरी इमारत के एक कोने में थी।

वह बिना कहीं बाहर जाये, अपनी कोठरी में ही बैठा, रोज़ पचास रुपये कमाता था। उसके ग्राहक यहीं आते थे और दिन भर लाइन लगाये रहते थे। लोग कहते थे कि लोग पांडिचेरी से, श्रीलंका से और सिंगापुर तक से आते थे। अक्सर इतनी भीड़ लग जाती कि उससे कहा जाता कि वह पिछवाड़े के मैदान में इन सबको ले जाये। इससे दूसरे किरायेदारों की परेशानी कम हो जाती थी और वे शांति से अपना काम-धाम करते रह सकते थे। हर रोज़ इससे मिलने वालों में एक दर्जन हिस्टीरिया जैसी चीखती-चिल्लाती औरतें और पागल आदमी होते थे जिन्हें उनके घरवाले सँभालकर खड़ा या बिठाये रखते थे। ओझा मौके के लायक कपड़े पहने बिना बाहर नहीं निकलता था–उसके बाल सिर के ऊपर घुँघराले बँधे होते, तराशी हुई दाढ़ी नीचे लहराती होती, माथे पर पवित्र राख, सिंदूर और चंदन, और गले में हिमालय के पहाड़ों से लाये बड़े-बड़े मनकों की माला। उसके पास भोजपत्रों की एक प्राचीन पोथी थी जिसमें कहा जाता था कि दुनिया के हर आदमी का भविष्य रहस्यमय पद्य में लिखा है। ज़रूरी पूजा-पाठ करके वह

पूछने वालों के सामने ज़मीन पर पट्टी बिछा कर बैठता और एक-एक आदमी को बुलाकर पोथी खोलता और उसमें से उसका भविष्य-गीत गाने की तरह धीरे-धीरे बताता। पुरानी तमिल भाषा में लिखे इन पद्य गीतों का, जो हज़ार साल पहले लिखे गये थे, अर्थ ओझा ही जानता होगा और कोई नहीं। वह विस्तार से बताता, 'तुमने अपनी पिछली ज़िंदगी में कुछ ऐसे कर्म किये हैं जो अब अपना फल दिखा रहे हैं। और हो भी क्या सकता है–कर्म का फल तो मिलता ही है। अब अगले महीने की पूरनमासी के सत्ताईस दिन और दस घंटे बाद इसका प्रभाव खत्म होगा। अच्छा, क्या तुमने कभी...?' इस प्रकारे प्रश्न करके वह दूसरे से बहुत-सी जानकारी प्राप्त कर लेता। 'तुम्हारी ज़िंदगी में कभी कोई बुढ़िया आयी है जो तुम्हारे खिलाफ रही हो? सच-सच बताना।' इस पर कुछ देर सोचकर वह आदमी कहता, 'सच है, बिलकुल सच है यह,' और इसके बाद वह अपने साथी से कहने लगता, 'ज़रूर यह बुढ़िया कामू ही रही होगी...।' इसके बाद ओझा उपाय बताता, 'उसने तुम्हारे ऊपर तंत्र किया था। अब तुम यह करो कि गाँव के किसी बड़े पेड़ की मिट्टी खोदो और उसमें से कोई एक हड्डी निकालकर मेरे पास लाओ। उसे मैं नदी में फेंक दूँगा। इससे तुम कुछ समय तक सुरक्षित रहोगे।' इसके बाद वह नीम की एक डाल से उस आदमी पर प्रहार करता और कहता, 'भाग जाओ, ओ प्रेत, इसे छोड़कर अब चले जाओ!'

इस रात दुकानवाला बहुत परेशान होकर उसके पास पहुँचा और कहने लगा, 'बाहर आओ, तुम्हारी मदद चाहिए। बड़ी अज़ीब चीज़ें हो रही हैं...जल्दी करो!'

ओझा ने तुरंत अपनी माला गले में लटकाई और थैला लेकर बाहर निकल आया घटनास्थल पर पहुँचकर पूछने लगा, 'अब बताओ, कहाँ क्या हो रहा है?'

'एक बर्तन है जो ज़िन्दा हो गया है और ऊपर-नीचे उछल-उछलकर हर चीज़ से टकराता है और आवाज़ करता है।'

'अच्छा, तो यह बर्तन का प्रेत है, हाँ। यह प्रेत खाली बर्तन में घुसकर उसे जीवित कर देता है। इसीलिए हमारे पुरखों ने कहा है कि खाली बर्तन कभी आकाश में मुँह खोलकर नहीं रखना चाहिए। उसे हमेशा ज़मीन पर औंधा करके रखना चाहिए। ये प्रेत भयंकर आवाज़ें करके लोगों को डराते हैं। और जो डर जाता है, उसके सिर पर वार करते हैं। लेकिन...मैं इनसे निपटना जानता हूँ।'

दुकान वाले ने घबराकर कहा, 'लेकिन मैं तो हमेशा ईमानदारी की ज़िन्दगी बिताता रहा हूँ। कभी किसी को नुकसान नहीं पहुँचाया। तो मेरे साथ यह क्यों हो रहा है?'

'ये आम बातें हैं। फिक्र मत करो, यही कर्म है। तुमने इसमें नहीं तो पिछले किसी जीवन में कुछ किया होगा...।'

'क्या किया होगा मैंने?' दुकानवाला डरकर पूछने लगा।

ओझा इस बात के विस्तार में नहीं जाना चाहता था। वह भी दूसरे किरायेदारों की तरह इस मकान मालिक से नफरत करता था, लेकिन उसके खिलाफ बाकायदा कोई शिकायत बताने के लिए उसे कुछ वक्त की ज़रूरत थी। इस वक्त उसने इतना ही कहा, 'यह कोई छोटी-मोटी आत्मा है, ज़्यादा डरने की ज़रूरत नहीं है। लेकिन कमज़ोर दिल के लोग कभी-कभी बहुत डर जाते हैं और खून की उलटी करने लगते हैं।'

जब यह सब बातें चल रही थीं, भीतर से बर्तन की आवाज़ें भी लगातार आ रही थीं। एक आदमी चिल्लाकर कहने लगा, 'इसीलिए तुम्हें मकान में बिजली ज़रूर लगवानी चाहिए। शहर के हर कोने में झकाझक बिजली होती है, हम ही हैं जो अँधेरे में मरते रहते हैं।'

'यहाँ लालटेन क्यों नहीं ले आते?'

'तीन दिन से मिट्टी का तेल नहीं मिला है, हम लोग सितारों की रोशनी में खाते-पीते हैं।'

'धीरज रखो', मकान मालिक ने कहा, 'मैंने बिजली के लिए अर्ज़ी डाल दी है। जल्द आ जायेगी।'

'बिजली होती तो हम स्विच ऑन कर रोशनी कर लेते और पता चल जाता कि आखिर यह बला है क्या!'

'वक्त पर सब कुछ हो जायेगा...सब हो जायेगा, यह वक्त शिकायत करने का नहीं है।' यह कहकर मकान मालिक ओझा को दुकान के दरवाज़े पर ले गया। किसी ने टार्च जलाई लेकिन इसकी बैटरी क़मज़ोर थी, इसलिए मामूली टिमटिमाहट से ज़्यादा रोशनी नहीं हुई और साफतौर पर कुछ भी दिखायी न पड़ा।

बिल्ली को अंदाज़ हो गया था कि लोग जमा हो गये हैं, इसलिए पहले तो वह डरकर ज़रा देर के लिए खामोश हो गयी, लेकिन इसके बाद

और भी ज़ोर-ज़ोर से उछलना-कूदना शुरू कर दिया और पहले से ज़्यादा शोर-शराबे के साथ दीवालों और दूसरी चीज़ों से टक्कर लेना शुरू कर दिया। उसकी हर आवाज़ पर मकानवाला चीख मारता और थरथरा कर काँपने लगता, और दूसरे लोग भी पहले से ज़्यादा डर जाते। ओझा भी काफी डरा हुआ लगने लगा। वह बार-बार भीतर झाँकता और बर्तन की आवाज़ होते ही कूदकर पीछे हट जाता। उसने फुसफुसाकर कहा, 'मोमबत्ती ही जला लो। तुम कैसे आदमी हो कि खुद अपने को और बाकी सबको भी अँधेरे में रखते हो, जबकि सारा शहर बिजली से जगमगाता रहता है! बहुत ही अजीब हो तुम...।'

भीड़ में से किसी ने जोड़ा, 'और बीस घरों के लिए एक ही कुआँ, और एक ही पाखाना...'

एक दूसरे ने कहा, 'मैं जब बीवी के साथ बिस्तर पर होता हूँ, तो ज़रा-सी फुसफुसाइट भी चारों तरफ सुनायी देती है।'

'लेकिन तुम तो शादीशुदा हो नहीं,' किसी ने कहा।

'होता तो? मैं नहीं तो और हैं...।'

'दूसरों के नेता बनने की कोशिश मत करो। वे अपने मामले खुद देख लेंगे।'

'टन..., टन...,' भीतर से आवाज़ आयी।

किसी ने दुकान वाले की तरफ इशारा करके कहा, 'इसके पापों का नतीजा है जो हम सबको भोगना पड़ रहा है।'

इस पर दुकान वाले ने जवाब दिया, 'इतने दुखी हो तो छोड़ क्यों नहीं देते।' इस बात का किसी के पास कोई जवाब नहीं था क्योंकि दूसरे कस्बों की तरह यहाँ भी किराये के लिए मकानों की बेहद कमी थी।

अब ओझा ने नेतृत्व सँभाल लिया। उसने सबसे एकदम चुप हो जाने को कहा। 'यह शिकायतों और माँगों का वक्त नहीं है। आप सब अपने घरों में जाकर सो जायें। प्रेत को निकालना बहुत ज़रूरी है। जब यह निकलेगा तो सामने कोई नहीं होना चाहिए। नहीं तो जो सामने होगा, उसके भीतर प्रेत घुस जायेगा।'

'कोई बात नहीं। वह हमारे मालिक-मकान से बुरा हरगिज़ नहीं होगा। प्रेत मेरे बदन में घुस जाये तो मैं इस टूटे-फूटे मकान की एक-एक दीवाल से टकरा-टकरा कर उसे तोड़ डालूँ और जो भी इसका मालिक है, उसके सिर पर बरसा दूँ,' एक बहुत नाराज़ किरायेदार ने ज़ोर-ज़ोर से कहा।

ओझा ने उसे शांत करने की कोशिश की, 'इस वक्त ऐसी कोई बात कहना गलत है।...आप चुप हो जाइये। मैं भी आप सबकी तरह किरायेदार हूँ और तकलीफें सहता हूँ लेकिन यह वक्त माँगें रखने का नहीं है। इस वक्त मुझे सिर्फ मोमबत्ती चाहिए। फिर दुकान वाले की तरफ मुड़कर वह बोला, 'तुम दुकान में मोमबत्ती नहीं बेचते? कैसी दुकान चलाते हो तुम?'

वह बोला, 'मोमबत्ती एक डिब्बे में है और डिब्बा दाहिनी तरफ की अलमारी में रखा है–हाथ बढ़ाओगे तो वहाँ तक पहुँच जायेगा।'

'तुम चाहते हो कि यह काम मैं करूँ? ठीक है, लेकिन प्रेत के पास जाकर उसे काबू में लाने के लिए मैं फीस लेता हूँ...नहीं तो मैं दूर से ही काम करता हूँ।'

दुकान वाले ने फीस देने की बात मान ली और ओझा ने दरवाज़े के सामने खड़े होकर गला साफ किया, बाँहें कसीं और कहना शुरू किया, 'ओ प्रेत, मैं तुमसे डरता नहीं हूँ। मैं तुम जैसों को अच्छी तरह जानता हूँ और तुम भी मेरी ताकत जानते हो, इसलिए...।' यह कहकर उसने दरवाज़े की कुंडी खोली और धीरे-धीरे आगे बढ़ने लगा। वह कुछ कदम ही बढ़ा होगा कि बर्तन खिड़की के शीशे से जा टकराया जिससे शीशा कड़-कड़ की आवाज़ करते हुए टूट गया। इससे बिल्ली की परेशानी और बढ़ गयी और वह पूरी ताकत से उलटकर टीन के पीपों से जा टकरायी जिससे दुकान के घोर अँधेरे में और भी ज़्यादा हलचल मच गयी। इससे ओझा के पैर भी लड़खड़ाये और कुछ क्षणों के लिए वह यह भी भूल गया कि वह यहाँ क्यों आया है और उसे क्या करना है! वह भी सामने रखे तेल के पीपों से जा टकराया और पीपे चारों तरफ लुढ़ककर और भी ज़्यादा शोर मचाने लगे।

अब ओझा भी डर गया और जल्दी से खड़ा होकर बाहर निकल आया। 'यह तो बहुत ताकतवर प्रेत लगता है। इसने मुझे भी तूफान की तरह झकझोर दिया...। अब यह सब दीवालें तोड़ डालेगा।'

'अय्यो!' दुकानवाला दहशत से चिल्लाया।

'मुझे अब ज़्यादा सुरक्षा चाहिए...मैं भीतर नहीं जा सकता...कोई रोशनी नहीं, मोमबत्ती भी नहीं है। अगर मैं एकदम बाहर न आ जाता तो तुम लोग मुझे देख भी न पाते।'

'अय्यो! अब मेरी दुकान और ज़ायदाद का क्या होगा?' दुकानवाला रोने को हो आया।

'हम देखेंगे, हम देखेंगे, हम इसके लिए भी कुछ करेंगे', ओझा ने हीरो की तरह धीरज बँधाते हुए कहा, हालाँकि सड़क से भीतर आती रोशनी में वह खुद कँपकपाता दिखायी पड़ रहा था। दुकान वाले को उसका चेहरा देखने से भी डर लगने लगा था, क्योंकि उस पर ऊपर-नीचे राख पुती थी और आँखें गोल-गोल घूम रही थीं। उसे लग रहा था कि वह दो भूतों के बीच में फँस गया है, एक तो दुकान के भीतर वाला और दूसरा उसके बाहर का, और वह समझ नहीं पा रहा था कि इन दोनों में से कौन ज़्यादा खतरनाक है! ओझा अब दुकान के सामने अकड़कर इस तरह बैठ गया था, मानो बताना चाहता हो कि मैं किसी से नहीं डरता। उसने गरजकर हुक्म दिया, 'अब मेरे लिए एक ताँबे का बर्तन लाओ, ताँबे का ही एक लोटा और एक चम्मच। इनकी मुझे सख्त ज़रूरत है।'

'ताँबे के ही क्यों?'

'सवाल मत पूछो।... कोई बात नहीं, मैं बताता हूँ। क्योंकि ताँबा बिजली का गुड कण्डक्टर होता है। आपने खम्भों पर लगे ताँबे के तार नहीं देखे?'

'इससे क्या कण्डक्ट किया जायेगा?'

'फिर सवल? खैर, मैं बताता हूँ। मुझे ऐसा माध्यम चाहिए जो मेरे बोले मंत्रों को भीतर उस प्रेत तक पहुँचा सके।'

इसके बाद बिना कोई सवाल किये दुकान वाले ने कहीं से एलमोनियम का एक बर्तन लाकर उसके सामने रख दिया। 'मेरे पास ताँबा नहीं है, सिर्फ एलमोनियम है...।'

'हमारे देश में गरीब-से-गरीब आदमी के पास भी ताँबे का बर्तन ज़रूर होता है...और तुम अपने को साहूकार कहते हो, न मोमबत्ती, न रोशनी, न ताँबा...!'

'मेरे गाँव के घर में सब बर्तन ताँबे और चाँदी के हैं...'

'लेकिन उससे यहाँ क्या फायदा! तुम्हारे गाँववाले घर में तो प्रेत नहीं घुसा है...हालाँकि मैं यह गारंटी नहीं करता कि यही प्रेत वहाँ नहीं पहुँच जायेगा..खैर, अब मुझे अपना काम करने दो।'

उसने एलमोनियम का बर्तन उठाया और ज़मीन पर दे पटका। इसके फौरन बाद भीतर से बर्तन की फट-फट आवाज़ आने लगी। दुकानवाला चिल्लाया, 'अरे-मेरा बर्तन तोड़ मत देना।' लेकिन उसकी यह बात अनसुनी करके ओझा ने बर्तन को बार-बार ज़ोर-ज़ोर से पटकना शुरू कर दिया। फिर बोला, 'यह अच्छा लक्षण है। अब प्रेत बोलना शुरू करेगा। हमारा अपना कोड होता है।'

इसके बाद उसने बर्तन पर तारघर के मोर्स कोड की तरह बर्तन पर खट-खटखटाखट, की आवाज़ करना शुरू कर दिया। फिर मकान मालिक से कहा, 'अब न ज़ोर से साँस लेना न ज़ोर से बोलना। मुझे संदेश मिलने लगा है। मुझे तुमसे यह कहने को कहा गया है कि यह प्रेत मुक्ति चाहता है। क्या तुमने ज़िंदगी में किसी के साथ कोई बुराई की है?'

'नहीं, नहीं, बिलकुल नहीं,' दुकानवाला बहुत डरकर कहने लगा। मैं तो हमेशा दान-पुण्य करता रहा हूँ...'

ओझा ने बात काटकर कहा, 'मुझे यह सब मत बताओ। खुद अपने से बात करो और भीतर वाले प्रेत को बताओ। क्या तुमने ज़िन्दगी में कभी... रुको, मुझे संदेश आ रहा है...,' यह कहकर उसने बर्तनं का मुँह अपने कान से लगाया, 'अब बताओ, ज़िंदगी में कभी तुमने किसी की औरत या पैसे...।'

दुकानवाला दहशत में भर गया, 'अरे नहीं, कभी नहीं।'

'तो फिर मैं यह कैसे सुन रहा हूँ कि तुमने कभी किसी विधवा के ट्रस्ट का काम किया है...'

वह सोचने लगा। दुकान के भीतर बिल्ली बाहर निकलने की छटपटाहट में खिड़की से टक्करें मार रही थी। दुकानवाला परेशान होकर बोला, 'कौन-सा ट्रस्ट? अगर मैंने ऐसा कोई काम किया हो तो मेरा सर्वनाश हो जाये। भगवान् ने मुझे खुद इतना कुछ दिया है कि...'

'मैंने तुमसे कहा कि बेकार की बातें मत करो। क्या तुमने कभी किसी औरत के साथ कुछ किया है या उसे अपने पास रखा है? अगर तुमने बचपन में कोई ऐसा काम किया हो तो कोई बात नहीं, उसका उपाय हो सकता है।'

'कैसे?'

'यह मैं बाद में बताऊँगा, पहले कबूल करो।'

'क्यों?'

'क्योंकि तुम ईमानदारी से सच को स्वीकार कर लोगे तो प्रेत की ताकत कम हो जायेगी।'

भीतर वाला बर्तन फिर खटकने लगा था और दुकानवाले की घबराहट बढ़ती जा रही थी। 'मेहरबानी करके यह आवाज़ बंद करवाओ। इसे मैं बरदाश्त नहीं कर पा रहा हूँ।'

ओझा ने अपनी झाड़-फूंक का सबसे कड़ा नुस्खा आज़माया। कपूर का एक टुकड़ा जलाकर उसे चारों तरफ कई दफा घुमाया। 'यहाँ जो भी शुभ शक्तियाँ मौजूद हों, वे सब हमारी सहायता करें...।' दुकानवाला भी इन शुभ शक्तियों का आह्वान करने लगा। उसने कामना की कि सितारों की इस रोशनी में जो भी बुरी-भली शक्तियाँ यहाँ कहीं भी हों, वे सब दफा हो जायें। चबूतरे पर बैठे और आसमान में उड़ती किसी चिड़िया की आवाज़ सुनकर उसे लगने लगा कि वह भी आदमियों की दुनिया से उठकर चिड़िया की तरह आसमान में पहुँचकर भूत-प्रेतों की दुनिया में उड़ने लगा है।

ओझा ने कहा, 'तुम्हारी आत्मा मानसरोवर झील की तरह पारदर्शी होना चाहिए। मैं जो कहता हूँ, उसे दोहराओ। अगर कुछ धोखा करोगे तो तुम्हारा सिर फट जायेगा। प्रेत तुम्हारे मगज़ के टुकड़े-टुकड़े करने से परहेज़ नहीं करेगा।'

'हाय! हाय! मैं क्या करूँ!'

'मेरे साथ-साथ बोलो : मैंने आज तक ईमानदारी की ज़िंदगी जी है।' दुकान वाले ने धीरे-धीरे ये शब्द दोहराये जिससे उसके किरायेदार इन्हें न सुन लें। ओझा ने आगे कहा : 'कहो, मैंने आज तक किसी को धोखा नहीं दिया है।'

'...नहीं दिया है।' उसने दोहराया।

'किसी की संपत्ति को नहीं चुराया है।'

दुकानवाले ने इसे दोहराना शुरू किया लेकिन अचानक रुक गया और पूछने लगा, 'लेकिन किसकी संपत्ति?'

'यह मैं नहीं जानता।' फिर बर्तन को कान से लगाकर कहने लगा, 'मुझे सुनाई पड़ रहा है कि...।'

'लेकिन वह मेरी गलती नहीं थी।...' दुकानवाले ने सुबकते हुए कहा, 'वह संपत्ति खुद मेरे पास आयी थी, हाँ...खुद।'

'यह संपत्ति किसकी थी?'

'होनप्पा की, जो मेरा दोस्त और पड़ोसी था। मैं उसके परिवार से जुड़ा हुआ था। साथ खेतों में काम करते थे...। उसने वसीयत लिखी और फिर पता नहीं कहाँ गायब हो गया।'

'वसीयत तुम्हारे पक्ष में थी?'

'लेकिन मैंने उससे इसके लिए कहा नहीं था। बस, वह मुझे चाहता बहुत था।'

'उसकी लाश मिली थी?'

'मुझे कैसे पता होगा?'

'और उसकी विधवा का क्या हुआ?'

'जब तक वह ज़िन्दा रही, मैंने उसकी रक्षा की।'

'एक ही छत के नीचे रहे?'

'यहाँ नहीं, गाँव में।'

'तुमने उसके साथ...'

दुकानवाला कुछ देर चुप रहा, फिर बोला, 'लेकिन उसकी रक्षा जो करनी थी...'

'उसकी मृत्यु कैसे हुई?'

'अब मैं एक शब्द नहीं बोलूँगा। जो भी बताया जा सकता था, मैंने बता दिया है। इसके बाद भी तुम प्रेत को नहीं हटाओ तो तुमको भी उसी का भाग्य भोगना पड़ेगा।'

यह कहकर वह एकदम ओझा के ऊपर तनकर खड़ा हो गया, और उसकी गर्दन पकड़कर बोला, 'अब भी तुम प्रेत को नहीं भगाओगे तो...।' वह ओझा को घसीटता हुआ दुकान के अँधेरे कोने तक ले जाने लगा।

इस अचानक हमले से घबराकर ओझा इतने ज़ोर से चीखने-चिल्लाने लगा कि बर्तनों की आवाज़ भी उसमें दब गयी। अब वह कोने में पड़ा था और दुकानवाला सामने खड़ा होकर उस पर पहरा दे रहा था। इसी समय बिल्ली वाला बर्तन उसके पैरों से टकराया और दहशत से वह चिल्लाया, 'हाय, गरा...मैं मरा।'

इस धमाचौकड़ी में बिल्ली बर्तन से बाहर निकल आयी और वह कूदकर सड़क पर भागी। ओझा और दुकानवाला दोनों उसे ताज्जुब से देखने लगे। दुकान वाले ने कहा, 'अच्छा, तो यह बिल्ली ही थी...।'

ओझा ने समझाया, 'ऊपर से देखने पर यह बिल्ली लगती है, लेकिन किसे मालूम कि इसके भीतर क्या है!'

दुकानवाला फिर चिंतित हो उठा और कहने लगा, 'अब यह फिर तो यहाँ नहीं आयेगी?'

'क्या पता? फिर आ जाये तो फिर मुझे बुला लेना।' यह कहकर वह अपनी कोठरी की ओर चला, 'मेरी दक्षिणा की फ़िक्र मत करना। मैं कल सवेरे ले लूँगा।'

धार

उम्र के बारे में सवाल किया जाने पर रंगा जवाब देता, 'होगी पचास, साठ... या अस्सी।' फिर आप दूसरे ढंग से पूछते कि 'यह काम कब से कर रहे हो?' तो वह पूछता, 'कौन-सा काम?'

'यही सान-पत्थर से चाकु-छुरी-कैंची पर धार रखने का काम।'

'चाकू-छुरे ही नहीं, हँसिया, दरांती और रसोई में काम आने वाली हर चीज़ पर धार रखने का काम, ब्रेड काटने के चाकू, और जब मैं बड़ा सान-पत्थर लेकर घूमता था, तब कसाइयों की कुठारियाँ भी, और उस ज़माने में तो मैं महाराजा की तलवार पर भी धार रख देता था'–उसका एक सपना यह भी था कि अगर फौज़ें तलवार का इस्तेमाल करती होतीं, तो वह लखपति बन जाता।

आप उसकी बातों को टोककर फिर से पूछते कि तुम चाकू-छुरियों पर सान रखने का काम कब से करते रहे हो, तो वह होंठ के ऊपर अपनी उँगली घुमाते हुए जवाब देता, 'जब से यहाँ पर मूँछ उगनी शुरू हुई, तब से।' लेकिन इससे भी आप उसकी उम्र का अंदाज़ नहीं लगा पाते क्योंकि अब उसकी मूँछे काफी बड़ी और झब्बेदार हो चुकी थीं। ज़ाहिर है कि उसने कभी न कैलेंडर देखा, न जंत्री, न घड़ी, और शीशे में अपना मुँह भी नहीं देखा होगा। इस प्रकार परम आनंद की अवस्था में, धोती और खाकी कमीज़ पहने, पगड़ी बाँधे, वह मालगुडी की गलियों में रोज़ चक्कर लगाता और घरों के सामने से गुज़रते हुए महीन पर गूँजती आवाज़ में पुकारता, 'धार रखवा लो, चाकू-छुरी-कैंची पर धार रखवा लो...।'

एक पुरानी साइकिल पर सामने धार रखने की चकरी लगाये, जिस पर लगी पट्टी पैडल से जुड़ी हुई थी, जिसे वह पैरों से चलाता था, वह फेरियाँ लगाता था। मार्केट रोड पर ट्रैफिक से बचते हुए वह दर्ज़ी और नाई का

दुकानों पर खासतौर से रुककर आवाज़ मारता, लेकिन ये लोग उससे 'हाँ, हाँ' तो करते रहते पर 'फिर कभी आना' कहकर उसे काम भी नहीं देते थे। क्योंकि उस समय वे अपने धंधे में लगे होते थे। अगर वे बाल काटने या कपड़े सीने में व्यस्त नहीं होते खासतौर से दर्ज़ी कभी एक मिनट के लिए भी खाली नहीं दिखायी पड़ते थे और चारों तरफ पड़े पुराने ऑर्डरों के कपड़ों को काटते या सीते रहते थे–तब वे दुकान बंद करके कहीं गायब हो जाते, इसलिए रंगा को बड़ी चतुराई से उन पर नज़र रखनी पड़ती थी कि कब उन्हें काम पाने के लिए पकड़ा जा सकता है। इन लोगों को यह समझाना कि अपने औज़ार हर वक्त सही और धारदार रखने चाहिए, बड़ा ही मुश्किल काम होता था। लोगों की अनिच्छा और आलस दोनों से जूझना पड़ता था। पहले तो सब यही कहते, 'जाओ, कोई काम नहीं है, लेकिन अगर वह बिना विचलित हुए वहीं डटा रहता तो परिवार का कोई-न-कोई सदस्य एकाध जंग खाया चाकू कहीं से निकाल ही लाता, और इसके बाद दूसरों को भी याद आने लगती कि घर में और कौन-कौन-सी ऐसी चीज़ें हैं जिन पर धार रखवा लेनी चाहिए। लेकिन इसके लिए रंगा को बहुत समझाना-बुझाना और बहलाना पड़ता, और कभी-कभी धमकाना भी पड़ता कि अभी काम नहीं करवाओगे तो फिर बहुत दिनों तक इन्तज़ार करना पड़ेगा क्योंकि वह लंबी तीर्थयात्रा पर जा रहा है। इस पर कोई-कोई यह भी कह देता, 'कोई बात नहीं, एक और भी तो आता है, उसे बुला लेंगे'–यह एक फिज़ूल-सा दुबला-पतला आदमी था, हाथ से चलने वाली छोटी मशीन से ही काम करता था और पैसा लेते ही गायब हो जाता था, बिना यह देखे कि औज़ार अब ठीक से काम कर रहा है या नहीं। इस आदमी की समाज में कोई स्थिति नहीं थी, न कोई इसका नाम जानता था और यह कि कहाँ रहता है। उसकी मशीन से चिनगारी तक नहीं निकलती थी, जब कि रंगा धार लगाते से पहले मशीन को देर तक इंजीनियर की तरह तेज़ करता और बच्चे मंत्रमुग्ध होकर फुलझड़ियों का यह तमाशा देखते थे।

'खैर, मुझे उससे कोई बैर नहीं है,' रंगा ने जवाब में कहा, 'उसकी रोज़ी-रोटी उसके साथ है–लेकिन अगर उसने तुम्हारे चाकू को अंडे जैसी धार दे दी, तो बाद में मैं भी उसे सही नहीं कर पाऊँगा। आपको यह नहीं सोचना चाहिए कि लोहे पर हर कोई जैसे चाहे काम कर सकता है, इनमें से ज़्यादातर लोग तो चाकू के फल और हथौड़े में भी कोई फर्क नहीं समझते।'

रंगा के ग्राहकों को उसकी यह बातचीत और काम दोनों ही पसंद थे और वह हमेशा अपने काम की साठ दिन की गारंटी भी देता था। 'अगर इससे पहले यह भोथरा हो जाये तो मुझे सूअर की औलाद कहना...माफ करना, ज़बान फिसल गई और गाली दे बैठा।'

लेकिन अगर उसे कभी खराब काम करने के लिए कुछ कहा जाता, तो वह पलटकर कहता कि अक्सर धातु ही अच्छी नहीं होती, उस पर सूरज और पानी का असर भी पड़ता है, और सबसे बड़ी बात यह है कि आप उसका कैसे इस्तेमाल करते हैं! लेकिन वह अपने ग्राहकों से कभी बहस नहीं करता और दूसरा चक्कर लगने पर मुफ्त फिर धार लगा देता। ग्राहक यह सोचते कि यह उनकी जीत है और रंगा खुद से यह कहता, 'इसमें मेरा कोई खर्च नहीं होता, बस, पहिये के पाँच-सात चक्कर और तमाशे के लिए दो-चार चिनगारियाँ।'

लेकिन इन अवसरों पर वह कुछ और माँग लेता, जैसे कुछ चावल और छाछ या खाने की ओर कोई चीज़, रसोई में उस वक्त जो कुछ भी हो, खासतौर से बच्चों वाले घरों में, और यह भी पेट भरने के लिए नहीं, बल्कि बदन में थोड़ी-सी जान डालने के लिए कि आगे और भी काम कर सके। भूख तो हर हाल में आनी-जानी चीज़ है और अगर उसे भूल भी जाये तो भी काम चल जाता है। खाने-पीने पर ज़्यादा ध्यान देना उसे पसंद भी नहीं था। वह खाने पर दिन भर में एक रुपये से ज़्यादा खर्च नहीं करता था। इतने पैसे में उसे एलमोनियम का बर्तन भर चावल, साथ में कई दफा स्वादिष्ट पदार्थ, जैसे आलू या गोभी, चिकन या मीट का टुकड़ा, नीबू का अचार और भाग्य अच्छा हो तो रसगुल्ला भी मिल जाता था। उसकी पहचान का एक आदमी होटलों-रेस्त्रांओं में बचे हुए खाने को इकट्ठा करने का काम करता था, रात को दस बजे वह आता और गली के एक कोने पर शान से बैठकर यह गड़बड़ घोटाला–काफी सस्ता, एक रुपये में दो कर घुल-लोगों को बेचता था। उसकी इतनी माँग थी कि अगर पूरा ध्यान न दिया जाये–खासतौर से सड़क के पार पर्ल सिनेमा का शाम का शो छूटने के बाद जब एकदम खानेवालों की भीड़ लग जाती थी–तो अक्सर कई लोगों को भूखे रह जाना पड़ता था। रंगा इस मामले में विशेष सावधान रहता था और वक्त पर लाइन में आगे लग जाता था। अपना हिस्सा भरपेट खाकर गली के नल से पानी पीता, और कृष्णा हॉल के किनारे की टूटी-फूटी इमारत में चला जाता, जिसका उस वक्त कोई मालिक नहीं था क्योंकि तीन पीढ़ियों से इसके मालिकाना हक का

मुकदमा चल रहा था, जो कब खत्म होगा, इसका पता ही नहीं चलता था। रंगा जब गाँव से काम और सहारे की तलाश में शहर आया था, तब सौभाग्य से उसे पहले ही दिन इस जगह का अता-पता मालूम हो गया था। उसे इस इमारत के बड़े हॉल का एक कोना, इसके बूढ़े रखवाले की दया से, जो मानो अनंत काल से इसकी देखभाल कर रहा था, और जो अपनी पसंद के लोगों को ही इसमें रहने की थोड़ी-थोड़ी जगह देता था, रहने-सोने के लिए मिल गया था।

रंगा कहने के लिए तो शहर में रहता था, लेकिन मन उसका गाँव के घर में ही बना रहता था जहाँ उसकी बेटी उसकी कठोर स्वभाव वाली बीवी के साथ पल रही थी। वह हर महीने थोड़ा-बहुत पैसे उनके लिए भेजता था, खासतौर से बेटी के लिए, जो वहाँ के स्कूल में पढ़ रही थी। उसे इस बात पर गर्व था कि उसकी बेटी स्कूल जाती है, और अपने परिवार में वह पहला आदमी था जिसने इस दिशा में कदम उठाया था। उसकी बीवी को बेटी का पढ़ाना-लिखाना पसंद नहीं था, क्योंकि उसका मानना था कि लड़की का काम घर के कामों में मदद करना है और शादी करके बच्चे पैदा करना है। लेकिन रंगा इसके बिलकुल खिलाफ था, विशेष रूप से उस घटना के बाद जब गाँव के स्कूलमास्टर ने, जो चबूतरे पर बच्चों को इकट्ठा करके पढ़ाता था, एक दिन उससे कहा था कि तुम्हारी बच्ची बड़ी तेज़ है, इसे बराबर पढ़ाते रहना और बड़ी होने पर पाम्बन के मिशन स्कूल में–जो गाँव के पास था और जहाँ बस से पहुँचा जा सकता था–दाखिल करा देना।

शुरुआत में रंगा ने अपनी सान चढ़ाने की मशीन गाँव के लोहार के बगल में, इमली के बड़े पेड़ के नीचे रखी भी जहाँ आस-पास के इलाकों के किसान हर वक्त गुज़रते थे, जो अपने काग-धंधे के औज़ार यहाँ ठीक कराते थे। रंगा की मशीन देखकर उनमें से किसी को अचानक ख्याल आ जाता कि उनके हल का फाल या अनाज काटने की कसनी पर जंग लग गयी है, चलो उसे भी ठीक करा लें। लेकिन लोहार ज़रा ज़्यादा ही चालाक था और रंगा की कमाई के हर एक रुपये पर बीस पैसे कमीशन ले लेता था, उससे काम कराने वाले ग्राहकों पर नज़र रखता था और पूरी गिनती करता रहता था, और जब पैसे देने का समय आता तो भी झगड़ा करता, और इसके साथ ही शराब की माँग भी करता, जिसके कारण उसे भी शराब पीनी पड़ जाती और जिसके लिए घर लौटने पर बीवी के ताने भी सुनने पड़ते। वह बहुत चिल्लाती, झगड़ा करती और कभी-कभी खाना भी नहीं देती थी।

रंगा को कभी यह समझ में नहीं आता था कि उसकी बीवी शराब के लिए इतना फसाद क्यों करती है, क्योंकि एकाध घूँट पीने से किसी को कोई नुकसान नहीं होता, बल्कि इससे सारे दिन की थकान उतर जाती है और कुछ फायदा ही होता है–लेकिन इस कूढ़मग्ज़ बीबी को कौन और कैसे समझाये? इस विचार से एक दिन वह शराब की बोतल घर ले आया कि बीवी को भी चखाकर उसका दिमाग़ बदलने की कोशिश करेगा, लेकिन बीवी ने शराब की बू पाते ही उसके हाथ से बोतल ज़बरदस्ती छीनकर ज़मीन पर दे मारी जिससे सारी शराब भी मिट्टी के फर्श पर बिखर गयी। आमतौर पर वह ऐसी घटना पर ज़्यादा ध्यान नहीं देता था लेकिन उस दिन दोस्तों के साथ ज़रा ज़्यादा ही पी आने के कारण उसका दिमाग़ सातवें आसमान पर पहुँच गया था और इतनी ताकत भी आ गयी थी कि बीवी की ठुकायी कर दे, लेकिन उसके हाथ उठाते ही बीवी ने झाड़ू उठा ली और उस पर बरसानी शुरू कर दी। फिर उसे घर से बाहर निकालकर भीतर से कुंडी चढ़ा ली। वह परेशान तो बहुत हुआ, लेकिन इस बात से खुश भी हुआ कि उसकी बेटी, जो पास पड़ी चटाई पर सो रही थी, जगी नहीं और उसे कुछ पता नहीं चला। वह वहीं सोया रहा और सवेरे उठकर स्थिति पर विचार करने लगा। तभी उसकी बीवी भीतर से आयी और उसके सिर पर सवार होकर धमकाती हुई पूछने लगी, 'आ गयी अब अक्ल ठिकाने!'

इन घटनाओं के बाद उसने लोहार के साथ काम करना बंद कर दिया और घूम-घूमकर काम करने का निश्चय किया। अब अपनी मशीन हाथ में उठाकर वह बड़े तड़के, प्याज़ और अचार के साथ रागी खाकर, गाँव में निकल जाता। लोहार का साथ छोड़ने के बाद उसने पाया कि अब उसकी बीवी का स्वभाव भी बदल रहा है। वह बड़े सवेरे उठकर रागी चूल्हे पर चढ़ा देती और तब तक उसे उबालती रहती। जब तक वह ठोस होकर खाने लायक पिंड न बन जाये, और जब रंगा कुएँ से हाथ-मुँह धोकर आता, उसे खाने को दे देती। फिर वह चक्कर लगाने निकलता और लोहार की दुकान से बचकर गाँव की दस-बारह गलियों में घूम-घूमकर हर दरवाज़े के सामने ज़रा देर रुककर आवाज़ लगाता, 'चाकू-छुरी पर धार रखवा लो, धार...।' रात को घर लौटकर जब वह दिन भर की कमाई बीवी के सामने रखता, तो वह लालचियों की तरह कहती, 'सिर्फ दो रुपये, आज तुम हफ्ता बाज़ार नहीं गये...?

'गया था लेकिन वहाँ दस और सान वाले खड़े थे।'

उसकी आमदनी घरखर्च के लिए काफी नहीं पड़ती थी, यद्यपि उसकी बीवी भी गाँव के बड़े घर में काम करके कुछ कमा लेती थी। इसलिए उसके चेहरे पर अब हमेशा चिंता की झलक दिखायी पड़ने लगी। एक दफा उसने अपनी बीवी से बात की कि अगर वह लोहार की दुकान के पास ही फिर से अपनी मशीन जमा ले, क्योंकि आस-पास के सब किसान वहीं पर इकट्ठे होते हैं, तो कैसा, रहेगा। लेकिन यह सुनते ही वह गुर्राकर बोली, 'मैं जानती हूँ, तुम फिर उन शराबियों का साथ चाहते हो।' उसने शिकायत की कि तुम लगन से काम नहीं करते हो। 'मेरा ख्याल है, तुम ज़्यादा ज़ोर से आवाज़ नहीं लगाते। तुम अपने को बड़ा कारीगर समझते हो, इसलिए मज़े से धीरे-धीरे आवाज़ें लगाते हुए घूम-फिरकर घर आ जाते हो।' यह सुनकर रंगा बहुत परेशान हुआ और इतनी ज़ोर से चीख मारी कि बीवी उछलकर परे हो गयी। फिर बोली, 'क्या हुआ है तुम्हें? पागल हो गये हो क्या?' उसने जवाब दिया, 'यह तो तुम्हें यह बताने के लिए किया था कि मैं कितनी ऊँची आवाज़ लगा सकता हूँ–एक आदमी ने मुझसे कहा कि मेरी आवाज़ कसाईखाने के पार तक सुनायी देती है।'

'तो मेरा ख्याल है कि तुम्हारी आवाज़ सुनकर घरों में लोग डरकर छिप जाते होंगे और अपने चाकू-छुरी भी छिपाकर रख लेते होंगे।' उसके इस मज़ाक पर दोनों हँस पड़े।

लड़की अब इतनी बड़ी हो गयी थी कि उसे पाम्बन के मिशन स्कूल में दाखिल कराया जा सके। रंगा की उसकी किताबें, फीस, स्कूल की ड्रेस, और सबसे ज़्यादा बस के किराये के लिए पैसों का इन्तज़ाम करना था। उसकी बीवी का कहना था कि लड़की की पढ़ाई अब बंद कर दी जाये, क्योंकि वह भी काम करने लायक बड़ी हो गयी है, पैसेवाले ज़मीदारों को खेतों में काम करने के लिए लोगों की ज़रूरत होती है और अब वह तरह-तरह के काम सीखकर कुछ कमाई कर सकती है। लेकिन रंगा ने उसके इस आग्रह को पूरी तरह नकार दिया। दूसरे मामलों में वह बीवी से चाहे जितना डरता हो और उसकी बात मानता हो, लेकिन बेटी की पढ़ाई के मामले में वह बहुत दृढ़ था। वह चाहता था कि वे भी माँ-बाप की ज़िंदगी न बिताकर कुछ और ज़िंदगी जीये। उसकी बीवी यह देखकर दंग रह गई की इस मामले में वह कितना क्रांतिकारी है, और कुछ देर के लिए उसकी बोलती बंद हो गयी। फिर, बीवी को खुश करने के लिए वह बोला, 'तुम ज़्यादा पैसा ही चाहती हो, है न?'

'हाँ, लेकिन मुझे बताओ किस काले जादू से तुम पैसा ला सकते हो?'

'तुम बेटी को स्कूल जाने दो, मैं कोई रास्ता निकाल लूँगा...'

'तुम उसे बदचलन बनाना चाहते हो, जो बालों में रिबन बाँधकर घूमती फिरे, और पैसेवालों की तरह रहने के शौक पाल ले।... अगर वह झगड़ालू न बन जाये तो मुझे दोष मत देना। अभी भी वह जवाब देने लगी है और आज़ाद हो गयी है।'

इसके बाद रंगा यह देखने मालगुडी गया कि वहाँ क्या किया जा सकता है, मालगुडी का एक चक्कर लगा आया–जो गाँव से सिर्फ 25 मील दूर था। लौटकर यह रिपोर्ट दी, 'अरे कितनी अच्छी जगह है यह, लगता है इन्द्रदेवता ने बनायी है, जैसा हमारे पंडित लोग कहते हैं। वहाँ सब कुछ मिलता है। हज़ारों-हज़ारों लोग हज़ारों मकानों में रहते हैं, सड़कों पर बहुत-सी बसें और कारें दौड़ती फिरती हैं, नाई और दर्ज़ी भरे पड़े हैं जो रात-दिन सैकड़ों कैंचियों और उस्तरों का इस्तेमाल करते हैं, इसके अलावा घरों में हज़ारों-लाखों चाकू और छुरियाँ काम में लाये जाते हैं, इस तरह वहाँ मेरे जैसे दो सौ धार चढ़ाने वालों के लिए धंधा है, पैसे भी अच्छा मिलते हैं, वहाँ के रहने वाले सज्जन और उदार हैं, हमारे गाँव के लोगों की तरह कंजूस नहीं हैं।'

'तुम अभी से इतने खुश हो गये और मानने लगे कि वहाँ के लोगों ने तुम्हें अपना लिया है...।'

उसने इस बात पर ध्यान नहीं दिया और सपना देखता रहा, 'जैसे ही मास्टर साहब कोई शुभ दिन निकाल देंगे, मैं चला जाऊँगा। अगर भाग्य ने साथ दिया तो मैं घर का इन्तज़ाम कर लूँगा और तुम सबको ले चलूँगा। वहाँ बहुत से स्कूल भी हैं। और हमारी बच्ची को किसी में जगह ज़रूर मिल जायेगी।'

उसकी बीवी ने उसे यह कहकर चुप करा दिया कि 'तुम जहाँ मर्जी हो, जाओ, लेकिन मैं यहाँ से नहीं हिलूँगी। यह घर हमारा है, इसलिए मैं इसे कभी ताला नहीं लगाऊँगी। मैं यह भी नहीं चाहूंगी कि हमारी बेटी शहर के फैशनों के पीछे दौड़ती फिरे। हम वहाँ नहीं जायेंगे। तुम जो मर्ज़ी हो, करो, लेकिन हमें अपने साथ मत घसीटो।'

रंगा यह सब सुनकर बहुत निराश हुआ और कुछ देर तक सोच-विचार में पड़ा रहा। फिर सोचने लगा 'जो हो, मेरे साथ तो अच्छा ही हो रहा है। भगवान् मेरे ऊपर मेहरबान है और चाहता है कि मैं शहर में आज़ादी से रहूँ.. अगर यह यहीं रहना चाहती है तो यह भी बुरा नहीं है।'

'तुम क्या भुनभुना रहे हो?' बीवी ने कहा, 'जो मन में है, ज़ोर से कहो।'

'तुमने बुद्धिमानी की बात कही है, इसी तरह करेंगे।' उसकी यह बात सुनकर बीवी बहुत खुश हुई।

इसके बाद यह ढ़र्रा पड़ गया कि रंगा एक महीना छोड़कर तीन-चार दिन के लिए गाँव आता। अपनी सान रखने की मशीन अच्छे ढंग से जूट की बोरी में पैक करके कृष्णा हॉल में सँभालकर रख देता और मार्केट गेट से गाँव के लिए बस पकड़ लेता। उसे घर आना हमेशा बहुत अच्छा लगता था हालाँकि वहाँ रहने के दिनों में उसे बीवी की सीधी-तिरछी टिप्पणियाँ नहीं सुननी पड़तीं और उसकी चिंताओं और भयं को शांत करना होता–दरअसल उसकी बीवी को एक-के-बाद दूसरी चिंता करते रहने की आदत थी, पैसे की चिंता न होती तो स्वास्थ्य की होती, खुद अपनी न होती तो बेटी की होती, या किसी पड़ोसी से झगड़े की बात होती, या यह कि बेटी स्कूल में बड़ी देर लगाती है। फिर तीन दिन बाद जब वह यह कहती कि 'अब कब तक यहाँ पड़े रहोगे... अगले महीने का खर्चा कैसे चलेगा, तब वह फिर आज़ादी से ज़िन्दगी बिताने खुशी-खुशी वापस लौट पड़ता, यद्यपि बेटी से अलग होना उसे अच्छा नहीं लगता था। इन तीन दिनों में वह सवेरे-सवेरे बेटी के स्कूल जाने की तैयारियाँ देखकर, हरी स्कर्ट और पीले रंग की जैकेट में वह कितनी भली लगती थी, और शाम को स्कूल से लौटकर, वहाँ क्या-क्या किया, क्या पढ़ा, क्या खेले, यह सब कहानियाँ सुनकर, ज़्यादा-से-ज़्यादा सुख बटोर लिया करता था। बेटी जब कुएँ पर अपनी स्कूल की ड्रेस धोने को जाती, तो वह जिन्हें वह बहुत सँभालकर रखती और सही ढंग से पहनकर स्कूल जाती–लेकिन यह माँ को बहुत खलता, वह कहती कि लड़की अपने अलावा और कुछ नहीं सोचती, अपने कपड़ों और किताबों में ही घुसी रहती है। रंगा को उसकी ये टिप्पणियाँ पसंद नहीं थीं, लेकिन उसे विश्वास हो गया था कि बेटी अपना बचाव कर सकने में समर्थ है और एक दिन माँ से भी निबट लेगी।

गाँव के घर में इसी तरह तीन दिन गुज़ारने के बाद एक दफा वह हाथ में अपने कपड़ों की छोटी-सी पोटली लिए नारियल के बाग के पास बस के इन्तज़ार में खड़ा था। बसें सामने से निकल रही थीं और जिस बस को भी वह रुकने का इशारा करता, वह रुक जाती, लेकिन वह देर तक पेड़ के नीचे ही खड़ा रहा। घंटे बीत जाते तो भी उसे पता न चलता क्योंकि उसे गिनने का कभी अभ्यास ही नहीं

किया था। सामान से ऊपर तक लदी दो लारियाँ गुज़र गईं, और इसके बाद एक बस इतनी तेज़ी से निकली कि उसके रुकने के इशारे को वह देख ही नहीं सकी और चलती ही चली गयी।

'अच्छा हुआ मैं इस बस में नहीं चढ़ा,' उसने सोचा, 'भगवान् ने मुझे बचा लिया। बहुत जल्द यह बस ज़मीन से ऊपर उड़ेगी और चंद्रमा पर पहुँच जायेगी।' बस अपने पीछे गर्द का ज़बरदस्त गुबार छोड़ गयी। वक्त अगर सही होता तो कभी-कभी उसे ऐसी बस मिल जाती जो सीधे कृष्णा हॉल पर ही उतार देती, लेकिन कभी-कभी उसे बड़ी देर तक इन्तज़ार करना पड़ता था। लेकिन उसकी बेटी हर रोज़ बस पकड़ लेती थी, यह सोचकर उसे अच्छा लगा। 'अपनी उम्र के लिहाज़ से वह बहुत चुस्त है।' उसने मन में भगवान् से प्रार्थना की कि उसकी बीवी को बेटी के मामले में सद्बुद्धि दें। 'लेकिन बेटी काफी चतुर है, अपनी माँ को वह सही कर सकती है।' थोड़ी देर तक वह यही सोचता रहा कि वह किस तरह अपनी माँ से निबटती है, कभी प्यार से कभी सख्ती से, लेकिन हमेशा सफल रहती है। जिसके बाद माँ भी उसकी आज़ादी की कायल हो जाती है। इस औरत से पार पाने का यही ढंग है। उसने सोचा, काश! उसे भी यह कला आती होती, और उसने बीवी को ज़्यादा छूट न दी होती। लेकिन भगवान् ने दया की और उसे आज़ादी से ज़िंदगी बिताने के लिए कृष्णा हॉल रहने भेज दिया। अगर बेटी न होती तो वह तीन साल से पहले गाँव न जाता। लड़की को पढ़-लिखकर डॉक्टर बन जाना चाहिए–डॉक्टरनियाँ तो रानियों की तरह होती हैं, यह उसे इसलिए लगता था क्योंकि जब बीवी को जचगी या किसी और बात के लिए दिखाने उसे जनाना अस्पताल ले जाता था, तब बरामदे में चुपचाप बैठकर इन्तज़ार करना पड़ता था और जब 'लेडी डॉक्टर' बाहर आतीं या किसी काम के लिए वहाँ से गुज़रती तो एक सन्नाटा-सा छा जाता था।'

उसने देखा, एक गाड़ी दूसरी सड़क से मुड़कर इधर आ रही है। इस पर पीले रंग का पेन्ट था, बनावट भी कुछ अलग थी, जैसे बड़े लोगों की गाड़ी हो, इसलिए वह इसे रोकने की हिम्मत नहीं कर सका। गाड़ी सर्र से उसके सामने से गुज़र गयी, उसके पीछे कुछ तस्वीरें बनी थीं। लेकिन गाड़ी थोड़ी दूर जाकर रुकी और फिर पीछे उसी की तरफ आने लगी। अब उसने देखा कि तस्वीर में एक आदमी, एक औरत और दो बदसूरत से बच्चे हैं, और उस पर कोई संदेश लिखा है। हालाँकि वह इसे पढ़ नहीं सकता था, लेकिन वह जानता था कि यह

आबादी-नियंत्रण का नारा है–'दो बच्चे काफी हैं।' इसका उन दिनों बहुत प्रचार हो रहा था। मार्केट रोड का कसाई, जो उसका दोस्त भी था, रोज़ अखबार पढ़ता था और उसे भी खबरें बताता रहता था। गाड़ी में एक आदमी नीली बुश्शर्ट पहने बैठा था, उसने खिड़की से सिर निकालकर पूछा, 'कहाँ जाना है?'

'शहर' रंगा ने जवाब दिया।

आदमी ने दरवाज़ा खोला, 'आओ, बैठ जाओ। तुम्हें वहाँ पहुँचा देंगे।' रंगा बैठ गया और एक रुपया निकालकर देने लगा, तो उसने कहा, 'इसे अपने पास रखो।' गाड़ी बढ़ती रही। रंगा सामने की सीट पर बैठकर बड़ा खुश था। उसे हमेशा बस या रेल दोनों में ही या तो खड़े-खड़े या फर्श पर बैठकर जाना पड़ता था, और वह भी बस की सबसे पीछे की कतार में। अब वह गद्देदार सीट पर आराम से बैठा सफर कर रहा था। उसने सोचा कि अगर उसकी बीवी होती तो देखती कि लोग उसकी कितनी इज्ज़त करते हैं। गाड़ी तेज़ रफ्तार से जा रही थी इसलिए ठंडी हवा उसे लग रही थी और बड़ा आराम दे रही थी। थोड़ी दूर चलकर एक ऐसी जगह रुक गयी जहाँ कोई कैंप-सा लगा था, छोटी-छोटी बाँस की झोपड़ियाँ मैदान में बनी हुई थीं। यह मुख्य रास्ते से अलग, कई गाँवों के पास कोई जगह थी। उसने गाड़ीवाले से पूछा, 'हम कहाँ आ गये हैं?'

आदमी ने चुस्ती दिखाते हुए कहा, 'तुम बिलकुल फिक्र मत करो। तुम्हारी पूरी देखभाल की जायेगी। आओ, कॉफी पियेंगे।' यह कहकर वह गाड़ी से उतरा और एक झोंपड़ी में से किसी को बुलाया। केले के पत्ते पर गर्मागर्म कुछ खाने के लिए, प्याले में कॉफी उसके सामने आ गयी। रंगा ने सवेरे रागी खायी थी, उसके बाद से उसे कुछ नहीं मिला था, इसलिए उसे बहुत अच्छा लगा। कॉफी देखकर उसमें नयी जान आ गयी। 'यह सब क्यों, सर?' उसने पूछा।

आदमी ने कहा, 'खाओ, खाओ। तुम भूखे होगे।'

रंगा से आज तक किसी ने इतना अच्छा व्यवहार नहीं किया था। यह आदमी तो उससे देवता की तरह पेश आ रहा था। रंगा सोच रहा था कि इसके बाद वे अपनी यात्रा पर चल देंगे, लेकिन उस देवता ने अचानक उससे कहा, 'चलो मेरे साथ।' वह उसे एक तरफ ले गया और कान में धीरे से बोला, 'कोई चिंता मत करना। हम तुम्हारी पूरी देखभाल करेंगे। तुम्हें तीस रुपये भी मिलेंगे।'

'तीस रुपये,' रंगा ज़ोर से बोला, 'इसके लिए मुझे क्या करना होगा? मैं तो अपनी मशीन भी नहीं लाया हूँ।'

'अब तुम मुझे जान गये हो, मुझ पर भरोसा करना और जो मैं कहता हूँ, वह करना। कोई सवाल मत करना और जैसा हम कहें, वैसा करोगे तो तुम्हें तीस रुपये मिलेंगे। तुम्हें खाना भी जितना तुम चाहोगे, उतना मिलेगा और हम तुम्हें शहर पहुँचा देंगे।... यहाँ सिर्फ रात भर ठहरना होगा। आराम से सो जाना। मैं तुम्हें कल सवेरे शहर पहुँचा दूँगा। और किसी को कुछ बताना मत, किसी से बात भी मत करना। नहीं तो वे तुमसे जलने लगेंगे और तुम्हें तीस रुपये नहीं मिलने देंगे।... एक ट्रांजिस्टर रेडियो भी मिलेगा। रेडियो चाहिए न तुम्हें?'

'रेडियो चलाना मुझे नहीं आता। मैं पढ़ा-लिखा नहीं हूँ।'

'अरे, यह तो बहुत आसान है। बटन दबाओ और गाना सुनने लगो।'

फिर वह रंगा को एकांत में ले गया और देर तक उससे बात करता रहा हालाँकि उसकी बातें ठीक से समझ में नहीं आ रही थीं–और फिर चला गया। रंगा मैदान में एक पेड़ के नीचे लेट गया और पेट भर जाने से उसे बड़ा आराम महसूस होने लगा। तीस रुपये मिलने की बात उसे अच्छी लगी, हालाँकि कुछ संदेह भी हुआ और पूरी बात ठीक से समझ में भी नहीं आयी। लेकिन उसे इस आदमी पर भरोसा करना चाहिए था–कितना देवता की तरह लग रहा था। तीस रुपये! दस दिन की कड़ी मेहनत की कमाई। वह ये रुपये अपनी बेटी को दे देगा कि जैसे चाहे खर्च करे, इसमें उसकी माँ का कोई दखल न होगा। रेडियो भी वह उसी को दे देगा। वह पढ़ी-लिखी थी और जानती थी कि उसे कैसे चलाया जाता है। लेकिन माँ की जानकारी के बिना उसे पैसा किस तरह दिया जायेगा? वह उसे स्कूल में रुपया पहुँचा देगा–पोस्टआफिस पर चिट्ठियाँ लिखने वाला जो आदमी बैठता है, वह मनीआर्डर पर नाम-पता भर देगा और फिर पच्चीस पैसे फीस के काटकर सारा पैसा उसे भेज दिया जायेगा। डाकघर पर बैठने वाला बाबू उसका अच्छा दोस्त था, उसने बिना पैसे लिये उसका पोस्टकार्ड लिख दिया था, जिसके ज़रिये उसने बंगलौर से धार रखने की नयी मशीन मँगायी थी। वहाँ से लोग गुज़र रहे थे, इसलिए उन्हें देख वह आँखें बंद कर लेता था। फिर वह सो गया।

नीली कमीज़ वाले ने उसे नींद से जगाया और कैंप के एक दूसरे हिस्से में ले गया, जहाँ एक तम्बू में एक डेस्क के सामने एक आदमी बैठा था। उसने धीरे से कहा, 'ये हमारे अफसर हैं। जब तक वे कुछ न पूछें, कुछ मत बोलना। उनसे इज्ज़त से पेश आना। बड़े अफसर हैं।'

अफसर के सामने रंगा एकदम डरे हुए आदमी की तरह खड़ा हो गया। उसके सामने एक कागज़ रखा था, उस पर नज़र डाल कर उसने पूछा, 'तुम्हारा नाम?' नाम लिख लेने के बाद उसने फिर पूछा, 'उम्र?'

रंगा को समझने में कुछ वक्त लगा, लेकिन जब समझ में आ गया तो हमेशा की तरह उसने कहा, 'पचास होगी या सत्तर क्योंकि मैं...' इसके बाद उसने मुँछ उगने से लेकर सान रखने की लंबी कहानी शुरू की तो अफसर ने बीच में काटकर कहा, 'मुझे ये सब बातें मत बताओ। अच्छा पचपन साल लिख दूँ?'

'ठीक है, सर, बिलकुल ठीक है। आप पढ़े-लिखे हैं और सब जानते हैं।'

अफसर ने फिर पूछा, 'शादी हुई है?'

रंगा ने फिर लंबी कहानी बयान करना शुरू की—कि कैसे उसकी बीवी बड़ी झगड़ालू है, और यह उसकी दूसरी बीवी है और कैसे रिश्तेदारों के दबाव में उसे इससे शादी करनी पड़ी थी। इसकी उसने सफाई भी दी, 'मेरे चाचा और दूसरे बुज़ुर्ग कहते थे कि जब आखिरी वक्त आता है तब खाना या पानी देने के लिए पास में कोई ज़रूर होना चाहिए। सर, यह सब भगवान् की मर्ज़ी होती है। कौन जान सकता है कि वह क्या चाहता है।'

अफसर यह सब सुनकर बोर हो गया था, लेकिन क्या करता, उसे रोकने के लिए उसने दूसरा सवाल पूछ लिया, 'बच्चे कितने हैं?'

'अगर भगवान् मेरी पहली बीवी को लंबी ज़िंदगी देता तो वह दस बच्चे पैदा करती, लेकिन तह बीमार पड़ गयी और लेडी डॉक्टर ने कहा...,' और बड़े विस्तार से वह पहली बीवी की बीमारी और मृत्यु की बातें बताता रहा। साथ ही ज़िंदगी को कुछ और दुर्घटनाएँ बताने के बाद एकदम पूछने लगा, 'सर, यह बतायें कि आप ये सब बातें मुझसे पूछ क्यों रहे हैं?'

अफसर ने भौंहों पर बल डॉक्टर इस सवाल को टाल दिया। इससे रंगा को याद आया कि नीली कमीज़ वाले ने उससे कहा था कि ज़्यादा बात मत करना, सिर्फ सवालों के जवाब देना। शायद इसके बाद उसे तीस रुपये और रेडियो दिये जायेंगे। अफसर ने फिर पूछा, 'बच्चे कितने हैं?'

'छह बच्चे एक साल के होने से पहले ही मर गये। उनके नाम भी बताऊँ? बहुत दिन हो गये, इसलिए याद नहीं आयेंगे, फिर भी मैं कोशिश करूँगा। सातवाँ होने से पहले मैं पहाड़ी पर देवी के मंदिर गया और प्रार्थना की कि अगर बच्चा जीवित रहा तो मैं सिर मुंडवाकर नंगे बदन ज़मीन पर लेटकर मंदिर के चक्कर

लगाऊँगा, और देवी की कृपा हुई कि सातवीं बच्ची जीवित रही–लेकिन मेरी बीवी यह नहीं समझती कि यह कितनी कीमती बेटी है और उसे पढ़ने भी नहीं देना चाहती, जबकि मैं यही चाहता हूँ कि यह हमारी ज़िंदगी से अलग कोई और ज़िंदगी बिताये। लेकिन बेटी बिलकुल हीरा है। रोज़ स्कूल जाती है और डॉक्टर बनना चाहती है। वह अपनी माँ से निबट भी लेगी।'

अफसर ने उसके खाने में लिखा–सात बच्चे। फिर हुक्म के लहज़े से बोला, 'और बच्चे पैदा मत करना। अच्छी तरह समझ लो।'

रंगा शर्मिन्दा हो गया और दाँत निकालकर हँसा। फिर अफसर ने जनसंख्या के नियंत्रण, खाद्य-उत्पादन और इनसे जुड़े विषयों पर उसे एक लंबा भाषण दिया और बताया कि सरकार ने तय कर दिया है कि कोई दो से ज़्यादा बच्चे पैदा न करे। फिर कागज़ आगे बढ़ाकर कहा, 'इस पर दस्तखत करो।'

रंगा परेशान हो उठा। बोला, 'अगर मैं पढ़ा-लिखा होता तो...।'

अफसर ने कहा, 'बायाँ अंगूठा निकालो', और उस पर इंक-पैड से स्याही लगाकर कागज़ पर दबा दिया।

यह काम हो जाने के बाद भी रंगा यहीं खड़ा रहा। उसका ख्याल था कि अब उसे रुपये और रेडियो दिया जायेगा और उसका काम खत्म हो जायेगा। इसके बाद वह मैदान पार करेगा, सड़क पर पहुँचेगा और जो भी बस निकलेगी, उस पर बैठकर शहर चला जायेगा–अब उसके पास खर्च के लिए काफी पैसे होंगे।

लेकिन अफसर ने उसे एक स्लिप पकड़ायी और आवाज़ लगायी, 'दूसरे को भेजो।' एक अर्दली अपने साथ एक अधेड़ किसान को लेकर दाखिल हुआ और एक दूसरे अर्दली ने रंगा को हाथ से पकड़कर बाहर खींचा, और कैंप के एक-दूसरे हिस्से में ले जाकर खड़ा कर दिया। वहाँ उसने रंगा के हाथ से पर्ची ले ली और उसने अर्दली से जो बहुत से सवाल पूछे थे, उन सब का जवाब दिये बिना, उसे वहीं छोड़कर कहीं और चला गया।

इसके बाद एक और आदमी ने उसे बाँह से पकड़ा और एक कमरे में ले गया जहाँ एक डॉक्टर बैठा था और उसके कई सहायक भी थे। उनके सामने एक लंबी मेज़ पड़ी थी जिस पर एक सफेद ट्रे में कई लंबे चाकू करीने से रखे थे। खुद चाकुओं का जानकार होने के कारण रंगा को इनका मतलब समझ में आ गया।

डॉक्टर ने पूछा, 'और कितने हैं?' किसी ने जवाब दिया, 'सिर्फ चार हैं, सर!' फिर एक ने रंगा से कहा, 'इस पलंग पर लेट जाओ।' रंगा यह सुनकर डर गया,

लेकिन उन्होंने सावधानी से उसे पकड़कर पलंग पर लिटा दिया। एक आदमी ने उसका सिर पकड़ कर नीचे किया और दो ने पैर पकड़ लिये। इससे पहले उन्होंने उसके कपड़े उतारकर एक सफेद चादर में लपेट दिया था। इस तरह एक ही कपड़े में लिपटकर उसे शर्म भी आ रही थी, लेकिन वह सोच रहा था कि इसके बाद उसे पैसा मिल जायेगा और वह अमीरी के रास्ते पर चल पड़ेगा। नीली कमीज़ वाले ने भी यही कहा था कि जो उससे कहा जाये, उसे करता चला जाये।

लेकिन अब अस्पताल जैसे कमरे में पलंग पर लेटे हुए, जहाँ कई आदमी उसे घेरे खड़े थे, उसके मन में फिर संशय और भय पैदा होने लगा। उसे याद आया कि उसका कसाई दोस्त अखबार पढ़कर उसे बताया करता था कि देश भर में किस तरह जगह-जगह कैंप खोलकर गाँववालों को इकट्ठा किया जाता है और उनका आपरेशन कर दिया जाता है जिससे वे और बच्चे पैदा न कर सकें।

तो यह बात थी! अब उसकी समझ में सब कुछ आ रहा था। यह सोचकर कि अब उसका बदन काटा जायेगा, वह सिर से पैर तक काँप उठा।

'हिलो मत, चुपचाप लेटे रहो,' किसी ने धीरे से उसके कान में कहा। इससे उसे धीरज बँधा और उसने सोचा कि कुछ देखभाल कर ये लोग उसे छुट्टी दे देंगे। नीली कमीज़ वाले ने उसे विश्वास दिलाया था कि उस जैसे बूढे को कोई नुकसान नहीं पहुँचाया जायेगा।

जब वह इस तरह के विचारों में खोया हुआ था। तब उसे लगा कि एक हाथ रूई पकड़े उसके भीतर जा रहा है। फिर जब उसके बदन का कपड़ा हटाया गया और किसी के हाथ उसके लिंग को छूने लगे तो वह पागलों की तरह चीखा, 'हटाओ, वहाँ से अपना हाथ हटाओ, 'मुझे अकेला छोड़ दो।' जब उन्होंने उसे कसकर पकड़ने की कोशिश की तो उसने झटका देकर अपने को मुक्त कर लिया, अपने पास खड़े आदमी को सिर के धक्के से दूर फेंका और इस तरह मेज़ पर लुढ़का कि सफेद ट्रे और उसमें करीने से सजे सब चाकू इधर-उधर जा गिरे।

अस्पताल का कपड़ा पहने ही वह बाहर निकल आया, इस वक्त उसमें बला की ताकत आ गयी थी। मैदान में दौड़ते हुए वह चिल्लाता गया, 'मुझे कोई नहीं काटेगा...।' यह आवाज़–जो शहर में 'चाकू-छुरी पर धार रखवा लो' की पुकार दूर-दूर तक लोगों को पहुँचाने के लिए बड़ी ताकत और शिद्दत से वह ज़िंदगी भर लगाता रहा था–चारों तरफ गूँजने लगी।

भगवान और मोची

लगता था, दुनिया में उसका कोई नहीं है। मंदिर की बाहरी दीवाल और सड़क के बीच की खाली ज़मीन पर जिसका कोई मालिक नहीं होता, वह बैठता था। दीवाल के पीछे लगे एक विशाल नीम के पेड़ की कुछ शाखाएँ उस पर छाया करती थीं और उसके सफेद-पीले छोटे-छोटे फूल दिन भर उसके ऊपर फूल बरसते थे। मंदिर की सीढ़ियों पर पिछली शाम से डेरा जमाये हिप्पी ने उसे देखकर सोचा कि इस तरह तो स्वर्ग में रहने वाले देवताओं के ऊपर फूल बरसते हैं। हिप्पी कौन होते हैं, यह सभी, जानते हैं–वे होते हैं ये जो अपनी खुदी को भूलकर और देशों की सीमाएँ तोड़कर बाहर निकल पड़ते हैं। वे कहीं के भी हो सकते हैं, बर्कले केयर बाहरी मंगोलिया के या कहीं भी और के। अगर आप अपने सिर और मुँह के बाल बढ़ा लें, तो यह आपका मुखौटा हो गया, और खुले आसमान में रहकर और दिन भर तपते सूरज में अपने बदन को भून डालें तो आपको एक ऐसी रंगत हासिल हो जायेगी, जो सभी जातियों के लिए एक समान होगी और फिर आप इस बहुत बड़ी दुनिया में कहीं भी बेहिचक नंगे बदन भी घूम-फिर सकते हैं। और इसी के साथ अगर आप घुटने तक की सफेद धोती और बंडी पहन लें कि कहीं भी धूल में आराम से बैठने लगें तो आपके कपड़ों को खुद ही ऐसा गेरुआ रंग मिल जायेगा कि आप बिलकुल संन्यासी लगने लगेंगे। इस तरह की सार्वभौमिकता प्राप्त हो जाने के बाद फिर कोई आपसे सवाल नहीं करेगा कि आप कौन हैं और कहाँ से पधारे हैं? आपको लोग वही समझेंगे जो आप हैं–यानी एक आदमी जो साँस ले रहा है, बस! मोची ने हिप्पी को, जब वह सेंडल का फीता जुड़वाने उसके सामने पहुँचा, इसी तरह देखा।

उसने सिर उठाया और सोचने लगा, 'गर्दन पर लटकते धूल-मिट्टी से भरे बालों से तो यह शिवजी लगता है, उस उनके ऊपर कुंडली मारे एक साँप की कमी है। इसलिए यह सोचकर कि कहीं कुछ गलत बात न हो जाये, पहले उसने इस साधु दिखने वाले को नीचे तक सिर झुकाकर नमस्कार किया। उसे लगा कि ज़रूर यह आदमी हिमालय से आ रहा होगा, जहाँ शिवजी महाराज रहते हैं, और इसके मोटे सेंडलों से भी यही लगता है, जिसमें बहुत-सी चिंदियाँ लगी हुई हैं। मोची ने सेंडल उतार लिये और उन्हें ध्यान से देखा। फिर ज़मीन पर कागज़ बिछाया, जो दीवाल पर लगा पोस्टर था, जिसे उसने अपने काम के लिए उखाड़ लिया था, और कहा, 'आप इस पर पैर रख लें, ज़मीन गीली है।' दरअसल उसके पास पोस्टर बहुत से थे, क्योंकि यह वहाँ की बहुत खास दीवाल थी, जो पूरब की तरफ जाने वाले प्रमुख मार्ग पर रामनगर और कालीदेस के चौराहे पर बनी थी। यहाँ से बहुत ज़्यादा ट्रैफिक गुज़रता था, इसलिए यहाँ सब तरह के इश्तिहार चिपकाये जाते थे और कभी भी ज़रा-सी भी जगह खाली नहीं बचती थी। ये लोग रात को आते थे और दीवाल पर गाढ़ी लेई लगाकर कहीं आने वाली पिक्चर का,कहीं अगली शाम पार्क में होने वाले लेक्चर का, कहीं चुनाव में खड़े होने वाले नेताजी का, जिस पर उनकी बड़ी-सी तस्वीर भी बनी होती थी, पोस्टर एक-दूसरे के ऊपर ही चिपका जाते थे। संदेश कोई भी हो, पास में खड़ा एक गधा समान-भाव से उनको फाड़-फाड़कर कुछ को फेंक देता था और लेई लगे हिस्सों को बाकायदा खाने लगता था, क्योंकि शायद इसका स्वाद उसे बहुत पसंद था। मोची सवेरे जब यहाँ आता तो कुछ पोस्टर वह खुद भी उखाड़कर अपने पास रख लेता क्योंकि इनसे उसके कई काम निकलते थे। इसमें वह कोने की झोपड़ी वाली दुकान से दोपहर को जब खाना लेता, उसे सफाई से लपेटकर रखता था, ग्राहक जब जूता गँठवाने आता तो उसके पैर रखने के लिए स्वागत की लाल चादर की तरह बिछाता और जब सूरज बहुत गरम हो जाता तो उन्हें ही ऊपर-नीचे रखकर आराम से सो जाता था। हिप्पी के मन में उसके लिए प्रशंसा का भाव जागा, 'यह कुछ माँगता नहीं है, फिर भी इसे सब कुछ मिल जाता है।' वह सोचने लगा, 'काश! वह भी इसी की तरह शांत और आत्म-संतुष्ट होता।'

पिछले दिन वह दूसरे साधु-संतों के साथ मंदिर की सीढ़ियों पर हाथ फैलाये भिक्षा माँगने बैठा था। इनमें से कुछ उसकी तरह हट्टे-कट्टे, कुछ लंगड़े-लूले और अंधे और पागल थे, लेकिन इन सबकी जो एक बात उसे आश्चर्य में

डाल देती थी, वह यह थी कि भूखे लगते हुए भी वे निश्चिंत लगते थे। शाम के समय जब लोग मंदिर में देवदर्शन और पूजा-पाठ करके लौटते, तो वह इनके कटोरी में सिक्के फेंकते जाते थे। परंतु यह भाग्य की बात होती कि किसके कटोरे में सिक्का गिरता है और किसका खाली रह जाता है। इन लोगों में यह समझ भी थी कि सबको अपना भाग्य आज़माने के लिए स्वतंत्र छोड़ दें लेकिन अगर अंधे का सिक्का उसके कटोरे में नहीं आ पड़ता तो उसे उठाकर कटोरे में डाल दें। हिप्पी अपने वातावरण में घुलमिल जाने की कला में कुशल था, इसलिए वह किसी से अलग नहीं लगता था। उस दिन पुजारी जी प्रसन्न थे, इसलिए उन्होंने देवताओं को चढ़ाया हुए गुड़ में पका चावल प्रसाद के रूप में इन सबको भी खाने को दिया था। इससे हिप्पी का पेट भर गया था और सड़क पर लगे नल से पानी पीकर वह मंदिर के चबूतरे पर ही वह सो गया था।

सवेरा होने पर उसने देखा मोची अपने कंधे पर थैला लटकाये वहाँ आया और नीम के पेड़ के नीचे उसने अपना आसन जमाया। नीम की हरी-हरी डालों पर ऊपर से गिरती सूरज की ताजी रोशनी बहुत अच्छी लग रही थी। हिप्पी को वहाँ बड़ी शांति की अनुभूति हुई।

यहाँ किसी को किसी बात की शिकायत नहीं लगती थी–धूल या शोर या बदहवास आवागमन के खतरे जिसमें साइकिलें और पैदल आदमी औरतें एक-दूसरे से भिड़ते-बचते, बड़ी गाड़ियों के बीच से अपना रास्ता बनाते चले जा रहे थे, लारियाँ और स्कूटर पागलों की तरह पों-पों करते, अपने पीछे धूल के गुबार छोड़ते ऐसे दौड़ते चले जा रहे थे, मानो प्रागैतिहासिक-युग के भयंकर जानवर एक-दूसरे का पीछा कर रहे हैं–किसी से भी किसी को कोई परेशानी नहीं हो रही थी। कई दफा कोई राह चलता ज़ोर से खाँस-खखार के हवा में कहीं भी ज़ोर से थूक देता या किसी भी दीवाल पर खड़े होकर पेशाब कर देता, और किसी भी बात पर किसी का ध्यान ही नहीं जाता था, न कोई विरोध करता था। हिप्पी यह देखकर चकित था कि लोग ज़िंदगी को, जैसी भी वह है, उसी तरह स्वीकार कर रहे हैं।

मोची अपना सिर झुकाये चमड़ा छीलता या सुएँ से उसमें छेदकर उसके भीतर मोम लगा मोटा डोरा डालकर दूसरे धागे में इस तरह फँसाकर खींचता कि जादू की तरह चमड़ा सिलता चला जाता। उसके पास एक छोटे से बर्तन में पानी होता था, जिसमें डुबोकर वह कड़े और ज़िद्दी चमड़े के टुकड़ों को मुलायम करके

सीधा करता और फिर उसे लोहे के ऊपर रखकर निर्दयता से ठोंकने लगा, जिससे उसके सब बल निकल जायें। जब कोई काम न होता तो वह चुप बैठा आने-जाने वालों के पैरों पर नज़र मारता रहता कि इनमें से किसकी पट्टी टूट गयी है, किसकी हिलकर टूटने की दशा को पहुँच गयी है और किसकी कीलें निकल गयी हैं। उसके हाथ जब कभी खाली होते तो उनमें खुजली मचने लगती और वह अपने औज़ारों को पत्थर पर घिस-घिसकर पैना करता रहता। उसके हाथों को काम में लगा देखकर हिप्पी सोचता कि इसे चमड़ा काटने, सीने, पीटने के काम में एक प्रकार का आध्यात्मिक सुख प्राप्त होता है। उसके लिए खाना भी दूसरे दर्ज़े का काम था। कोने की दुकान से एक लड़के को इशारा कर एक कप चाय या एक बंद मँगाने के अलावा वह खाने पर ज़्यादा ध्यान नहीं देता था। कभी-कभी जब उसके पास काफी देर तक कोई काम न होता तो वह ऊपर पेड़ की तरफ देखता रहता, जैसा उसका दिमाग़ बंद हो गया हो। वह बेकारी की इस स्थिति में भी संतुष्ट था–उसके चेहरे से न कोई इच्छा झलकती थी, न कोई शिकायत। वह आवाज़ लगाकर काम नहीं माँगता था, न किसी काम के लिए मना करता था। वह किसी से सौदेबाज़ी भी नहीं करता था। जूता मिलने पर उसे ध्यान से देखता, ग्राहक के पैर रखने के लिए पोस्टर बिछा देता और मरम्मत करने के बाद उसे पाँव में सही ढंग से पहनाकर चुपचाप पैसे का इन्तज़ार करता था। धीरज तो उसे रखना ही होता था क्योंकि जेब से बटुआ निकालकर उसमें से सिक्के तलाशने में समय लगता ही था। अगर ग्राहक कंजूस होता और पैसे कम देता तो वह ऊपर देखता और हाथ में दिया पैसा उँगलियों से न पकड़कर वैसे ही पड़ा रहने देता, जिसके जवाब में कोई तो एकाध पैसा डाल देता और कोई एकदम पलटकर आगे बढ़ जाता।

मोची सेंडिल ठीक कर रहा था तो हिप्पी सामने रखे कागज़ पर बैठ गया। उसे यह देखकर मज़ा आया कि वह एक रंगीन फिल्मस्टार के घर बैठा है। ऐसा नहीं था कि उसे बैठने के लिए कागज़ की ज़रूरत थी, लेकिन यहाँ यही ठीक था, नहीं तो मोची को बुरा लगता। हिप्पी तो खुरदरी ज़मीन पर बैठने का अभ्यस्त था। हो सकता है कि कुछ दिन बाद वह कीलों के आसन पर उसी शांति से बैठने योग्य हो जाता। यह सम्भव था कि गुरु के लिए उसकी खोज उसे यहाँ तक पहुँचा देती। बनारस की अपनी यात्रा में उसने योगियों को कीलों पर ध्यान लगाकर बैठे देखा था। गया में उसने एक साधक देखा था, जो अपने गालों में एक लंबी सुई

घुसाये बैठा था, जो उसकी जीभ के भी आर-पार जा रही थी। परंतु यह भी उसे स्वीकार था क्योंकि वह मौनव्रत की साधना कर रहा था। हिप्पी ने कुंभ मेले के समय गंगा और जमुना के संगम पर लाखों लोगों को डुबकी लगाते देखा था। इनमें एक साधु था, जो अपने साथ एक भरा-पूरा शेर लेकर घूमता था जिसे वह अपना पिछले जन्म का भाई बताता था। ऐसे लोग भी थे जो ज़हरीले साँपों को रस्सी की तरह इस्तेमाल करते थे। कई आग को खा जाते थे, कुछ तलवारें निगल लेते थे, कुछ शीशा चबाते रहते थे। ऐसे योगी थे जो श्मशानों में रात-दिन बिना खाये-पिये या हिले-डुले बैठे रहते थे और उनके पास मुर्दे जलते-सुलगते रहते थे। नेपाल में एक आदमी ने हवा में हाथ घुमाकर एक चाँदी की मूर्ति निकाली और हिप्पी को थमा दी, इसे उसने सँभालकर अपने थैले में रख लिया। यह चार हाथों की एक देवी की छोटी-सी मूर्ति थी। ऐसी घटनाएं देखकर पहले तो वह आश्चर्य से भर उठता और चाहता कि वह भी यह सब सीख ले, लेकिन वह पाता कि ये लोग उसे यह ज्ञान सिर्फ एक अफीम के टुकड़े के बदले में देने को तैयार हैं। तब वह यह सोचने लगता कि इसको सीख लेने से उसे क्या लाभ होगा! यह मुझे चाँद की सैर से ज़्यादा क्या दे सकेगा, बस, उससे कम खर्चीला है यह। उसे ऐसा कोई जवाब नहीं मिलता, जिससे उसे संतोष मिलता। सड़क पर, गाँवों में और खेतों में उसे काम-धंधों में लगे स्त्री-पुरुष दिखायी देते तो काम तो गंभीरता से करते लेकिन उत्तेजित नहीं होते थे। उसे लगता था कि इनकी ज़िंदगी का कोई दर्शन है जिसका अध्ययन किया जाना चाहिए। वह घूमता रहता, ट्रेनों में, पैदल, आती-जाती गाड़ियों में या बैलगाड़ी में। लेकिन क्यों? इस बारे में वह स्पष्ट नहीं हो पाता था।

अब वह मोची से बात करना चाहता था। उसने एक बीड़ी निकाली–वह सिगरेट नहीं बीड़ी पीता था, क्योंकि सिगरेट से जहाँ शान बढ़ती थी, बीड़ी से दूरियाँ कम होती थीं, और यह एक पैसे की चार मिलती थीं। मोची को बीड़ी लेते हुए संकोच हुआ लेकिन हिप्पी ने बढ़ावा देते हुए कहा, 'अरे, पियो, तुम को अच्छी लगेगी, तोता छाप है...।' फिर वह थैले में दियासलाई ढूँढने लगा। कुछ देर दोनों चुपचाप बीड़ी पीते रहे, उसका धुआँ और पत्ती की बू हवा में तैरने लगी। आटो रिक्शे और साइकिलें सड़क पर दौड़ रही थीं। एक आइसक्रीम का ठेला आया जो अपना रबर का भोंपू बजा-बजाकर ग्राहकों को आकर्षित करने की कोशिश करने लगा। स्कूल की भी छुट्टी होने वाली थी और बच्चे एकदम गेट

से निकल पड़ते। बातचीत शुरू करते हुए हिप्पी ने कहा, 'तुम्हारे ऊपर तो फूल बरसते हैं, 'और ऊपर पेड़ की डालियों से तब भी गिरते हुए फूलों की ओर इशारा किया। मोची ने ऊपर देखा और कोट पर गिरे फूलों को झाड़ा, फिर सिर पर बँधी पगड़ी से भी, जिसका रंग उड़ गया था पर जो धूप और पानी से उसकी रक्षा करती थी और उसके व्यक्तित्व को भी एक शान देती थी, कुछ फूल निकाले। हिप्पी ने अपनी बात दोहरायी, 'दिन में भी आशीर्वाद की तरह तुम्हारे ऊपर फूल झरते रहते हैं।'

मोची ने सिर उठाया और कुछ तल्खी से बोला, 'लेकिन ये फूल मैं खा तो नहीं सकता! इन्हें मैं न घर ले जा सकता हूँ कि बीवी को देकर कहूँ, आज इनका खाना बनाओ। किसी पेटभरे आदमी के ऊपर फूल बरसें, तो दूसरी बात है–स्वर्ग के देवता ही उनका मज़ा ले सकते हैं, मेरे जैसा आदमी नहीं।'

'तुम भगवान् में विश्वास करते हो?' हिप्पी ने सवाल किया जिसे सुनकर मोची को आश्चर्य हुआ। इस तरह का सवाल उठ ही कैसे सकता है? शायद यह रहस्यमय आदमी उसकी परीक्षा ले रहा है। इसलिए जवाब सोच-समझकर दिये जाने चाहिए। मोची ने सामने खड़े मंदिर की तरफ इशारा किया और कहा, 'यह तो कई दफा हमारी तरफ देखता ही नहीं है। देखे भी कैसे? उसे देखने के लिए बहुत कुछ तो है।' उसने भगवान् की एक ऐसी तस्वीर की तरफ कुछ मिनट तक देखा जिसमें उसके चारों तरफ हज़ारों-हज़ार लोग अपनी अर्ज़ियाँ लिये खड़े थे। फिर कहा, 'अपने बड़े अफसर, कलक्टर साहब की ही मिसाल लें, क्या हर कोई उनसे मिल सकता है या वे खुद एक ही अर्ज़ी का ज़वाब दे सकते हैं? जब एक आदमी अफ़सर से मिल पाना ही इतना कठिन है, तो ईश्वर तक पहुँचना कितना ज़्यादा मुश्किल होगा। उसे कितना सोच-विचार करना होता है...।' फिर उसने अपनी दोनों बाँहें उठाकर आसमान में इधर-से-उधर तक घुमायीं। इससे हिप्पी को लगा कि भगवान् का उद्देश्य और कार्यक्रम कितना ज़्यादा विस्तृत है, मोची कहता रहा, 'और वह सो भी नहीं सकता। मंदिर के पुजारी जी कहते हैं कि देवता न सोते हैं, न आँखें झपकाते हैं, झपका भी कैसे सकते हैं? एक क्षण में दुनिया में न जाने कितनी बुरी बातें हो सकती हैं। ग्रह अपना रास्ता छोड़कर एक-दूसरे से टकरा सकते हैं, आसमान में से आग और पत्थर निकल सकते हैं और राक्षस लोग सारी सृष्टि को नष्ट-भ्रष्ट कर सकते हैं। प्रलय ही आ सकती है।' हिप्पी भी भगवान् के एक पलक झपकने में सारी दुनिया के विनाश की इस

कल्पना से सिहर उठा। मोची ने कहा 'मैं भगवान् से रोज़ पूछता रहता हूँ और हर घंटे पूछता रहता हूँ। जब भी उसे ज़रा फुरसत मिलेगी, वह मेरी बात सुनेगा। तब तक मुझे सहन करना होगा।'

'क्या सहन करना होगा?' हिप्पी ने जानना चाहा, उसकी उत्सुकता बढ़ती जा रही थी।

'इस ज़िंदगी को, मैं उससे कहता हूँ, मुझे उठा ले। लेकिन उसका समय अभी नहीं आया। वह भी आयेगा।'

'लेकिन क्यों? क्या तुम ज़िन्दा रहने से खुश नहीं हो?' हिप्पी ने प्रश्न किया।

'मैं तुम्हें समझ नहीं पाया,' मोची ने उत्तर दिया। और तभी सामने से निकलते एक पैर को देखते ही वह बोला, 'अरे, यह तस्मा टूट गया है। आओ, ठीक कर दूँ।' यह एक विद्यार्थी था। वह यह सुनकर एक क्षण रुका, फिर आगे बढ़ गया। मोची की नज़र में एक चिढ़ पैदा हुई, 'देखो, आज के इन लड़कों को क्या हो गया है! अब ये परवाह ही नहीं करते। बुरी आदतें हैं ये। यह तस्मा उसके घर तक पहुँचने से पहले टूट जायेगा। लेकिन वह यह जूता फेंक देगा और दूसरा खरीद लेगा।' उसने एक आह भरी और कहा, 'आजकल लोगों की आदतें बदल गयी हैं। सिर्फ पाँच पैसे में यह साल भर और चल सकता था।'

उसने पीछे बोरी पर रखे ऐसे कई जोड़े सेंडल दिखाये। 'ये सब मैंने इधर-उधर से इकट्ठा किये हैं। ये इसी तरह के लड़कों के हैं। कई दफा स्कूल के पास सड़क के किनारे ऐसे सेंडिलों की लाइन लगी दिखायी देती है। लड़के इन्हें वहीं छोड़कर चले जाते हैं, कुछ को उन्हें हाथ में उठाकर घर ले जाते शरम आती है। ये सब न एक रंग के होते हैं, न जोड़े ही होते हैं। लेकिन मैं इन्हें काट-पीटकर और नए सिरे से रंग-रोगन कर जोड़े बना देता हूँ।' लगा कि इस तरह जोड़े बनाने की योग्यता पर उसे गर्व है। 'मैं इन्हें यहाँ रखे रहता हूँ तो देर से ही सही, कभी-न-कभी भगवान् मुझे ग्राहक भेज देता है जिसे कम पैसे में अच्छी चीज़ भी मिल जाती है। इनके लिए मुझे जो भी मिल जाय, मैं ले लेता हूँ।'

'इन्हें कौन खरीदता है?'

'अरे, कोई भी। खासतौर से जब कहीं कोई इमारत बनती है तो लोगों को सीमेंट पर चलने के लिए मज़बूत चमड़े की ज़रूरत होती है। मुझे भी हर रोज़ कम-से-कम रोज़ पाँच रुपये कमाने की ज़रूरत होती है जिससे कुछ चावल या और कुछ अनाज खरीदकर घर ले जा सकूँ। वहाँ दो मुँह खाने का इन्तज़ार

करते हैं।...अब ज़िंदगी को क्या होता जा रहा है? दो ज़ून के खाने को भी पूरा नहीं पड़ता। पान भी एक पैसे के दो हो गये हैं...जो पहले बीस मिलते थे, और मेरी बीवी को खाने को भले ही कुछ न मिले, पान हर वक्त चबाने को चाहिए। भगवान् इस ज़िंदगी में हमें सज़ा दे रहा है। पिछले जन्म में मैं ज़रूर लोगों को कर्ज़ देने वाला रहा होऊँगा, जो गरीबों को चूसता होगा, या दुकानदार होऊँगा, जो सारा चावल मुनाफे के लिए, दबा रखता है–जब तक मेरा हिसाब साफ नहीं हो जाता, भगवान् मुझे यहीं रखेगा। मुझे धीरज ही रखना है।'

'तुम अगले जन्म में क्या होना चाहते हो?'

मोची को अचानक यह लगा कि वह कहीं किसी देवता या उसके दूत से तो बात नहीं कर रहा है। इस पर वह थोड़ी देर तक सोचता रहा। 'मुझे अब इस दुनिया में ज़िंदगी नहीं चाहिए। क्या पता अब मुझे नरक में ही भेज दिया जाये–और मैं नरक में नहीं जाना चाहता।' उसने दूसरी दुनिया का खाका खींचा जिसमें एक ताकतवर एकाउन्टेंट बैठा हर आदमी के हिसाब-किताब का पूरा लेखा–जोखा तैयार करता है और अंत में उसे क्या मिलना चाहिए, यह निश्चित करता है।

'तुमने ऐसा क्या किया है?' हिप्पी ने पूछा।

अब तो मोची का यह संदेह पक्का होने लगा कि ज़रूर यह देवता से बात कर रहा है। जब कोई शराब पीता है तो उसे याद नहीं रहता कि उसने क्या किया है! अब मेरे अंग कमज़ोर पड़ गये हैं पर जवानी के दिनों में अपने दुश्मन की झोपड़ी में, जिसमें बच्चे भी सोये हुए हों, आग लगा देने में संकोच नहीं होता था। झगड़े हों तो ऐसी बातें हो जाती थीं। वह मेरा रुपया उड़ा ले गया, मेरी बीवी को परेशान करने की धमकी दी और संदेह पर उसे मैंने मारा-पीटा जिससे बेचारी की एक आँख ही फूट गयी। उस वक्त हमारे पास पैसा था और एक रुपये में शराब की तीन बोतलें आती थीं। एक बेटा था, उसकी मौत के बाद मैं बदल गया। अब उसी का बेटा हमारे साथ रहता है।'

'मैं सवाल नहीं पूछना चाहता,' हिप्पी कहने लगा, 'लेकिन मैं भी गाँवों के ऊपर उड़ते हुए उनमें आग लगाता जाता था, और जिन लोगों को मैं जानता तक न था, उन्हें भी मार देता था।'

मोची ने ताज्जुब से उसे देखा, 'अच्छा!...लेकिन कहाँ और कब...।'

हिप्पी ने जवाब दिया, 'किसी पिछले जीवन में। तुम बता सकते हो कि मुझे इसके बदले में क्या मिलेगा?'

मोची बोला, 'अगर तुम मंदिर में पुजारी के आने का इन्तज़ार करो...वह ज्ञानी आदमी है, वह ठीक बता सकेगा।'

हिप्पी ने कहा, 'तुमने जिस की झोपड़ी जलायी, उससे तुम कम-से-कम गुस्सा तो थे। मैं तो यह भी नहीं जानता था कि मैं किन की झोपड़ियाँ जला रहा हूँ। मैंने तो उनको कभी देखा ही नहीं था।'

'लेकिन क्यों किया यह तुमने?' फिर यह देखकर कि हिप्पी जवाब नहीं देना चाहता, मोची कहने लगा, 'पुराने दिन होते तो हम साथ बैठकर शराब पीते और खाना खाते...।'

'फिर कभी,' यह कहकर जाने को उठा। सेंडिल में पैर डालकर बोला, 'मैं फिर आऊँगा, हालांकि वह यह नहीं जानता था कि वह कहाँ जायेगा और इसके बाद कहाँ रुकेगा। उसने मोची को पच्चीस पैसे दिये, यही तय हुए थे। फिर उसने थैले से चाँदी की मूर्ति निकाली और उसे मोची को देते हुए कहा, 'यह तुम्हारे लिए है, लो।'

मोची ने मूर्ति को ध्यान से देखा और कहा, 'अरे, यह तो दुर्गा की मूर्ति है, यह तुम्हारी रक्षा करेगी।' क्या कहीं से चुरायी है?

हिप्पी को यह सवाल अच्छा लगा, क्योंकि इससे ज़ाहिर था कि अब वह इज्ज़तदार आदमी नहीं दिख रहा था। 'शायद जिस आदमी ने यह मुझे दी, उसने इसे चुराया होगा।'

'इसे अपने ही पास रखो, यह तुम्हारी रक्षा करेगी,' यह कहकर उसने मूर्ति वापस कर दी।

हिप्पी के चले जाने के बाद वह सोचने लगा, 'देवता को भी जब मौका मिले तो वह चोरी करता है।'

भूखा बच्चा

शहर की उत्साही म्युनिसिपल कमेटी ने लेविल-क्रासिंग के पार बने एक पुराने फुटबाल मैदान में फूस के छप्परों के शेड डालकर लम्बी-लम्बी कतारों को बिजली की तेज़ रोशनी से जगमगाकर एक्सपो 77-78 प्रदर्शनी का इन्तज़ाम किया था। इसमें, उनका दावा था कि आप एक आलपीन से लेकर मोटरकार तक खरीद सकते हैं, जबकि जो अकेली गाड़ी वहाँ बड़ी धूमधाम से रंग-बिरंगे बल्बों के साथ सजाकर प्रदर्शित की गयी थी, वह एक 'फोर्ड 1930' माडल की गाड़ी थी, जिसे एक खास लकी नंबर की टिकट लेने वाले को इनाम के तौर पर दिया जाना था। मार्केट रोड से दिन भर स्पेशल बसें चलती थीं जो दर्शकों के झुंड-के-झुंड भरकर यहाँ लाकर छोड़ देती थीं। थोड़ी-थोड़ी दूर पर लगे लाउडस्पीकर चारों तरफ के आसमान को फिल्मी गानों और विज्ञापनों के मिलेजुले शोर से, जिसमें उमड़ रही भीड़-भाड़ का अपना शोर भी शामिल था, गुँजा रहे थे। एक्सपो के आयोजकों ने शोर शराबे, चमकती शान-बान, धूल-धक्के और कूड़े-कर्कट की एक अलग दुनिया कायम कर दी थी।

लेकिन रमन को इस भीड़-भाड़ से थकावट महसूस होने लगी थी और उसके कान के पर्दे फटने लगे थे। वह सोचने लगा कि प्रकृति अगर कानों में ऐसी मशीन लगा देती जिसका बटन दबाकर आवाज़ को बंद किया जा सके, तो कितना अच्छा होता। 'तब मैं कितने आराम से टाइगर छाप अंडरवियर और उस बेवकूफ फिल्म स्टार के भद्दे प्यार-श्यार के गाने से बचकर प्रदर्शनी में घूम-फिर सकता था।' वह सोचता रहा, 'मैं तो यहाँ बोरियत से बचने के लिए आया था लेकिन यहाँ तो नरक है, ऐसी धकापेल कि... ।' उसे अफसोस हुआ कि इलामन स्ट्रीट से यहाँ आया, लेकिन वह लौट जाने के लिए भी तैयार नहीं हो

पा रहा था, भीड़ और शोर-शराबे से उसका मन बाहर निकल-निकल पड़ रहा था, और आजकल वह यही तो चाहता था। वही भीड़ के साथ-साथ इधर-उधर घूमता रहा और कभी-कभी रुककर विज्ञापन और पोस्टरों को आलोचक की नज़र से देखता रहा, क्योंकि यही उसका पेशा भी था। जिस एक चीज़ ने उसका ध्यान आकर्षित किया, वह था एक स्टाल के आगे लगा एक प्लेकार्ड जिसमें एक औरत, जिसका निचला हिस्सा मछली जैसा था, अंकित की गयी थी। वह सोचने लगा कि अगर उसे इस स्त्री-मछली का चित्र बनाने को दिया जाता, तो वह इसे किस प्रकार अंकित करता। वह इस तथा दूसरे विज्ञापनों को ज़्यादा सुरुचिपूर्ण बनाने का प्रयत्न करता और काफी धन कमा लेता, लेकिन इसके लिए उसे प्रदर्शनी के आयोजकों को खुश करना चाहिए था। पर इन दिनों वह ज़बरदस्त उदासीनता के दौर से गुज़र रहा था और किसी काम में उसका मन नहीं लगता था। कई महीने से वह अपनी कार्यशाला में नहीं गया, जिसका फायदा उसका मार्केट गेट वाला प्रतिद्वंद्वी जयराम उठा रहा था। रमन ने सोचा, 'कोई बात नहीं, पनपने दो उसे,' हालाँकि उसकी कला-दृष्टि चिम्पांजी बंदर जैसी थी। वह स्त्री-मछली के चित्र को चिढ़ और आकर्षण दोनों के मिलेजुले भाव से देखने लगा—उसका मालिक सामने की पटरी पर चढ़ा टीन के भोंपू से लोगों से कह रहा था, 'आइये, आइये, इस आधी औरत और आधी मछली को देखिये, जल में तैरती यह जलपरी, देवी की तरह सुंदर, उससे मिलिये, बातचीत कीजिये, सवाल पूछिये और जवाब पाइये,... ऐसा मौका फिर हाथ नहीं आयेगा।'

'क्या सवाल पूछे?' रमन खुद से पूछने लगा। क्या यह पूछे कि पानी में उसे जुकाम क्यों नहीं होता, या किस कपड़े से सीकर उसे मछली का रूप दिया गया है? वह सोच ही रहा था कि इसे देखने भीतर जाये या नहीं, कि एक दूसरी घोषणा उसे सुनायी दीः 'पाँच साल का लड़का, जो अपना नाम गोपू बताता है, अपने माँ-बाप की तलाश कर रहा है, सेंट्रल आफिस में आकर उसे ले जाइये...' उसने चार-दफा यह घोषणा लाउडस्पीकर से सुनी। उसने स्त्री-मछली के आकर्षण से अपने को मुक्त किया और इस बच्चे को देखने जाने का फैसला किया।' हमें जानना चाहिए कि किस तरह के बच्चे मेलों में खो जाते हैं। वे माँ-बाप कैसे लापरवाह होते हैं जो बच्चों को खो जाने देते हैं... या वे जानबूझकर ही तो नहीं छोड़ देते?' वह एक डॉक्टरी प्रदर्शनी के लिए लगी लम्बी लाइन से उलझते हुए, जिसमें आदमी का दिल, गुर्दे, फेफड़े वगैरह शीशे की बोतलों और

जारों में रखे हुए थे, साथ ही एक आदमी की पूरी एक्सरे तस्वीर भी लगी हुई थी–सेंट्रल आफिस की तलाश में चल पड़ा।

रास्ते में उसने एक चरखी से निकलती और रोयेंदार लाल-गुलाबी रंग की मिठाई बिकती देखी, जो आकार में बहुत बड़ी लेकिन वज़न में एकदम हल्की होती थी, और खुद भी उसने एक अपने खाने के लिए खरीदी। लेकिन जैसे ही उसने इसकी तरफ अपना मुँह बढ़ाया, यह सारे मुँह में चिपक गयी। उसने सोचा, 'सब के सामने इसे खाना ठीक नहीं है।' इसलिए उसने इसे मुंह से दूर कर लिया और इस प्रकार उसे हाथ में लिये चलने लगा, मानो किसी और के लिए लिये जा रहा है। लेकिन कभी-कभी धीरे से मुँह पूरा खोलकर एक टुकड़ा भीतर डाल लेता और मज़े ले-लेकर चूसता रहता। दुनिया की सबसे ज़्यादा मीठी चीज़ है यह।' एक हाथ में झंडे की तरह इसे उठाये और भीतर-ही-भीतर ज़बान चलाते वह सेंट्रल आफिस जा पहुँचा, जो एक्सपो के दक्षिणी द्वार पर था। यहाँ बड़ी व्यस्तता थी, बहुत से टाइपिस्ट मशीनों पर खटर-पटर कर रहे थे और तरह-तरह के लोग आ-जा रहे थे। उसने देखा, इनके बीच एक लड़का बेंच पर बैठा ज़ोर-ज़ोर से अपने पैर हिला-हिलाकर और खुद भी अपने बदन को इधर-उधर करके उसके टूटे-फूटे पैरों से खिलवाड़ कर रहा है जिससे परेशान पास बैठा क्लर्क उसे बार-बार झिड़क रहा है, 'चुप बैठो, चुप...ज़्यादा शोर मत मचाओ'–जिसके जवाब में गोल-गोल गालों और फूली हुई नाकवाला यह लड़का अपने सफेद दाँत निकालकर संतोषपूर्वक हँसने लगता है।

'यह सात साल का होगा, पाँच का नहीं है...,' उसे देखकर रमन ने मन में सोचा। रमन ने अपनी अधखाई कैंडी उसकी तरफ बढ़ायी, जिसे देखते ही लड़के ने लपककर उसे पकड़ लिया और फौरन उसमें अपना मुँह गड़ा दिया। रमन को उसका यह जोश पसंद आया और उसने उसे थपथपाया। क्लर्क ने घूरकर रमन को देखा और पूछा, 'आप इसे लिये जा रहे हैं?'

'हाँ,' रमन ने भावना में भरकर कहा। क्लर्क ने फौरन उसके सामने एक रजिस्टर बढ़ा दिया, 'यहाँ दस्तखत करो।' रमन ने वहाँ अस्पष्ट-सा कुछ लिख दिया।

'आप लोग अपने बच्चों पर नज़र क्यों नहीं रखते? अब मत खो देना... ऐसे लड़के को यहाँ रखना भी बड़ी परेशानी का काम है... और कोई काम नहीं कर सकते। अब मुझे आधी रात तक बैठकर ये सब कागज़ पूरे करने पड़ेंगे,' क्लर्क ने भुनभुनाते हुए कहा।

'आप तो घोषणा कर रहे थे कि यह रो रहा है?'

'यह उस तरह का नहीं है, यह तो कहना ही पड़ता है, नहीं तो माँ-बाप तब तक नहीं आयेंगे, जब तक वे वापस न जाने लगेंगे... और तब तक हमें इन शैतानों की देखभाल करनी पड़ेगी। यह भी उनकी चाल होती हैं। इसकी माँ कहाँ है?'

'बाहर इन्तज़ार कर रही है,' यह कहकर रमन ने लड़के की तरफ अपना हाथ बढाया, जिसे उसने फौरन पकड़ लिया। दोनों दफ्तर से बाहर आये और फुर्ती से भीड़ में खो गये।

लड़के को अपने साथ ले जाते हुए रमन के दिमाग़ में एक शब्द गूँजता रहा, 'माँ'! बड़ा आकर्षक शब्द था यह, वह सोचने लगा, 'काश! उसकी एक बीवी भी होती, जो सचमुच बाहर खड़ी होती।' चिड़चिड़े क्लर्क ने सचमुच मान लिया कि बीवी बाहर खड़ी है। रमन ने सोचा, 'ठीक ही तो है। मैं बीवी वाला लगता हूँ न। मेरी हर चीज़ ठीक-ठाक है, मशहूर पेंटर हूँ मैं, नए ढंग से पेंटिंग बनाता हूँ, बैंक में काफी पैसा है, कार्यशाला है, सरयू के किनारे दूर तक मेरी ज़मीन है...। और गोद लिये इस लड़के के अलावा, एक और भी हो सकता था, उसका अपना, डेज़ी के भीतर।'

कौन जानता है, इस क्षण भी वह मुझसे यह कहने को तैयार हो जाये कि 'तुमने मुझको यह गर्भ दिया है'–और उस जन्म-नियंत्रण तथा शहर और गाँव में घर-घर जाकर 'कम बच्चे पैदा करो', का प्रचार करने वाली के लिए यही सही होता। वह अपने को बहुत ज़्यादा समझने लगी थी, और मैं भी कितना मूर्ख था जो उसके पीछे-पीछे लगा रहा। सच यही है कि यह मेरी गलती नहीं थी। उसी ने मुझे हर गाँव की हर दीवाल पर यह मूर्खतापूर्ण संदेश लिख-लिखकर लगाने का काम सौंपा था, कि 'और बच्चे नहीं चाहिए', वही उसे अपने साथ हर जगह अकेले ज़बरदस्ती ले गयी थी—और इन स्थितियों में कुमार बने रहने का व्रत कब तक कायम रह सकता है! देखा जाय तो यह शताब्दी का सबसे बड़ा मज़ाक हो सकता है कि सब तरह के उसूलों और सावधानियों के बाद भी वह गर्भिणी हो गयी थी और उसकी मदद माँगने लगी थी। इस स्थिति पर विचार करके उसे हँसी आने लगी। उसे हँसते देखकर उँगली पकड़कर साथ चल रहा लड़का भी उसकी तरफ देखकर हँसने लगा। रमन ने उसे झिड़का, 'तुम क्यों हँस रहे हो?'

'पता नहीं,' यह कहकर लड़के ने फिर दाँत निकाल दिये।

भीड़ में चलना मुश्किल हो रहा था, इसलिए भी कि खाने-पीने के हर स्टाल पर लड़के के कदम रुकते। एक्सपो वालों ने ज़रा-ज़रा दूर पर खाने-पीने की दुकानें और ठेले रखवा दिये थे। चाट-पकौड़े के ऊँचे-ऊँचे ढेर, कहाड़ी से निकलती सुनहरी जलेबियाँ, तेल में तलती पतली-पतली अफलम्, जो आपकी आँखों के सामने ही चंद्रमा की तरह फूलकर गोल हो जाते थे, और भी तरह-तरह की स्वादिष्ट मिठाइयाँ और नमकीन, जिन्हें देखकर राह चलतों के मुँह में पानी भर आता था।

रमन को बच्चे पर दया आ रही थी, क्योंकि वह तुरंत उसके साथ चल पड़ा था। 'कुछ खाओगे?' उसने पूछा।

'हाँ,' लड़के ने एकदम जवाब दिया और एक मिठाईवाले की तरफ इशारा किया। रमन ने उसका एक हाथ कसकर पकड़ रखा था कि कहीं यह फिर न खो जाय, और दूसरा हाथ ही खाली छोड़ रखा था जिससे वह इशारा कर सकता था और खा भी सकता था। लड़का मिठाई खाने में लग गया और इधर-उधर की सब बातों को भूल गया। जब उसकी मिठाई खत्म हो गयी, रमन ने फिर पूछा, 'आइसक्रीम खाओगे?' लड़के ने खुश होकर सिर हिलाया और रमन ने ठेले से दो आइसक्रीम खरीदीं–दूसरी से वह उसे साथ देने के लिए। रमन अपनी सब चिंताएं भूल गया, जिस उदासी और बोरियत ने उसे परेशान कर दिया था और जिसके कारण उसकी सुबह, दोपहर और रात की सारी ज़िंदगी बरबाद हो गयी थी। लड़के की ओर देखते हुए वह सोचने लगा, 'इसको खुश देखकर मुझे भी खुशी क्यों हो रही है? पिछले जन्म में ज़रूर यह मेरा ही बेटा रहा होगा।' वह सोचने लगा, 'इसे खुश करने के लिए और क्या किया जाये!'

'तुम उस पर चक्कर लगाना चाहते हो?' सामने खड़े विशाल चक्र की तरफ इशारा करते हुए, जो धूँ-धूँ करते हुए हर बैठने वाले को आसमान तक पहुँचा देता था, उसने पूछा। लड़के ने इसके लिए भी 'हाँ' कर दी। रमन लड़के को साथ लेकर झूले पर बैठ गया। 'यह अच्छा है, इससे इसका खाना कम होगा,' रमन ने सोचा। उसे लड़के के स्वास्थ्य की चिंता होने लगी थी। अगर यह पेट दर्द की शिकायत करता, तो वह खुद को ही अपराधी महसूस करता कि ज़रूरत से ज़्यादा खिला दिया।

अब झूले पर बैठे चक्कर के चलने का इन्तज़ार करते हुए वह इस बदलती हुई परिस्थिति पर विचार करने लगा। लड़के को माँ-बाप की फिक्र नहीं थी।

शायद यह अनाथ बच्चा हो, जो मेले में मैदान में रास्ता भूल गया हो। लेकिन अब वह अनाथ नहीं रहेगा, रमन को यह विचार बहुत अच्छा लग रहा था। वह उसे अपने को 'डैडी' या 'अप्पा' कहना सिखायेगा! अब महिमा ऊपर चढ़ने लगा और उसी के साथ रमन के विचार भी आसमान छूने लगे। लड़के ने कसकर उसकी बाँह पकड़ ली। रमन ने कहा, 'डरने की ज़रूरत नहीं है। मैं तुम्हारे साथ हूँ। झूले का मज़ा लो।'

'अगर लोग पूछें कि यह लड़का कौन है, तो मैं कहूँगा, 'बेटा है मेरा... तुम्हें डेज़ी की याद होगी। उसने इसे कन्वेंट में पाला था, उसे यही पसंद था, लेकिन अब मैं इसे ले आया हूँ। बात यह है कि बच्चों को घर में ही पालना चाहिए।'

'और इसकी माँ कहाँ है?' वे पूछे सकते हैं।

'पता नहीं, वह किसी के साथ भाग गयी,' यह बात वह बदले के ढंग से कहेगा, क्योंकि रात-दर-रात उसके साथ सोने के बाद अंत में जब शादी का इन्तज़ाम हुआ, तब वह उसे दगा दे गयी थी, जिससे उसे बहुत तकलीफ पहुँची थी।

अचानक उसने बगल में बैठे लड़के से पूछा, 'उम्र क्या है तुम्हारी?' तो लड़के ने आँख झपकाई और फिर सिर हिला दिया। 'सात साल से कम नहीं होगे तुम!' यह कहते हुए उसने सोचा की वह दो-तीन साल पहले ही इस शहर में आयी थी, इसलिए, उसे कुछ दूसरा जवाब ढूँढना पड़ेगा।

लड़के ने कहा, 'यह पहिया तेज़-तेज़ कब चलेगा?' पर रमन इसी चाल से संतुष्ट था क्योंकि ज़्यादा तेज़ चलने से उसे परेशानी होती। इसलिए वह दूसरी बातें करके लड़के का मन बदलने की कोशिश करने लगा, 'अच्छा, तुम मेरे साथ मेरे घर चलोगे?'

'मुझे भूख लगी है, कुछ खाने को चाहिए,' लड़के ने जवाब दिया। उसकी भूख पर ताज्जुब करते हुए रमन बोला,' घर चलोगे तो वहाँ खाने-पीने की बहुत-सी चीज़ें मिलेंगी।'

लड़का एकदम सतर्क हो गया, चाकलेट और आइसक्रीम और बबलगम भी?'

'हाँ, और बहुत-सी जलेबी...।'

'मुझे जलेबी बहुत अच्छी लगती हैं,' लड़के ने खुश होकर कहा और पूछा, 'मैं जितना चाँहू खा सकूँगा या हर दफा आपसे पूछना पड़ेगा?'

'सब तुम्हारे लिए होंगी, जितनी चाहो, खाना,' रमन ने उत्तर दिया।

लड़के के मुँह में पानी भर आया। कहने लगा, 'मेरे पापा कहते हैं कि ज़्यादा खाओगे तो बीमार पड़ जाओगे।'

'वे हैं कहाँ?' रमन ने पूछा। 'इस मेले में ही कहीं हैं?' लड़का इस विषय पर ज़्यादा बात नहीं करना चाहता था। लगता था कि उसे डर है कि कहीं उसे माँ-बाप को वापस न कर दिया जाये और इस सब चाकलेट और बबलगम से वह वंचित रह जाय। रमन ने कहा, 'यह ठीक बात है। ज़्यादा खाने से तुम्हारे पेट में दर्द होने लगेगा।'

'मुझे पता है,' लड़का कहने लगा। 'जब चाचा आये थे तब आपको पता है, मैंने कितना खाया था,' यह कहते हुए अपने दोनों हाथ फैलाकर कितना ज़्यादा, यह बताने की कोशिश की। रमन को यह देखकर खुशी भी हुई कि लड़का काफी तन्दुरुस्त था, कमज़ोर होता तो उसे सबसे पहले मेडिकल स्टेशन ले जाकर डॉ. किशन से इलाज़ कराना होता। लड़के को एक कमरा तो देना ही होगा। वह कमरा जो उसने डेज़ी के लिए तैयार करके रखा था, कि शादी के बाद वह इसमें आकर रहेगी, लेकिन वह तो दगा ही दे गयी। यह लड़का उसी में रहेगा। उसी में अपने खिलौने, किताबें, कपड़े वगैरह रखेगा, उसका बिस्तर भी उसी में होगा। उसे उम्मीद थी कि लड़का अकेला सो सकेगा और रात में रोयेगा नहीं। वह उसे सिखायेगा भी यही कि अकेले सोना चाहिए और अपनी किताबों और कपड़ों की देखभाल भी खुद करना चाहिए। वह इसे कल प्राइमरी स्कूल में भर्ती करा देगा, जो बहुत अच्छा तो नहीं है, लेकिन वह हेडमिस्ट्रेस को जानता है, क्योंकि उसने स्कूल का साइनबोर्ड मुफ्त में बना दिया था। दो बटा छह फीट के इस साइनबोर्ड पर उसने प्लास्टिक इमल्शन का रंग लगाया था और चाँदी के पाउडर से उसे सजाया था स्कूल मंदिर के पास सड़क के उस पार था और लड़का घर से स्कूल तक अकेला जाया और आया करेगा। लेकिन अफसोस की बात यह होगी कि जब वह स्कूल लौटकर घर आयेगा, तब वहाँ उसे कोई नहीं मिलेगा।

उसके दिल में दर्द की लहर दौड़ गयी–यह सब डेज़ी के कारण हुआ, नहीं तो उसकी चाची बचपन से ही उसके साथ रहती आयी थी। वह अपनी ज़िंदगी के आखिरी क्षण तक उसी के साथ रहती। उसने सोचा था कि चाची के कारण डेज़ी को दिक्कत होगी, इसलिए चाची को उसने बनारस रवाना कर दिया था। ओफो, जब घर में थी, तब उसे खाने का कितना आराम था–जब ज़रूरत होती, खाना या नाश्ता तैयार मिलता था, वह हमेशा घर पर ही रहती थी और जब वह

आता तो दरवाज़ा खोलती थी। अब तो वह एक तरह से भूखा ही रहता था। उसे कॉफी बनाने तक की इच्छा नहीं होती थी और न वह बोर्डलेस होटल जा पाता था, क्योंकि वहाँ आने वाले उसे पसंद नहीं थे। उनका घमंड और बार-बार वही बातें करने से उसके सिर में दर्द हो जाता था। लेकिन हो सकता है कि गलती उसी की हो! डेज़ी की दगाबाज़ी के बाद शायद उसको अपना स्वभाव ही बदल गया था, अब उसमें खटास आ गयी थी। दिन खाली, कुछ सोचना नहीं, न कुछ करना, किसी का इन्तज़ार नहीं, निराशा और बोरियत से भरी ज़िंदगी, हर सवेरे खाली, सुनसान दिन में आँखें खोलना, और यह सोचना, 'फिर आ गया यह मनहूस दिन,' चारों तरफ खाली पड़ा घर, कहीं किसी तरह की कोई ज़िंदगी नहीं लगता था, घर की चिड़ियाँ भी उसे छोड़कर उड़ गयी हैं, जो पहले जब यहाँ हर कमरे में तरह-तरह की चीज़ें और खाने-पीने के लिए अनाज, चावल वगैरह भरे होते थे, वे बड़ी तादाद में चहचहाती नज़र आती थीं, अब खालीपन के सिवा कहीं कुछ नहीं था। रमन कभी-कभी सोचता कि वह एक ऐतिहासिक प्रक्रिया का अनुभव कर रहा है, जिसमें मकान टूटने लगते हैं, और खंडहर बनकर पुरातत्त्व के नमूनों में बदल जाते हैं। लेकिन अब बच्चे के आने से वातावरण बदलेगा और घर में रौनक आ जायेगी। अब वह सब कमरों में नये बल्ब लगा देगा, जो सब फ्यूज हो चुके हैं और मुद्दत से बदले नहीं गये हैं। अब वह उत्साह से पिता का यह रोल अपना लेगा और बच्चे को सिखा-पढ़ाकर देश का संस्कृत और उत्तम नागरिक बनायेगा। डेज़ी के जाने के बाद उसने घंटे पर ध्यान देना भी बंद कर दिया था, अब वह नियमित रूप से हर ग्राहक से मिलेगा-जुलेगा और उनके लिए साइनबोर्ड बनायेगा, क्योंकि उसे लड़के की परवरिश करने के लिए पैसे की ज़रूरत होगी, जिसे बाद में वह ऊटी के लवडेल बोर्डिंग में दाखिल करा देगा। उसने लड़के से कहा, 'अब तुम स्कूल जाओगे, वह बहुत अच्छा होता है, वहाँ तुम्हें बहुत से दोस्त मिलेंगे...।'

यह बात सुनते ही लड़के का चेहरा उतर गया, उसने तुरंत उत्तर दिया, 'मैं स्कूल नहीं जाऊँगा... स्कूल मुझे पसंद नहीं है।'

'क्यों नहीं है?'

'वहाँ मास्टर मुझे पीटते हैं।' रमन ने उसे समझाने और उसका डर दूर करने की कोशिश की लेकिन लड़का अपनी बात पर कायम रहा और कहता रहा, 'स्कूल नहीं जाऊँगा, नहीं जाऊँगा...।'

'कोई बात नहीं, तुम स्कूल मत जाना, चलो, अब तुम्हें चाकलेट खिलायेंगे,' रमन ने उसे धीरज बँधाते हुए कहा और सोचा कि रास्ते में चेट्टियार स्टोर्स पर रुककर उसके लिए चाकलेट खरीदेगा। उसने खुद को समझाया, 'मुझे जल्दी नहीं करना चाहिए। धीरे-धीरे मैं उसे ठीक कर लूँगा।... मुझे खुद स्कूल कितना नापसंद था...।'

पहिये में घूमने के बाद लड़का मेले के चारों तरफ चलने वाली खिलौनागाड़ी में बैठने की ज़िद करने लगा। उसका चक्कर पूरा होने के बाद भी वह गाड़ी से उतरने को तैयार नहीं हुआ, और चाहता रहा कि एक के बाद, फिर तीसरा, और इसी तरह चक्कर लगाता रहूँ। चार चक्कर लगाने के बाद भी वह उतरने को तैयार नहीं हुआ। रमन को भी चक्कर लगाने में खूब मज़ा आया और वह कुछ देर के लिए डेज़ी के व्यवहार से उत्पन्न परेशानी को भूल गया। इस सब घूमने-फिरने और खाने-पीने के बाद रमन को ख्याल आया, कि इस लड़के के कारण उसने भी काफी खा-पी लिया है, नहीं तो सवेरे से उसने कुछ भी नहीं खाया था। यह सोचकर उसे प्रसन्नता हुई, 'इस लड़के के कारण मुझमें भी जान पड़ गयी, टॉनिक की तरह। जब वह साथ रहने लगेगा, तब तो न जाने कितना परिवर्तन आ जायेगा। काम करने के वक्त को छोड़कर वह सारा समय लड़के के साथ ही बितायेगा। वह कहानियों की किताबें खरीद लेगा और लड़के को कहानियाँ पढ़कर सुनायेगा। उसे रामायण कहानी भी बतायेगा।'

कुछ दूर चलकर लड़का एक दुकान पर रुक गया, जहाँ कड़ाही में बड़े-बड़े बौंडे तलकर निकाले जा रहे थे। रमन ने कहा, 'अब और नहीं खाना है... और नहीं, क्योंकि उसे डर लगा कि यह सब भी उसके पेट में गया तो कहीं वह उल्टी करना शुरू कर दे। ख़ुद उसके पेट में गुड़गुड़ होने लगी थी। बौंडे खिलाने की जगह वह उसे कुछ और तमाशे दिखाने ले गया,–जहाँ तोता सरकस के खेल दिखा रहा था, कुत्ता ताश के पत्ते उठा-उठाकर दे रहा था, मौत के कुएं में मोटरसाइकिल की गोल-गोल दौड़–इसे देखकर लड़का उत्तेजना से चीखें मारने लगा।

लड़के को जब मौका मिलता तो वह कुछ शैतानी भी कर गुज़रता उसने फूलों के गमले तोड़ दिये, पोस्टर फाड़ डाले,जहाँ कहीं खाली जगह मिला, उलट-पुलट करने लगा, फव्वारों का पानी इधर-उधर उछाल दिया, खासतौर से पास से गुज़रते बच्चों पर, कभी-कभी ज़बरदस्ती हाथ छुड़ाकर अपनी उम्र के किसी लड़के को पटखनी दे दी, किसी लड़की की चुटिया पीछे से पकड़कर खींच ली, ज़मीन से पत्थर उठाकर ऊपर लगे बल्बों में दे मारे, इत्यादि। रमन को उसकी

इन हरकतों से परेशानी तो हुई और वह उसे रोकने की कोशिश भी करता रहा, लेकिन भीतर-ही-भीतर वह खुश भी होता रहा। जब वह लड़के का हाथ पकड़े एक लाइन में लगा तो डरता रहा कि पता नहीं, आगे खड़े आदमी के पीछे से वह क्या कर गुज़रे। रमन उसकी शैतानियों और हर बात में दखल देने की आदत को गुण मानकर ही लेता रहा। यद्यपि वह उसे काबू में भी किये रहा क्योंकि कहीं मारपीट न हो जाये, जो उसे ही झेलनी पड़ती। उम्र के ख्याल से यह उसके लिए स्वाभाविक बात है, स्कूल जाने लगेगा तो ठीक हो जायेगा हमारे देश के लोग नहीं जानते कि बच्चे का विकास रोके बिना उसे किस तरह पालना-पोसना चाहिए।

अब वे 'मेरी-गोराउन्ड' के पास आ पहुँचे थे। लड़के ने जैसे ही दूसरे बच्चों को लकड़ी के घोड़ों पर चढ़े देखा, कहा, 'मैं भी घोड़े पर चढूँगा।' रमन सोचने लगा कि इस पर उसे अकेले बिठा देना ठीक भी रहेगा या नहीं, क्योंकि वह खुद उसके साथ नहीं बैठ सकता था। उसने कहा, 'तुम पहिये की सवारी कर चुके हो। यह भी उसी तरह है।'

'नही,' लड़के ने पैर पटकते हुए कहा, 'मैं तो चढूँगा।'

रमन की समझ में नहीं आया कि कैसे उसे समझाये, इसलिए उसने कुछ खाने का लालच दिया, हालाँकि वह भी अब ठीक नहीं लग रहा था। लड़के ने कहा, 'ज़रूर खाँऊगा लेकिन घोड़े पर चढ़ने के बाद।'

रमन ने अचानक उत्साह दिखाते हुए कहा, 'अरे, वहाँ फिल्म दिखायी जा रही है। चलो, उसे देखेंगे।' लड़के ने यह सुनकर सिर घुमाया परदे के सामने भीड़ लगी होने के कारण उसे कुछ दिखायी नहीं दिया, इसलिए उसने सिर हिला दिया। रमन ने कहा, 'मैं तुम्हें इतना ऊँचा उठा दूँगा कि दूसरों से ज़्यादा अच्छा दिखायी देगा...।'

लड़के ने ज़िद की, 'मुझे तो घोड़े पर ही चढ़ना है।' अब बिना कुछ कहे रमन ने उसे कंधे पर उठा लिया और परदे की तरफ बढ़ते हुए कहने लगा, 'हाँ, हाँ, पहले फिल्म में बहुत से शेर, चीते और बंदर देख लो फिर उसके बाद...।'

लड़का काफी भारी था और उसके धूल-मिट्टी से सने जूते रमन के कपड़े भी गंदे कर रहे थे, साथ ही वह लातें भी चला रहा था, लेकिन रमन उसे ज़बरदस्ती एक ऊँचे से ढेर पर ले जाकर खड़ा हो गया। लेकिन इस भारी वज़न को सिर चढ़ाये वह भी हाँफने लगा था। वहाँ से भी फिल्म के एकाध टुकड़े के सिवा कुछ नहीं दिखायी देता था, पर उसे उम्मीद थी कि इसमें एकाध शेर या

बंदर ज़रूर दिखायी देगा, जिसका उसने लड़के से वादा किया था। लड़के के मन में उसका विश्वास टूटना नहीं चाहिए, कि वह उसे झूठा समझने लगे। उसने पूछा, 'क्या दिखायी देता है तुम्हें?' तो लड़के ने कहा, 'कोई शेर या बंदर नहीं है इसमें, एक आदमी गेंद खेल रहा है–अच्छा, मुझे गेंद चाहिए।'

'ठीक है, तुम्हें गेंद मिलेगी। जब हम यहाँ से चलेंगे, गेंद खरीद लेंगे।' उसे एक दुकान की याद आयी जहाँ प्लास्टिक का सामान और गेंदें रखी थीं, पर वह कहाँ थी, यह ध्यान में नहीं आ रहा था। वह दुकान ढूँढ़ लेगा और एक की जगह दो गेंदें खरीदेगा, एक खेलने के लिए और दूसरी रिज़र्व में रहेगी कि कहीं पहली गेंद खो जाये तो यह दे दी जायेगी।

तभी कंधे पर चढ़े लड़के ने किसी को देखकर ज़ोर से आवाज़ लगायी, 'अम्मा', और उतरने के लिए ऐसी उछल-कूद करने लगा कि रमन का कंधा दर्द करने लगा। उसने लड़के को छोड़ दिया और उतरते ही वह तेज़ी से लाइफ इन्श्योरेंस के स्टाल के बगल में घास पर बैठे कुछ लोगों की तरफ भागा। रमन भी उसके पीछे दौड़ा। इस दल में एक काफी लंबा और तगड़ा आदमी था जो किसी गाँव का किसान लगता था। भूरे रंग की साड़ी पहने एक अधेड़ औरत और दो लड़कियाँ थीं, इनके खरीदे सामान के बहुत से बंडल आस-पास बिखरे पड़े थे, जिनसे लगता था कि ये लोग खरीद-फरोख्त करने के इरादे से यहाँ आये हैं और शाम की बस से गाँव वापस चले जायेंगे।

लड़का तीर की तरह उनके बीच जा घुसा। उसे देखते ही सब उसके इर्द-गिर्द इकट्ठे हो गये और सवाल-पर-सवाल करने लगे। रमन ने सुना कि वह तगड़ा आदमी बड़ी ज़ोरदार आवाज़ में उससे पूछ रहा है, 'कहाँ गायब हो गया था,शैतान! तेरी वज़ह से हमारी बस छूट गयी।' फिर उसने लड़के को एक झन्नाटेदार थप्पड़ रसीद किया और कान पकड़कर उमेठना शुरू किया। लड़के ने चीखना शुरू किया।

रमन को यह बरदाश्त नहीं हुआ और आगे बढ़कर उसने कहा, 'मत मारो।'

आदमी दूसरा थप्पड़ रसीद करने ही जा रहा था कि माँ ने आगे बढ़कर उसे अपनी तरफ घसीट लिया और इस दूसरी मार से उसे बचा लिया। रमन ने सोचा कि अब उसके सपने का अंत हो गया है। वह मेले से बाहर निकल आया और सरयू के किनारे अपने घर की ओर चल पड़ा।

एमडेन

राव को जब शहर के सबसे वृद्ध व्यक्ति का सम्मान मिला, तब उनकी उम्र नब्बे और एक सौ पाँच के बीच कहीं थी। उसने बहुत दिनों से समय की गिनती करना बंद कर दिया था और जन्मदिन से चिढ़ने लगा था, खासतौर से अस्सीवें जन्मदिन के बाद, जब न जाने कहाँ-कहाँ से उसके परिजन दल बनाकर आये और तमाम तरह के धार्मिक अनुष्ठानों से उसे गुज़ारा, और बाजे-गाजे के साथ उसका सार्वजनिक उत्सव भी मनाया। इसके धार्मिक अनुष्ठान इतने ज़्यादा थे कि उन्हें पंद्रह दिन तक चारपाई पर पड़े रहना पड़ा। इसमें उनके सिर पर बहुत-सा ठंडा पानी, जिसके लिए कहा गया कि देश भर की नदियों से लाया गया है, डाला गया और कई दिन तक ज़बरदस्ती उपवास कराया गया, जबकि बाहर से आये लोग तरह-तरह के माल उड़ाते रहे। अंत में वे थककर इतने चूर हो गये कि सबके साथ बैठकर फोटो खिंचवाना भी भारी पड़ गया। वे कुर्सी पर बैठते ही लुढ़कने लगे, जिससे फोटोग्राफर को परेशानी होने लगी। वह बार-बार काले कपड़े के भीतर से सिर निकालकर कहता, 'स्टेडी प्लीज़,' और कोई नतीज़ा न निकलने पर उसने बिना फोटो खींचे लौट जाने की धमकी दी, तब कुछ लोगों ने पीछे खड़े होकर उन्हें सीधा किये रखा। ग्रुप में कुल मिलाकर पचहत्तर के करीब लोग थे जो सब किसी-न-किसी तरह उनकी ही संतानें थे। फोटोग्राफर ने ज़ोर डाला कि इन्हें बाँट कर दो फोटो लिये जायें, नहीं तो प्लेट में जितनी जगह है उसमें वे सब एक एक बिंदी से ज़्यादा दिखायी नहीं देंगे और किसी को भी पहचाना नहीं जा सकेगा। इसका मतलब यह हुआ कि कुछ देर आराम करने के बाद उन्हें दोबारा इस सम्माननीय कुर्सी पर बैठना पड़ेगा। जब उन्होंने इतने लंबे-चौड़े कार्यक्रमों पर परेशानी प्रकट की, तब उनसे कहा गया कि 'ये अनुष्ठान आप के स्वास्थ्य और दीर्घ जीवन के लिए अत्यंत आवश्यक है'।

इस पर उन्होंने टिप्पणी की कि उन्हें तो यही लगता है कि इन सबसे उनकी ज़िंदगी कम ही होगी, बढ़ेगी नहीं, तो उनकी एक बेटी ने, जो खुद साठ पार कर चुकी थी, उन्हें ऐसी अशुभ बात मुँह से निकालने के लिए डाँट पिलायी, और कहा कि ये सब आपकी भलाई के लिए ही कर रहे हैं।

जब तक वे इस समारोह के काम-धाम से मुक्त हुए और जब तक दो भागों में खींचा गया फोटो दीवाल पर लगने के लिए तैयार हुआ, घर शांत हो चुका था और पहले जितने ही लोग उसमें रह गये थे–यह संख्या बीस के लगभग थी, तीन लड़के और उनके परिवार, उनके बच्चे-कच्चे, भतीजे, भतीजियाँ, इत्यादि। मकान के दाहिने हिस्से में उनका अपना कमरा था जिसे उन्होंने पिछली शताब्दी में स्वयं डिज़ाइन किया और बनवाया था। विनायक स्ट्रीट के बगल में ज़मीन खरीदने वालों में वह पहले व्यक्ति थे, जो उन दिनों में बड़ी हिम्मत का काम समझा जाता था, क्योंकि यह ऐसा सुनसान इलाका था जहाँ चोर दिन-दहाड़े अपना काम करके जंगल में भाग जा सकते थे–लेकिन कुछ समय बाद यहाँ लोग आकर बसने लगे और इसे रत्नपुरी का नाम दिया गया।

राव के आंरभिक वर्ष कबीर स्ट्रीट में व्यतीत हुए थे। जब वे अपने पैरों पर खड़े होने लायक हुए और शान-बान से ज़िंदगी बिताने का विचार करने लगे, तो सबसे पहले उन्होंने कबीर स्ट्रीट का अपना मकान बेच दिया और रत्नपुरी में रहने चले गये। इस समय तक उनकी दूसरी पत्नी चार कन्याओं को जन्म दे चुकी थीं, और चौथी लड़की की शादी हो चुकी थी। वे पहली बीबी की संतानों के साथ इस मकान में आये जिनके भिन्न-भिन्न उम्रों के लड़के-लड़कियाँ कुल मिलाकर संख्या में आठ थे। पत्नी के मामले में उनका भाग्य अच्छा नहीं था; उनके चाचा जो परिवार के सब लोगों की कुंडलियाँ बनाते और पढ़ते थे, कहते थे कि इसके सातवें घर में मंगल है, और उसके कोप को कम करने वाला कोई दूसरा ग्रह उस घर में नहीं है, इसलिए कोई भी पत्नी ज़िंदा नहीं रहेगी। तीसरी शादी और उससे हुए कई बच्चों के बाद उन्हें भी विश्वास हो गया कि मंगल के कोप से उनका छुटकारा नहीं है। उन्होंने घर की बढ़ती जनसंख्या का कोई हिसाब नहीं रखा–यह उनकी चिंता का विषय ही नहीं था–उनके बेटे परिवार को चलाने और उसके सभी सदस्यों की देखभाल करने में पूरी तरह सक्षम थे। वे परिवार के सब मामलों से अलग होते गये और जब उनका अस्सीवाँ जन्मदिन मनाया गया तब इस घर में एक ही छत के तले रहने वालों

में से किसी भी बच्चे या रिश्तेदार का न नाम जानते थे और न उसे शक्ल से पहचानते थे।

उनका अस्सीवाँ साल उनके पारिवारिक जीवन में एक महत्त्वपूर्ण अवसर था। उनकी शारीरिक क्षमताएं कम हो रही थीं और वे बड़ी आसानी से सभी चिंताओं से स्वयं को मुक्त कर सकते थे। उनकी दार्शनिकता इन समस्याओं को आसानी से स्वीकार कर लेती थी, 'अगर मैं कम देखने या कम सुनने लगा तो यह अच्छा ही है। इससे कुछ नुकसान नहीं हुआ। मेरे पैरों में अभी इतनी ताकत है कि जहाँ चाहूँ जा सकूँ और मैं बिना किसी की मदद के नहा-धो सकता हूँ, खाना मुझे अच्छा लगता है और मैं उसे पचा भी लेता हूँ।' यद्यपि घर में डायनिंग टेबिल थी लेकिन उन्हें भोजन-गृह के एक कोने में हमेशा की तरह पटले पर बैठकर भोजन करना ही पसंद था। उनका हर काम अपने आप चलता रहता था, उन्हें कुछ माँगना नहीं पड़ता था, क्योंकि उन्हें कब और क्या चाहिए, इसका सबको पता था, और कोई बहू या भतीजी या पोते-पोती की कोई लड़की अपने आप उनका काम कर देती थी। वे न टिप्पणी करते, न सवाल करते, विशेष रूप से सवाल इसलिए भी नहीं करते थे क्योंकि उसके उसके जवाब में कोई उनके बायें कान में इतनी ज़ोर से बोलता कि उनके पर्दे फटने लगते थे–हालांकि वे अगर दायें कान में बोलते तो उन्हें आसानी से समझ में आ जाता था। लेकिन कोई जो भी करे, वे चिंता नहीं करते थे। वे पूरी तरह ज़िंदगी से रिटायर हो चुके थे। उन्होंने जीवन भर अपने को प्रतिष्ठित करने के लिए कड़ा परिश्रम किया था और परिवार के भरण-पोषण का पूरा इन्तज़ाम किया था–दो हिस्सों में बँटे उनके पारिवारिक फोटो का हर व्यक्ति प्रत्यक्ष या अप्रत्यक्ष रूप में उनकी सहायता से ही खड़ा हुआ था। उनके नाती-पोतों में से कई जीवन के विभिन्न अवसरों में उनका विशेष प्रिय हुआ करता था, लेकिन अब वे इतने बदल गये थे कि पहचान में नहीं आते थे, और उनके नाम तो ये ही उनके बोलने की सबसे बड़ी बाधा थे–हर नाम ज़बान पर आता तो था पर समय पर पूरी तरह कभी याद नहीं आता था। यह प्राकृतिक स्थिति मनुष्य को कुछ ऐसा बना देती है कि वह बड़बड़ाता या हकलाता-सा लगता है और कोई भी वाक्य पूरी तरह बोल नहीं पाता। लेकिन यह स्थिति भी उन्हें स्वीकार थी क्योंकि इससे उनका दिमाग़ बुढ़ापे में भी साफ रहता था, उसमें कोई उलझन नहीं पैदा होती थी।

दोपहर के बाद जब वे खाना खाकर आराम कर चुकते,तो वे बड़ी सहजता से और सफाई से सोच-विचार कर सकते थे, दिनभर में यह समय उनका सबसे अच्छा समय होता था। इस समय वे उठते और काफी का बड़ा प्याला पीते–जो इनके पास ठीक तीन बजे उनकी देखभाल करने वाला कोई व्यक्ति दरवाज़े के पास एक छोटी सी तिपाई पर रख जाता था। काफी पीने के बाद उनमें कुछ स्फूर्ति आती और वे उत्तरी खिड़की के पास आराम-कुर्सी पर बैठते और सवेरे का अखबार उठाते, जिसे तब तक सब लोग पढ़ चुकते थे और जिसे उनकी काफी के पास ही रख दिया जाता था। उसे आँखों के एकदम पास लाकर वे पढ़ सकते थे, बस कुर्सी के पट्टे से बँधे सिल्क के कपड़े से चश्मे को एकाध बार पोंछना पड़ता था–इस तरह आराम से बैठकर कुछ आधा पढ़ते और आधा सोचते रहते थे। राजनीतिज्ञों और लड़ाने वाले नेताओं के शब्द उन्हें बासे लगते थे–इतिहास के आरंभ से ये लोग एक ही भाषा में बोलते चले आये हैं–उनकी आँखें अखबार के कालमों को ऊपर से नीचे तक सरसरी नज़र से देख जातीं, कभी किसी विज्ञापन पर उनकी नज़र ठहर जाती–'ये तरह-तरह की फैन्सी चीज़ों पर लोगों का पैसा खर्च करवाने के साधन हैं'–कभी मरने वाले लोगों की सूची पर–जिनमें उन्हें किसी परिचित का नाम नहीं मिलता था। लेकिन अखबार के आखिरी पन्ने पर एक स्तंभ उनका ध्यान जरूर खींचता–जिसमें मद्रास की किसी सभा में धार्मिक या दार्शनिक विषय पर दिये गये किसी भाषण की रिपोर्ट होतीं, ये रिपोर्टें बहुत संक्षिप्त होतीं, लेकिन ईश्वर उनके अवतार और अच्छे और बुरे के संबंध में उनके विचारों को ताज़ा करने के लिए पर्याप्त होती थीं। इस पर वे कुछ समय आँखें बंद करके विचार करते,फिर अखबार को बाकायदा मोड़कर वहीं रख देते, जहाँ से बाद में उसे कोई उठा ले जाता था।

जब घड़ी में चार बजने की आवाज़ होती, तो वे उठते और शाम की सैर के लिए निकल जाते। अपनी जीवन-चर्चा का यह भाग वे बहुत सोच-विचार कर आयोजित करते। हाथ-मुँह धोकर वे एक लंबी कमीज़ पहनते, जो उनके घुटनों तक आती थी, सफेद धोती पहनते, कंधे पर एक कढ़ा हुआ शाल लपेटते और घड़ी तथा छाता उठाकर बाहर निकल पड़ते। जब वे हॉल से गुज़रते तो कोई-न-कोई आवाज़ लगाकर उन्हें ज़रूर सावधान करता, 'ध्यान से जाना। टार्च ले ली है? ज़्यादा मत घूमना। ज़ल्दी लौट आना।' वह सिर हिलाकर आगे बढ़ जाते। बाहर निकलने के बाद वे बहुत ध्यान से एक-एक कदम रखते पहले छड़ी से

टोह ले लेते कि ज़मीन कैसी है। ज़िंदगी में उनका अकेला उद्देश्य था गिरने से बचना। एक भी कदम गलत पड़ा तो ज़िंदगी खत्म हो जायेगी। दीर्घ-जीवन तभी संभव था जब शरीर का सीधापन और मन का संतुलन बनाकर रखा जा सके। इस बाधा के कारण एक तो उनकी चाल बहुत धीमी हो गयी थी और दूसरे वे निश्चित मार्ग पर ही शाम की सैर कर सकते थे।

गेट पार करके वे सड़क के बिलकुल बायें चलते हुए विनायक स्ट्रीट और कबीर लेन पार करके मार्केट रोड पर आ पहुँचे। यहाँ का शोर-शराबा, यातायात और भीड़भाड़ उन्हें बहुत पसंद थी—वे यहाँ रुककर दुकानों और हर वक्त वहाँ आनेजाने वालों को देखते रहते। वे कभी-कभी खरीददारी भी करते–इससे पहले उन्होंने घर के किसी बच्चे के लिए एक ड्राइंग की कापी और क्रेयान रंगों का सेट खरीदा था। अपने लिए वे हमेशा एक ही ब्रांड का टूथ पाउडर खरीदते थे–उनके दाँत अभी तक साबुत थे। जिसके लिए वे मार्केट रोड के छोर पर चेट्टियार की दुकान पर रुकते–यहाँ से सड़क एलामन स्ट्रीट की ओर मुड़ जाती थी। जब वे इस दुकान के सामने से गुज़रते, दुकानवाला बड़े जोश से उनका स्वागत करता, 'आप कैसे हैं, सर? घर ले जाने के लिए कुछ चाहिए?' राव अपना सिर हिलाकर सड़क पार कर लेते–इस स्थान पर पहुँचकर वे घर की दिशा में मुड़ जाते–इस पूरी सैर में उन्हें दो घंटे लगते। साढ़े छह बजे से पहले वे अपने घर में फाटक पर पहुँच जाते, पूरी सैर में उन्हें टार्च का कभी उपयोग नहीं करना पड़ता–इसे वे कमीज़ की जेब में सावधानी के ख्याल से रखते, फिर भी अगर अचानक सूर्य में ग्रहण लग जा या रात ज़ल्दी पड़ जा।

दोनों तरफ की उनकी सैर बड़े आराम से बिना किसी घटना से गुज़र जाती, हालांकि मार्केट गेट पर सड़क पार करते हुए उन्हें डर भी लगता–जहाँ फोटोग्राफर जयराज बड़ी ज़ोरदार आवाज़ में उनका स्वागत करता, 'ग्रेन्डमास्टर,सड़क पार करने में मैं आपकी मदद करूँ?' राव इस प्रकार की बात को अनसुना कर सड़क पार कर जाते, उन्हें यहाँ की भीड़ में किसी से टकराने से बचने के लिए अपना पूरा ध्यान केन्द्रित करना पड़ता था और जयराज जैसों की बात सुनने का उनके पास समय नहीं होता था। उनके निकल जाने के बाद जयराज, जो गप्प लड़ने का शौकीन था, बेंच पर बैठे अपने ग्राहकों से कहता, 'इनकी उम्र देखो! भीड़ में इस तरह चलते हैं जैसे जवान हों। कम-से-कम एक सौ दस साल के होंगे। इतनी हिम्मत दिखाना भी ठीक नहीं है। इनके घरवाले इन्हें इस तरह निकलने

क्यों देते हैं? इनकी परवाह ही नहीं करते। आजकल कहीं कोई सुरक्षा नहीं है। इतनी लारियों, साइकिलों और आटोरिक्शों के बीच...कभी कुछ हो जायेगा... और क्या?'

'कौन है ये?' कोई सवाल करता–लेकिन वह शहर के लिए नया आदमी होता, जो अपनी फोटो में फ्रेम लगने का इन्तज़ार कर रहा होता।

'हम इन्हें एमडेन* कहते थे। जब हम बच्चे थे, इनसे बहुत डर लगता था। ये कबीर स्ट्रीट पर कहीं रहते थे। खूब लम्बे और तगड़े, साइकिल पर खाकी वर्दी पहने, लाल पगड़ी और कई मेडल सीने पर लगाये निकलते थे। हम पहले इन्हें पुलिस इंसपेक्टर समझते थे और नहीं जानते थे कि यह वर्दी एक्साइज़ डिपार्टमेन्ट की है। लेकिन व्यवहार ये पुलिसवाले की ही तरह करते थे–अगर किसी की कोई बात पसंद न आती तो गुर्राकर उसका पीछा करते और छड़ी से ठुकाई कर देते। हम तब लड़के थे और दल बनाकर सड़कों पर घूमते-फिरते थे, और अगर ये देख लेते तो सबको डाँटकर घर भेज देते। एक दफा इन्होंने हमें स्कूल के पास आदम स्ट्रीट पर पेशाब करते देख लिया–लड़के वहीं पेशाब करते थे–तो ये चिल्लाते हुए हमारे पास आये, चार लड़कों को पकड़कर इतना झकझोरा कि सबकी हड्डियाँ दर्द करने लगीं। फिर हमको हेडमास्टर के सामने ले जाकर खड़ा कर दिया और उस पर भी बरसे, तुम क्या करते हो, हेडमास्टर? लड़कों को इस तरह पढ़ाया जाता है? तुम चाहते हो, ये सब गटर के कीड़े बन जायें? तुम इन पर नज़र क्यों नहीं रखते और स्कूल में ही एक शौचालय क्यों नहीं बनवा देते!' हेडमास्टर कुर्सी छोड़कर काँपता हुआ उठ खड़ा हुआ और इसकी छड़ी देखकर डर भी गया। अरे, अपने दिनों में इसने ऐसे कितने ही काम किये हैं। सब इनसे डरते थे। अपने इस व्यवहार के कारण यह पुलिस के अफसर भी हो सकते थे, लेकिन इनका काम शराब की दुकानों पर चेकिंग करना ही था–और मालूम है, शाम तक ये कितना पैसा बना लेते थे? कम-से-कम पाँच सौ रुपये, यानी महीने में पंद्रह हज़ार। इतना तो गवर्नर की भी तनख्वाह नहीं थी। इसी की बदौलत रत्नपुरी में इतना शानदार मकान बना लिया और बाल-बच्चों को अच्छे ढंग से पढ़ा-लिखा लिया। अरे, ये लोग कितना घमंड करते थे! फिर पकड़े जाने से ये बाल-बाल बचे-रिश्वतखोरी का कोई राष्ट्रीय इनाम हो तो उसके ये ही

*एमडेन जर्मन युद्धपोत था, जिसने 1916 में मद्रास पर हमला किया था

हकदार होंगे। जब इन्हें नौकरी से निकाला गया, तब कहा यह गया कि अपनी इच्छा से रिटायर हुए हैं। इससे इन्हें कोई नुकसान नहीं हुआ क्योंकि इन्होंने दस पीढ़ियों के लिए दौलत जमा कर ली थी। एमडेन ही कहा जा सकता है ऐसे आदमी को... और क्या! कई शादियाँ कीं, और लगता है खुद ही एक के बाद एक हर एक को चाट गये। उनके अलावा भी बहुतों पर नज़र रखते थे....हा, हा! जब हम लड़के थे, शहर में इन्हीं की चर्चा थी। हममें से कई चुपचाप रात में इन पर जासूसी करते थे कि कहाँ किन गलियों में जाते हैं–बड़ा मज़ा आता था। नर्सों और स्कूल की टीचरों जैसी औरतों के प्रति, जो अकेली होती थीं, इनका बहुत झुकाव था, और साँड़ की तरह ये उनमें विचरते थे। एमडेन और किसे कहते हैं।...' जयराज हाथों से फोटो कतरता जाता या फ्रेम बनाता रहता और ज़बान से ये सब किस्से सुनाता जाता। जब उसका काम खत्म होता, तभी यह कहानी भी खत्म होती। अंत में वह ग्राहक से कहता, 'इसके पाँच रुपये हुए, तुम्हारे लिए स्पेशल रेट लगाया है क्योंकि तुम मेरे लिए कृष्ण जी का चित्र लाये थे जिनका मैं भक्त हूँ और जो मेरे परिवार के देवता हैं। इसमें मैंने जो चूड़ियाँ लगायी हैं, उनका पैसा भी चार्ज़ नहीं किया है।'

राव अपने ज़रूरी कागज़-पत्र एक अलमारी में रखते थे जिस पर ताला लगा होता था और उसकी चाबी एक-दूसरे कबर्ड में जिसमें उनके कपड़े और दूसरी ज़रूरी चीज़ें रखी होती थीं, नीचे बिछे कागज़ों के भीतर छिपाकर रखते थे, और इस दूसरे कबर्डों की चाबी भी कहीं और छिपाकर रखी जाती थी, जिससे इन दोनों कब तक, जिनमें उनके जीवन के सब राज़ छिपे थे, किसी की पहुँच न हो सके। कभी-कभी किसी दोपहर को, जब उनमें कुछ शक्ति होती और दिमाग़ साफ होता, तो वे आराम-कुर्सी से उठते, दरवाज़ा भीतर से बंद करके पहला कबर्ड खोलते, उसमें से कागज़ों के नीचे से चाबी निकालते, फिर उससे दूसरा कबर्ड खोलकर अपने कागज़-पत्र–करारनामे, डायरियाँ, रेकार्ड और वसीयत–निकालते।

आज उन्होंने दस मिनट में सारा अखबार खत्म कर दिया और अपने प्रिय आखिरी पन्ने पर पहुँच गये जिसमें पुनर्जन्म संबंधी एक भाषण में बताया गया था कि क्यों कोई व्यक्ति अपने कर्मों के फलानुसार, जिस स्थिति में वह है, जन्म लेता है। राव को इस भाषण से बोरियत ही महसूस हुई क्योंकि कर्म के दर्शन और नैतिकता की बातों से वे खूब परिचित थे। लेकिन अभी चार नहीं बजे थे, उनका

पढ़ना आज काफी ज़ल्दी खत्म हो गया था। इसलिए अखबार पढ़ना खत्म करने के समय और सैर के लिए बाहर निकलने के समय के बीच आधे घंटे का समय उन्हें खाली मिल गया। वे कुर्सी से उठे, अखबार को सावधानी से मोड़कर दरवाज़े के बाहर स्टूल पर रखा, फिर दरवाज़ा भीतर से बंद किया बहुत चुपचाप, क्योंकि अगर इसकी आवाज़ बाहर सुनायी देगी तो सब उसके पास आकर कहने लगेंगे, भीतर से बंद मत कीजिए,' क्योंकि उन्हें डर लगा रहता था कि यदि बंद कमरे में उनकी मृत्यु हो गयी तो भीतर आने के लिए दरवाज़ा तोड़ना पड़ेगा। लोग उनकी मृत्यु से इतने परेशान क्यों रहते थे, क्योंकि अमर तो कोई नहीं है...।

उन्होंने कबर्ड खोला और साथ-सुथरे बंडलों में बँधे भीतर रखे कागज़ों पर नज़र डाली–सबसे ऊपर वाली शेल्फ़ में उनकी सरकारी नौकरी के शुरू से लेकर 'स्वैच्छिक रिटायरमेंट' तक के पूरे रेकार्ड थे। ये धूल भरे पीले कागज़ों में लिपटे हुए रखे थे, वे कबर्ड को कसकर बंद कर देते थे लेकिन पता नहीं कहाँ से, शायद उसकी महीन सँधों से, यह धूल उनमें पहुँच ही जाती थी। वे इन्हें छूने से भी डरते थे क्योंकि उँगलियों में धूल लग जाने से उन्हें ज़ुकाम हो सकता था। उन्हें कोई आदमी चाहिए था जो इन्हें नष्ट कर देता, आग में जलाना बेहतर होता–लेकिन भरोसे का आदमी कहाँ से लाया जाये? नौकरी के आखिरी दिनों की सरकारी चिट्ठियाँ और कागज़ात कोई दूसरा पढ़े, यह वे नहीं चाहते थे–वे नहीं चाहते थे कि नौकरी छोड़ने से पहले जाँच कराने की जो धमकियाँ उन्हें दी गयी थीं, उन्हें कोई जाने सरकार का वह सेक्रेटरी तो उनके खून का प्यासा हो उठा था–जिसकी वजह थे गुमनाम-पत्र और पीठ पीछे की गयी चुगलियाँ। उस वक्त एक ही आदमी ने उनका साथ दिया था–उनका प्रथम सहायक, उसका नाम और अब वह कहाँ रहता है, यह याद नहीं आ रहा था–अच्छा आदमी था वह; अगर वह यहाँ होता तो वे उसी को यह अलमारी साफ करने और इसके कागज़ात जलाने का काम देते। उस पर विश्वास किया जा सकता था, और यदि उससे कहा जाता तो वह जलाये गये कागज़ों की राख भी वापस कर देता। लेकिन वह था कौन? उन्होंने अपना सिर थपथपाया–जैसे इससे उनके दिमाग़ की मशीन फिर काम करने लगेगी...।

फिर उनकी आँखें दूसरी शेल्फ की तरफ मुड़ीं। उन्होंने इस पर प्यार से हाथ फेरा–इसमें उनकी संपत्ति और उनकी मृत्यु के बाद किस प्रकार उसका बँटवारा करना है, ये सब कागज़ात थे। घर में किसी को इनकी जानकारी नहीं थी, न वे इनके

पास फटकने की हिम्मत कर सकते थे। उन्हें अपने वकील को बुलाना चाहिए–अरे, क्या नाम था उसका?–और किसी दिन ये सब बातें करना चाहिए। लेकिन शायद वह भी मर-खप गया होगा। अब शहर में कोई भी परिचित नहीं बचा।... खैर, जो हो, किसी को भेजकर, अगर वह अभी ज़िन्दा है, तो उसे बुलवाना चाहिए। यह काम गुप्त ढंग से करना होगा। लेकिन कैसे? जैसे भी हो।

अब उनकी आँखें जिस शेल्फ की ओर मुड़ीं, उसमें बहुत से पैकेटों में रसीदें, बिल और डायरियाँ रखी थीं। कई वर्षों तक वे नियमित डायरी रखते रहे, जिसमें हर पन्ने पर उस दिन की घटनाएँ और कोई विचार लिखा होता था। वह हमेशा 'मैचलेस' नाम की डायरी ही खरीदते थे, जिसका आकार भी सही था, हर पन्ने पर लाइनें खिंची थीं और कवर ऐसा बटनदार था जिसे जब चाहे आसानी से खोलकर कोई भी पन्ना देखा जा सकता था। शहर के मुख्य बाज़ार का मैचलेस स्टेशनरी मार्ट इसका निर्माता था। हर दिसंबर के आखिरी दिन वे यहाँ आते और चार रुपये देकर डायरी खरीदते–यह कीमत ज़रा ज़्यादा ही थी लेकिन चीज़ को देखते हुए सही थी... और अक्सर दुकानवाला इसकी कीमत लेने से भी इनकार कर देता, क्योंकि इससे ज़्यादा कीमत का वह कोई लाभ उठाना चाहता होगा। अगर किसी गरीब का कुछ भला हो तो राव कोई सरकारी लाभ किसी को देना गलत नहीं समझते थे। इस शेल्फ में करीब तीस डायरियों का भंडार जमा था–ज़्यादा इसलिए नहीं क्योंकि जीवन में एक समय उन्होंने डायरी लिखना बंद कर दिया था–लेकिन इनमें उनके दैनंदिन जीवन का सार और चिंतन लिखा हुआ था। इन्हें भी मृत्यु से पहले अग्निदेवता की भेंट चढ़ाना सही होगा।

वे डायरियों के सामने खड़े कुछ सोचते रहे। उनके ढेर में हाथ डालकर एक, जो भी हाथ आयी, डायरी निकाली, तौलिया से उस पर लगी धूल साफ की और कुर्सी पर बैठकर उसके पन्ने पलटने लगे। इक्यावन साल पुरानी थी यह डायरी। कुछ पन्ने देखने के बाद उन्हें काली रोशनाई में खुद अपने बना-बनाकर लिखे शब्द पढ़ने में कठिनाई महसूस होने लगी तो उन्होंने सोचा कि इसे वापस रख दें, और उनका सैर के लिए जाने का समय भी हो रहा था। फिर, उन्होंने सोचा कि आज के दिन उस साल क्या हुआ था, यह देखा जाये...। उन्होंने दीवाल पर लगे कलेन्डर पर नज़र डाली, आज 20 मार्च थी। उन्होंने डायरी खोली और शुरू के पन्नों को पढ़ने लगे। उस ज़माने में उनका जीवन कितना व्यस्त रहता था, सवेरे से शाम तक परिवार, दफ्तर, अपने निजी, काम-ही-काम

थे। उनकी आँखों में दर्द-सा होने लगा तो उन्होंने लम्बे-लम्बे पैराग्राफ छोड़कर छोटे पैराग्राफ देखना शुरू किया।

इक्यावन साल पहले के इसी तारीख के पन्ने पर सिर्फ चार लाइनें दर्ज़ थीं : 'एस के साथ ज़्यादा नरमी बरती... इस औरत को तो अच्छा सबक सिखाया जाना चाहिए...।' इनसे एक याद उभरने लगी और उन्हें किसी दूसरे पर अपने चिल्लाने की आवाज़ भी सुनायी देने लगीं आगे की लाइनों में लिखा था कि उन्होंने क्या किया 'उसकी अपनी भलाई के लिए ही उसे खूब मारा और लौट पड़ा। अब उससे कभी नहीं मिलूँगा... मैं यह ज़िम्मेदारी कैसे ले सकता हूँ? उसे 'एफ़ेयर' तो करना ही था, डांसिंग गर्ल जो ठहरी! सोचता हूँ–वापस लौटने से पहले उसे ताले में बंद कर देना चाहिए था...?'

उन्होंने इसे फिर ध्यान से पढ़ा। सोचने लगे कि कौन थी यह, 'एस' अक्षर से नाम याद नहीं आया। इस अक्षर से शुरू नाम वाली किसी औरत को वे नहीं जानते थे। जिन औरतों से उनका मिलना होता था, यह उनमें से कोई भी हो सकती थी...।

वे बहुत ध्यान देकर इस समस्या पर विचार करने लगे। जोर लगाने से उनके दिमाग़ की नसें फड़कने लगीं लेकिन नाम याद नहीं आया... हाँ, जगह की कुछ-कुछ याद आने लगी। चेट्टियार स्टोर्स से... याद आया, मार्केट रोड की तरफ जाते हुए... और रात को बहुत देर से वापस लौटते समय भी सामने की दुकान में रोशनी जलती रहती थी, इसका मतलब हुआ कि मार्केट रोड से निकलने वाली सँकरी गली में, जिसके बराबर एक और गली पड़ती थी, उसमें होकर... और फिर काफी दूर पैदल चलने के बाद कई गलियों में मुड़कर उसके घर पहुँचते थे... कुछ सीढ़ियाँ चढ़कर दरवाज़ा आता था, जिसमें पीतल के कुंदे लगे थे, जिसको खटखटाने पर, यदि वह इन्तज़ार करती होती, तो दरवाज़ा फौरन खुल जाता था और मेरे भीतर घुसते ही एकदम बंद भी हो जाता था, कि कहीं पड़ोसी न देख लें... और आधी रात को वापस लौटते थे। लेकिन यहाँ वे हफ्ते में दो ही दिन जाते थे, जब भी खाली समय मिलता...।

उसका नाम,... नहीं, याद नहीं आ रहा था, लेकिन उसकी रूपरेखा हल्की-सी ध्यान आ रही थी, गोरी, गुलगुली, प्यार और जैस्मिन की खुशबू से भरी! अब उसे निश्चय हो गया कि यही औरत थी वह, वह दूसरी नहीं जो इसी की तरह गुलगुली और खुशबूदार, उसी के आस-पास कहीं रहती भी थी... उसे गुस्से से भभककर तमाचा मारना याद आया। यह जवान बहुत

गरम और गुस्सैल रहा होगा... वह कोई और रहा होगा, वे खुद नहीं। उन्हें घर तो याद नहीं आया... लेकिन उसके सामने एक कुआँ और एक नारियल का पेड़ था। फिर अचानक उनके दिमाग़ में कौंध गया कि गली का नाम था–गोकुलम।

वे उठे और डायरी ताले में बंद करके उसकी चाभी यथास्थान छिपाकर रख दी। फिर हाथ-मुँह धोये, कपड़े बदले, सेंडल पहने और छड़ी और छाता हाथ में लेकर उन्होंने ताज़गी महसूस की। उन्होंने तय किया कि आज वे सैर के निश्चित मार्ग से आगे जायेंगे और नारियल के पेड़ के सामने वाले मकान और उसके पीतल छल्ले लगे दरवाज़े की तलाश करेंगे। चेट्टियार स्टोर्स से आगे उसी रास्ते पर चलेंगे नयन वहाँ पहुँचेंगे, और एस यदि जीवित हुई और दरवाज़े पर खड़ी मिली तो उससे बातचीत करेंगे... और सीढ़ी पर चार कदम वे शायद न चढ़ पायें लेकिन वे उसे सड़क पर ही खड़े रहकर कोई छोटा-सा उपहार भी देंगे। वह नीचे उतरकर उपहार ले लेगी। मुझे उसे तमाचा नहीं मारना चाहिए था... यह उनकी क्रूरता थी। उन्हें ईर्ष्या नहीं करनी थी...। उन्हें अपने व्यवहार पर दुख होने लगा। उस स्त्री ने ज़रूर उससे अच्छा व्यवहार किया होगा और सुख भी बहुत दिया होगा–नहीं तो आधी रात तक वे उसके पास क्यों टिकते?

जब वे फर्श पर टैप-टैप करते हुए बाहर निकलने लगे, तब हमेशा की तरह किसी ने कहा, 'टार्च ले ली है?... आज देर से जा रहे हैं। अपना ध्यान रखना।'

आज वे कुछ उत्तेजित थे। रास्ते में जो दुकानवाला उन्हें देखकर टिप्पणी करता था, आज उनके कदमों में नयी जान देखकर चकित हुआ, बोला, 'सर, गुड डे टु यू, सर!' साइकिल की दुकानवाले मणि ने कहा, 'आज बहुत जल्दी लग रहे हैं, सर! धीरे चलिये, सड़क सब जगह खुदी पड़ी है।'

राव ने सिर उठाकर देखा और सिर हिलाया। उन्हें कुछ सुनायी तो नहीं पड़ा लेकिन मणि ने क्या कहा होगा, यह समझ लिया। उसे यह लड़का अच्छा लगता था। यह उस आदमी का पड़पोता था, जो उसके साथ एलबर्ट मिशन स्कूल में पढ़ता था। उसका नाम था... हमेशा की तरह उसे यह नाम भी याद नहीं आया।... कोई राय या शंकर या ऐसा ही कोई और नाम था उसका। क्या मुसीबत है...याद ही नहीं आता! खैर, चलो आगे बढ़े। हमेशा की तरह वे सड़क के बायें किनारे पर चलते रहे। मणि के कहे अनुसार चाल धीमी कर दी–उन्हें अपना आना-जाना किसी को पता नहीं चलने

देना चाहिए, और इस तरह तेज़-तेज़ चलना भी ठीक नहीं है, क्योंकि इससे हँफनी चढ़ जाती है।

वे जगन्स स्वीट्स मिठाईवाले की दुकान पर रुके। आज कोई नया चेहरा पेढ़ी पर था। बच्चे सामने भीड़ लगाये और हाथ में पैसे लिये खड़े थे, और यह या वह मिठाई माँग रहे थे। उन्होंने रास्ता घेर रखा था। उन्होंने दुकानवाले का ध्यान खींचने के लिए छड़ी फर्श पर ज़ोर-ज़ोर से पटकी, तो उसने सिर उठाकर पूछा, 'क्या चाहिए आपको?' उन्होंने छड़ी दिखाकर बच्चों को भगा दिया और आगे बढ़कर तरह-तरह की रंगीन मिठाइयों पर नज़र डाली। सोचने लगे, काश, वे पहले की तरह जितना चाहते, आज भी खा सकते। लेकिन अब चाहें जितना खाकर उनकी जान पर बन आ सकती थी–आज तो कम खाना और स्वाद पर कसकर लगाम लगाये रखना ही उनकी ज़िंदगी चलाये रख सकता है। उन्होंने पूछा, 'ताज़ा क्या बनाया है?' दुकानवाले ने जवाब दिया, 'हम रोज ताजा माल ही बनाते हैं। कल बनी कोई चीज़ नहीं है...।' राव को सुनायी तो नहीं दिया लेकिन क्या कहा गया होगा, यह वे समझ गये। कम सुनायी पड़ना ज़ाहिर न हो, इसलिए तुरंत बोले, 'जलेबी पैक कर दो, तीन रुपये की।' फिर पैसे ध्यान से गिने, दुकानवाले को दिये, जलेबी का पैकेट हाथ में पकड़ा, फिर उसे नाक के पास ले गये–सूँघने से तो कोई नुकसान नहीं होगा, और इसके खिलाफ कोई डॉक्टरी राय भी नहीं है–उसकी सोंधी खुशबू का मज़ा लिया, और अपनी राह पर आगे बढ़े। चेट्टियार स्टोर्स के पास पहुँचकर वे एक क्षण रुके और दाहिनी तरफ देखा–'हाँ, यह वही सड़क है।'

उन्हें वहाँ रुकते देखकर दुकानवाले ने आवाज़ लगायी, 'ग्रांड मास्टर, आपको कुछ चाहिए?' उन्हें इससे परेशानी हुई। ये लोग मुझे अकेला क्यों नहीं छोड़ देते? फिर दुकान से एक लड़का उनका आर्डर लेने आया। उसे देखकर उन्होंने पूछा, 'यह सड़क कहाँ जाती है?'

'अगली सड़क को...,' लड़के ने जवाब दिया, लेकिन लगा कि वे इस जवाब से संतुष्ट हो गये। लड़के ने फिर पूछा, 'आपके लिए क्या लाऊँ?'

'कुछ नहीं।' राव को गुस्सा आया, ये लोग समझते हैं कि उन्हें हर वक्त कुछ-न-कुछ खरीदना है। उन्होंने जलेबी का पैकेट अपने सीने से लगा लिया और छतरी, जो बाँह से लटक रही थी, उसे भी सँभाला। लेकिन लड़का उन्हें कुछ बेचे बिना हटना नहीं चाहता था इसलिए उन्होंने पूछा, 'संदल वाला साबुन है?'

उन्हें याद आया कि एस. को या जो भी नाम हो उसको, यह साबुन बहुत पसंद था। लड़के ने झटपट साबुन ला दिया। इसे हाथ में लेकर उनकी पुरानी यादें फिर ताज़ा हो आयीं। उनका ख्याल था कि एस के शरीर से जैस्मिन की ख़ुशबू आती है, लेकिन अब समझ आया कि वह खुशबू संदल की थी। कई दफ़ा सूँघकर उन्होंने इसे ज़ेब में रख लिया। लड़के ने पूछा, 'और कुछ लाऊँ, सर?' 'नहीं, अब तुम जाओ,' कहकर राव आगे बढ़े और मार्केट रोड पार कर गये।

अपनी याद के सहारे वे चेट्टियार स्टोर्स के आगे चौराहे की तरफ चलने लगे। यहाँ से एक सड़क समान्तर जाती थी, वहाँ बायीं तरफ मुड़कर वे आगे बढ़े, फिर दायें मुड़कर एक गली में आ गये, फिर बायें, फिर पीठ की तरफ, लेकिन गोकुलम स्ट्रीट नज़र नहीं आयी। फिर कुछ दूर आगे बढ़ने पर देखा कि एक मोची सड़क के किनारे बैठा काम कर रहा है। उसके पास रुककर उसका ध्यान खींचने के लिए छड़ी कई दफा ज़मीन पर पटकी, और उसके सिर उठाते ही सवाल किया, 'गोकुलम स्ट्रीट किधर से जायें?'

पहले तो मोची ने सिर हिला दिया, फिर उनसे छुटकारा पाने के लिए किसी भी दिशा में इशारा कर दिया और अपने काम में लग गया।

'इस सड़क पर कोई नारियल का पेड़ है?' इसके जवाब में मोची ने फिर उसी तरफ इशारा कर दिया और अपना काम करता रहा। राव गुस्से से बुड़बुड़ाये, 'घमंडी... भिखारी।' 'पुराने दिन होते तो...,' यह सोचते हुए वे आगे बढ़े। उन्हें उम्मीद थी कि परिचित स्थान पर वे पहुँच जायेंगे। उन्होंने राह चलते कई लोगों से पूछा लेकिन लाभ नहीं हुआ। कहीं कोई नारियल का पेड़ नहीं दिखायी दे रहा था। उन्हें विश्वास था कि यही वह जगह है जहाँ वे आते थे, लेकिन अब सब कुछ बदल गया था। पुरानी पीढ़ियों के जो लोग गोकुलम स्ट्रीट और नारियल के पेड़ को जानते होंगे, वे सब गुज़र चुके थे, और नयी पीढ़ी को किसी पुरानी बात का ज्ञान नहीं था। उनमें से व ही अकेले बचे थे।

सूरज ढलने लगा था, इसलिए अब वे सावधानी से कदम रखने लगे। उन्हें कुछ डर भी लगा, इसलिए वे बार-बार ज़मीन पर छड़ी ठोंककर देखने भी लगे, कि कहीं किसी गड्ढे में न फिसल जायें। इस तरह आगे बढ़ने में उन पर बहुत ज़ोर पड़ता था और उन्हें लगा कि इस तरह तो वे मार्केट रोड पर फिर नहीं पहुँच पायेंगे।

उन्हें चिंता सताने लगी और इस खोज-यात्रा के लिए वे अपने को कोसने लगे। अगर कोई दुर्घटना हो गयी तो परिवार के लोग उन्हीं को दोषी ठहरायेंगे।

उन्हें अपने कष्ट से इतनी परेशानी नहीं हो रही थी, जितनी इससे कि लोग उनको दोष देंगे।

इसलिए वे और ज़्यादा सँभल-सँभलकर चलने लगे। उनकी लड़खड़ाती चाल देखकर राह चलते मुस्कराते और फब्तियाँ भी कसते थे। एक जगह पहुँचकर उनकी छड़ी फर्श पर किसी मुलायम चीज़ में घुसती लगी, और एक कुत्ता, जो वहाँ धूल मिट्टी में चुपचाप पड़ा सो रहा था, अचानक उछलकर ज़ोर-ज़ोर से भौंकने लगा।

राव चौंककर इतनी तेज़ी से उछले, जैसे पिछले बहुत से सालों से नहीं उछले थे, लेकिन भाग्य अच्छा था कि गिरे नहीं, हालाँकि हाथ में पकड़ा जलेबी का पैकेट वहाँ से निकलकर कुत्ते के सामने जा पड़ा। कुत्ते ने लपककर उसे उठा लिया और धन्यवाद में पूँछ हिलाते हुए चला गया।

राव ने असहाय होकर कुत्ते की तरफ देखा, फिर सोचने लगे, 'हो सकता है, एस ने ही यह नया जन्म लिया हो...।'